世纪高教

上海世纪出版股份有限公司高等教育图书公司 出品

Review of Fudan Industrial Economics

芮明杰 主编

复旦产业评论

第1辑

世纪出版集团 上海人民出版社

前　言

　　编撰自己的学术出版物——《复旦产业评论》，是我们多年的梦想。今天《复旦产业评论》终于要出版了，要诞生了。我首先要表达感谢：感谢学校对产业经济学科建设的支持，感谢我的同事们——复旦大学产业经济学系全体教师的鼎力相助。尽管今天《复旦产业评论》还是十分的弱小，但我相信她总有一天会成长为学术之林中的一棵参天大树。

　　复旦大学产业经济学科最早设立于复旦大学管理学院经济管理系，1993年经济管理系分拆为企业管理系、财务系和会计系，产业经济学科隶属企业管理系一直至2003年。但复旦大学产业经济硕士点早在1983年就建立了，产业经济博士点也于1986年经国务院学位委员会审定批准建立，在当时该学科带头人复旦大学首席教授苏东水教授的主持与领导下，在学科同仁的共同努力下，产业经济（当时称工业经济）于1988年被国家教委确认为国家级重点学科。13年之后的2001年，产业经济学科再次被国家教委评定为国家级重点学科。

　　考虑到产业经济学科发展的重要性，2003年5月，复旦大学产业经济系经学校批准正式成立，隶属管理学院。新成立的复旦大学产业经济系拥有产业经济博士点，产业经济、数量经济硕士点，并与经济学院合作成立应用经济学博士后流动站。学校希望我担任首任系主任和产业经济学科带头人，我一直犹豫，因为我虽然是产业经济（工业经济）专业博士毕业，1994年开始担任产业经济（工业经济）专业博士生导师，但我的主要研究领域在工商管理、企业发展方面。好在我们拥有一支年轻、积极努力、有理想的学科力量；有复旦大学百年的历史和文化积淀；有多学科交叉的优势等，这些都给了我信心和力量。

　　今天，复旦大学产业经济学科建设的目标是瞄准世界先进水平，整合学校资源和管理学院资源，发挥教师、研究生两个积极性，经过若干年的不懈努力，建设好国家重点学科产业经济学，进行跨院系跨学科研究，出一流的科学成果，培养国家和社会经济发展需要的应用型、综合性、与国际经济发展接轨的产业经济中高级专业人才，为我国与上海经济建设和产业发展出谋划策。

　　根据这一目标，近3年来我们在学科建设方面取得了一系列重大的进展：

　　1. 通过对国内外产业经济研究前沿的把握，对同行研究特色的分析，我们对我校产业经济学科研究方向进行了优化和凝练，目前已确定形成了我校产业经济学科研究方向，设置了既符合中国经济发展需要又与国际产业经济理论界接轨的研究课题,并有了突破性进展,在产业经济理论上有所创新和突破,也为目前中国经济发展中急于解决的一系列实际问题提供了解决的思路。我们的四个主要研究方向为:

　　研究方向之一　产业竞争力与企业发展

　　研究方向之二　产业发展理论与方法

　　研究方向之三　产业组织与规制理论

　　研究方向之四　技术扩散、技术创新与区域制造业结构升级

　　2. 我们根据目前国内外产业经济学科发展的最新动态,按照产业经济学科范畴,重新设置了产业经济系研究生课程体系及专业研究方向,即:产业发展与创新、产业组织理论、产业规制理论、产业竞争力研究、个别产业发展分析、产业与企业战略、制造业研究等若干专业研究方向,并在 2003 级博士生和硕士生中开始实施。希望培养具有国际视野的,经济学、产业经济学理论基础扎实,有较强的科学研究能力的产业经济中高级专业人才。

　　3. 根据新的课程设置,为了提高培养质量,我们正组织本学科相关教师编写产业经济学研究生核心课程系列教材,即《产业经济学》、《高级数量经济学》、《现代企业理论》、《产业组织理论》、《产业发展理论》、《产业创新》等,力争形成一套具有国内先进水平的产业经济学教材。

　　4. 在科研攻关方面,近年来我们在科研力量的组织与协调等方面做了大量的工作:

　　我们确定了具有前沿性与自己特色的长期重点研究课题《基于价值链的产业发展与规制创新研究》,组织了产业经济学科的全体中青年教师开始进行研究工作。该课题由三个子课题构成,即《基于价值链的产业发展理论研究》、《基于价值链的产业发展实证研究》和《基于价值链的产业规制政策与应用研究》。近两年来我系 12 位中青年教师共在国家权威及顶级刊物上发表学术论文 16 篇、核心刊物上发表学术论文 61 篇、一般学术刊物上发表学术论文 6 篇。完成与在研国家级科研项目 13 项,完成与在研省部级科研项目 7 项,完成与在研横向科研项目 15 项。出版专著 5 部、教材 14 部。

　　5. 积极开展国内外学术交流活动,加入国家级学术团体,发展与同行的合作与交流。我们参加了教育部重点项目《中国产业竞争力研究》的竞争,我本人还在 2003 年 11 月的中国工业经济研究与开发促进会领导班子换届中当选为副理事长,并在 2004 年和 2005 年两年内分别三次召开了与本学科相关的国际学术研讨会,即"第四届亚洲管理学会年会(2004 年 12 月于上海)"、"两岸产业发展与政府规制学术研讨会(2004 年 9 月于厦门)"以及"全球化背景下中国产业发展与企业成长(2005 年 10 月于上海)"。

　　出版《复旦产业评论》是我们学科建设与发展的一件大事,也是我的梦想之一。实际上我们一直想办产业经济理论研究方面的学术刊物,可是在今天来看

没有任何可能性,于是自然想到我们可以像其他一些学校那样采用以书代刊的办法,来推进产业经济专业学术的进步和发展。然而要把一本刊物办成在业内非常有质量、非常有品位,被学界同仁所认可和喜爱并不是一件轻而易举的事,不是出点钱就可以的,在我看来至少需要几个重要条件:

首先,办刊目标应该清楚,需要长期不懈的投入与努力,如果没有资金和关注刊物成长的人,要想把一个刊物办好,是非常困难的。因为学术性的刊物不仅无利可图,而且还会长期地入不敷出,没有这一点清醒的认识,我认为还不如不办。

其次,要有一支比较稳定的论文作者,他们至少能够在相当长的时间内,特别是在刊物还未进入所谓的核心或权威的行列,甚至还未被 SSCI、SCI 等收录时,就能够把他们的优秀论文拿到这里来发表,因为只有这样,学界和读者才会慢慢认识到该刊物的学术地位。要做到这一点也非常的困难,因为在今天论文发表已经成为晋升、毕业、奖金的重要条件时,这样做对作者真的有些勉为其难,自己也会觉得对不起他们。

最后,要有具备较好的专业素养、非常热心、能够专心投入的编辑人员,这个要求表面上好像不是特别的难,实际上是非常重要的。在商业氛围、金钱气氛越来越浓的今天,能够静坐下来认真做学问、认真做编辑与校对的人已经非常的少,要找到这样的志同道合的人,我自己没有十分的把握。

考虑到这些困难,我们觉得可以这样来办《复旦产业评论》,即在未来3年中,我们每年出版一本,而且不仅仅是选编我们产业经济系的老师和博士后、博士研究生在当年已经发表和未发表的有关产业经济理论与方法的优秀论文,也逐步向学界开放,希望学界同仁踊跃投稿。经过几年的工作,希望《复旦产业评论》最终能够成为一本真正高质量的产业经济学术刊物,为我国和世界产业经济学科研究作出自己的贡献。

今年出版的第一辑《复旦产业评论》是基于"产业发展、企业行为和政府规制"这么一个主题,这是一个很大的主题,我们所表达的仅仅是2004年和2005年我们部分产业经济系教师和博士生们与上述主题有关的研究成果,希望学界和其他读者不吝赐教,希望你们把你们的优秀研究成果交由我们编辑出版。

最后,我要感谢上海世纪出版集团何元龙先生,感谢出版社对《复旦产业评论》的支持。

芮明杰　于复旦大学管理学院

2006年3月18日

目　录

第一篇
产业发展理论与策略

中国产业未来发展的挑战与思路[*]

芮明杰

摘　要　中国产业在中国经济、社会与文化的发展中扮演十分重要的角色,中国产业未来的发展实际上决定了中国经济的走向。面对未来,中国的产业体系与产业发展有两个基本问题:一是中国产业的发展一定在制度变革中进行,同时有必须进行产业内的制度变革;二是中国的产业必须不断地调整、提升跟上世界产业发展的步伐,提高自己的竞争力。这两个基本问题对于中国的产业未来的发展来说很重大,然在此同时中国的产业发展还面临三个挑战即新经济形态与新生产方式的挑战、加入世界贸易组织开放市场的挑战、技术进步加快导致创新的竞争的挑战。在这样的状态下,中国产业未来发展的战略重点应该为:走新型工业化道路提升中国产业的智能化知识创新能力、建立世界制造技术与生产中心,推进服务业发展时以发展知识型服务业为重点。

关键词　产业发展,制度变革,战略重点,智能生产,知识型服务

ABSTRACT　Chinese industries play an important role in the development of Chinese economy, society and culture, whose future development actually decides the orientation of Chinese economy. Faced with future, Chinese industry system and industry development have two fundamental issues to consider: One is that the development of Chinese industries necessarily goes under the system reform, and at the same time the system reform inside the industry is necessary; the other is that Chinese industries must be adjusted and improved to catch up with the paces of international industries' development. These two fundamental issues are essential to Chinese industries' future development. At the same time, Chinese industries' development are also confronted with three challenges, i. e. challenge from new economic conformation and new mode of production, that from entering WTO's open markets, and that from competition in innovation brought by expedition of technology improvement. Under this situation, the strategic emphases of Chinese industries' future development should be put on: going in road of new industrialization to improve ability of innovating intelligentization knowledge, setting up world manufacturing technology and production center, and improving service industries with emphases on development of knowledged ones.

---

* 原文发表于《复旦学报》2004 年第 1 期。

Key Words　industrial development，system reform，strategic focus，intelligentized production

改革开放以来，中国的产业体系与产业本身都有了巨大的发展，也正是产业的发展与产业体系的变化导致了中国从传统的二元经济向现代经济的转变，使中国的工业化进程获得了令人瞩目的成绩。然而，从世界的角度来看，中国的产业发展面临新的变数，需要我们认真反思传统的产业发展道路与发展策略。

中国产业未来发展的基本问题

中国产业发展过程中存在许多问题，例如产业技术进步不快，地区产业结构雷同，产业的重复建设，第三次产业发展落后以及该产业内各行业发展的不均衡等等。从本质上看，中国产业的发展有两个基本问题：

第一，中国产业的发展是在制度变革中进行，而且还将在制度变革中发展。对中国产业的发展而言，制度可以具体分解为两个层面：一是整个国家的经济制度，二是产业的规章制度。前者是中国产业发展的外生变量，后者是中国产业发展的内生变量。改革开放实际上就是从计划经济制度向市场经济制度与封闭经济形态向开放经济形态的转变。当宏观经济制度开始转型时，产业发展的资源配置方式有很大的变化，市场配置资源的力量越来越大，此时就给了按计划经济规章制度发展的中国产业以巨大的冲击。换句话说，中国产业的发展必须在发展的同时调整与创新产业规章制度。例如，在计划经济制度条件下，中国产业发展的规章制度的核心是行政性分权下的条块分割式约束，而在市场经济制度条件下，产业发展的规章制度的本质则是资源有效配置下的竞争性约束。由于中国的宏观经济制度尚处过渡时期，因此中国产业发展的规章制度一定也处在过渡时期，也正是如此我们看到了诸如"反垄断"、"价格听证会"等一系列制度政策的出台，看到了对一些长期垄断的产业如民航、电信、石油、电力等的分拆，也看到了所谓产业发展的引导与约束的政策制定。

从上述分析可以发现，在制度变革中进行产业发展实际上是中国产业发展的特性，市场经济国家中的产业发展虽然也有制度的问题，但并不严重。在制度变革中进行产业发展，在产业发展中进行制度改革就好像一部开动着且不能停的机器，同时还要把机器的运行规则和零部件加以改变与拆换，其困难程度可想而知。可以推测，在中国经济制度处在转型的相当长的时期中，中国产业的未来发展过程一定是处在产业规章制度变革的非常时期。

第二，中国产业必须找到在世界产业体系中的位置并不断增强自己的竞争力。制度变革是提高产业竞争力的重要条件，但产业竞争力不会因为制度的变革自动地强大起来。在世界经济一体化的今天，按照迈克尔·波特教授的看法，一个国家产业的竞争力与该国的要素禀赋、需求条件、相关产业支持、市场结构形态相关,一个国家产业的竞争力就是一个国家的竞争力。这个看法虽然有道理,但不够全面。正是因为世界经济一体化,一个国家产业的竞争力从本源上看应该是内生的,但也取决于该国产业参与世界产业体系的程度与其所处的位置。何况波特教授对竞争力的内生性变量的把握还是浅层次的。产业竞争力的本源性变量应该是产业知识吸收与创新能力,因为我们已经看到有这样的案例即它的要素禀赋、需求条件、相关产业支持、市场结构形态不一定很符合波特教授的要求,但它的产业却有相当大的竞争力,如日本、韩国等等。

我们可以对波特教授的钻石结构做些修改(见图1),给波特教授的钻石体系加一个核心,有了这个核心才能真正发展出自己产业的持续的竞争力。因此,中国产业发展首先要培养自己的知识吸收与创新能力,其次在更大程度上参与国际产业分工体系,在产业链中谋求好的位置,进而保持与发展自己在全球经济中的产业竞争力。

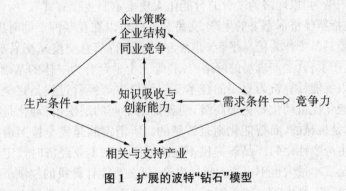

图1　扩展的波特"钻石"模型

中国产业未来发展的三个挑战

中国产业发展在经济制度与产业规制的变革过程中进行,目标是要建立现代产业体系与产业组织,使之在世界经济舞台上有强大的竞争力。然而这样的目标实现过程已经遇到了新的环境变化,给中国产业未来的发展带来了许多新的变数,带来了新的挑战。

1. 新经济的产生与发展带来的挑战。新经济的概念最早是在20世纪90年代中期提出来的。1996年12月30日,美国《商业周刊》发表的一组文章中创造性地使用了"新经济"这个词汇。1997年11月17日《商业周刊》再次发表文章,重申在美国的确存在"新经济"。此后美国政府与美国联邦储备委员会都认可了这一个概念,使新经济的说法迅速传遍了整个世界。当时一般来说,新经济是"以高科技、信息、网络、知识为重要组成部分和主要增长动力的、高速发展的经济"。其特征为低失业、低通货膨胀、低财政赤字、高经济增长率、高劳动生产效率、高企业经济效益(三低三高)。然而美国经济从1991年4月到2000年

3月在保持了108个月的持续增长之后，美国股市出现了大幅度的震荡，以科技股为主的NASDAQ综合指数全面下跌，IT、网络等这些被认为是新经济的产业引擎损失惨重，至今尚未完全恢复元气。也正是如此，一些经济学家及社会人士开始怀疑是否真的存在新经济；在中国，新经济也仅仅热闹过一阵子，现在似乎也不再有人去关注去研究。我们认为，新经济本质上是一种新的经济形态，是不同于工业经济形态的新的经济形态。但是判断一种经济形态是否是新的经济形态不能简单地以所谓的"三低三高"特征为判断依据。我们认为，判断一种经济形态是否是新的经济形态，要看伴随着新经济形态的表征是否诞生与发展了一种新的生产方式。就好像工业经济形态的背后是诞生与发展了"大机器生产"大规模大批量标准化生产方式，正是这种生产方式才创造了我们今天所拥有一切财富。如果新经济是一种新的经济形态，那么就要看目前是否诞生了预示未来发展方向的新的生产方式。我认为这种生产方式已经诞生，新的生产方式可归纳为"以网络为平台的智能化大规模定制生产方式"。所谓"以网络为平台"是指新经济形态下的生产、交易与信息可以在互联网上同时进行，互联网本身已经具备了作为信息平台（非常方便地进行信息交换）、交易平台（电子商务）和生产平台（生产现场的网络控制）等三个平台合为一体的基础。所谓智能化是指以智能计算机为重要的技术支持使得生产经营过程是完全柔性且智慧的。智能化比自动化要更加高级，两者处于不同的层次，自动化是机械的顶峰，但仍然是机械的，而智能化则是智慧的。所谓定制是完全按照消费者个人的偏好来生产个性化的产品与提供不同的服务。在工业经济时代定制比较困难的原因是成本过大也不可能大批量生产，而在智能计算机的控制下则完全可以做到大批量定制生产。如美国的Lee公司就宣布顾客只要加10美元，公司就可以完全按照顾客的身材尺寸与其他偏好快速生产其所喜爱的牛仔服装。这就是大规模的进行定制生产。又如上海通用汽车有限公司以一条生产流水线生产出多型号多款式不同的别克汽车，这虽然还不能说是完全的大规模定制，但方向性已经非常明确。

新的经济形态与新的生产方式必然产生新的经济运行规则，虽然经济学家们还未对那些新的经济运行状态进行充分的研究，但也从中发现的确存在一些新规则，具体如下：

（1）资本追逐知识。在农业经济时代，最重要的生产要素是土地，没有土地就等于没有了一切。到了工业经济时代资本成为生产过程中最重要的生产要素，资本决定一切，资本可以雇佣劳动力。但随着经济的发展和社会财富的增加，社会中的资本越来越充裕，现实消费需求的投资资本已经不再稀缺，新经济条件下，生产过程中的最重要的生产要素已经是知识即创造性的新知识以及拥有这些知识与创新能力的人。

（2）边际收益递增。经济学中有一著名规律就是"边际收益递减"，这一规律对工业经济时代的经济现象有很好解释。然而，这一规律在新经济时代却受到挑战,例如在软件业中软件产品的开发成本是生产总成本中所占比例最大的部分,它基本上是一次性投资,可视为固定成本;而软件开发后的复制生产成本几乎可以忽略不计,也就是说,软件产品的变动成本接近于0。这样的产品生产与销售对于软件业来说,就是边际收益递增。

(3) 规模报酬递增。在工业经济时代生产要素的核心是资本,随着生产要素投入的不断增加,生产的边际产量会下降,导致规模报酬下降,这就是经济学中的"规模报酬递减规律"。然而在新经济中,生产的核心要素已经变为知识,知识又可以以非常低的成本复制,知识的投入不再遵循规模报酬递减的规律,而是遵循规模报酬递增的规律。这一规律也就是美国经济学家罗伯特·索罗教授提出的所谓"新经济增长理论"。另一方面如果产品市场规模越大,产品越能成为新的生产技术标准,就可以制定新的竞争规则,从而获得更大报酬,这也是一种规模报酬递增。

(4) 速度战胜规模。全球最大的网络数据传输公司——思科系统公司总裁约翰·坎博斯认为新经济中"不是大鱼吃小鱼,而是快的吃慢的"。这个看法实际上表明了新经济时代速度带来的效益要比规模带来的效益大得多。设想当互联网使我们的信息可以快速分享时,当我们大家都很聪明,你所想到的我也想到时,那么谁有竞争力谁能够获胜呢? 显然谁快谁能赢。新经济时代知识创新的速度可能决定一个企业、一个产业乃至一个国家是否真正有竞争力。

新经济形态下的新的生产方式与新的经济运行规律将对中国目前尚处于工业化中期的产业体系从两个方面发起挑战:

第一个方面是中国目前产业的生产方式必须尽快向世界新经济发展的新生产方式转变,对目前的产业体系进行脱胎换骨的改造,变机械化生产为智能化生产,变大批量标准化生产为大批量定制生产,不然中国产业未来不可能有很强的竞争力。

第二个方面的挑战是中国产业的发展在经济制度变迁的过程中还必须调整自己的经济运行方式,以适应新经济条件下的新的经济运行规则。这是一个相当困难的事情,但又是中国产业发展不得不解决的难题。

2. 加入 WTO 后带来的挑战。中国为了加入世界贸易组织(WTO),进行了13年的艰苦谈判,表明中国把本国经济与产业融入到世界经济中进而希望有更大发展的决心。加入世界贸易组织意味着中国的市场将更为开放,因为中国对市场准入有了一个明确的承诺:

(1) 关税减让和非关税措施。从1992年开始中国的关税总水平下降,当时为43%,到1997年降为17%,到2000年更进一步降为15%。进入世界贸易组织后中国还承诺到2005年中国的工业品关税的算术平均水平将降到10.18%,而农产品的关税总水平降到15%。在非关税措施方面,中国也承诺将逐步根据协议来安排,甚至取消部分措施。关税的减让与非关税措施的削减意味着世界贸易组织成员国的产品可以比较容易地进入中国市场,并在中国的市场上更好地表现出它们的竞争力,进而影响中国现有产业体系的产品生产与业务发展。

(2)服务贸易与开放。服务贸易涉及会计、法律、医疗、房地产、计算机软件和系统服务、商业零售、通讯、金融服务、保险旅游等行业。服务贸易在中国的开放程度要比第二次产业开放程度小,一方面因为中国的服务业发展长期滞后,服务企业没有什么竞争力,另一方面因为有些服务业涉及国民经济的关键部门,难以迅速开放。进入世界贸易组织之后,中国的服务贸易的开放就有了一张时间表,例如中国的零售业在2003年全面开放,中国的保险业已经向全球开放,2003年6月向香港特区开放服务贸易,而且许多工业产品将实现进入内地市场零关税政策,这充分表明了服务贸易开放已经开始。

(3)贸易体制和规则。中国加入世界贸易组织,意味着中国必须履行自己的承诺,遵守世界公认的贸易规则与体制。其中涉及贸易管理体制、投资限制政策、国民待遇、补贴措施、司法和行政审议、国际收支平衡措施等等,这些还进一步影响到中国的国内公共政策的制定与变更。例如加入世界贸易组织之后,中国的公共政策的制定不得违背世界贸易组织规则的政策措施,不提供违背WTO补贴协议的出口补贴,不提供进口替代补贴,不向外国投资者提出出口比例要求,向其提供国民待遇,赋予中国境内的所有企业和个人进出口权等等。

从上述内容来看,中国加入世界贸易组织后对中国产业发展的影响与挑战至少可以归纳为以下几个方面:第一,中国的市场更为开放后,对中国产业的直接影响就是它们将在中国本土遭遇来自世界各国优秀企业与产品的直接竞争,这种竞争将导致中国的一些产业中本土企业的衰退甚至失败,结果这些产业被国际上更有竞争力的相应产业所替代;另一方面则通过竞争挖掘出中国一些产业的潜力,继而增加其在市场中的竞争力。第二,由于市场的开放与竞争,将会使中国的产业体系、产业结构、产业分布与新兴产业的发展发生很大的变化,这种变化是过去无法想象的,换句话说,中国的产业体系、产业结构、产业分布等将直接融入世界产业体系,在全球产业链中进行转型、调整与进步,这个挑战是空前的。第三,加入世界贸易组织后,中国产业的现行规章制度必须进行调整;而按照WTO要求的贸易体制与规则来看,由于中国国内的贸易体制与公共政策的调整与改革,就会要求中国的产业的运行程序、行为规则、发展政策等进行大规模的调整,这对发展自己竞争力中的中国产业来说无疑是一个重大的挑战。

3. 信息技术快速进步带来的挑战。20世纪90年代以来,信息技术对经济发展产生了巨大的影响,尤其在那些新经济发展迅速的国家更是如此,主要表现在以下三个方面:

(1)信息技术对产业体系发展的影响。信息技术的发展实际形成了一个新兴的产业即IT产业,今天的IT产业已经不是一般概念中的通讯或电子产业,而是一个产业群,它包括计算机硬件、软件、现代通讯、信息分析、网络及服务、系统集成、电子商务、通信设备等等产业。这个产业群有其自己的特点:第一个特点是扩展性,即此产业群能够不断地扩展到国民经济的其他领域,因为国民经济的各个方面都离不开对信息的需求,也正是如此,信息技术与信息产业将对国民经济与人类生活产生巨大影响。第二个特点是衍生性,即此产业群具有自己不断繁衍发展的特点。最早的信息技术产业就是指计算机与通讯产业,然而随着信息技术的发展,这一产业就不断地分化与衍生出一系列相关产业,形成了今天的 IT 产业群。第三个特点是覆盖性,即信息技术产业具有覆盖其他产业的特性。所谓覆盖就是信息技术融入其他产业的生产技术之中,对传统产业的生产技术进行改造,进而改造了这些产业本身。

(2) 信息技术产业群对经济发展的影响。由于信息技术的发展导致信息产业群的发展,而这一新产业群的发展与壮大首先使一个国家的产业体系发生了变化,其次也成为国民经济增长的重要引擎。研究发现,信息产业群对 GNP 的贡献在 20 世纪 90 年代初期还不是十分明显,而到了 90 年代中期则有明显增加,从原来的可以忽略不计的数字发展到 2000 年的 10%左右,其影响已经很大,尽管 2000 年之后,IT 产业有些不景气,但它对国民经济增长的贡献却依然在增加。信息产业除了直接增加 GNP 之外,还对社会经济发展有重要的作用。首先,信息产业导致信息的快速传递与处理,使快速正确地进行社会经济决策有了可靠的保证。其次,信息产业为智能化生产创造了技术基础,推动了新经济形态的新的生产方式的诞生与发展,进而产生新的生产力。再次,信息产业的发展已经对人类的生活方式、生活质量产生了巨大的影响,将来的影响可能会更大,而这必将对未来的社会产生冲击。

(3) 信息技术对产业发展的改造与推动并进而导致产业本身的变化。信息技术发展对工业经济时代形成的产业体系与产业本身有重要的改造与融合的作用,例如传统的运输产业主要是帮助客户实现产品与物资的空间位移,最多是所谓的门对门的运送。当信息技术与传统的运输业结合后就有了现代意义的物流业,物流业虽然有产品与物资的运送,但其最重要的功能是替代其他产业与企业供应与销售的配售功能,而且是快速准确的参与供应链管理等等。现代意义的物流业在我国才刚刚起步,相比与其他发达国家,中国新一轮产业发展已经到了刻不容缓的境地。信息技术在计算机技术发展的配合下使智能化的生产变为可能。智能化的生产要求现有的产业技术与技术设备有极大的提高,即现有的生产技术设备与智能化生产不匹配。而中国的装备产业与世界先进水平的距离还很大,导致许多创造性的设计无法找到合适的工艺技术与合适的制造设备。这对中国产业体系与产业竞争力的提高至关重要。信息技术发展迅速,导致信息产业群的发展变化,直接推动产业体系与产业结构的调整变化,信息技术的发展还使产业组织形态发生重要变革,例如产业集群的产生、企业网络组织、战略联盟组织、虚拟研发组织、虚拟企业等等。今天,中国产业组织的状态还处于工业经济中期的状态,与信息技术发展的速度尚不相称,中国产业组织的发展还有相当长的道路要走,这就是一个发展中的挑战。

中国产业发展的思考

中国产业的发展在经济体制进一步转型中进行,中国的产业发展必须把自身的制度变革当作内生变量来考虑,同时中国产业的发展又遇到三个重大的挑战,这就使中国产业发展有相当大的难度,需要有非常明确的发展思路与发展策略。中国产业的发展至少应该有以下几个方面的思考:

思考之一:新型产业发展道路。中国产业的发展道路不能延续过去工业经济时代的产业发展的道路。新经济形态的产生与发展,新生产方式的诞生与发展,使发达国家生产力与竞争力水平达到了一个更高的层次,如果我们继续原来的产业发展道路,那么中国产业与发达国家的产业将会产生更大的差距,中国的产业体系还将会与发达国家的产业体系形成"数字鸿沟"。因此中国产业的发展必须要有新的发展道路。中国产业发展的新型道路应该有以下几个方面:

第一,必须确立智能化生产方式为产业改造与进步的目标。智能化的基础是智能型计算机与互联网,而智能化又与信息技术的发展分不开,因此中国产业改造与进步必须以智能型生产方式为目标,对现有的产业装备、产业技术、生产流程、产业人才等进行信息技术的嫁接与改造,提升资源配置能力,提高生产率水平,降低生产成本。

第二,把中国产业发展的制度变量看作是产业未来发展的内生变量。制度作为中国产业发展的内生变量是要求我们在推动中国产业发展时,主动地考虑在建立智能化生产方式与适应世界贸易组织规则时进行产业规制的调整与变革,进而建立中国产业未来发展的制度体系。为此,需要积极研究新经济形态下产业发展的新的制度要求及制度变化的趋向,设计中国产业发展的制度规则。

第三,积极融入世界产业分工体系,建立现代产业体系。世界经济一体化不仅仅是世界市场的一体化,各国经济的互相开放与融合,还形成了世界的产业分工体系。各国的产业首先必须融入这个产业体系才能获得更大的比较优势,其次各国又在不断地推动本国产业的发展,从而在世界产业体系的产业链中获得一个优势位置,取得更大的比较利益。中国产业的未来发展必须遵循这个基本规则。

思考之二:世界制造业中心。近年来中国已被许多国家称为"世界工厂",但我认为这是仅指加工组装业而言。中国的技术集约型装备制造业不仅没有达到世界工厂的规模和水平,而且这其中还有相当大的距离。目前中国企业需要的一般原材料和设备虽然都能以低廉的价格在国内采购,但是,高科技设备和高科技材料依然依赖进口。中国出口工业产品的品种和数量近年虽然大幅增长,但这些产品的许多零部件主要依赖进口,产品的多数附加值都是在国外创造的。在技术含量高的制造业产品方面,虽然中国企业的生产水平正在迅速提高,但是仍很落后。目前中国制造业主要的特点是规模大、劳动力价格便宜、加工能力强大,而不是像发达国家的制造业那样不仅在技术创新、设计、制造工艺,而且还在市场营运、商品策划、研究开发和人才管理等方面都存在优势。但是中国毕竟已经拥有了世界上最大规模的制造业基础,这是中国产业发展的重要前提。中国产业未来的发展必须把制造业水平的进一步提高作为重点,使中国制造业真正发展成为世界制造业中心。具体来说:

第一,新经济产生了新的生产方式,新的生产方式要求未来的制造业应该是在网络提供的信息平台、交易平台、生产平台上的一种智能化的柔性的效率高的产业,因此中国制造业未来的重点方向应该是计算机智能控制的高技术含量的装备制造业的发展。最近中国政府决定把中国东北地区发展建设成为中国未来高技术装备制造业与原材料生产基地,这表明中国政府已经认识到装备制造产业对于中国产业体系与发展的重要性。此外还必须积极推进中国的广义的 IT 产业的加速发展,并因此来改造中国传统制造业。中国的 IT 产业虽有极大的发展,但水平还不够高,尤其是在核心技术和产品方面还缺乏国际竞争力。因此,中国应集中解决好软件、集成电路、新型元器件、专用设备、仪器仪表等基础类产品的研发与制造,重点支持传统制造业的改造与提高。

第二,推进都市产业发展。大都市具有较好的产业发展的技术经济基础,是知识、信息、科研开发部门和人才集中的地方,又是政府和市场的集中所在地。抓好大都市制造产业结构的建设,就会为中国制造产业结构的升级演变和优化奠定基础。但是大都市人口密集,对环境保护的要求高,一些污染严重的制造产业不宜在城市发展,但是又不能把所有的制造业都迁移出城市,因为这样可能会导致城市产业的空洞化。因此大城市例如北京、上海、广州、深圳等下一轮制造业的发展应该是发展都市型制造业,即那些无污染、高附加值、属于制造业价值链上游的产业如研究与发展、设计创新、休闲产品制造、旅游纪念产品制造、艺术产品制造等等。而将大城市原有的制造业向周边地区转移以带动周边地区经济与产业的发展。

第三,对制造业产业组织进行改造与重组。制造业中的大型企业是产业群体的核心部分,是带领众多制造企业参与国际市场竞争的主力军。中国制造企业规模过小,资本实力弱,严重影响了中国制造业的国际竞争力。因此,必须在政府的引导下,在市场条件下对中国现有的制造业产业组织进行改造与重组,提高制造业的产业集中度,建设一批世界级大制造企业,使其成为带领中国制造企业参与全球竞争的"领头羊"。另一方面在中国还必须有强大的制造业中小企业群,对中国制造业中小企业的组织方式、发展道路、市场开拓、技术创新等进行改造与重组,促进其形成专业化分工协作、集群式发展、各有特色的中小制造企业群,使他们成为中国未来制造产业发展的重要力量。

第四,强化中国制造产业的研究与发展。与发达国家相比较,中国装备制造业缺乏大型及高精尖成套技术装备及关键零部件的设计制造能力,缺乏研究与开发的资金投入及优秀技术与管理人才。因此,中国制造业未来的发展必须集中精力推动高精尖和大型技术装备及关键零部件的研发与制造,必须建立由国家支持的制造技术研究与开发的研究机构,投入资金与人才,帮助企业形成制造业方面相关技术研究与开发的战略联盟,改变机制,提高效率。

思考之三:知识产业与知识服务业跳跃式发展。中国的服务产业虽然已经有了相当大的发展,但与其他产业发展比较还有相当大的差距,其中不仅是居民生活消费服务发展滞后,更重要的是经济与产业、社会与文化所需要的服务产业发展滞后,如金融、保险、出版、信息、法律、代理、中介等等在中国还有巨大的发展空间。显然中国未来的产业体系与产业发展离不开服务业的发展与提高,而且中国服务业未来的发展已经不仅满足于其中一些行业的发展,而是需要整个行业全面的发展与提高。我认为中国服务业在全面发展的前提下,重点应该是发展中国服务产业中的知识服务业,而且它的发展必须走跳跃式发展的道路。一个国家的知识积累与知识创造能力决定了这个国家在国际舞台上的竞争力,也决定了这个国家产业体系与产业发展的状态与未来。重点发展知识产业与知识服务产业,是中国产业体系提升与产业竞争力提高的关键所在。

知识产业中应重点发展研究与开发产业和教育与培训产业。R&D(研究与开发)产业很难归于制造业之中。根据 OECD 的定义,R&D 是"承担一项系统的基础性的发明工作,目的在于增加知识存量,其中包括对人类文化与社会的认识以及运用这些知识开拓出新的应用。"R&D 产业不仅会在 GDP 中占有较大的比重,而且这个比重还会随着知识经济的发展而越来越大。由于它的发展能够支持其他知识产业的创新与其他产业的提升和发展,因此,它对中国的产业体系与新经济的发展有着巨大的推动作用。中国的教育与培训产业近年来已经有了很大发展,目前已经成为第三大规模的高等教育的国家,但教育的质量还有待改善。教育与培训不仅是知识扩散的主要途径,而且是培养知识经济时代所要求的高素质人才的场所。因此,发展教育与培训产业,可以培养许多知识创造的人才,帮助开发我们每个人的内在的巨大潜力,进行知识创新、知识传播及推动知识应用等重要工作。

在知识服务业中,根据中国目前的状态与未来经济和产业发展的要求,在中国需要发展以出版、传媒、旅游、咨询、律师、设计等为代表的"高知识含量"的服务产业。随着网络信息技术的迅速发展,这类服务产业的知识含量将越来越高,对经济社会与产业体系的发展会有重要的作用,甚至会成为整个服务产业中的主导。金融、保险业、代理业等,它们既是知识经济时代需要大力发展的知识型服务产业,又是具有一定历史的传统产业。对此类产业的改造应该主要利用 IT 技术,提高知识含量,使其在网络的三个平台的基础上进行现代意义的知识化营运与服务。当然中国居民的生活消费服务产业也急需改造提高,以适应中国居民生活水平的提高,适应经济与产业发展的要求,同时也推动健康科学、合理、经济的社会生活方式在中国的发展,从根本上提高人民的生活质量。

参 考 文 献

余永定,《中国"入世"研究报告:进入 WTO 的中国产业》,社会科学文献出版社 2000 年版。

陈文晖,《中国行业结构——全景透视》,中国物价出版社 2003 年 7 月版。

芮明杰,《新经济、新企业、新管理》,上海人民出版社 2002 年 8 月版。

刘世锦,《中国"十五"产业发展大思路》,中国经济出版社 2000 年 5 月版。

马洪,《中国发展研究》,中国发展出版社 2003 年 3 月版。

周振华,《新型工业化道路:工业化与信息化的互动与融合》,《上海经济研究》2002 年第 12 期。

浅析中国产业在东亚产业
结构中的地位和作用[*]

伍华佳

摘 要 近年来,东亚作为世界经济增长最快、最富有活力的地区,产业结构调整浪潮分外高涨。随着中国对外开放的深入和东亚地区日趋繁荣,中国与东亚各国和地区的经济联系更加紧密,在东亚经济一体化中的地位和作用也在不断加强。为此,我们有必要在对目前东亚产业结构的演变作一个大致了解的基础上,通过近年来我国对外贸易结构和国际资本对我国的产业投资的变化,对我国产业在东亚产业结构整体性成长中的地位和作用作一定的分析,以使我们对我国产业今后的发展态势有一个战略性的把握。

关键词 东亚产业结构,产业结构整体性成长,产业关联

ABSTRACT Along with China's opening up policy and continuous progress in the East Asian areas, the economical relation between China and the East Asian countries and areas has become closer and China's status and function in the East Asian economy integration have also been strengthened. At this stage, we need to make further analysis on the status and function of our industry in the unceasing adjustment to the East Asian industrial structures so as to achieve a strategic assurance to our industry development in the coming years.

Key Words east asia, industrial structures, growth, industry connection, function

东亚产业结构发展态势

东亚区域产业结构的整体性成长是建立在东亚各国利用其经济的互补性、结合区域内分工的特点和优势,逐步进行产业结构调整与转换,实现产业结构的升级和优化,使东亚成为"世界工业生产基地"的基础之上的。近二三十年来,随着东亚经济的快速发展,东亚地区逐步形成了多层次的动态梯度分工体系,推动着不同层次国家和地区的结构调整与经济发展。这不仅表现在东亚各国和地区经济发展水平处于不同的工业化阶梯上,而且重要的产业结构亦呈阶梯型发展态势,形成了如日本那样的发达、成熟的工业经济、"四小"那样的第一

---

[*] 原文发表于《亚太经济》2006 年第 1 期。

代新兴工业化经济、"东盟"那样的第二代新兴工业化经济以及正在进行工业化的发展中国家,如中国、越南等这样一个经济体系。东亚经济的这种多层次性是由梯度动态的国际分工构成的。其相互之间的关联则借助于这一地区日益扩大的贸易往来和相互之间的投资活动而得以发展。进入20世纪90年代,这种垂直的分工体系逐渐被垂直分工与水平分工并存的格局所替代,区内分工日趋多样化和高级化。在新型国际分工格局下,传统的国际产业转移正在相应地演进为产业链条、产品工序的分解与在东亚地区的全球化配置。国际分工的边界正从产业层次转换为价值链层次,分工可以是传统的劳动密集型产业、资本密集型产业和技术密集型产业之间的分工,也可以是同一产业、同一产品价值链上不同环节之间的分工。在这种分工体系中,技术密集型产业有它的劳动密集型环节(如高科技产品的加工装配环节),劳动密集型产业有它的知识密集型环节(如服装产业的服装设计环节)。在价值链分解的基础上,每一个企业只能根据自己的核心能力和优势资源,从事价值链上的某一个环节或某一个工序。任何企业,也只有融入某一价值链并在价值链中准确定位才能获得更好的生存与发展。

自20世纪90年代以来,处于雁行阵势头部的日本和处于尾部的东南亚国家的国内经济或政治出现严重问题,"四小"继续发展壮大,中国经济持续高速发展,从而打乱了东亚经济发展的雁行模式,整个东亚产业结构调整和产业转移出现以下一些特征:

1. 优势互补成为构建东亚产业结构的重要基础。东亚国家和地区经济的多样性的存在,决定各国和地区应以优势互补、互利互惠为原则,进行各种区域性、次区域性以及形式多样的产业与技术合作。这样,既能降低对区域外发达国家的依赖,又能产生巨大的经济效益,实现经济高速增长。随着各国和地区经济关系的日益扩大和加深,以及垂直分工朝着与水平分工并存的方向发展,将会加速这些生产要素的转移、吸收和消化,使产业转移和结构调整的步伐加快,并最终达到资源的合理配置和产业均衡发展。东亚各国和地区生产要素禀赋的差异性和经济的极强的互补性,是东亚地区实现区域经济合作的重要物质基础,为该地区产业转移、结构升级、经济发展提供了有利条件。随着生产力的发展,为提高资源配置效率,客观上要求在区域范围内实现最佳配置。生产要素和产业结构的互补性已使整个区域的产业结构产生深度关联、互动关系更加明显,从而在整个东亚区域内形成一种完整的国际分工体系和结构互动关系。一国产业结构往往是"残缺不全"的,正是这种不完整性把区域内各国产业结构紧密相联,在互补竞争中得以提高一国或整个区域产业结构体系的整体效率,这一趋向已成为不以人们的意志为转移的客观必然趋势。

2. 产业结构的高级化使东亚产业结构升级加快。20世纪90年代,世界经济向高科技产业和信息化产业发展,带动了全世界产业结构的大调整。东亚地区产业结构调整也适应这一发展趋势,产业的升级或高级化进程加快。因为在国际竞争中,竞争力主要表现为科学技术的竞争。东亚地区要巩固自己的优势地位,缩小同发达国家的差距,必须发展科技产业。因此,东亚地区在产业结构调整中都十分注重强调高技术产业的投入。东亚各国在产业结构调整中都十分注重发挥科技的作用,并根据不同的国情各有侧重。日本认为高技术的基础研究是与美、欧争雄的关键,因而在推行"科技立国"战略的过程中,特别强调基础研究和自主技术开发的重要性。同时,重点扶植以微电子为中心的信息产业和高技术产业,使这些产业在增加出口、扩大内需、减少失业和改造传统产业等方面发挥主导作用;新兴工业化国家或地区着重增强科技开发能力,力求跻身世界先进技术国家行列。如新加坡 20 世纪 90 年代以成为国际经济枢纽和东南亚经济中心为目标,加大高技术产业群的发展,其电子计算机的出口额在亚洲仅次于日本,其中电脑磁盘驱动器的产量占世界产量的 50% 以上,赢得了"智能岛"、"东南亚硅谷"的美誉。东盟和中国则关注技术引进、科技成果转化和生产效率的提高。马来西亚政府大力发展科学及工艺基础设施、信息技术和工程,并确定了自动制造技术、新兴原材料、微电子和数字信息技术、生物技术等为科技发展重点。中国已建立包括部分高科技产业在内的工业生产体系,在技术上具有较大的包容性,并已在不同的技术层次上与东亚各成员发展经贸关系及技术合作。

3. 产业结构调整的趋同化加剧了东亚各国产业结构和出口结构上的摩擦。东亚地区产业结构虽然呈现梯次的所谓"雁行模式",但 20 世纪 90 年代东亚经济的国际化进程中,产业结构的发展趋势出现趋同化。这主要缘于东亚经济水平差异的缩小和发展战略定位的一致性。东亚产业结构的趋同主要表现在同一经济发展层次国家或地区的趋同。东亚地区大体上分为三类国家或地区,即发达国家,如日本;新兴工业化国家,如亚洲"四小龙"等;起飞中的发展中国家,如中国和东盟等。这种产业趋同是以日本为标准,体现为二三类国家或地区内部产业结构的基本趋同。处于相同和相近经济发展水平层次上的国家如中国与东盟诸国之间,东亚"四小龙"以及"四小龙"与日本之间在产业结构与出口结构上出现了不同程度的雷同性,这就带来了各国或地区之间经济竞争的压力与矛盾。以东盟与中国竞争为例,由于双方劳动力资源丰富,因此双方在劳动密集型产品如服装、纺织、鞋类以及组装类电子产品出口方面有竞争加剧之势。该区域同一层次国家之间在产业结构和出口结构上的雷同性和竞争性,对于东亚地区经济在未来稳定增长是极其不利的。

中国产业在东亚产业结构中的地位和作用

目前,国际上对同一区域内各国产业结构体间相互依存关系的测度主要有两种方法,一种是从基本联结纽带——国际贸易出发,来衡量相互依存的程度;另一种是通过国际区域内的直接投资来分析对区域内各产业结构体之间相互关联,整体成长的影响及其机制。在此,本文主要通过中国对外贸易结构的动态变化以及外商对华直接投资的变化情况分析中国在东亚区域产业结构中的地位,由此把握中国在东亚区域产业链中所处的位置和所起的作用。

(一)中国国际贸易产品结构分析

一般来说,国际贸易对产业结构的影响,主要是通过国际比较利益机制来实现的。国际比较利益是建立在各国生产要素禀赋差异的基础上的。从国际区域内来看,不仅各国生产要素禀赋有差异,而且比较利益在各国的分布,并非是一成不变的,往往由于各种原因会改变域内国际比较利益优势的格局。东亚产业结构由垂直向水平的整体性演进态势促进了东亚产业内的贸易。产业内贸易的产品一般是工业制成品,由近二十多年我国初级产品与工业制成品出口贸易结构的变化可知,我国工业制成品在近二十年的时间内出口贸易额的增长率是非常强劲的。如表 1 所示。

表 1　中国海关历年出口商品分类表　　　　　　　　(亿美元)

年　份	总　额	初级产品	占总额比例	工业制成品	占总额比例
1980	181.19	91.14	50%	90.05	50%
1991	719.10	161.45	22%	135.22	78%
1996	1 510.48	219.25	15%	1 291.23	85%
2001	2 660.98	263.38	10%	2 397.60	90%
2002	3 255.96	285.40	9%	2 970.56	91%

资料来源:根据 2003 年《中国统计年鉴》数据整理。

由上表可知,中国出口贸易中,工业制成品占整个出口总额的比例,由 1980 年的 50% 猛增到 2002 年出口总额的 91%,22 年间提高了 41%。另外,中国出口能力强劲,1979 年至 2002 年出口年均增长率为 15.7%,位居全球出口排名第五位,这反映了中国出口的强大竞争能力以及中国在国际产业资源配置中的比较优势发生了重大的变化,中国产业在国际产业链中的位置正在不断提升。

同时,中国经济在 20 世纪 90 年代以来,有了很大的结构转型变化,由劳动密集型制成品出口升级至技术密集型的机械制成品出口。2002 年开始,转型速度加快,从中国出口的产品结构足以看出这种变化。如表 2、表 3、表 4 所示。

表 2　中国出口产品结构中机械及设备比重

1980	1985	1990	1991	1995	1996	1997	1998	1999	2000	2001	2002
9.4%	5.7%	12.1%	12.8%	24.7%	27.3%	27.5%	30.8%	33.6%	36.9%	39.6%	42.7%

资料来源:根据 2003 年《中国统计年鉴》数据整理。

由表 2、表 3、表 4 可知,中国出口产品结构在近几年有了很大的变化,技术密集型产品的出口额呈持续上升的趋势。贸易结构的变动在影响各国产业结构的同时,也加强了产业结构间的关联或互相依存关系。各国产业间产业结构体间的联系紧密化主要体现在中间产品贸易增加和贸易结构变化。由中国工业制成品出口比例急剧上升的趋势可知,中国在国际分工中的地位已由垂直贸易向水平贸易发展,中国的产业结构在东亚区域产业结构中的位置也从垂直分工向垂直与水平分工并存的方向发展。我们可以从表 4 中看到,中国高技术产品的出口额迅速上升,由 1995 年的 1 125.23 亿元急速增加到 2002 年的 6 020.02 亿元,7 年间增加了 4.3 倍,电子计算机及办公设备制造业产品出口额 7 年增加 9.6 倍,电子及通信设备制造业产品出口额增加 3.6 倍。由此可见,中国已初步形成从基础技术到中间技术再到高技术产业的完整的国民经济体系,在未来也有望形成一个与日本并行的产业与经济版块。

表 3　中国劳动密集型制成品及技术密集型制成品贸易趋势　　　（亿美元）

	1998	1999	2000	2001	2002	2003[1]
劳动密集型制成品出口额	972.2	1 000.0	1 216.1	1 241.5	1 464.1	1 320.5
占总出口比重	52.9%	51.3%	48.8%	46.7%	45.0%	52.9%
贸易差额	620.6	611.9	743.9	764.7	913.8	792.7
技术密集型制成品出口额	556.1	646.2	898.3	1 017.1	1 317.1	1 365.1
占总出口比重	30.3%	33.2%	36.0%	38.2%	41.4%	44.4%
贸易差额	−55.2	100.5	94.5	146.7	156.0	188.8

注:[1] 2003 年 1 月到 9 月。
资料来源:《中国海关统计》。

表 4　中国高技术产品出口交货值　　　（亿元）

行　业	1995	1998	1999	2000	2001	2002
合　计	1 125.23	2 041.81	2 413.02	3 388.38	4 281.97	6 020.02
医药制造业	127.32	147.15	162.54	167.93	183.38	203.95
航空航天器制造业	16.44	22.62	22.23	31.23	64.07	45.64
电子及通信设备制造业	712.24	1 192.09	1 526.93	2 157.78	2 525.62	3 286.87
电子计算机及办公设备制造业	219.15	576.72	608.08	904.12	1 354.73	2 320.31
医疗设备及仪器仪表制造业	50.07	103.22	93.26	127.30	154.18	163.25

资料来源:根据 2003 年《中国高技术产业统计年鉴》数据整理。

另外,从中国对外贸易主要国家(地区)出口去向构成可以看到,2001 年中国对外贸易出口中,对亚洲各国的出口额占整个出口额的 52.8%。其中,对日本出口占整个贸易出口额的 16.9%,对东亚各国(不包括日本)的出口额占

33.3％,超过了对美国和加拿大的21.7％和欧洲的15.8％。综上所述,由于工业生产水平不同,中国具有和区域内不同层次国家之间相互补充和竞争的潜力,并且由于在各个领域的产业竞争力的提升,将加剧与其他东亚各国的竞争。特别是中国机械产业的发展,不仅激化了与东盟,而且还激化了与亚洲四小龙和日本的竞争。中国的发展促进了东亚地区的竞争,在东亚产业分工中的地位日益提高。同时,中国与东亚区域内各产业结构体之间内在联系的紧密化,通过推进构筑以东亚为中心的有效分工,对东亚区域产业结构整体性成长将起到很好的促进作用。

(二) 中国吸收直接投资分析

与区域内相互贸易相比,同一区域内的直接投资使各产业间的内在联系更进一步紧密化。这是因为直接投资把同一区域内发达国家与发展中国家产业结构之间的关联由"贸易联系"上升为"生产联系",它不仅强化了原有的相互关系,而且使这种相互关系发展到了一个新的阶段。近年来,随着中国不断完善投资环境、改善对外商投资企业的管理和服务,外商对华投资额迅速增长,特别是东亚各国对华直接投资已成为我国吸收外资的主要来源地区,如表5所示,在我国吸收外资总量中的比重不断上升。

表5　1999—2001年亚洲十国对华直接投资情况　　　(万美元)

年份	项目数(个)	比重％	合同外资金额	比重％	实际使用外资金额	比重％
1999	12 277	72.57	2 425 684	58.84	2 679 317	66.45
2000	15 981	71.51	3 045 428	48.82	2 538 571	62.35
2001	18 819	71.99	4 029 870	58.24	2 948 833	62.90

注:这里的"比重"指占当年世界各国对华直接投资总额的比重。
资料来源:根据2002年《中国对外贸易年鉴》数据整理。

由上表可知,2001年亚洲十国对华直接投资是1999年投资项目数的1.5倍,合同外资金额的1.7倍,实际使用外资金额的1.1倍。并且,亚洲十国对华直接投资历年来项目数一直保持在71％以上,合同金额保持在50％以上,实际使用外资金额数保持在62％以上。由此可见,我国同亚洲各国在产业上的相互关联度和紧密性要远远大于同其他区域产业的合作程度。多年来通过中外各方的友好合作,我国已设立了一批在国内外有重大影响的中外合资、合作企业和外资企业,这些企业的设立与发展改善了我国产业结构,提高了产品技术水平,开拓了新的市场。通过外商对华直接投资,延长了外商投资企业在中国国内的生产链条,发挥外商投资的产业集聚效应,并使跨国公司在中国建立了面向全球的生产基地、技术开发基地和配套基地。中国通过加强国内企业的对外合作,为大型外商投资企业配套,纳入跨国公司全球生产、销售和配套网络,提高了中国配套产业技术水平和国际竞争力,并提升了中国产业在东亚产业链和价值链的位置,优化了中国产业结构,使中国产业结构向高级化方向发展。

就 2001 年东亚各国对华直接投资关系来看,中国和东亚各国的产业关联和相互依存关系正在不断地深化。中国内地累计吸收香港直接投资项目 199 857 个,实际使用港资 1 875.63 亿美元,分别占内地吸收外资总数的 51.2% 和 47.4%。2001 年中国从日本引进技术设备 771 项,合同金额 11.28 亿美元,日本成为当年中国引进技术设备第三大国家,累计对华直接投资项目 22 402 个,合同金额 442.34 亿美元,实际投入 321 49 亿美元。由于日本机电企业对华投资的增加,2001 年中国对日本机电类产品的出口增长较大,据日本贸易振兴会统计,机电产品占中国对日出口总额的比重达 28.4%,仅次于纺织品的出口比重 29.1%。此外,制成品比重达 84%。由此可见,中日产业结构之间通过直接投资已形成很强的内部关联和相互依存关系。2001 年,韩国对华直接投资累计 18 517 项,协议金额 222.9 亿美元,实际使用 122.3 亿美元,居外商对华投资的第七位,成为韩国最大的海外投资对象国。就韩国对华投资领域来看,主要以制造业(纤维、服装、电子电器组装、制鞋、石油化工品)为主,还包括矿产开发、饮食、运输、建筑、贸易和房地产等行业,目前正由劳动密集型转向技术和资金密集型领域,并逐步趋向多样化。中韩两国在直接投资领域的合作,不仅带动了双边贸易的发展,也推动了双方在生产和技术领域的合作,加深了两国产业结构的优势互补。东盟各国截止到 2001 年底,共来华直接投资项目 17 972 项,合同外资金额 534.68 亿美元,实际利用 261.75 亿美元。同时,中国企业到东盟国家投资也逐年增长,截止到 2001 年底,中国企业共在东盟国家投资 740 项,总投资 10.91 亿美元,其中中方投资 6.55 亿美元。另外,同年中国对东盟国家出口的机电产品和高新技术产品金额分别达 100.7 亿美元和 47.3 亿美元,占东盟出口总额的 54.5% 和 25.7%。与此同时,我国从东盟进口的机电产品和高新技术产品的数量也大幅增长,分别达 109.4 亿美元和 83.76 亿美元,占自东盟进口总额的 47.1% 和 36.1%。

另外,从我国历年三资企业占高技术产品出口交货值总额的比例来看,三资企业在我国高技术产业中所占的份额是非常大的。如表 6 所示。

表 6　中国三资企业高技术产品出口交货值　　　　　　　(亿元)

年　份	1995	1998	1999	2000	2001	2002
合　计	830.16	1 667.50	2 024.27	2 882.06	3 699.73	5 230.41
占当年全部出口交货值比重	73.8%	81.7%	83.9%	85.1%	86.4%	86.9%

资料来源:根据 2003 年《中国高技术产业统计年鉴》数据整理。

由表可见,中国三资企业在我国高技术产品出口贸易中,自 2000 年起一直保持在 85% 以上。从 2001 年中国投资中国规模最大的 500 家外商投资企业来看,主要集中在电子、半导体、石化、钢铁、家电、汽车、信息、通信等资本密集型和技术密集型产业。外商的这些直接投资,无疑使投资国与我国的产业关联更为密切。特别是我国加入 WTO 后,跨国公司加大了在华投资力度,他们在加强制造业原有项目投资与经营的同时,注重加强制造业上游和下游的投资,即纵向一体化投资,以及注重加强与制造业相关的服务业项目投资,即横向一体化投资。中国正成为东亚地区的研发中心、地区管理营运中心。毋庸置疑,这对我国产业结构的提升和高级化带来了重要而深刻的影响。但值得注意的是,由于中国国内产业的整体水平以及支持这些产业的相关与辅助产业的实力与水平明显不如外国竞争对手,中国基础元器件工业薄弱,核心技术仍被控制在外国公司手中以及国内企业的研究开发能力不强等弱点的显现,有可能在我国整体产业结构调整与升级中出现结构扭曲和结构刚性,延误产业结构的转换。因此,外商直接投资是一把双刃剑,我们在引进直接投资和接受产业转移时,必须沿着本国产业结构演化和调整升级的方向,采取适当的政策。

综上所述,随着经济全球化和区域经济一体化的不断发展,东亚产业结构正处于调整、升级和趋于高级化的过程之中。近年来,中国产业竞争力的提升、产业结构不断趋于高级化,特别是我国通过 FDI(外商直接投资),使中国产业结构呈现出一种开放型的产业结构调整趋势,在东亚区域内各产业结构体相互关联成整体性成长中发挥着越来越重要的作用。

参 考 文 献

胡石其,《90 年代东亚产业结构调整的特点》,《湘潭师范学院学报》第 21 卷第 1 期。

王洛林、江小涓、卢圣亮,《大型跨国公司投资对中国产业结构技术进步和经济国际化的影响》,《中国工业经济》2000 年第 4 期。

《中国统计年鉴》,中国统计出版社,2000,2001,2002,2003。

《中国对外经济贸易年鉴》,中国社会出版社,1999,2000,2001,2002。

促进产业集群企业衍生的关键"软因素"分析
——以浙江"块状经济"企业衍生的经验为例[*]

——以浙江"块状经济"企业衍生的经验为例[*]

胡建绩 陈海滨

摘　要　在浙江,由大量中小企业集群构成的"块状经济"已经成为当地最主要的产业组织形式。本文以"软因素"分析理论为基础,从社会网络、无形资源、弹性专业化三个方面,用案例实证的方法,研究了促进浙江"块状经济"企业衍生的关键"软因素",最后对这三个关键"软因素"的发展与变化作了动态分析。

关键词　产业集群,软因素,企业衍生

ABSTRACT　Agglomeration economies which consist of mass small and medium enterprises clusters have become the dominating form of industrial organization in Zhejiang Province. Based on the Theory of Software Factors Analysis, selecting social network, intangible resources, and flexible specialization, adopting the means of case demonstration, this paper discusses the key software factors which enhancing the SMEs spin-offs within the Zhejiang Agglomeration Economies. And at last, this paper studies the changes and developments of these important software factors with the method of dynamic analysis.

Key Words　industry cluster, software factor, spin-off

　　研究中小企业在特定经济区域内的衍生原因,是解释产业集群(或块状经济)生成和发展的基本途径。但在学术上,研究产业集群企业衍生的专著与文献却较少。已有的文献也都主要集中于研究影响产业集群形成与发展的环境因素,例如,地理与自然资源环境因素、制度环境因素、人文与社会环境因素等等。概括来看,研究产业集群内部企业衍生的动力因素,基本可以分为两类:一是硬件因素,如丰富的资源禀赋、便捷的交通网络、完备的基础设施等等;二是软件因素(即下文所提的"软因素"),例如社会网络、知识学习、经验积累、市场结构、专业分工、历史文化、无形资源等等。然而,得益于经济全球化以及贸易自由化的推动,自20世纪70年代以来,世界上各类特色产业区、产业集群以及块状经济的产生与壮大,对硬件因素的依赖性变得越来越小;相反地,诸多软件因素对促进产业集群和企业衍生的重要性却越来越明显,例如资源匮乏的意大利中北部地区、日本、中国江浙地区和广东地区等纷纷出现了具有国际影响力的产业集群。

---

　　* 原文发表于《中国工业经济》2005年第3期,感谢中国社会科学院工业经济研究所李海舰教授对本文提出了中肯的批评与建议,文责自负。

"软因素"分析理论回顾与关键"软因素"的提出

（一）现有文献综述

"软因素"的研究因不同地区或不同类型的产业集群而有较大的差异性，由此更显得"百花齐放、百家争鸣"。在国际上，Boschma 和 Lambooy(2002)的研究认为，知识、市场结构和经济合作是推动产业集群内企业生成与发展的主要因素。而 Schiavone(2004)则把劳动分工、社会网络和无形资源作为影响"第三意大利"区域中企业衍生的关键因素。在国内，郑风田、唐忠(2002)从宏观、中观和微观三个维度来分析影响中国中小企业簇群衍生与成长的"软因素"。金祥荣、朱希伟(2002)从历史的视角考察了浙江专业化产业区企业衍生的三个历史条件：产业特定性知识、技术工匠和特质劳动力、产业氛围。杨静文(2004)提出创业机制的内涵包括：创业的意志与激励、创业门槛、创业保障、可供潜在创业者创业学习模仿对象。同时，杨静文、朱宪辰、冯俊文(2004)认为，丰富的市场信息、新的市场机会、企业集群自身良好环境、企业集群对群外投资者的吸聚效应等，形成了企业集群健全的创业机制，从而使得企业衍生得以持续。姚小涛、王洪涛、李武(2004)把社会网络与中小企业成长联系起来，构建了基于社会网络构造与演进的中小企业成长的两个模型。周维颖(2004)以弹性专业化的概念，研究了新产业区内企业衍生机制。本文综合以上所提的这些"软因素"，考察"第三意大利"、"硅谷模式"以及江浙产业集群或块状经济的实际经验，大致形成了如下归整(见表1)。

表 1　促进产业集群企业衍生的主要"软因素"描述

主要"软因素"	特　征　描　述
劳动分工	企业内部为提高产出效率而设立各种专门工种，导致"专家型"技术工的出现，由此形成潜在的创业者；上下游企业之间为提高供应链效率，对关联业务进行再次分工，形成新的创业机会。
知识传播	专利、技术诀窍、工艺、知识经验、信息等通过家族、师徒、朋友、同乡以及培训机构等进行传承与扩散，并得以不断创新。
社会网络	即存在于特定产业区域的、创业者可以利用的所有社会关系和纽带；包含重要的企业所需资源；具有不同广度和深度的网络性质，并不断演进。
无形资源	包括地域品牌、创业精神支持、信用关系、人脉关系、亲朋建议与忠告、特有生产经营知识与诀窍等等，不为产业集群以外所拥有。
创业精神与创业机制	民间具有强烈的开创意识，创业氛围浓厚；创业孵化机制完备成熟；创业门槛不高，并具有创业保障。

主要"软因素"	特 征 描 述
市场结构	经济市场化程度高;政府干预行为少;地方保护主义小;竞争程度较自由、较激烈,同时存在普遍的经济合作现象。
政策扶持	地方政府对中小企业的优惠与扶持政策,如税收优惠、规划工业园区、组织中小企业家进行集体学习等等,形成当地良好的政企关系。
弹性专业化	产业价值链上各环节的进一步细化分工,创业者通过可以获得的各类资源(或资产)的弹性选择,组成新的企业。
历史文化基础	自强不息、勇于创新、务实进取的人文精神;具有悠久历史传统的"百年手艺";外出经营谋生的传统;广泛接纳外来人才和新颖事物。

(二) 关键"软因素"的提出

以上这些"软因素",对促进企业衍生的影响程度,虽然可能因不同类型的产业集群或者产业集群的不同发展阶段,而有所不同,但通过考察"第三意大利"和江浙产业集群或块状经济的历史经验,本文认为有些"软因素"还是具有一般地重要性,如劳动分工、社会网络、市场结构、无形资源、弹性专业化等对所有产业集群企业衍生来说都是关键"软因素"。尤其是社会网络、无形资源和弹性专业化三者之间具有密切的关联性,即社会网络是创业者获得无形资源广度和丰度的基础;无形资源的可获取性则是创业者发展社会网络的原动力;社会网络和无形资源是创业者成功进行弹性专业化的保障。本文将以浙江"块状经济"企业衍生的经验为例,着重分析这三者对企业衍生的重要程度。

关键"软因素"的具体分析

(一) 社会网络

社会网络(Social Network)由一组的相关活动环节或一群参与者(个体或组织)所组成,并由这些环节或参与者共同形成特殊网络性质的社会关系或社会纽带。例如,家族、俱乐部、大学院系、政府机构、企业等都是常见的社会网络。社会网络对企业外部能力的整合和企业间信用依赖的建立起主要作用。特别地,信用依赖程度的高低是衡量一个社会网络运行效率的关键维度。

社会网络的边界界定比较模糊。这不仅因为网络中性质不同的参与者,而且同类参与者数量的不同,都使得社会网络的范围可大可小。不过社会网络的这一属性恰好增强了集群的开放性与灵活性。硅谷模式的经验已经证实,硅谷的工程师们频繁地从一个项目或一个企业转移到另外的项目或企业,形成了独一无二的硅谷文化和巨大社会网络。这种高灵活性造就了"多对多"的网络关系,因此强化了社会网络的密度,使得技术和市场信息以及其他无形资源(例如公司文化和信用关系)得以广泛地低约束地传递。

以浙江"块状经济"为例,从横向发展来看(图1),最初的网络关系由家族关系、师徒关系逐渐演变为同乡关系、朋友关系,地域范围也从一村走向一镇甚至一县/市。从纵向来看(图2),网络关系由于劳动分工(不管是企业内还是企业间),向原料/半成品供应、商业中介机构(如货运服务、外贸服务等)、销售机构(如专业市场)、设计机构以及民间信用服务者拓展。这不仅增大了社会网络的范围,而且社会网络关系的复杂性和密度都大大增强。

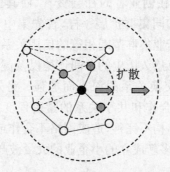

说明:(1)黑点表示已经有的企业主,灰点表示与企业主关系密切的创业者,白点表示与企业主次一级关系的潜在创业者(可能为企业主认识也可能不认识)。(2)实线表示由于帮助潜在创业者建立企业而产生的关系;虚线表示潜在创业者成为企业主之后,与其他企业产生的关系(而且这一关系不断增多)。

图1　网络关系横向扩散图

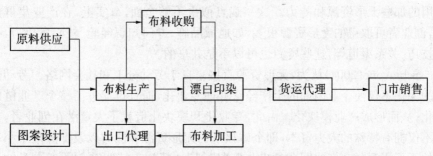

注:由原来的布料生产企业开始,逐渐向上下游拓展相关产业类型企业,每一个环节都足以形成相当规模的中小企业集群。

图2　网络关系纵向扩散图(以绍兴中国轻纺城块状经济为例)

当然,创业者在企业创立过程中要受到社会网络属性的影响。Hoang 和 Antoncic(2003)提出了社会网络影响创业者行为的三个显著因素:(1)社会网络参与者之间所存在的沟通与交换内容,即要考虑无形资源(intangible resources)的可获得性,如市场信息、商业建议、解决方案和精神支持。这些无形资源通过个人间和机构间的关系来得到交流。(2)驱动社会网络关系运作的信用机制。它支撑着整个网络的运转,并使得社会资本①(social capital)得以产生。信用机制减少了网络参与者之间交换资源的交易成本,并影响着这种交换关系的深度和广度,使得交易更加可靠。(3)社会网络的结构。网络结构的不同很大程度上影响着创业者可获得资源的数量、可获得资源的便捷性、可获得资源的质量、可获得资源的广度(即范围大小)与深度(即资源持续发展的能力)等等。

从浙江区域特色块状经济的发展过程来看,丰富的无形资源(将在下一部分详细描述)、由亲情与乡情所孕育的民间信用机制以及由历史形成的良好的网络结构,无疑增强了潜在创业者的社会资本,使其创业的成功性大大增加。民间的信用机制的运作如同集群扩展一样,首先集中于某一村,然后向临近村落扩散……最终形成与产业集群范围相符的信用关系网络。从实践来看,保持信用依赖关系的则是具有悠久历史的乡间道德以及健全的法律体系;而且这种信用依赖关系随着资源交换关系的深入而加强。另外,社会网络结构是否优良,还具体表现为网络的合作和共享关系的紧密程度,例如永康保温杯制造企业群落就因为社会网络结构不完善,造成网络不合作或合作信任度低而进行恶性生产竞争,结果引起众多新成立的小企业的大量破产。

(二) 无形资源

企业衍生不是仅仅依赖于有形资源(如所拥有的厂房、机器、金融资本),而且很大程度上也依靠创业者的无形资源和社会因素。从某种程度上讲,无形资源甚至可以说是促进企业衍生的"一只无形的手"。Molina-Morales 和 Martinez-Fernandez(2004)用共享资源(shared resources)来描述产业区内部企业可以享用的那些无形资源和能力。这一观点似乎不够全面,事实上,在产业集群内部,创业者可取得的无形资源很多,如地域品牌、专门知识经验、核心竞争力、技术技巧、关系渠道等,这些资源也可以不是共享的。

Schiavone(2004)认为,无形资源直接来自于劳动分工和社会网络。劳动分工的深化不仅使企业内部的生产经营管理专业化,而且也促进了整个产业链的分化,从而形成产业模块化。由此,专业化和模块化造就了大量潜在创业者,他们不仅拥有特殊的人力资本,即个体独享的无形资源和能力以及那些限于小范围的无形资源(如"亲戚朋友的忠告"、"建议"、"精神支持"和"创业者自身的人脉关系"等),而且可以利用社会网络的"共享资源"——社会资本,如块状经济的声望、频繁的资源整合与交换机会以及当地社会机构的服务(Molina-Morales

---

① 社会资本是 20 世纪 80 年代以来在西方社会学、经济学和社区发展领域被广泛使用的一个概念,用来解释"处于网络或更广泛的社会结构中的个人动员稀有资源的能力"。引自王珺等人(2003)。

and Martinez-Fernandez，2004）；另外当地政府的产业扶持政策、行政机构对经济的干预程度等制度性因素也是社会资本的一部分。需要说明的是，社会资本不能与人力资本混淆起来。人力资本是社会网络关系中（如企业中）有关个体自身的能力和无形资源；而社会资本则主要是社会网络关系中个体之间或机构之间产生的能共享的无形资源。因此，社会资本是一个影响所有网络参与者的一般无形资源，而人力资本则是一个影响个别网络参与者的特殊无形资源。这两者共同构成对企业衍生起促进作用的无形资源（见图3）。

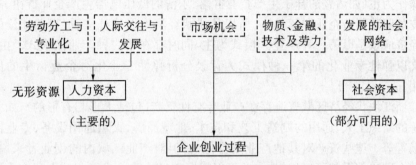

图3 人力资本与社会资本对企业创业的作用

在浙江块状经济模式中，一些在原有企业长期工作和学习的员工，一旦抓住创业的有利时机，就会利用其拥有的人力资本，来创建一个新的企业。例如，在绍兴轻纺城，某些在原企业长期从事布料印染全套工序的员工，一旦发现这一区域需要大量印染企业，他们就会离开原企业，利用自己特有的人力资本（印染知识和经验、工序组织能力、销售能力、起用社会资源的能力等），开设新的企业。

相对于人力资本来说，社会资本更像是一种公共产品（当然是仅限于特定区域），它构成集群内可以共享的无形资源。在浙江的各个块状经济区域中，这种社会资本变得越来越大，比如，产业声望的提高（"中国轻纺城"、"中国五金城"、"世界小商品市场"等）、更多社会中介服务机构的出现（信息服务商、网上交易平台、各种商业协会与互助组织、更多的银行网点、培训机构等）以及政府鼓励创业、优惠的税收政策等等，使得创业者所能利用的社会资本数量更多、质量更好。当然，创业者可获得社会资本的多少还是取决于其人力资本的大小（或者可获得社会资本的类型取决于其人力资本的专用倾向）。

（三）弹性专业化

基于对"第三意大利"产业区模式的研究，Piore 和 Sabel（1984），首先提出了弹性专业化（Flexible Specialization）的概念，认为以手工生产为特征的弹性专业化并没有被大规模生产方式（如 Ford 制生产模式）所取代；相反许多产业的生产经营模式还是建立在原来传统的生产方式的基础之上，如手工制造、家庭作坊式生产（周维颖，2004）。这种专业化生产通过运用通用性强、可灵活使用的生产设备以及大量熟练的劳动力,满足市场的广泛需求。在产业区内,企业间通过产能互补、协作生产,能够对市场变化做出快速反应,专业化程度极高。另外,姚先国、朱海就(2002)提出了弹性专业化的两种模式,并对应于两种不同的专有资产:产业专有资产和企业专有资产。弹性专业化的第一种模式主要针对传统的产业区;第二种模式主要针对创新的产业区。

虽然不乏大规模制造和先进生产方式的存在(如萧山的化纤工业带、杭州的电子信息产业区等),但浙江块状经济大部分的生产模式还是以熟练劳动力的操作为主(如诸暨的袜子生产企业群落、乐清的低压电器生产企业群落、海宁的皮革服装制造企业群落等)。所以从块状经济发展特征来看,目前浙江的块状经济应该是以第一种产业区模式为主,同时存在第二种产业区模式。由此,本文以弹性专业化的第一种模式为背景分析弹性专业化对企业衍生的促进作用。

浙江块状经济区域普遍存在产业专有性资产(包括无形与有形的),如大量熟练的纺织工人、通用的制造工艺和技术、地域品牌、大量通用设备、专业销售市场等等。这些资产对其他产业是排他的,但对产业区域内的创业者来说,通过社会网络关系就可以获得,由此可以根据市场的需求或行业的再分工或企业的下包(sub-contract)需要,创业者对这些产业专有资产进行组合、搭配,从而实现新企业的弹性生产。所以,这种专业化主要体现在创业者对产业专有资产专业化组合的使用之上。

从新企业的诞生过程来看,由于创业者与原有企业主是亲戚/朋友/同事关系,创业者可以得到网络内部原有企业成员或多或少的支持,如创业建议与忠告、经验交流、情感支持甚至信用支持等等;原有企业若要拓展业务关系,一般也会给潜在创业者创业的机会,使新企业从创立初始就与块状经济原有企业建立业务联系。创业者只要利用产业内各类专有资产,容易做到弹性生产。这样,浙江块状经济的企业衍生模式主要体现为内部繁殖的模式。

内部衍生的新企业生成机制还表现为各个专业市场所提供的创业机会,即专业市场的招商与扩建计划吸引创业者首先在专业市场建立自己的门市,而后根据实际发展情况建立自己的生产基地或与企业建立生产销售合作关系。这样的例子在绍兴的轻纺产业集群、诸暨的袜子产业集群以及永康的五金制造产业集群最为常见。同样地,通过产业专有资产"弹性专业化"组合的方式,新企业不断地内衍而生,从而造成浙江块状经济的快速发展。(见图 4)

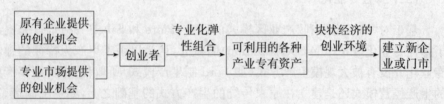

图 4　弹性专业化与内部企业衍生模式

关键"软因素"的动态分析

前文所述,社会网络、无形资源和弹性专业化三者之间具有密切的关联性,因此任何一个"软因素"的变动必定带来其余两者的相应变化。首先,锁于浙江"块状经济"之中的社会网络结构随着产业集群生命周期的不同阶段而相异。当"块状经济"从发育阶段步入成熟阶段之际,社会网络从生产系统转向创新系统的过程中发挥着重要的功能,然而其作用强度逐渐减弱,市场机制的力量日益增强(朱华晟,2004)。同时,在社会网络中可以获得的资源(如表2所示)属性也相应发生变化。虽然可获得资源数量和质量、以及广度与深度随着"块状经济"的发展而有所提高,但是可获得资源的便捷性却因"块状经济"的成熟而下降。例如,所需投资额加大,融资渐渐规范,技术诀窍趋向少数人或企业,合理避税机会减少、地域品牌内部竞争加深等等。这从一定程度上解释了为什么浙江"块状经济"中小企业创业较以往困难。今后,随着国内商品市场趋向饱和、浙江经济外向程度的加深,中小企业集群通过某些"桥梁企业"(bridge company),如本地外向性程度高的大型生产企业或跨国公司,渐渐成为全球产业价值链上的重要环节,因此企业衍生多是发生在一些进行代工生产的企业(具有较大的经营风险)或与产业相关的中介机构(如外贸代理、信息咨询等)。这表明所衍生的企业层次和风险有所提升,创业门槛渐渐提高,因此加大了创业的困难程度。

表2 以创业者的角度,对浙江"块状经济"社会网络结构资源属性的分析

表现＼不同阶段	块状经济形成阶段	块状经济发育阶段	块状经济成熟阶段
可获得资源数量	少	多	多
可获得资源质量	低	高	高
可获得资源便捷性	方便	很方便	不方便
可获得资源广度与深度	广度小 深度浅	广度大 深度浅	广度大 深度深

注:"广度"是指范围大小;"深度"是指资源持续发展的能力。

其次,社会资本一般随着"块状经济"的成熟而积累愈多,但人力资本则因社会网络的调整和再次劳动分工而呈起伏变化(如表3所示)。这主要是由于浙江"块状经济"外向依存度加深,产业集群所在的社会网络逐渐分化为国内主导和国际主导两类,导致创业者需要重新定位其人力资本;加之,浙江中小企业群的生产渐渐融入到全球价值链之中,参与国际范围内的再次劳动分工,致使创业者原有人力资本的削弱。另外,在市场经济制度逐步完善的情况下,市场准入、融资条件等对所有企业和个人开始趋同,作为个人资本之一的个人关系资本(王珺,姚海琳,赵祥,2004),无法得到原有的特殊待遇,这对成功创业的促进作用也是一个由强变弱的过程。

表3　随着"块状经济"的演变,创业者所能获得无形资源的变化情况

无形资源 ＼ 不同阶段	块状经济形成阶段	块状经济发育阶段	块状经济成熟阶段
人力资本	少	多	少
社会资本	少	多	多

最后,由于原有中小企业经营经验和资本的大量积累,并开始直接参与行业的国际分工,浙江"块状经济"的弹性专业化模式逐渐向第二种模式(创新的产业区)演进,企业专有资产成为企业获得核心竞争能力的关键。相反,产业专有资产成为创业者组建企业的基础资源,因此创业者想要获得事业的成功不能单单依赖于产业专有资产。同时,随着"块状经济"规模扩张趋势的减弱,"块状经济"内部成员开始注重"自我修炼",如万向、德力西等公司正在采取打造全球品牌、设立研发中心、开拓国际经营等措施,造成产业专有资产本身的升级蜕变,由此带来弹性专业化第一种模式的发展困境。

综合以上三个关键"软因素"的动态演变,可以认为产业集群企业衍生总体呈现"困难→容易→困难"的阶段特征,因此创业的最佳时机应该处于产业集群或块状经济的发育阶段。

结 论 与 不 足

作为产业集群企业衍生的关键——"软因素"分析框架旨在为研究产业集群的产生与演化提供一种新的思路和方法。这一新的分析框架可以把各类"软因素"综合在一起对产业集群进行考察,分析企业衍生的特征与规律。本文以浙江"块状经济"为佐证,分析了关键"软因素"对集群企业衍生的促进作用,对研究产业集群企业衍生机制具有重要的借鉴意义。所不足的是,本文不能证明,对于大多数类型的产业集群,促进企业衍生的关键"软因素"就是社会网络、无形资源和弹性专业化这三者。这对研究浙江"块状经济"以外的产业集群企业衍生机制是个缺憾,因此有待学者做进一步研究与改进。

参 考 文 献

金祥荣、朱希伟,《专业化产业区的起源与演化:一个历史与理论视角的考察》,《经济研究》2002 年第 8 期。

王珺、姚海琳、赵祥,《社会资本结构与民营企业成长》,《中国工业经济》2003 年第 9 期。

杨静文,《企业集群发育形成过程中的创业机制分析》,《经济与管理》2004 年第 5 期。

杨静文、朱宪辰、冯俊文,《创业机制在企业集群发育形成过程中的作用分析》,《现代管

理科学》2004 年第 5 期。

姚小涛、王洪涛、李武,《社会网络与中小企业成长模型》,《系统工程理论方法应用》2004 年第 2 期。

姚先国、朱海就,《产业区"灵活专业化"的两种不同模式比较——兼论特质交易观点》,《中国工业经济》2002 年第 6 期。

郑风田、唐忠,《我国中小企业簇群成长的三维度原则分析》,《中国工业经济》2002 年第 11 期。

周维颖,《中国产业经济评论》,上海辞书出版社 2004 年版。

朱华晟,《浙江传统产业集群成长的社会网络机制》,《经济经纬》2004 年第 3 期。

Schiavone, F. , "Division of Labor, Social Networks and Intangible Resources: the Italian Case of Network Business Creation", Presented at the Conference "High Technology Small Firms", University of Twente, Enschede, the Netherlands, May 2004.

Molina-Morales, F. X. , T. Martinez-Fernandez, "How Much Difference Is There Between Industrial District Firms? —A Net Value Creation Approach", *Research Policy*, Vol. 33, 2004.

Hoang, H. and B. Antoncic, "Network-based Research in Entrepreneurship: A Critical Review", *Journal of Business Venturing*, Vol. 18, 2003.

Piore, M. J. and C. F. Sabel, "The Second Industrial Divide: Possibilities for Prosperity", *New York: Basic Books*, Inc. Publishers, 1984.

Boschma, R. A. and J. G. Lambooy, "Knowledge, Market Structure, And Economic Coordination: Dynamics of Industrial Districts", *Growth and Change*, Vol. 33, 2002.

对上海市重点工业部门的若干分析思考[*]

郑章帅　顾国章

摘　要　重点工业部门的选择和发展关系到一个城市的经济运行,本文主要从三个方面对上海市六大重点工业部门进行分析:产业的关联效应,产业的可持续发展能力,以及与上海市"四个中心"城市定位的契合程度。通过上述分析,提出关于上海市重点工业部门的几点思考:六大重点工业部门对上海市经济增长起着重要作用,但发展潜力有所不同,应采取差异化发展策略;大力发展都市型工业和加强科技创新是上海工业发展的努力方向。

关键词　上海市,重点工业部门,产业关联效应,可持续发展能力,城市定位

ABSTRACT　A city's economy is concerned to the selection and development of major industry sectors. This paper analyzes the six major industry sectors of Shanghai from three aspects: industry relevancy effect, sustainable development capacity of the industries and how these industries match the urban position of "Four Centers". Based on the analysis, we come to the conclusion that, though all crucial to Shanghai's economy, these six sectors have different potential, so it is necessary to use differentiation strategy to develop them; and for Shanghai's economy, the future depends on developing urban industry and strengthening science and technology innovation.

Key Words　Shanghai, major industry sectors, industry relevancy effect, sustainable development capacity, urban position

重点产业部门是指可以推进一国或一个地区的经济发展,加速产业结构的高度化的部门。上海的目标是在 21 世纪前期初步成为国际经济、金融、贸易、航运中心之一,重点产业部门,特别是重点工业部门的选择和发展对上海达到既定目标具有重大意义。

上海重点工业部门发展现状

"十五"时期,根据产业结构优化升级的要求,上海市对"支柱工业"的范围进行了适当的调整,提出了"六大重点工业部门"的概念——即上海市产业政策重点倾斜的六个重点发展的工业行业:汽车制造业、电子信息产品制造业、成套

---

* 原文发表于《生产力研究》2005 年第 9 期。

设备制造业、石油化工及精细化工制造业、精品钢材制造业和生物医药制造业。
表1给出了六大重点工业部门近几年的工业总产值及工业增加值数据。

表1　2001—2003年六大重点工业部门的工业总产值(增加值)
及占上海市工业总产值(增加值)的比重

年　份 类　别	2001年	2002年	2003年
六大重点工业部门工业总产值(亿元)	3 958.23	4 517.88	6 559.56
六大重点工业部门工业总产值占全市比重(%)	54.5	58.4	63.4
六大重点工业部门工业增加值(亿元)	1 041.56	1 121.16	1 665.12
六大重点工业部门工业增加值占全市比重(%)	50.5	52.6	58.8

资料来源:《上海统计年鉴2002—2004》。

由表1可知,六大重点工业部门的工业总产值占上海市的比重很高,且呈
增长趋势:2001年这个比重为54.5%,2003年已达63.4%。六大重点工业部
门的工业增加值的增长速度和所占比重均低于工业总产值,但其增加值仍占到
上海市工业增加值的50%以上,且逐年增长。可见,六大重点工业部门的工业
总产值(增加值)增长速度大于上海市工业总产值(增加值)增长速度,是上海市
工业发展的支柱部门。

表2　(2001—2003年)六大重点工业部门工业总产值 （亿元）

年　份	2001年	2002年	2003年
电子信息产品制造业	1 013.09	1 305.24	2 204.96
汽车制造业	723.87	942.47	1 362.09
石油化工及精细化工制造业	788.86	846.67	1 065.36
精品钢材制造业	678.00	581.57	796.42
成套设备制造业	558.23	634.27	915.10
生物医药制造业	196.17	207.67	215.64

资料来源:《上海统计年鉴2002—2004》

表3　2001—2003年六大重点工业部门工业增加值 （亿元）

年　份	2001年	2002年	2003年
电子信息产品制造业	232.18	226.91	370.64
汽车制造业工业	218.27	289.21	441.02
石油化工及精细化工制造业	185.68	200.08	246.80
精品钢材制造业	191.01	187.13	299.86
成套设备制造业	157.66	162.19	240.17
生物医药制造业	56.76	55.65	66.63

资料来源:《上海统计年鉴2002—2004》。

　　由表 2 和表 3 可知,每个重点工业部门的工业总产值和工业增加值在 2001 年到 2003 年基本呈增长趋势,但增长的幅度和速度有所不同:

　　(1) 电子信息制造业的工业总产值占六大重点工业部门的比重最高,且增长速度最快,2003 年其工业总产值占六大重点工业部门的 33.6%。生物医药制造业的工业总产值所占比重最小,且增长速度较慢。

　　(2) 2001 年汽车制造业、成套设备制造业、石油化工及精细化工制造业、精品钢材制造业的工业总产值所占比重相当,但在以后几年中,汽车制造业工业总产值所占比重的增长速度最快,特别是增加值的增长速度;成套设备制造业工业总产值所占比重增长缓慢;石油化工及精细化工制造业、精品钢材制造业工业总产值所占比重有较明显的下降,但这两个产业的增加值增长较快,说明其产品附加值有所提高。

上海重点工业部门的关联效应测度

　　重点产业部门在西方经济学中称之为主导部门,在东方通称重点部门,也有些学者把它称为对经济起主导作用的带头部门。[1]罗斯托关于主导产业的定义指出,主导产业的必要条件之一是"具有较强的扩散效应,对其他产业乃至所有产业的增长有决定性的影响"。[2]因此,我们选择产业关联效应作为测量上海市重点工业部门的一个指标。

　　上海重点工业部门产业关联效应分析的基础是上海市 2002 年的投入—产出表[3],表中包含 42 个部门,六大重点工业部门的划分与投入—产出表中部门的划分并不一致,但表中有 5 个部门的口径与 5 个重点工业部门基本吻合,分别为:化学工业和石油化工及精细化工制造业;金属冶炼及压延工业和精品钢材制造业;交通运输及设备制造业和汽车制造业;通信设备、计算机及其他电子设备制造业和电子信息产品制造业;通用、专用设备工业和成套设备制造业。经计算,几组相关部门的契合程度较高,通过投入—产出分析基本可以反映重点工业部门的产业关联效应。[4]

　　由投入—产出流量表可得到直接消耗系数矩阵和列昂惕夫逆阵,利用列昂

---

　　① 李悦(1998):《产业经济学》,中国人民大学出版社 1998 年版,第 236 页。

　　② 罗斯托(1962):《经济成长的阶段:一篇非共产党宣言》,商务印书馆 1962 年版,第 63 页。

　　③ 摘自《2004 年上海市统计年鉴》。

　　④ 2002 年,重点工业部门石油化工和精细化工工业总产值占表中化学工业总产值的 63.10%,增加值的 59.87%;精品钢材制造业工业总产值占金属冶炼及压延加工业总产值的 72.44%,增加值的 76.60%;汽车制造业工业总产值占交通运输设备制造业总产值的 73.35%,增加值的 84.66%;电子信息产品制造业工业总产值是通信设备、计算机及其他电子设备制造业总产值的 114.28%,增加值的 97.92%;成套设备制造业工业总产值是通用、专用设备机械工业总产值的 81.71%,增加值的 81.72%。

惕夫逆阵可计算各部门的影响力系数和感应度系数,从而可以看出各部门对其他部门的关联度或扩散效应。

1. 感应度分析。

表 4　六大重点工业部门相关产业的感应度系数及排名

投入产出部门	感应度系数	在 42 个产业部门中的排名
化学工业	3.46	1
金属冶炼及压延加工业	2.75	2
通信设备、计算机及其他电子设备制造业	1.64	6
通用、专用设备工业	1.24	9
交通运输设备制造业	0.91	19

感应度是指产业部门的前向关联度,可由感应度系数来反映。感应度系数是指每个部门都生产 1 个单位的最终产出,第 i 部门由此而受到的需求感应程度。

即:某产业的感应度系数＝该产业横行逆阵系数的平均值/全部产业横行逆阵系数的平均值的平均

由表 4 可见,化学工业、金属冶炼及压延加工业的感应度系数最大,分别为 3.46 和 2.75,说明它们有很大的前向关联度;其次是通信设备、计算机及其他电子设备制造业和通用、专用设备工业。这四个行业的感应度系数均大于 1,说明当国民经济各部门均增加 1 个单位最终使用时,这四个部门受到的需求感应程度,也就是它们为满足其他部门生产的需要而提供的产出量要高于所有部门的平均水平。交通运输设备制造业的需求感应程度低于社会平均水平,作为最终产品的轿车制造业占该产业的比重较大是其感应度系数较低的主要原因。

2. 影响力分析。

表 5　六大重点工业部门相关产业的影响力系数及排名

投入产出部门	影响力系数	在 42 个产业部门中的排名
通信设备、计算机及其他电子设备制造业	1.32	1
通用、专用设备机械工业	1.21	10
交通运输设备制造业	1.17	12
化学工业	1.14	14
金属冶炼及压延加工业	1.02	20

影响力是指产业部门的后向关联度,可由影响力系数来反映。影响力系数是指第 j 个部门增加 1 个单位的最终产出,对国民经济各部门所产生的生产需求波及程度。某产业的影响力系数＝该产业纵列逆阵系数的平均值/全部产业纵列逆阵系数的平均值的平均。

由表 5 可知,通信设备、计算机及其他电子设备制造业的影响力系数位于 42 个产业之首,说明该产业有很大的后向需求带动作用。通用、专用设备机械工业、交通运输设备制造业和化学工业的影响力系数居中。金属冶炼及压延加工业的影响力系数位于重点工业部门末尾,所有产业部门的第 20 位,因为它是基础性工业部门,向后关联度较小。上述 5 个产业的影响力系数均大于 1,说明这 5 个部门的生产对其他部门所产生的波及影响程度超过所有部门的平均影响水平。

3. 结论。

除了交通运输设备制造业的感应度系数小于 1 外,其他产业的两种系数均大于 1,说明大部分重点工业部门的前后关联效应均大于平均水平,是上海经济的主导产业部门。金属冶炼及压延加工业、化学工业的感应度系数较高、影响力系数相对较低,说明这两个产业是上海市国民经济发展中的重要基础性工业部门,其他产业的发展对其依赖很高,但这两个产业对其他产业的需求影响力较小;通信设备、计算机及其他电子设备制造业的影响力系数很高,感应度系数也较高,说明该产业的前后向带动效应均较大,特别是向后关联效应很大,是国民经济中的重要主导产业部门;交通运输设备制造业和通用、专用设备机械工业的感应度系数、影响力系数适中,是对国民经济有一定前后向带动作用的产业。

上海重点工业部门的可持续发展能力测度

上海是一个自然资源缺乏的城市,土地面积仅为天津的 56% 和北京的 37%;水资源有近 97% 为过境客水,本地优质水并不充裕,水量和水质均易受外界环境的制约,尤其是水体污染严重,使可利用水量日益减少;上海所需的一次能源全靠外部调入,而能源的需求量在不断增加,能源结构以煤为主,燃烧利用率低,环境污染严重。《上海市环境状况公报》显示的数据表明:2003 年,上海市悬浮颗粒物年平均浓度是纽约的 3.4 倍、大阪的 2.6 倍、巴黎的 7 倍。煤等能源的大量消耗是上海市环境污染的重要原因。产业的资源消耗越高,上海市的资源环境瓶颈对其发展的制约就越大,该产业的可持续发展能力便相对较低。因此,笔者将通过对六大重点工业部门及其相关部门的资源消耗分析来考察其可持续发展能力。

在 2002 年投入—产出表的 42 个产业中,共有 6 个能源产出部门,分别是:煤炭开采和洗选业,石油和天然气开采业,石油加工、炼焦及核燃料加工业,电力、热力的生产和供应业,燃气生产和供应业,以及水的生产和供应业。我们采用完全能耗系数来衡量某个产业 1 单位的最终产出需要消耗多少单位的能源部门的产出。然后,把各产业对一次能源部门(煤炭开采和洗选业、石油和天然气开采业、水的生产和供应业)的完全能耗系数加总得到综合能耗系数,用综合能耗系数测度产业的能耗水平。

表6　重点工业部门能耗表

产　业　部　门		化学工业	金属冶炼及压延工业	交通运输设备制造业	通信设备、计算机及其他电子设备制造业	通用、专用设备机械工业
煤炭开采和洗选业	完全能耗系数	0.057 6	0.074 0	0.034 1	0.031 8	0.042 8
	能耗排名	6	4	19	23	13
石油和天然气开采业	完全能耗系数	0.080 6	0.048 9	0.031 5	0.030 8	0.037 3
	能耗排名	4	8	24	25	15
石油加工、炼焦及核燃料加工业	完全能耗系数	0.058 4	0.083 5	0.045 3	0.041 2	0.059 3
	能耗排名	12	6	19	27	11
电力、热力的生产和供应业	完全能耗系数	0.101 8	0.087 2	0.063 7	0.064 0	0.074 1
	能耗排名	3	5	22	21	9
燃气生产和供应业	完全能耗系数	0.006 4	0.004 0	0.004 3	0.006 7	0.004 8
	能耗排名	8	25	21	6	17
水的生产和供应业	完全能耗系数	0.005 9	0.003 5	0.003 2	0.003 3	0.003 7
	能耗排名	6	26	29	28	21
综合能耗	综合能耗系数	0.144 2	0.126 4	0.068 7	0.065 9	0.083 8
	能耗排名	7	8	24	26	15

由表6可知,在六大重点工业部门相关部门中,化学工业和金属冶炼及压延工业的能耗最大。化学工业的综合能耗居于第7位,该部门每生产一个单位的最终产品,需要消耗0.144 2单位的能源,其单项能源的消耗也很高;其次是金属冶炼及压延工业,其综合能耗排名第8位,对煤炭、石油、电力的消耗较大。

通用、专用设备机械工业的能耗居中,综合能耗系数为0.083 8,排名第15位。通信设备、计算机及其他电子设备制造业和交通运输设备制造业的能耗在六大重点工业部门中最小,在42个产业中排名偏后。

因此,从资源消耗的角度分析:化学工业和金属冶炼及压延工业的可持续发展能力较低;通用、专用设备机械工业的可持续发展能力适中;而能耗最小的通信设备、计算机及其他电子设备制造业和交通运输设备制造业的可持续发展能力最强。

上海重点工业部门与城市定位分析

上海的城市定位是成为国际经济、金融、贸易、航运中心之一。从上海在国内经济发展中的地位、其历史沿革及其国际地位来看,上海"四个中心"的城市定位是科学的、有预见的。

(一) 上海市六大重点工业部门与城市定位的契合度

1. 信息产业的快速发展是上海建立"四个中心"的基础。现代商业中的电子商务,金融交易中的电子交易平台系统,以及贸易、航运的现代化都离不开电子信息产品的支撑。因此,国际经济、金融、贸易、航运中心的建立需要电子信息产品制造业的大力支持,该产业的快速发展与上海的城市定位十分相符。

2. 生物医药制造业是科技含量高、关系国计民生的都市型产业。都市生物医药产业是全球产业中是极富活力的朝阳产业,比尔·盖茨曾称,下一个世界首富将产生于生物医药行业。上海有发展生物医药制造业的基础:全市有近 30 家研究所、10 多所高校从事现代生物与医药产品研究开发,有 10 余个国家级中试基地和重点实验室,已经开发出一系列新医药产品。生物医药行业的高科技和朝阳产业特点与上海的国际化大都市定位一致。

3. 汽车制造业和成套设备制造业,一直是上海具有战略意义的产业。成套设备制造业的发展是航运中心形成的重要支撑。国外后起国家如韩国的经验表明,汽车制造业是适合都市发展的战略产业。此外,汽车制造业的发展是商业和贸易中心形成的重要基础,是一个现代化城市的代表性产业之一。因此,其发展是与"四个中心"的定位相符的。

4. 精品钢材制造业及石油化工和精细化工制造业,资源消耗大、沉淀成本高、占地多、退出壁垒高、污染严重,这些特点均与上海的国际大都市形象相悖。虽然某些行业,如船舶制造业的发展需要钢材制造业作为支撑,但原料供应约束是软约束,可以利用市场来解决原材料问题;但由于资源和环境约束带来的诸多城市问题是难以打破的硬约束。因此,相比较而言,这两个行业的发展和上海市的未来定位不相符。

从是否与城市定位相符这个单一但又很重要的因素考虑可知,精品钢材制造业和精细化工制造业与上海"四个中心"国际都市定位的契合程度较低;电子信息产品制造业、生物医药制造业、汽车制造业和成套设备制造业与其契合程度较高。

(二) 美国纽约市的产业发展趋势与城市定位对上海的借鉴

纽约是世界金融和商贸中心。由图 4.1 可知,自 1977 年以来,商业服务业(Business Services)占纽约市的 GDP 比重攀升很快,从 1977 年的 2.1% 上升到 2001 年的 9.3%。其股票经纪业(Security Broker)也处于比较稳定的高位,这些行业的发展奠定了纽约市国际金融和商贸中心的地位。相反,自 1977 年以来,初级金属业(Primary Metal)和化学工业(Chemicals)等行业的生产总值占全市 GDP 的比重很低,而且比重有所下降。很明显,在经济规律的支配下,这些行业将发展空间自动让渡给在纽约市更具发展前景的商贸和金融等行业。

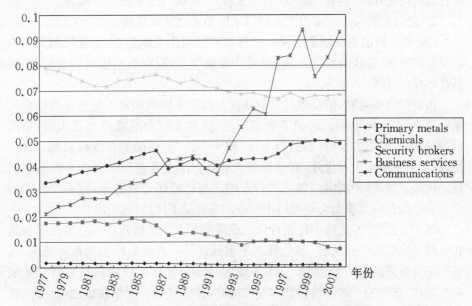

图 4.1 纽约市各产业生产总值占全市国内生产总值的比重(1977—2001 年)

资料来源:U. S. Department of Commerce, Bureau of Economic Analysis, Regional Economic Analysis Division, May 2003。

纽约市的发展经验告诉我们:一个成功的国际化都市的定位与其产业发展的重点是一致的。上海作为"后发展"国家快速发展的城市,需要借鉴发达国家的成功经验,在正确认识经济规律的基础上利用"后发优势",运用宏观调控的手段使得上海市的产业发展与未来城市定位更加契合。只有前瞻性的考虑到上海市未来发展的需要,才能减小因城市产业发展与城市定位不符而产生的发展成本。因此,从长远考虑,着力扶持那些与城市定位相符的产业,而限制那些与城市定位相悖的产业,是提高城市发展效率的关键。

对上海市重点工业部门发展的几点思考

1. 上海市六大重点工业部门对上海经济的发展起着举足轻重的作用,但发展潜力有所不同。

通过对上海市六大重点工业部门的工业生产总值和增加值的分析可知,六大重点工业部门占上海工业生产总值(增加值)的比重很高,是上海经济发展中的重要部门;通过投入—产出分析可知,六大重点工业部门有较大的前后关联效应,是上海经济中的主导部门;通过能耗分析和与城市定位一致性的分析发现,除了精品钢材制造业和石油化工及精细化工制造业外,其他几个部门的发展潜力相对较强。总的来说,目前,六大重点工业部门对上海市的经济发展有着较大的促进作用,但是,从长远角度来看,有些部门的发展潜力较弱。

2. 建议上海市六大重点工业部门采取差异化发展策略。

(1)对于精品钢材制造业及石油化工和精细化工制造业,适度限制其市内的生产性发展,加快研发性发展,提高产业附加值;限制其在市内的发展,拓展其在市外的发展。

由前述分析可知,精品钢材制造业及石油化工和精细化工制造业的感应度系数较高,是上海重要的基础工业部门;但这两个行业的能耗都很大、污染严重,可持续发展能力较低;而且与上海"四个中心"定位的契合度也较低。在上海,除了宝钢和金山石化外,其他钢铁企业和化工企业在同行业中不具有较明显的优势。另外,中国钢铁和化工行业的发展已经接近成熟期,这两个行业的工业总产值在六大重点工业部门中所占比重也呈下降趋势。

基于上述特点,这两个行业可以考虑采取如下发展措施:首先,适度限制其在上海市内的生产性建设,避免低水平重复建设。将新的厂房向市外拓展,现有厂房考虑逐渐向市外(如长三角等地区)转移,这样可以降低日后转移的成本。其次,在将生产逐渐转移到市外的同时,将研发中心保留在市内,充分发挥上海的科技优势。这样既可以缓解其发展对上海市土地、环境、资源的压力,还可以实现上海及其周边地区产业发展的"赤松雁型转移"阵势,发挥上海市的雁头作用。转移出去的产业,可以带动其他地区的就业和经济发展,形成新一轮的产业升级。

(2)生物医药制造业是上海工业的先导,要加大扶持力度。

上海的生物医药制造业工业总产值不高,且近几年增长相对较慢,但生物医药行业在上海经济中的作用是先导性的,它对远期产业结构升级和生产率增长有着不可缺少的贡献。目前生物医药制造业在上海市的发展仍处于幼稚期,投入较大、产出较小。因此,建议对该行业进行充分的调查研究,制订相应的政策,着眼于未来,大力扶持生物医药产业的发展。

(3)电子信息产品制造业、汽车制造业和成套设备制造业是上海重点工业中的中流砥柱。

电子信息产品制造业的前后向关联效应均很大,汽车制造业和成套设备制造业前后向关联效应居中;三个产业的可持续发展能力和与上海城市定位的契合度均较高,是上海重点工业中的中流砥柱。这三个产业的发展处于成长期,均具有一定的规模,在国内居于很高的地位。因此,保持、加大这三个产业目前的发展势头,尤其要提高产业科技含量和工业附加值是其发展的关键。

3. 发展都市型工业是上海工业发展的未来趋势。

上海重点工业部门的发展方向应着眼于上海未来的城市定位与可持续发展的要求,因此,大力发展都市型工业是必然趋势。目前,上海有七个具有代表性的都市型产业,分别为:服装服饰业、食品加工制造业、包装、印刷业、室内装饰用品制造业、化妆品及清洁洗涤业、工艺美术品、旅游用品制造业、小型电子信息产品制造业。这些产业均是提供最终消费性产品的产业，在都市有较大的市场；而且占地少、能耗低、污染小，适合在都市中发展；发展都市型工业还有利于防止"产业空心化"，对推动城市经济发展、促进就业都有较大的作用。

4. 上海重点工业部门的发展需要以科技创新为驱动力，以培育产业的核心竞争力为目标，形成重点工业部门的自发主导能力。

创新是未来上海发展的必由之路，也是新兴工业化发展的根本动力。2003年，上海六大重点工业部门的总产值占全市工业总产值的 63.4％，增加值占58.8％；上海工业增加值占总产值的比重为 27.4％，而六大重点工业部门的增加值占总产值的比重仅为 25.4％。可见，上海六大重点工业部门产品技术含量还有待提高。重点工业部门的发展需要依托开放的创新思路、领先的创新技术和有效的成果转化机制，提升技术创新力，尤其是提高技术创新活力和创新支撑能力，培育产业的核心竞争力，从而形成重点工业部门的自发主导机制。

参 考 文 献

苏东水，《产业经济学》，北京高等教育出版社 2000 年版。

《走向长三角：都市圈经济宏观形势与体制改革视角》，上海学林出版社 2003 年版。

罗斯托，《经济成长的阶段：一篇非共产党宣言》，商务印书馆 1962 年版。

龚仰军，《产业结构研究》，上海财经大学出版社 2002 年版。

顾国章、高汝熹，《沪滇联手发展现代中成药产业》，上海综合经济 2001 年 2 月。

魏后凯，《我国地区工业技术创新力评价》，中国工业经济 2004 年 5 月。

李悦，《产业经济学》，中国人民大学出版社 1998 年版。

上海房地产业生命周期阶段
分析及发展趋势*

何玉玲　骆品亮

摘　要　本文运用产业生命周期理论(ILC)分析上海房地产产业的供需态势,指出上海房地产业正处于持续繁荣的中期,由于有效的宏观调控将延长繁荣期;并对上海房地产业未来发展趋势进行预测,指出上海房价将以缓和的涨幅持续高位运行;但是,中低价位供给的增加将缓和上海房地产业的结构性矛盾。

关键词　房地产,周期,趋势

ABSTRACT　This paper uses the theory of ILC to analyze the demand and supply sides of Shanghai housing & estate industry, and points out that Shanghai housing & estate industry is lying on the continued maturing phase. Furthermore, efficient macro controlling policies will delay the time of continued maturing. This paper also forecasts the developing trends of Shanghai housing & estate industry, and figures out that the price of Shanghai housing will still increase with decreasing rate. But the increasing supply of medium to low-priced houses will abate the structure problems.

Key Words　housing & estate industry, life cycle, developing trends

近年来,上海经济一直保持了高增长、低通胀的良好发展态势。2003 年上海实现国内生产总值 6 250.81 亿元,按可比价格计算,比上年增长 11.8%。上海经济持续、健康发展的大背景对房地产市场是一个有力的支撑。目前,上海市房地产业已成为仅次于金融保险、商贸流通和信息产业的第四大产业,房地产业增加值占全市 GDP 的比重已从 1990 年的 0.5% 上升到 2003 年的 7.4%,从发达国家的经验来看,在房地产作为支柱产业发展的阶段,该比例大致在6%—10% 之间,这表明其对经济增长的作用正在不断提高。上海房地产业已初步形成了覆盖房地产生产、流通、消费各领域的门类齐全的产业体系,房地产市场已成为上海的主要经济增长点之一。因此,上海房地产业目前处于房地产业周期的什么阶段,有什么样的发展趋势,是关系整个上海市经济发展的大问题。本文将就这两个问题进行初步研究。

---

* 原载《中国第三产业》2004 第 9 期。

上海房地产业的周期阶段分析

（一）房地产经济周期的概念、阶段及其表现

所谓房地产经济周期，是指房地产业在发展过程中，随着时间的变化而出现的扩张和收缩交替反复运动的过程。它一方面同宏观经济总的发展态势密切相关，另一方面又同相关行业经济与宏观经济的协调程度紧密联系。①

同宏观经济周期一样，房地产经济周期波动的阶段也可分为复苏与增长、繁荣（波峰）、衰退、萧条（波谷）四个阶段，然后进入新一轮增长。可简单描述为图1。

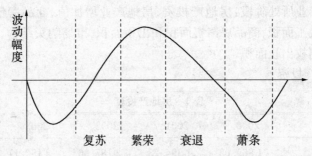

图1　房地产经济周期的四个阶段

1. 复苏与增长阶段。

经历了房地产业萧条之后出现的复苏与增长期，一般会经历较长的时间。该阶段房地产价格持续上涨，交易量上升，推动房地产开发数量的上升，供应增加量不断下降，而需求处于转折期，前期空置率在 10%—15%，后期降到 10% 以下。

2. 繁荣阶段。

该阶段为经济周期中的波峰。这一阶段持续的时间较短。在这一阶段开发规模加大，交易量急剧增加。房价越涨越高，逐渐到达顶点，最后导致供给量超过需求量，形成房地产过度开发，开始出现衰退现象。这时，以消费自用为目的的购房者大多开始被迫退出市场。总体来讲，在繁荣阶段供应量小于需求量，需求不断上升，空置率较低，随需求的增加后期的空置率达到正常水平即 5%—6%。

3. 衰退阶段。

当楼价高到真正把房地产消费者挤出，仅仅依靠投机资金支撑时，房地产业也就由盛转衰，预示着房地产周期由盛转衰。此阶段房价在开始时虽仍然继

---

①　王全民：《房地产经济学》，东北财经大学出版社 2002 年 3 月版，第 77 页。

续上升,但涨幅明显放缓并开始下跌,交易量明显减少,大量房屋有价无市,开发量收缩。简单说来,在衰退阶段需求变弱,前期需求超过供给,后期需求下降,供给不断增加,结果空置率上升。

4. 萧条阶段。

这一阶段为波谷,持续时间较长。该阶段交易量锐减,开发量继续下降,房地产价格继续下跌,房地产开发商破产现象普遍。即供给和需求都下降,开发商对房地产持悲观态度,空置率上升到10%—15%。

(二) 近年上海房地产业投资与市场供求相关数据及分析

一般认为,我国房地产平均周期为4—5年,而1999年是上海房地产的投资低谷,因此本文采用2000年初至2004年6月的数据,选用以下几个指标分析上海房地产业所处阶段:房地产投资、房地产业增加值、商品房销售均价、商品房施工和竣工面积、商品房销售面积和出租面积、市场购买结构、存量房交易以及土地使用权出让面积。

1. 房地产投资。

表1 房地产投资 (亿元,%)

年 份	2000	2001	2002	2003	2004上半年
固定资产投资	1 869.62	1 994.73	2 187.06	2 452.11	1 396.23
房地产投资	566.17	630.73	748.89	901.24	502.77
房地产投资占固定资产投资的比率	30.3	31.6	34.2	36.8	36.0
投资增加额		64.56	118.16	152.35	
投资增加率		11.4	18.7	20.3	

资料来源:根据《上海统计年鉴》以及上海统计局网站数据整理汇编。

由表1可以看出,上海市房地产业投资总额不仅绝对增长,其相对于固定资产投资的比例也是逐年上升的,但是2004年上半年相对2003年减少了0.8个百分点。2003年上半年上海市房地产投资总额为417.43亿元,全社会固定资产投资是1 108.78亿元,房地产投资占固定资产投资的比例为37.7%,也就是说2004年上半年房地产投资量占固定资产投资的比例相对去年同期水平,也是降低的。但是从投资增加率来看,2004年上半年相对2003年同期投资增加了85.34亿元,增加率为20.4%,与2003年基本持平,因此,从这一点来看,房地产投资水平并没有下降。

2. 房地产业增加值。

由以下数据可以看出,从2000年到2003年上海市房地产增加值是逐年增长的,其占GDP的比重也处于上升状态。2004年上半年这一比重相对2003年全年有所下降,但相对2003年同期来看,还是上升的。2003年上半年上海市房地产增加值为 181.66 亿元,全社会 GDP 是 2 825.70 亿元,增加值比重为 6.4%,低于今年上半年的 7.0%。同时,相对去年同期,今年上半年增加值增长量为 57.05 亿元,增长率为 31.4%,对应上表中增长率来看,上海市房地产业增加值不仅绝对量增加,增加速度也是递增的,呈现出良好的发展势头。国外一些经济学家测算,房地产业的增加值占 GDP 的 10% 左右比较合理,目前上海市已经达到 7.4%,有望在近些年达到这个合理水平。

表 2　房地产业增加值　　　　　　　　　　　　　　　　　（亿元,%）

年　　份	2000	2001	2002	2003	2004 上半年
房地产业增加值	251.70	316.85	373.63	461.88	238.71
全社会 GDP	4 551.15	4 950.84	5 408.76	6 250.81	3 417.75
增加值占 GDP 比重	5.5	6.4	6.9	7.4	7.0
增加值增长量		110.15	56.78	88.25	
增加值增长率		43.8	17.9	23.6	

资料来源:根据《上海统计年鉴》以及上海统计局网站数据整理汇编。

3. 商品房销售均价。

表 3　商品房销售均价　　　　　　　　　　　　　　　　　（元,%）

年　　份	2000	2001	2002	2003
商品房销售均价	3 565	3 866	4 134	5 118
增长率		8.4	6.9	23.8
商品住宅销售均价	3 326	3 659	4 007	4 778
增长率		10.0	9.5	19.2

资料来源:根据《上海统计年鉴》以及上海统计局网站数据整理汇编。

从 2000 年到 2003 年,商品房销售平均价格逐年升高,涨幅却先跌后升,2003 年涨幅达到 23.8%。商品住宅销售均价也是同样的变化。2004 年上半年这种攀升趋势有所缓和。从反映市场即期价格变动的月环比价格走势来看,今年前 6 个月上海市住宅商品房销售价格水平各月的月环比涨幅分别为 1.9%、0.9%、1%、0.9%、1.5% 和 1.3%,累计涨幅 7.5%,上半年月均涨幅为 1.2%,比去年月均涨幅回落了 0.7 个百分点。上海商品住宅销售价格同比涨幅也逐季回落。上半年,上海商品住宅平均销售价格为 5 135 元/平方米,去年同期这一指标则为 4 308 元/平方米,比去年同期上涨了 19.2%。

4. 商品房施工和竣工面积、商品房销售和出租面积。

我国对商品房空置问题的关注是从 1994 年的房地产年报开始的,目前我国房地产统计中的商品房空置面积是指报告期末已竣工的商品房建筑面积中尚未销售或出租的房屋面积。目前我国空置率体系还没有建立,许多研究中提到的空置率表示为:空置率＝累计空置量/近三年的竣工量。也有的学者将空置率表示成:空置率＝累计空置量/当年的施工量。一般来说,欧美国家的空置率5%为适度;10%则为警戒空置率,表示已进入"红色警戒区",必须采取措施加大商品房销售力度;超过10%的警戒线即为严重空置。因此,房屋空置率可以被看作房产市场的风向标,当房市出现结构性过剩,或销售周期、定价、推广出现问题时,空置房数量就会增加。但是由于从目前的数据中只能得知1999年底商品房空置面积为1 297.14万平方米,我们只能从房地产施工和竣工面积、商品房销售和出租面积几个方面来分析市场供求。

表4　商品房施工和竣工面积、销售和出租面积　　　　　(万平方米)

年　　份	2000	2001	2002	2003
施工面积	5 523.23	5 986.18	6 856.96	8 267.51
竣工面积	1 643.62	1 791.36	1 984.68	2 491.84
销售面积	1 557.87	1 796.64	1 971.47	2 376.40
出租面积	358.38	508.26	597.39	653.78
剩　　余	−272.63	−513.54	−584.18	−538.34

注:剩余＝当年竣工面积−当年销售面积−当年出租面积。
资料来源:根据《上海统计年鉴》以及上海统计局网站数据整理汇编。

近四年来每年商品房竣工面积和销售面积的差额都维持在一百万平方米左右,市场供需比较稳定。再除去出租面积,竣工面积小于当年需求。由此可见,上海房地产市场没有出现供大于求的状况,而且近几年一直都是需求大于供给。到今年6月底,住宅商品房空置面积107.92万平方米,比去年同期下降58.2%,空置房面积逐渐减少。

5. 房地产市场购买结构。

如图2所示,上海投资性购房比例已从16%左右下降到11%,自用常住比例为85%,自用闲居比例为3%左右。从此需求结构看,上海房地产市场基本还是正常的。

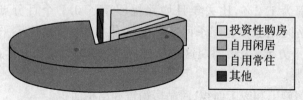

投资性购房
自用闲居
自用常住
其他

图2　房地产市场购买结构

6. 存量房交易。

表5　存量房交易　　　　　　　　　　（万平方米，%）

年　份	1999	2000	2001	2002	2003
交易面积	510.84	778.52	1 422.43	1 790.50	2 306.28
增长率		52.4	82.7	25.9	28.8

资料来源：根据《上海统计年鉴》以及上海统计局网站数据整理汇编。

经历了1999年的低谷,2000年和2001年存量房交易面积大幅度攀升,到了2002年,涨幅有所下降,交易面积平稳上升,存量房交易市场依旧活跃,有效弥补了近几年新商品房供小于求的状况,同时为购房者提供了较大的选择空间。

7. 土地使用权出让面积。

表6　土地使用权出让面积　　　　　　（万平方米，%）

年　份	2000	2001	2002	2003
出让面积	2 183.22	5 228.34	6 729.94	6 985.85
增长率		139.5	28.7	3.8

资料来源：根据《上海统计年鉴》以及上海统计局网站数据整理汇编。

近几年政府出让使用权的土地面积绝对数量依然是增加的,但是增长速度却是大幅度减小,反映了政府控制地产市场、防止投机行为的有效性,保证了上海房地产市场的健康发展。

（三）小结

由以上分析可以看出,上海房地产市场目前是供需两旺。房价平稳上涨,涨幅有所缓和,以消费自用为目的的购房比例依然遥遥领先,空置房屋面积日益减少,存量房交易市场一派繁荣,在土地使用权出让方面也有效防止了投机行为。因此,笔者认为目前上海的房地产业仍然处于繁荣中期。这和理论有所出入。理论认为繁荣期持续时间较短,而上海房地产已经持续繁荣两年。由于政府宏观政策的调控作用,有效的控制了房地产行业过热的现象,使得繁荣阶段延长。笔者有一个大胆的推测,由于政府的强力作用以及消费者和投资者对于上海房地产业历史的理性思考,是不是可以逐渐缩短房地产的衰退萧条期、最终避免上海房地产业继续出现类似资本主义经济危机的周期性反复呢?

上海房地产业的发展趋势

上海房价的高位运行,不是突然间集中爆发的,而是循序渐进式的增长,房价基本上是市场需求的真实反映。2003 年上海房地产投资达 900 多亿元,商品住宅实现新建 2 000 万平方米,新盘销售 2 000 万平方米,二手房交易量 2 000 万平方米的目标,楼市供销两旺。从目前的状况来看,上海楼市还没有出现盘整的因素,不论是对世博会的期望,还是对上海未来的人才吸纳能力,或是上海人正常的购房换房需求以及外来资本投资需求,在未来相当长的时间内依然将处于一个增量市场。主要表现在以下几个方面:

1. 政策调控有力,有效防止过热。

回顾今年以来对上海房市的政策面影响,主要集中在三方面:土地政策、金融政策和交易政策。土地和金融政策主要来源于中央,比如整顿房市的源头土地市场、提高房地产企业资本金要求等;而交易政策则主要集中在地方,比如上海政府的期房限转、商品房销售合同网上备案和登记制度以及即将出台的放宽预售标准等。政府的一系列抑制投资过热的新政策出台已经使上海的房地产投资热和房价上涨受到抑制。今年以来,上海的房地产投资规模呈逐月回落之势。今年 1 至 4 月,商品房销售价格每月环比增长分别为 1.9%、0.9%、1% 和 0.9%,比上年末累计增长 4.7%。这与去年全年房价增长速度达到 24.2%,房屋均价、房价增幅均居全国省级城市之首形成鲜明对比。

上海早在 2001 年底房地产市场开始升温之时,便开始关注房贷风险,并采取了诸多手段控制房贷金融风险,取得了一定的成效。以 2003 年个人住房贷款为例,中国人民银行上海分行的统计数据显示,2003 年全市个人房贷不良贷款率仅为万分之三,较 2002 年又有所下降。在房地产开发企业贷款管理方面,上海的几大银行在全国较早开始认真实施央行关于房地产企业获得贷款必须四证齐全,且自有资金率不得少于项目总投资的 30% 的规定。开发商获得商业贷款比较规范,企业自有资金率也较高,所以企业在短期内不会遇到资金瓶颈。同时上海市大力促进房地产行业的金融创新。房地产企业早在"121 号"文件出台之前,就开始研究海外上市、基金投资、信托产品等另类融资方式,逐步弱化对银行的依赖性。今年春节之后,复地集团在香港成功上市,为内地房地产企业寻求新的融资方式提供了范本。

由于上海房地产企业在短期内没有资金压力,同时政府又有效控制了房地产投资,可以预测,上海房地产市场短期内不会过热。商品房销售合同网上备案制度的实施,规范和控制消费者的住宅转让和购房贷款,8 月 1 日起正式实行土地储备制度,这些措施都确保了上海房地产市场的持续、健康和稳定的发展。

2. 房价继续保持高位运行。

房地产价格虽然上升较快,但绝对房价收入比仍在合理范围。从价格收入来看,理论界流行着房价为家庭年收入 3—6 倍之说,以 2003 年上海住宅的平均价格 5 000 元左右计算,80 平方米的一套住宅价格约为 40 万元,按 2003 年上海家庭平均可支配收入近 45 000 元计算,房价收入比约为 8.89,虽然超出了国际平均水平,但考虑到长期以来我国居民的高储蓄率、住房制度改革的存量房释放效应,市民的购房能力比单纯按年收入估计的要高。另外,与国内类似的经济中心城市相比,上海的相对房价收入比并不高。

国际发达国家的经验表明:一个地区的房价是否能保持高位运行,不仅取决于该地区的经济发展水平、市场需求状况,而且还需要周边地区的支持。如果说市中心的房价与边远地区,或是该城市的房价与相邻城市的房价相差很大的话,那么房价的高位运行将是不稳定的。上海房价却在周边城市的众星捧月之下,实现着稳步增长。

上海虽然是长三角内的经济龙头,但由于整个长三角的发展较为平衡,江浙地区与上海的差距并不是很大。上海的房价同杭州、南京、宁波等城市比较,相差并不明显。杭州西子湖畔的房价已经过万,就连远离市中心的六和塔地区房价也达到了每平方 7 000 元的历史高位。南京老城区内也已基本消灭了均价在每平方米 6 000 元以下的楼盘。宁波的中心城区商品房的均价已经同上海中心城区不相上下。如此一来,上海房价有了周边地区的强大支撑,其下降的空间便很小。即使下降,也必受到周边城市购房者、投资者的追捧。同时,近两年来随着"一城九镇"的建设和多条地铁的建设和延伸,使上海市中心与偏远区域的房价差距不断缩小。

3. 市场需求旺盛。

以上海市 1 600 万常住人口计,约 650 余万户,现在住房自有率为 80% 左右,如住房自有率进一步上升,按每户 100 平方米计算,尚有比较可观的需求差额(2003 年上海商品房竣工面积为 2 492 万平方米)。而且越来越多的居民有意愿购置第二套住房,再加上上海市以外及境外居民的购房需求(2003 年上海市购房总量中境外和外省市人士的购房比重达 25%),应该肯定,上海市房地产市场的需求是旺盛的。

大批新生力量即将涌入上海房地产市场。国内外跨国企业的地区总部、集团总部、研究中心和销售中心纷纷迁往上海。中信通讯将研发总部迁至上海,届时将有 2 000 名年薪在十万以上的高级科研人员来到上海。台州市计划在上海征地 300 亩建立科技开发园,将 100 多家有实力的民营企业的研发总部同时迁入。当更多的高级科研人员和蓝领一族进入上海,他们将成为上海楼市新一轮增长中靓丽的风景线。从去年开始,上海教委对部分重点中学解禁,允许他们招收一定数量的外地学生,这让上海出现了一个新群体——都市陪读族。这些人多数家庭经济实力雄厚,估计他们中大部分将会涌入二手房市场,让上海二手房再火上一把。

高档住宅也有了新的买主。今年初,上海成功引进了 1 000 多名香港高级管理人员后,成千上万的港、台高级管理人员开始了在上海的第二次创业。随着投资环境的日益改善和港资项目的不断增加,至 2010 年,有 20 万以上的港人来沪发展和置业已成为保守的估计。而台湾岛内局势的动荡,使得大批中产阶级掀起了一股新的赴上海打拼和置业的热潮。这批金领一族"空降"上海,将让顶级物业名至实归。可以预见到,上海楼市正在形成一个多元化、多层次的消费群体。这对上海房地产开发、房价的健康发展有着积极作用。

同时,2003 年新增土地中,闵行、青浦、宝山、南汇等中低价房集中区域占了 68.45%。2003 年下半年起共推出 38 幅 371 公顷的中低价房用地,容积率以 1.2 计算,这些土地能开发近 450 万平方米的商品房,再加上 300 万平方米的重大工程配套商品房的建设,今年至少能有 750 万平方米的中低价房的供应。中低价房紧缺的局面将得到有效的缓解,进一步缓和了上海房地产市场的结构性矛盾。

结　　论

通过对近几年上海房地产市场的数据分析,笔者得出结论:目前上海房地产市场供需两旺,处于房地产业周期的繁荣中期。由于政府的有效调控,该阶段将会延长。市场需求多元化、多层次,房价继续上涨但涨幅趋缓,保持高位运行,同时大批中低价房将上市,有效缓解上海房地产市场的结构性矛盾,使得上海房地产市场持续健康发展。

参 考 文 献

王全民,《房地产经济学》,东北财经大学出版社 2002 年版。

2000 年—2003 年《上海统计年鉴》,上海统计局网站。

陈则明,《房地产泡沫、房地产热与景气周期的学术观点辨析》,《理论探索与争鸣》2004 年第 1 期第 22—24 页。

恒昌地产研究部,《今年上海房地产市场分析预测》,2004 年 4 月 9 日。

元真、蔡俊煌、轶鸣,《北京上海房地产市场比较研究》,2004 年 6 月 24 日。

新华网,《宏观调控后的上海房地产市场》,2004 年 7 月 2 日。

赵晓雷,《关于上海房地产市场的几点思考》,2004 年 7 月 9 日。

北方网,《上海房地产市场下半年走势分析》,2004 年 7 月 9 日。

WTO 条件下我国零售企业发展的策略选择[*]

芮明杰　李洪雨

摘　要　我国的"入世"给尚处于不成熟阶段的本土零售企业带来了新的挑战,面对每年两万多亿人民币的零售业大市场以及超级零售商的全面竞争,本土零售企业应该采取何种策略才能立于不败之地成为理论界和实业界所关注的热点问题。在对我国市场及零售业的深入考察与研究的基础上,本文提出了可供我国本土零售企业选择的五种具体策略:从中国文化亲和力着手,形成特有零售模式;快速收购兼并,打造零售企业的航母;与供应商、房地产商形成战略联盟,抢先布点、合作拓展;采取区域垄断、梯度推进的扩张策略;走信息化之路,优化企业供应链管理,提升物流配送水平。

关键词　文化亲和力,并购,战略联盟,增长极,梯度推进,供应链

ABSTRACT　With the entry of WTO, local retail enterprises are confronting new survival challenges. Facing global retail giants' omnibearing competition, what are the most suitable strategies for them to survive on this capacious and remunerative market? After in-depth researching and analyzing on this widely concerned issue, we bring forward five concrete corporate-level strategies: to develop special retail pattern by creating local culture cohesion; to build stronger giants by taking M&A with high speed; to achieve first-locating and cooperating advantages by allying with suppliers and real estate agents; to expand by regional monopolizing and ladderlike outspreading; to improve enterprises' supply chain and logistics by employing information technology thoroughly.

Key Words　culture cohesion, M&A, strategic alliance, development poles, ladderlike outspread, supply chain

随着我国改革开放的发展,家乐福、沃尔玛、麦德龙等国际超级零售商先后进入了我国零售业市场。外资零售企业现代化的运作模式,为国内同行提供了现场学习和借鉴的机会,通过外商的示范作用和竞争压力,带动了大陆零售业的革命性变革,推动了国内零售业整体水平的提高,也促进了一些本土具有超前意识的零售企业的现代化发展。

然而,根据 WTO 规则,中国的零售业市场将在 3 年内对 WTO 成员国全面开放,这样我国本土零售企业又面临了新的挑战:超级零售商的全面进入必然

---

*　原载《财经研究》2004 年第 4 期。

会迫使国内零售业收缩战线,减让市场份额,最终导致经济效益大滑坡,部分弱势企业因亏损而破产倒闭,目前国内一些地区的零售商已感到了这种压力,如南京的麦德龙和家乐福开业时,当地最大的百货公司南京新百在第一个双休日,客流量就减少 10%,当月销售额下降了 6 000 万元;由于外资零售企业劳动生产率高,雇员少,费用水平低,商品质优价廉,与我国中小零售企业相比,处于绝对优势,我国的中小企业势必面临严峻的生存危机,从目前情况看,外资已对局部地区的中小零售企业构成严重威胁;从宏观角度来看,近期内也将会导致国内零售业地区分布进一步失衡,结构调整将更加困难。①

对于我国本土零售企业而言,面对每年四万多亿人民币的零售业大市场以及超级零售商的残酷竞争,需要进行发展策略上的重新思考以积极应对,迅速培育核心竞争力、扩张市场份额、壮大企业实力成为了最现实的选择。本文在对我国市场及零售业进行深入考察和研究的基础上,提出了一些可供我国本土零售企业选择的具体策略。

从中国文化亲和力着手,形成特有零售模式

这里所讲的文化是指特定民族或群体的习俗和文明,是习得行为的结果,也是风俗习惯、行为规范、宗教信仰、生活方式以及价值观念等意识形态的总和。它对零售业的影响主要突显在以下几个方面:

1. 民族性。尽管世界上众多的文化之间存在许多共性以至于某些营销理论对其差异存而不论,但是,在目前零售业逐渐趋向微利化、规模化和复杂化的今天,文化的差异日益成为零售企业所考虑的重点。英国人的拘谨、法国人的浪漫、美国人的标新立异都是文化民族性的典型体现,而对于我国的本土零售企业,显然要考虑到中华民族自身的文化特点:强调以中庸之道为核心的儒家文化,在人们的消费行为中表现为注重规范、追求形式以及随大流等,当然这种差异还可以按照地区、年龄、收入等因素进行进一步细分化。

2. 渗透性。"文化是人类欲望和行为最基本的决定因素"(Philip Kotler,1997),通过仔细分析消费者的行为,我们可以洞悉或感知到隐藏在其背后的文化因素的影响,因此可以说文化渗透在消费者行为的方方面面。比如一些试验表明,我国的消费者如果在资金紧缺的前提下需要买一套西服和一块手表,他一般会买一件比较讲究的西服和一块普通甚至比较粗糙的手表,而很少出现相反的情况,这就是由潜伏在消费行为背后的爱面子的文化心理特征所决定的。

3. 动态性。任何文化的发展历史都是一个继承、扬弃与进化的过程,如人们的价值观、生活习惯、兴趣爱好、行为方式等都会随着社会的发展而不断的发生变化,其中包括对外来文化不同程度的吸收,甚至因遭受外来文化侵略而被

---

① 龙玲:《外资零售业在中国的发展状况及其影响分析》,《财贸经济》2001 年第 11 期。

迫发生的变化。比如尽管我国有着悠久的茶文化,但在现代都市中,特别是年轻一代人中,喝咖啡也已经颇为流行。作为一家发展命运与人们的消费习惯密切相关的零售企业,应该做到既能很好地把握隐藏在消费行为背后的文化特点,又能够洞察其变化的趋势,甚至引领这种变化趋势。

文化所固有的这些属性必然会对外来者造成一定程度的进入壁垒,而对于土生土长的本土零售企业,应该充分利用对本土文化熟悉和适应的优势,通过培育他们与本地文化的亲和力,最终形成独具特色并富有竞争力的零售模式。我们通过分析和研究发现,发现文化亲和力的培育可以用下面的模型图表示。

图 1　零售企业与文化相互作用模式图

其中①表示文化通过影响消费者行为从而决定零售企业的选址、业态选择、商品组合、管理模式以及其它行为。顾客的任何消费行为都是由深植在属于文化范畴的具体的意识形态如消费观念、群体意识、行为规范、价值观的影响下进行的。一个简单的例子,广东人喜欢吃海鲜,所以广东的大型超市一般都有相当面积的海鲜空间,而在上海居民对甜食有一定的偏爱,则超市货架上的甜食相对较多。或者我们可以看到居民区的生活用品超市生意相对兴旺,而一些高科技产品,比如手提电脑,或者一些占地面积大同时顾客又要求可选性高的商品,比如家具,放在专业店里显然比较合适。显而易见,零售业经营场所、业态、商品组合以及管理模式的选择等等都要和具体的文化背景相适应,从而形成独具特色的零售模式。

②表示作为有先见和有影响力的企业在适应本土文化的基础上,通过优秀的经营行为而逐渐改变消费者固有的消费习惯并最终改变根植在顾客内心深处的价值观、风俗习惯、行为规范、生活方式以及其他文化背景并最终营造出有利于消费者和企业双方的双赢局面。一些国外学者也指出,"虽然市场营销战略很大程度上受价值观、人口统计特性、语言等变量的影响,反过来,它也影响这些变量,例如在中国,电视广告铺天盖地,而且许多广告反映了西方人的价值观。随着时间的推移,这些广告不仅会影响很多中国人的生活方式,而且也影响他们的价值观、他们的思维和感情。"(Kenneth A. Coney, 2000)具有战略眼光的本土零售企业应该及早认识到这一点并加以利用,争取能够充当零售业产业标准的引导者和制定者的角色,而且,在这方面也应该比外来者更有优势。

当然,这也是培育本土零售企业与本土文化的亲和力,创造特有零售模式的更深一层的要求和挑战。

快速收购兼并,打造零售企业的航母

就经济学意义而言,企业并购是一个复杂的经济现象,其动因的复杂性和多变性很难用一种经济理论解释清楚,不同地区、不同历史时期企业兼并收购的产生和发展都有深刻的社会、经济、政治等原因;对于不同企业来说,它进行兼并收购的原因不同,甚至同一企业在不同时期的兼并收购也有不同的原因。考察我国零售企业的并购行为,其动因主要可以从内外两个方面进行剖析:

一是我国自 70 年代末开始了对高度集中的计划经济体制的转轨,通过逐步放大企业的自主权,提高价格机制对企业的调控和引导作用,我国企业已经开始以市场竞争主体的身份参与竞争,然而,这毕竟是一个过程的问题,我国整体上还是一个处于转型期的不成熟市场,在零售业内,产业集中度过低就是一个明显的亟待转型的表现:2000 年中国连锁业百强的销售额是将近 1 000 亿元人民币,仅占全社会商品零售额的 3%;零售业百强的销售额是 1 600 亿元人民币,占社会商品零售额的不足 5%。而美国在 1998 年零售业百强的销售额已经达到了将近 9 000 亿美元,占社会商品零售额超过 30%,产业集中度极高,其最大的零售企业沃尔玛,在全世界拥有 4 000 多家分店,其在美国市场的销售额占到 7%左右,年销售额达 2 000 多亿美元,超过我国零售业前 100 强的销售总额。就目前形势而言,零售业已经表现出微利化、规模化的特征,我国这种产业机构显然是缺乏竞争力的,这种态势亟需我国的本土零售业由自我成长式的发展道路,转向借助于资本杠杆、依靠兼并收购进行资产重组,从而走上快速扩张的发展轨道。

二是在我国"入世"后,零售市场逐渐对外全面放开,外资企业已经开始从大中城市全面突破并大举进入,而且进入方式也发生了变化,他们针对国内零售企业资金不足,通过收购一些公司的控股权,或买断一些热销商品的区域销售权,并甚至不惜亏损以扩张势力范围。在这种态势下,我国本土零售企业也势必走上快速扩张之路以取得规模经济的优势和市场领先者的优势,我国本土零售业的最终出路也在于能够早日打造出自己的航母,正如我国连锁经营协会会长郭戈平所言:"国内连锁业内企业不断组合,形成规模化,是大势所趋。"

然而,尽管许多本土零售企业已经认识到了这一点,而且也有许多比较大的动作,比如,2001 年 2 月 3 日,上海华联超市公司、北京市西单商场股份有限公司、北京超市发连锁股份有限公司正式签约,联手组建北京西单华联超市有限责任公司;11 月 7 日,京城 7 家连锁企业的出资人和 6 家投资企业老总共同发起创立首都商业连锁集团股份有限公司;12 月 18 日,北京超市发公司与天客隆公司宣布合并,北京最大的超市连锁企业正式诞生……但是,就目前的情况

而言,在重组签字后,许多企业发展并没有如原来设想的那么完美(李飞,2001)。本文认为,究其深层次原因,主要在于:

1. 作为追求利润和市场份额的企业,并购的一个主要动机就在于实现规模经济、提高资源的配置效率以发挥组合系统效应,然而,规模经济是通过专业化的分工与协作实现的,企业规模的扩大并不等同于已经实现了规模经济并提高了资源的配置效率,即企业扩大规模后,必须通过对各方的已有资源进行有效的重新配置、整合,以实现减少低效企业的闲置资源、提高整体生产运作能力,并最大程度地降低企业的投资、经营和生产成本,如美国管理学家彼得·德鲁克所言:"公司兼并不仅仅是一种财务活动,只有在兼并后能对公司进行整合发展,在业务上取得成功,才是一个成功的兼并。"而我国本土零售企业往往做不到这一点,即在达成书面协议后不能或者难以进行深层次的资源、管理以及文化理念的重新整合,从而导致了实现 1+1 大于 2 的协同目标这一最初并购动机的落败。

2. 非企业行为因素的影响。并购,特别是现有零售业内的并购应该是企业的战略性行为,应该提升到战略层次上,必须保证有充分的市场调查、严密的可行性研究、科学的实施方案以及可行的控制协调计划的支撑,并购才可能得以顺利进行并取得最终的胜利。然而就目前的情况而言,在我国这一正处于转型期的市场经济环境中,企业的并购行为很多场合是在非市场规则下完成的。尽管就我国零售业市场的现状而言,政府作为组建大型企业集团的重要推动力量的作用还是非常重大的,但是,如果当政府在追求协调宏观经济、"济弱扶贫"以及保护本地企业的目标指导下干预企业的并购行为,往往会一定程度地违反市场经济规律,最终很可能导致企业并购行为的低效率甚至不欢而散。

由此可见,我国零售业能够真正打造出与外资零售巨头相抗衡的"航空母舰"尚待时日,需要本土零售企业能够从战略的层次出发,并通过在并购行为之后全面的深层次重组,才可能真正实现良性的快速扩张。

与供应商、房地产商形成战略联盟,抢先布点、合作拓展

企业战略联盟是由美国 DEC 公司总裁简·霍普兰德和管理学泰斗罗杰·内格尔最早提出的,并迅速得到实业界和学术界的普遍赞同。它是指由两个或两个以上有共同战略利益和对等经营实力的企业(或特定事业和职能部门),为达到拥有市场、共同使用资源等战略目标,通过各种协议、契约而结成的优势互补或优势相长、风险共担、生产要素水平式双向或多向流动的一种松散的合作模式。本杰明·古莫斯一卡瑟尔斯认为,联盟和公司一样,是处理经济角色间不完全契约的方式;联盟和市场一样,代表一种决策机制,在此机制中任何公司都没有绝对权威,协商才是行为准则,即联盟作为一种管理结构,建立在各独立公司间的不完全合同上,其中的每个伙伴都拥有有限的控制。就一般意义而

言,战略联盟具有如下特点:联盟各方的企业一般都具有某个方面的比较优势,有可相互利用之处,建立战略联盟的目的也就在于通过不同企业的优势互补和整合,从而达到 1+1>2 的效果;联盟各方都有自己的发展战略,合作又是为了实现各自与联合体的战略目标;联盟各方的经营行为只受所定协议、契约的制管,在此之外都具有独立平等的法人资格;联盟的期限一般都比较长,以联盟各方的发展需要而定。[①]

考虑到我国本土零售企业客观现状及"入世"的影响,建立战略联盟对于我国本土零售企业的意义重大:(1)就培育企业核心竞争力而言,这是一种投资少、见效快的途径。企业发展战略的核心在于培育和发展能使企业获得长期竞争优势的核心竞争力,与优势互补的企业结成战略联盟,企业可以最大地获取分工的优势,通过专注于自身核心领域的业务而迅速提升自身的核心竞争力。(2)这是一条快速赶超跨国公司的途径。从世界范围来看,通过广泛地建立战略联盟来对抗产业内的领先者,是一种行之有效的策略。特别是在"入世"后国内市场逐步开放,我国的本土零售企业应该有更深的感触,很显然,这种发展模式为他们在资源不足、管理落后的条件下赶超跨国公司提供了一种策略选择。(3)有助于本土零售企业降低投资风险并迅速开拓新市场。在当代复杂多变的市场环境中,企业单枪匹马开拓新市场的方式风险很大,与协力者结成联盟共同开发一个新市场,一方面可以扩充企业的可调度资源以迅速打开市场,另一方面也减少了投资的盲目性和风险程度。(4)扩展零售企业获取信息的渠道并降低获取信息的成本。信息是企业的无形资源,在当今的市场竞争中,哪个企业能及时、准确地捕捉到有用的信息,就有了竞争制胜的主动权,对于零售商而言,与包括房地产商及供应商在内的协力者建立战略联盟,可以以较低的成本得到丰富的互补型信息,从而提高企业决策的速度和准确度。

那么,本土零售企业如何同协力者建立战略联盟呢?经过充分的考察和研究,本文认为,它们之间的战略联盟可采取以下几种形式:

1. 研究开发型战略联盟。即在产品和技术服务层次上,零售企业通过与相关利益者,比如物流、信息技术服务商建立战略联盟,从而可以在低成本条件下得到实用性和可操作性都相对优良的软件或技术。同时,这种联盟也可以让本土零售企业通过借助第三方力量而实现软硬件的快速更新换代、提升企业的竞争力并缩短与跨国零售巨头的差距。另一方面,对于技术服务商而言,与零售商结成战略联盟也不失为提高对市场的反应速度、稳定利润来源的合理选择,当然,这种双赢的结果也是建立战略联盟的初衷。

2. 生产供应型战略联盟。就我国市场目前的形势而言,买方市场初步形成,业绩良好的外资大型零售商在供应链中有很强的发言权,对于一般的供应商而言,大有店大欺客的味道,比如苛刻的接货和退货条件让许多供应商怨声

---

① 详见韩岫岚:《企业国际战略联盟的形成与发展》,《中国工业经济》2000 年第 4 期。

载道。如果本土零售企业通过采取与供应商结成战略联盟的方式而实现供应链集成从而削减交易费用的话，一方面可以提升自身的竞争力，另一方面也可以形成对外商供应链的有力冲击。

3. 联合销售型战略联盟。销售战略联盟是零售业中所广泛采用的形式，最富有代表意义就是特许经营，它是当前国际流行的一种经营理念，有利于企业销售网点快速低成本增长，所以被认为是一种既安全又收益快的战略联盟形式。这种联合形式强大的生命力已在本土企业中有所体现，比如上海华联超市实施战略联盟战略，先后在较短时间内发展了几百家加盟店，与沪上多家外资超市展开竞争，效果显著。这种联盟形式也是我国本土零售企业在短时间内打造"航母"的有力武器。

4. 市场拓展型战略联盟。对于我国本土零售企业而言，在资金、人力、信息的资源相对不足的条件下，与房地产商、供应商携手建立市场拓展战略联盟来共同开发新市场，一方面可以弥补零售企业自身的不足之处，提高开拓市场的速度，同时也可以大大分散风险并降低投资的不确定性，真正发挥协力者之间的协同效应，也是联盟各方都乐而为之的策略选择。

采取区域垄断、梯度推进的扩张策略

该策略可追溯到发展经济学中的"发展极"理论和梯度推进理论。所谓"发展极"（poles de croissance，development poles）的概念和理论是由法国发展经济学家弗朗索瓦·佩鲁提出的。该理论的中心思想是：在经济增长中，由于某些先导部门或有创新能力的企业或行业在一些地区或大城市积聚，形成一种资本集中，技术集中，具有规模经济效果，自身增长迅速并能对邻近地区产生辐射作用的"发展极"，通过具有"发展极"这些地区的优先发展，可以带动邻近地区的发展。其实质是把不平衡增长的思想、熊彼特的创新学说和新古典学派关于人力资本流动的看法结合起来，转化为经济空间的概念：某些先导部门和有创新能力的产业和企业集中于一些地区或大城市，以较快的速度优先得到发展，形成"发展极"，再通过其具有的吸引力和扩散力，不断地扩展自身的规模并对所在部门或地区发生支配影响，从而不仅使所在部门和地区迅速壮大发展，而且带动其他部门和地区的发展。该理论经过瑞典经济学家缪尔达尔、赫尔希曼以及法国经济学家布代维尔等人的补充而得到广泛的认可，从而成为当今一些发展中国家强调区域计划的理论基础。而梯度推进理论源于美国经济学家弗农等人创造的"工业生命周期阶段论"，其核心为：一是区域经济发展水平取决于主导产业在生命循环中所处的阶段；二是创新活动随产业所处的生命循环阶段按顺序由高梯度区向低梯度区转移；三是转移方式包括按距离远近转移的局部范围扩展和按经济发展水平及接受能力转移的大范围扩展。我国以及许多区域市场的发展规划，其中包括关于东、中、西三大经济地带规划以及重点加速发展沿海地区的政策等等,其理论基础就是经济"发展极"理论与"梯度推进"理论的结合。

对于一个发展中国家而言,采取这种不均衡的发展策略在很大程度上是由其所支配资源的有限性造成的,而我国的本土零售企业所面临的困难也正在于此,所以,对于他们而言,定位恰当的区域市场,积极配合当地的发展规划,并依靠提高自身实力而承担起该区域市场中的"增长极"角色,并在此基础上走区域垄断、梯度推进的扩张道路,这是试图在与外资零售巨头抗衡中取得优势的必然选择,也是由本土零售企业所在的外部环境的特点和其自身所具有的属性所决定的:

一方面,我国市场的发展具有极大的层次性和不均衡性,从东到西、从南到北,经济水平以及消费行为特点参差不齐,据统计,到 1989 年底,全国就已经形成了 100 多个区域市场。这当然是我国实施不均衡发展战略的必然结果,然而这种不均衡的态势恰恰给外资零售巨头的扩张造成了一定壁垒,即在一个地方的成功模式很难搬到另一个市场上去,这必然会延缓其在新市场上站稳脚跟的速度。但是,对于本土零售企业而言,采取不均衡发展的发展策略正好能够弥补其财力和物力的不足,而且,在局部市场上与具有先进经验的外资企业的周旋也能够丰富他们的经验并提高竞争力,比如深圳万佳就是一个很好的例子。

另一方面,零售业的选址以及业态、管理模式、商品组合的选择与一个地区的经济发展水平密切相关,比如必须具备人均国民生产总值达到 500—1 000 美元水平,恩格尔系数下降到 50% 以下的条件,超级市场的产生和发展才是有生命力的。[①]这种客观现实决定了零售企业必然要选择合适的栖息地,利用自身对该区域市场情况熟悉的优势,发展同城连锁、区域连锁,并与房地产商、供应商的协力者结成战略联盟,争取取得增长极的地位并实现合法的区域垄断以获得在该市场上的相对优势,然后选择适当的发展方向并采取梯度推进的策略向外扩张,最终把自己的市场蛋糕做大。

其实,通过透视外资零售企业在我国市场的扩张道路,不管他们有没有明确的文字说明,他们的扩张行为都不约而同地渗透着这种策略的影子。通过回顾他们在我国市场上的布点状况即可管窥一斑:沃尔玛以深圳、福州、昆明、大连为中心,并在我国"入世"后迫不及待地向京沪扩张;麦德龙则以上海、杭州、大连和中西部的武汉、重庆、长沙、成都为战略重点;普尔斯马特除了广东中山店以外,在天津、郑州、昆明和绵阳一年内连开 4 家店;而在全国零售企业排名中占据第二位的家乐福在短短 5 年时间内,已经在 14 个城市开了 26 家分店,并积极向哈尔滨、长春、济南、海口等城市扩张……透过现象看本质:第一,很明显,他们的布局和扩张的模式显得相当的错落有致,总体思路是首先占领局部区域市场的核心城市,然后深度开发和扩张以图在某些方面取得区域垄断地

---

① 详见侯淑霞:《我国零售业态的现状及发展趋势》,《经济社会》1997 年第 6 期。

位;第二,我们可以看到他们对于区域市场核心城市战略地位的重视,特别是反思一下沃尔玛二进上海的行为更能让我们深刻体会到这一点,明知道已经遍布着麦德龙、家乐福、百安居、欧尚等众多国际大零售商以及已经比较成熟并有相当竞争力的本土零售企业,但依然选择进入上海,其中一个重要的原因就在于它认识到了上海作为华东及长江流域的"龙头老大"所具有的强大辐射力。那么,对于我们本土零售企业而言,一个明智的选择就是与所定位的区域市场的整体规划积极配合,采取区域垄断、梯度推进的扩张策略,在这些零售巨头实现在区域市场上的垄断之前进行有效的压制和狙击,同时积极实施自己的市场扩张战略。

走信息化之路,优化企业供应链管理,提升物流配送水平

随着我国买方市场的逐步形成和零售产业内竞争的加剧,我国零售业必然会朝着低成本、低利润和大作业量的趋势发展。在这种条件下,通过将企业人力资源管理、财务管理、客户管理、物流管理等信息整合,实现以信息流、资金流、物流一体化为基础的企业信息化,并在此基础上通过供应链管理来提高企业的物流配送水平和顾客的满意度,对本土零售企业而言,必然是在开放的竞争环境中取得优势的关键所在,这正如英国著名供应链专家马丁·克里斯多夫曾经指出:"市场上只有供应链而没有企业,21 世纪的竞争不是企业和企业之间的竞争,而是供应链和供应链之间的竞争。"其原因可以具体剖析如下:

首先,企业信息化是企业进行快速、准确决策的前提,特别是大型零售企业对此应该有更深刻的感触:几千个甚至上万个供应商,复杂的库存及货架管理,每天数以万计的顾客,再加上庞大的人员机构,很显然,获取相关信息的速度和准确度对于他们至关重要,也是支撑其市场竞争力的关键因素。著名的管理大师赫伯特·西蒙教授说过,"管理就是决策",而决策的依据就是信息,对于现代零售企业而言,依靠计算机和网络技术,通过走信息化之路,提升企业的决策速度和决策水平,不仅仅是一种技术上的改进,而更是一种战略性的行为。

其次,通过优化供应链管理从而提高其物流配送水平和顾客的满意度,是我国零售企业取得成本优势并培育忠诚顾客的必然选择。"重商流轻物流"、"重生产轻流通"是我国企业的传统偏见,在今天,物流作为企业的第三利润源已得到广泛的认可,同时,现代化的物流管理已经为西方国家创造了巨大利润空间的事实也是有目共睹的。就目前情况而言,尽管我国的物流产业起步较晚,但发展势头强劲,从专业的配送中心到大型的综合物流园区,整个产业结构正在朝着合理化和高度化的方向发展,这也为本土零售企业实施整合供应链、提升物流配送水平的发展策略创造了良好的外部条件。

同时我们需要指出,企业信息化也为优化供应链管理和提升物流配送水平提供了良好的基础。供应链整合的实质在于为企业间的物流和信息流提供一

个"无缝"、"无瓶颈"的通道,以最大程度地削减耗费在流通中的成本,这就要求供应链上的企业相互之间要能够在事先制定的标准协议的基础上,通过信息交换而实现最大程度的信息共享。显然,只有通过企业的信息化,借助于 EDI、POS、EOS、GPS 等现代化的工具手段,才有可能创造出真正的"无缝"、"无瓶颈"的通道。

对于本土零售企业如何走信息化之路,优化企业供应链管理,提升物流配送水平,本文认为应该从下面几个方面入手:

1. 以关注顾客需求为起点,协调供应链运作,实现从客户到供应商的双赢局面。顾客是零售企业供应链的源头活水,失去了顾客,整个链条势必枯竭,作为直接面对顾客的零售企业,通过建立并完善 CRM 系统,在为关系顾客提供优质和个性化的服务的同时,也能够很好地了解和把握顾客的需求及其变化,然后迅速反馈给后向供应环节以帮助他们及时做出调整,这种双赢策略将会大大提高整个链条的竞争能力,同时也给对手造成一定的壁垒。

2. 完善企业的信息交换平台,提高信息共享能力。就目前的实际情况而言,我国零售企业的信息交换平台普遍还不够完善,一方面有社会的原因,比如统一标准的缺乏以及信用手段特别是电子支付手段的落后,另一方面也有企业对信息平台理解上的原因,比如许多企业把门户网站建成了企业介绍性的网站,这些都需要得到进一步的改进,以实现企业内有效信息的充分流动并实现与顾客和供应商最大程度的信息共享,同时,供应链管理的未来发展方向也必然是实现"E-Supply Chain"。

3. 物流配送社会化。供应链管理注重的是合竞争,通过充分发挥链上企业的核心能力,创造竞争的整体优势。作为整个链条上的节点,本土零售企业应该根据企业自身的特点,专注于核心业务,努力提高核心竞争力,而非核心业务可以通过第三方物流的形式进行市场化或者社会化。同时,第三方物流也是一种发展趋势,尤其是对于我国资金并不充裕的本土零售企业而言,这种形式有降低企业风险,突出核心业务,发挥其核心能力的作用。而对于有能力的零售企业而言,还可以通过与供应商、第三方物流配送中心结成战略联盟以实现对零售业产业链一定程度的垄断。

结　　语

当许多人大喊"狼来了"的时候,我国的本土零售企业一方面感到了压力的重大和时局的紧迫,另一方面也在奋发图强,通过借鉴、创新得到了锻炼和提升,在与外资零售业的竞争中迅速成长。就这几年的情况而言,可以说我国零售业的开放对我国的本土零售企业利大于弊。然而,这些毕竟是在外资零售巨头受到许多限制的条件下的结果,当我国零售市场逐渐全面开放之后,面临海外军团的大举扩张,本土零售企业如何在资金、技术、管理、人才等各条件都相对落后的情况下快速成长,并以取得具有优势的市场地位呢? 本文就此问题提出了作者的一些观点,其夙愿也就在于能起到抛砖引玉之功效,为我国本土零售企业的发展谋划可行的策略,也希冀我国的本土零售企业能够在不利的条件下克服重重困难,走出一条具有中国特色的发展道路,正所谓"资源有限,创意无限"。

参 考 文 献

谭崇台,《发展经济学概论》,武汉大学出版社 2001 年版,第 180—182 页。

芮明杰,《中国企业发展的战略选择》,复旦大学出版社 2000 年版。

颜鹏飞、邵秋芬,《经济增长极理论研究》,《财经理论与实践》2001 年第 2 期,第 2—6 页。

本杰明·古莫斯—卡瑟尔斯,《竞争的革命——企业战略联盟》,中山大学出版社 2000 年版。

菲利普·科特勒,《营销管理》,上海人民出版社 1999 年版,第 159—188 页。

Niraj Dawar and Tony Frost, "Competing with Giants: Survival Strategies for Local Companies in Emerging Markets", *Harvard Business Review*, Mar.-Apr. 1999, 119—129.

Rui Mingjie and Li Hongyu, "A New Perspective on the Construction of Competitive Advantages: The Case of the Local Retail Industry", *Corpus of the International Seminar on Asian Retail & Trade Industries*, 2002.

Charles W. L. Hill and Gareth R. Jones, *Strategic Management—An Integrated Approach*, Houghton Mifflin Company: Boston, 1998, 312—335.

G. Hamel, Y. L. Doz, and C. K. Prahalad, "Collaborate with Your Competitors and Win!", *Harvard Business Review*, Jan.-Feb. 1988, 133—139.

Richard R. Nelson, "Why Do Firms Differ, and How Does It Matter", *Strategic Management Journal*, Vol. 12, 1991, 61—74.

David E. Bell and Walter J. Salmon, *Strategic Retail Management: Text and Cases*, South-Western College Publishing, 1996.

Gurdal Ertek and Paul M Griffin, "Supplier and Buyer-driven Channels in a Two-stage Supply Chain", *IIE Transactions*, Aug 2002, 691—700.

MP3 技术与美国音乐产业演化[*]

芮明杰　巫景飞　何大军

摘　要　近年来,MP3 技术以及互联网技术的普及兴盛对传统音乐产业带来了前所未有的冲击,本文以美国音乐产业为研究对象,运用历史研究与个案研究等方法,从产业与企业两个层面对信息技术冲击下的音乐产业变革过程作了较为深入地分析,并给出了相应的建议。

关键词　共同演化,MP3,音乐产业,战略

ABSTRACT　With the occurrence of MP3 and other internet technology, traditional incumbents in music market are facing more and more challenges, such as music copyrights pirate behaviors on the Internet and competition pressure from new enters. The paper takes a longitudinal case study on this changing and co-evolution process, and gives some suggestion.

Key Words　Co-evolution, MP3, music industry, strategy

传统的产业组织理论以及战略管理理论中,我们往往倾向于把"产业"理解为企业所存在的一种静态外部环境,产业边界清晰,制度规则明了,企业战略不过就是在这种环境、规则中的被动适应行为与博弈。而事实上任何一个产业中的利益格局、组织模式、技术能力与企业的策略行为密不可分、共同演化(Co-evolution),"产业"本质上是企业策略行为之产物。从共同演化的视角研究产业组织模式的发展变迁,并以此为企业战略设计提供有益的借鉴已成为越来越多学者的共识(Tushman, M. L. and E. Romanelli, 1985；Levinthal, D. A. and J. Myatt, 1994；McKelvey, 1997；Arie Y. Lewin；王益民,2004)。本文以美国音乐产业为研究对象,运用历史研究与个案研究等方法,对 MP3 技术冲击下的音乐产业演化过程进行了较为深入地分析。我们发现,由于互联网技术的普及兴盛,一种并不含有数字产权管理功能的数字压缩技术标准——MP3 的出现对传统音乐产业带来了前所未有的冲击,在新旧技术标准的竞争中,数字时代的音乐产业实现了企业战略、技术、产业组织与制度的共同演化,产业内新的利益均衡逐渐实现,"产权"边界重新得到了界定,新的产业格局与秩序逐步形成,新的产业组织模式与企业盈利模式逐步浮现诞生。

传统音乐产业格局

音乐有着悠久的历史,但音乐作为一个产业获得巨大的发展,并让普通大

---

[*] 原文发表于《中国工业经济》2005 年第 2 期。

众成为音乐产品的主要消费者的历史并不长。据业界公认的史实,1877 年大发明家爱迪生对留声机的发明创造可以说是音乐产业化的肇端,这样算来距今也不过 130 年的时间。最早音乐产业的商务模式是通过出售投币点唱机与会讲话的洋娃娃得以实现,大发明家爱迪生凭借专利垄断成为那个时期的产业霸主。其后随着经济、技术的发展,音乐版权的法律地位的确立,我们所熟悉的音乐产业价值生态逐步形成(参见图 1)。尽管唱片公司拥有不同风格的厂牌(label)或者艺人(artists),但其商务模式基本一样:他们首先签下一大批具有前途的艺人,取得这些艺人创作歌曲的版权以及发行权,然后经过唱片的制作、包装,并利用自身高超的营销技巧以及完善的营销渠道将唱片送到消费者手中。在这个产业生态中,唱片公司占有绝对的主导地位,这不仅因为唱片公司对于歌曲流行时尚的敏感与远见,更重要的是唱片公司对于市场的掌控力,这种掌控力体现在:(1)唱片公司往往通过垂直一体化行为进入唱片分销、零售渠道,获得了唱片销售渠道的控制权;(2)这些唱片公司往往隶属于某个媒体集团,媒体集团可以运用其拥有的各种宣传媒介来影响大众的音乐品位与偏好。

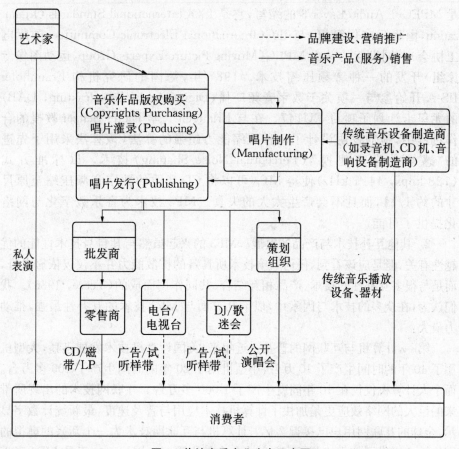

图 1　传统音乐产业生态示意图

　　经过 20 世纪 90 年代末的兼并浪潮,截至 2002 年,全球音乐市场出现了五家跨国音乐巨头(简称"五大"),它们是,威望迪环球公司的环球音乐集团(Universal Music Group, UMG);索尼公司的索尼音乐娱乐(Sony Music Entertainment Inc, SMEI);贝塔斯曼集团的贝塔斯曼娱乐(BMG Entertainment);美国在线时代华纳的华纳音乐集团(Warner Music Group, WMG);百代音乐工业集团(Electric & Music Industries Group, EMI)。从市场份额上而言,五大几乎控制了世界市场 70% 以上的 CD、磁带、LP 大碟(密纹唱片)的销售量,在一些发达国家他们的市场份额甚至高达 80%(美国、德国),乃至90%(法国)以上。

新技术对音乐产业的冲击

(一) 新技术的出现

　　1. MP3 技术。MP3 本意并不是某种音乐播放软件或是播放器。MP3是 MPEG-1 Audio Layer 3 的缩写,它是 ISO(International Standards Organization,国际标准化组织)与 IEC(International Electronic Committee,国际电工协会)共同发起的并由 MPEG(Moving Picture Experts Group,运动图像专家组)开发的一种音频压缩技术。1987 年,德国的研究机构 Fraunhofer IIS-A 开始参与一项关于数字音频广播(Digital Audio Broadcasting, DAB)的尤里卡计划子项目 EU147。在与 Erlangen 大学 Dieter Seitzer 教授的合作过程中,他们发明设计了一种压缩能力超强的算法,该算法采用了先进的"感知觉噪声建模"(Perceptual Noise Shaping)技术。以标准方式(128 kbps, 44.1 kHz)使得 MP3 可以将 CD 音质的数字音频压缩至原尺寸的约 1/11,而且不会产生太大的失真。MP3 技术为音乐数字化与网络化提供了可能。

　　2. 其他互补技术与产品的发展。MP3 的兴起虽然与其自身技术性能的优越性有关,但是应该看到,任何一项技术所具备的扩散能力并不仅仅依靠自身,而是与很多互补性的技术、产品相互结合、共同作用而成的(Teece, 1986)。我们认为,在众多的技术与因素中,以下几方面与 MP3 技术的互补性最强,推动力最大:

　　第一,计算机与互联网的普及。近年来,美国计算机技术发展迅猛,大型机用了 40 年的时间生产了 10 万台,小型机用了 20 年的时间生产了 100 多万台。而个人计算机仅仅在 10 年间就生产了 1 000 多万台。互联网技术的出现所带来的巨大的网络效应更是加快了计算机技术应用与普及速度,最新统计数字显示,全球的互联网用户已接近 7 亿。计算机与互联网技术为一个新兴的虚拟的网络社会提供了技术支撑,而这个社会中的人群——网民——正是 MP3 音乐消费的主力军。

第二,P2P 技术的出现。P2P(Peer-to-Peer)对等网络技术,是指以分散、分权思想为指导,为网络用户之间提供"端"到"端"直接联系的一种网络技术。P2P 使得网络上的沟通变得更容易、更直接,真正地消除中间环节,可以改变现在的 Internet 以大网站为中心的状态、重返"非中心化",并把权力交还给用户。对于音乐产业而言,P2P 技术的影响主要在于其对内容搜索与文件共享领域的应用,它的出现使得音乐爱好者之间可以在不受中央服务器(Web Server)的监控下实现音乐文件的快速传递、分享、搜索音乐文件,这使得希望利用中央服务器来监督音乐产品版权的能力大大降低。

第三,宽带技术的出现。所谓宽带,一般是以目前拨号上网速率的上限 56 Kbps 为分界,将 56 Kbps 及其以下的接入方式称为"窄带",之上的接入方式则归类于"宽带"。宽带接入包括 Cable mode、ISDN、DSL、ADSL 等多种类型接入手段,它的应用使得网络速度大大加快。

第四,便携式 MP3 播放器(Portable MP3 Player)的出现。世界上第一台便携式 MP3 播放器是 1998 年由韩国的 Seahan 公司制造。而第一台广为人知的 MP3 播放器是美国 Diamond 公司在 1998 年底推出的 Rio300。便携式 MP3 播放器使得对于网络音乐的欣赏不再限于端坐在计算机面前,而是可以随时随地、随心所欲,而且这种设备比起 SONY 公司发明的便携式 CD 机要轻巧许多,价格也相对便宜,因此很快受到大众的追捧,成为有效拉动 MP3 音乐消费的重要力量。

尽管 MP3 这一技术本身没有做过过多的宣传,传统的录音工作室也并不使用这种技术,但是,计算机与互联网的普及为 MP3 的流传提供了物质基础与全新的应用平台;开放、透明、无加密的 MP3 技术使得音频文件数字化、浓缩化变得非常容易,大大降低了音频文件的转换、存储成本;P2P 与宽带技术的应用大大降低了 MP3 格式音频文件在网络上的传输成本;便携式 MP3 播放器更是为其快速扩散提供了大量的消费者基数(Install Base)。这些技术相互作用,互为动力,加速了正向反馈或者说花车效应的发生,一种新技术的锁定现象很自然地发生在了 MP3 身上,MP3 格式逐渐成为了网络(在线)音乐的事实标准(De Facto Standards)。

(二) 新商务模式的出现及其对音乐产业的冲击

围绕 MP3 标准,凭借互联网力量,20 世纪 90 年代末期各种新兴的商业模式或是产品服务涌现出来,其中比较出名的包括:Diamond 公司的便携式 MP3 播放器(Rio300);提供音乐文件网上交换的 Napster、Amister;提供数字音乐综合服务的 MP3. COM 与 GoodNoise 以及提供 MP3 制作、播放软件的 Nullsoft 公司、RealNetworks 公司等等。非常有趣的是 Diamond、Napster、MP3. COM 这三家公司由于创新经营侵害到了传统唱片公司的利益,都先后受到了传统唱片公司的利益直接代表美国唱片业协会(Recording Industry Associate of American,RIAA)的法律诉讼,这也从另一个侧面说明了这些公司是新兴商业模式的代表,因此对它们的讨论研究是有典型性的。

1. MP3. COM。由 Michael Robertson 在 1996 年创建,并于 1997 年年底开始营运,1999 年 11 月在 NASDAQ 公开上市。在获得大量现金后 MP3. COM 开始创新并发起了 My. MP3. COM,主要提供两项服务:一是所谓即时收听服务(Instant Listening Service)。它允许通过它的联盟网站购买了某张 CD 的用户可以免费下载这张唱片的 MP3 格式曲目,并即时收听。这一项服务本质上是利用免费的 MP3 下载来促销 CD 唱片;另外一项服务称之为验证下载(Beam-It Service),只要用户拥有某张 CD 唱片,将其插入计算机光驱,登陆 My. MP3. COM 网站经过版权注册后,就可以免费下载这张唱片的 MP3 格式文件。很显然这项服务可以为客户尤其是不熟悉如何将 CD 转录为 MP3 格式文件的客户提供了方便,使得 MP3 更为流行。MP3. COM 有如下特点:(1)本质上是个音乐综合服务提供商(MSP),提供包括 MP3 歌曲免费下载、数字音乐发行、分销以及在线 CD 销售等多种增值服务;(2)选择利用传统互联网技术,没有利用 P2P 技术,公司自己的服务器里面有大量音乐文档;(3)收入来源综合化,版权分享、广告、CD 销售是其主要的收入来源。

2. Napster。由 Fanning 在 1999 年创建。其运作非常简单,就是为用户提供一种音乐文件分享的技术平台,用户只要登陆其公司的网站,注册并下载一个免费音乐分享软件,成为公司的客户,就可以与同时在线的其他用户互相交流音乐文件(主要是 MP3 文件)。而且 Napster 公司的用户无论在上传或下载任何 MP3 文件时,都不需向对方、Napster 公司、或是音乐作品的版权所有者交费。Napster 发展迅速,短短十几个月,全球注册用户很快突破 5 000 万。Napster 的特点如下:(1)本质上是个音乐爱好者的社区;(2)利用 P2P 技术,实现音乐文件的分布式存储、搜索与交换,公司自己的服务器上面没有音乐文档;(3)免费为客户服务,广告是其主要的收入来源。

无论是 MP3. COM 还是 Napster,它们对传统音乐产业的最大挑战在于改变了音乐产品的生产、分销流通(Distribution)乃至消费形式,使得音乐产品摆脱了以往用胶片、磁带或是光碟作为载体,并主要通过有形物理渠道进行分销流通的传统商业模式,取而代之的是数字化、无形化的纯数字音乐通过互联网向消费者传递(参见图 2)。新技术的出现带来新的产品与服务形式的同时,不可避免的对全世界范围内传统的音乐产业生态产生了侵害,引起艺员人数减少,数千个工作机会流失,唱片销售量下降。据美国唱片协会(RIAA)的统计指出,2000 年美国唱片销售量出现 7% 的衰退,2001 年与 2002 年更分别呈现约 10%—11% 的衰退,唱片销售金额亦持续下滑。

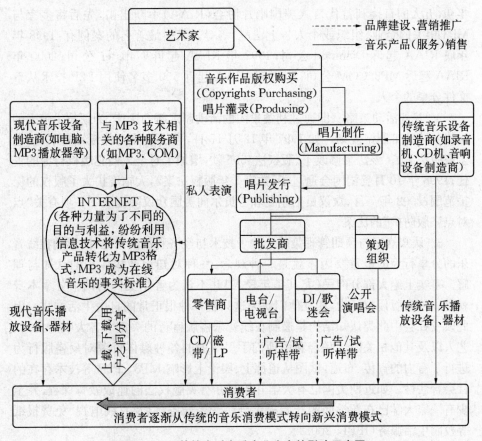

图2　MP3 等技术对音乐产业生态的影响示意图

传统唱片公司的应对策略

对于 MP3 以及其相关的信息技术,主导产业的五大唱片公司刚开始表现得非常迟缓,认为这些不过是大学生或一小部分技术爱好者的"小把戏",不可能对产业带来任何重大的影响。一个例证是,1998 年以前,五大中没有一家的网站上具有 MP3 下载、网络广播等新型服务。1998 年,当 MP3 已经成为网络音乐的主要技术标准并且涌现出一大批具有新型商业模式的企业时,五大才如梦方醒。早期,五大更多利用原有法律制度所赋予的合法性基础来回击新企业与新的商业模式。而后期则更多以市场竞争为导向,充分利用、适应新技术的同时也不排除利用法律手段来维护自身利益。

1. 法律诉讼策略。即唱片公司利用现行的知识产权保护制度对于利用MP3、互联网进行大规模的复制、传播、改编的行为进行法律诉讼,因为毕竟政府的"暴力潜能"使得对于产权保护的执行具有天然的优势(诺斯,1981)。1998

年初,五大的直接利益代言人美国唱片协会(RIAA)不断出击,先后将多家与 MP3 相关的企业、组织或个人告上法庭,等等。其中最著名的案例有:1998 年年底 RIAA 起诉 Diamond 公司;1999 年 RIAA 起诉 Napster 公司;2000 年 RIAA 起诉 MP3.COM 公司;2003 年 RIAA 起诉 500 多名使用 P2P 技术从事文件分享的个人。

2. 院外活动策略。即通过利益集团的活动制定新的法律,为新技术带来的法律灰暗地带制定规则。如 1997 年 12 月 17 日,当任总统克林顿签署了《反电子盗版法案》。该法案修改了《版权法》506 款,增加了对个人侵犯版权行为的责任;1998 年 10 月美国国会通过了《数字千年版权法案》,大幅度扩大了版权的保护范围;2002 年 7 月,众议员伯尔曼和考贝尔向美国众议院提交了一项有关"点对点盗版防护"的法案。

3. 认知修正与预期管理策略。除了技术与经济利益因素之外,影响在线音乐的分享行为的最重要因素就是一种观念、一种对知识产权保护的认知与理解。事实上绝大部分网民(尤其是年轻人)并不认为音乐文件的网络分享本身就是一种盗版侵权行为,相反他们认为这只是一种很正常的自由生活方式。因此改变社会中此类认知结构是遏制在线音乐盗版盛行的关键。各大唱片公司、艺人以及其他相关团体联合利用他们手里掌握的各种媒体资源对反盗版行为进行了有力的宣传、布道,试图从道德上、舆论上影响 MP3、P2P 等技术存在的社会合法性。如近期美国已有大学开始开办有关版权法的速成教育课程,并至少有一家大学已在新学期的开始提供合法音乐服务,以及有线电视、免费报纸等校园生活服务(IFPI, 2002)。

4. 合作联盟策略。任何制度、秩序都是依靠组织来保证执行的,RIAA、IFPI 等组织实际上代表了传统音乐产业的利益,维护的是旧有产业秩序与制度。但由于新技术的出现,仅仅依靠传统组织维护旧制度显然是不够的,新技术带来的利益平衡的丧失、产业生态空间扩张以及"物种"多样性的增强都需要新的制度加以协调,新的组织也因此应运而生。对于数字化的音乐产业,需要协调的利益主体已经不仅仅局限于传统的唱片公司、录音设备公司、艺人、零售商、消费者,而是扩展到了包括:电信运营商、互联网服务商(ISP)、互联网内容提供商(ICP)、IT 设备制造厂商、软件公司、消费类电器制造商等更为广泛的产业主体。1998 年由 RIAA、IFPI、RIAJ(日本唱片协会)倡导发起的安全数字音乐先锋论坛(SDMI, The Secure Digital Music Initiative)宣布成立,并于 1999 年 2 月在美国洛杉矶召开了首次会议。该论坛成员不仅包括五大唱片公司、RIAA 等,也包括了诸如消费类电器制造商、ISP、ICP 以及软件公司等将近 200 多家组织机构。

5. 技术策略。一类是所谓防御性技术策略,即采用技术手段增加网络音乐的传递、复制的成本。具体如最早使用的人为设计的虚假或无效链接,迷惑非法下载用户;在下载链接中制造病毒,增加用户的使用成本;利用软件跟踪非法用户的 IP 地址与物理地址,突击清查没收相关设备,严重者甚至会被控告起诉;利用所谓数字版权管理(Digital Rights Management,DRM)的技术在数字化音乐过程中加入密码(Encryption)或数字水印(Watermarking),人为制造不兼容。另一类是所谓主动进攻型技术,即通过研究开发提供比 MP3 更优秀的音频压缩技术、更符合消费者需求的产品服务,来主动争取消费者。如 1998 年初宝丽金、索尼与华纳等唱片公司首次建立零售网站,并尝试允许消费者下载部分歌曲的片断。

演化中的产业景框

从目前发展趋势来看,音乐产业的产业格局尚不清晰,仍然处于秩序较为混乱的"前范式"阶段,各种利益团体的博弈均衡尚未实现。产业内新的动态不断涌现,主要表现在:

1. P2P 技术进一步发展。作为 MP3 标准的重要的互补技术,P2P 在最近几年又获得了飞速发展。在 Napster 法律败诉之后,经营模式被迫转型,但一直不很成功。而以 Morpheus、Gnutella、Kazaa 为代表的基于 P2P 技术的新"Napster"立即填补了 Napster 所留下的市场空白并加以发扬光大——仅以上三家就拥有了 700 万同时在线用户,而 Napster 在它的鼎盛时期也不过 200 万而已。更让传统唱片公司们头痛的是,这些新秀接受了 Napster 的教训,更新了技术,完全采取分布式架构(纯 P2P 技术),避开了采用中央服务器储存用户文件资料的做法,把资料全放在了用户的计算机上。换句话说,它们只提供了 P2P 技术,至于说用户用这种技术做什么,与它们是没有关系的。新的下载、分享软件也应运而生,如 Edonkey、Emule、Gnutella,这些软件不仅下载能力更强而且普遍具有匿名功能,使得网络间分享音乐的行为更加快速而隐蔽。

2. 消费者权益保护力量的组织化。如经济学家奥森所说,由于协调的困境,大多数人的利益往往会被易组织协调起来的少数人所侵害。对此,音乐产业的历史就是很好的诠释。传统唱片市场处于高度寡头垄断,企业间通过诸如 RIAA、IFPI 等组织形式彼此勾结,广大消费者的利益很难通过所谓"价格竞争"来保证自己的福利。但是由于网络技术的发展,消费者之间的联系、协调与组织的成本逐渐降低,具有特殊偏好的某些人群很快可以聚集起来,一些为争取音乐消费权益的组织纷纷涌现。他们不仅为个人、企业提供法律援助,同时也积极参与各种社会活动,宣传音乐分享的理念,驳斥 RIAA 等组织的知识产权"麦卡锡化"。值得说明的是他们其中的一些组织并不走极端路线,而是针对音乐产品的分享与生产之间所具有的特殊矛盾提出了很多具有建设性的意见与操作方法。如 Electronic Frontier Foundation(EFF),其倡导的自愿性集体授权(Voluntary Collective Licensing)方案是具有可操作性的方案之一。理性的分析、可操作化的建议以及广大消费者的支持将使这些组织在音乐产业的演化方向上发挥更大的作用!

3. 新兴的"合法"的在线音乐经营模式不断涌现。由于在线音乐不仅涉及内容,更重要的是涉及数码技术,如何实现数码与音乐的完美结合,不仅传统的唱片公司在努力探索,一大批有 IT 背景的企业也纷纷加入到在线音乐商业经营模式的探索与开发的潮流中来。其中苹果电脑公司推出的 iPod+iTunes 模式值得一提。所谓 ipod 是指一种由苹果公司研究开发的移动性数码音乐播放器,而 iTunes 则是指有苹果公司的在线音乐商店 iTunes Music Store。iTunes 在线音乐商店是目前唯一经唱片公司授权、规模最大的数字音乐下载网站。每一个购买了 iPod 的消费者只需再为在线歌曲支付每首 99 美分,每张专辑 9.99 美金的费用就可以"合法"下载、播放以及法律规定范围内的合理使用(Fair Use)这些经苹果公司技术处理过的音乐曲目。苹果这项软硬捆绑的服务模式一经推出就受到了市场的热烈欢迎。据统计,2003 年 4 月推出的 iTunes 音乐商店迄今为止也已经售出了超过 7 000 万首歌曲,在线音乐下载市场上的占有率也超过了 50%。

4. SDMI 标准设定组织的分化与新标准的出现。SDMI 自从 1999 年公布了 1.0 版本的便携设备初步标准后,一直没有太大的进展。相反由于利益的争夺,组织内部发生了分化。各家看好数字音乐的厂商纷纷推出自己的数字音乐格式,希望可以在数字音乐市场里分一杯羹。主要有微软推出的 Windows Media Technology 4.0, AT&T 推出的 a2b, Kobe Steel 和 NTT 推出的 SolidAudio, Sony 的 ATRAC3 格式,以及 Liquid Audio, RealNetworks 和 IBM 等公司推出的音乐压缩和加密规格。这些技术标准尽管从音效保真上说,绝大部分已经超过 MP3 标准,但是由于之间大部分不兼容,而且存在较多的使用限制,因此所获得市场份额依然很少。据 NPD 集团旗下数字音乐观察部门统计,2003 年 MP3 格式的音乐在数字音乐中的比例仍然高达 72%,而 Apple 的 AAC (Advanced Audio Coding)格式和微软的 WMA 格式合计也仅为 5%。

结 论 与 启 示

至此,我们回顾了美国音乐产业从 90 年代初到 21 世纪初受到新技术冲击而演化变革的历程。综观这段历史,我们有如下结论与启示:

1. 没有超越时空的绝对"产权",任何产权都是在一定时空背景下、一定技术条件下的利益相关主体博弈均衡的产物。从历史上看,由于音乐产品的无排他性或者说弱排他性,版权的保护问题一直就是该产业的重要关注对象。在曾经用磁带、光盘等作为音乐载体的时代,也出现过消费者购买光碟后自行复制并流转的"侵权"现象。但是一方面由于基于物理复制的技术对于个人而言成本很高,因此只能限于家庭内部、朋友间,负面的影响或者说对音乐版权所有者的利益"侵害"并不是很大,相反由于试听效应,甚至有可能增加购买原版碟片的可能性。另一方面,这种利益的损失经过音乐产业内利益相关者的博弈试错已经有一定的制度安排加以协调补偿。该制度安排集中表现为 1992 年在 RIAA、ASCAP(美国歌手与作曲家协会)等利益团体的推动下美国国会通过了对音乐作品的《家庭录制法案》(Audio Home Recording Act)(即《DAT 数码录音机和磁带法案》)。但随着新技术如 MP3、互联网等的出现,传统制度受到了挑战。这些技术使得音乐完全虚拟化、数字化,复制成本、转移成本、扩散成本大大降低,因此对音乐版权所有者的产权"侵害"无疑是急剧扩大。再加上那些可以用来生产、复制、转移、播放复制产品的数码产品制造商并不在传统的补偿税征收范围内,音乐版权所有者的利益又无法通过政府税收加以补偿。产业原有利益均衡被打破,冲突难免发生,Napster 等案件不过是这种利益冲突的个案表现。我们认为,随着技术的发展升级——如第三代 P2P 技术的发展,新的文件分享方式不断涌现,监督、执行现有音乐产品"产权"保护的成本变得越来越高、收益则越来越小,传统的制度与法律的不适应性因此进一步凸现,制度惯性势必会被打破,产业也必将在多方利益博弈过程中实现新的生态与均衡!音乐产品的"产权"在不同的技术条件下具有不同的内涵与范围,昨天的"盗版"侵权行为在今天很可能就是受法律保护的正当行为!

2. 技术标准竞争的背后是利益的竞争与博弈,技术标准的最终确定本质上是多方利益的博弈均衡,而这种博弈均衡被我们称之为制度,产业内标准竞争过程是产业不断制度化的过程,同时也是产业生态重塑的过程,标准竞争过程中企业战略与产业共同演化。在传统的战略管理理论当中,我们倾向于把"产业"理解为企业所存在的一种静态外部环境,产业边界清晰,制度规则明了,企业战略不过就是在这种环境、规则中的被动适应行为与博弈。但应注意的是,当新技术、新制度等重大变革与冲击出现时,在创造性毁灭过程中,"产业"本身都面临着毁灭、重塑,如果企业还运用这种理论来指导实践,其结果就只能是被毁灭。正如我们在上文看到的,MP3、互联网络、P2P 等技术的出现,实际上是把传统音乐产业的范围大大扩展了,开辟了"新音乐产业"的空间、疆界与生态。在这种情景下,此时企业的战略更多的是一种"制度化战略",一种为确定最有利于未来自身竞争位势而主动参与产业规则建构的行为,而不是通常意义上的被动性竞争战略。可以看出,传统的五大唱片公司,早期由于忽视了 MP3 可能带来的产业变局,因此在后期与 MP3 技术进行"标准竞争"战中付出了非常大的代价。其主要原因就在于前期没有积极实施参与制定产业"标准"的制度化战略,失去了控制、主导新产业的最佳时期。事实上,与音乐产业非常类似的电子出版业由于有了 MP3 的前车之鉴,传统的出版商很早就介入了电子图书版权管理系统的制定与研发,因此目前来看,电子图书出版行业所受到的所谓"盗版"问题要远远小于音乐产业,传统图书出版商也没有遭遇新技术带来的危机。

参 考 文 献

Chi-Jen Hsieh From "The MP3 Revolution" To Pay-to-Play: The Political Economy Of Digital Music, [D], The Pennsylvania State University Dr's Dissertation, 2002.

Eric de Fontenay et al, "MP3: Digital Music for the Millennium?", 1999, White Paper on the Impact of Downloadable Music Distribution for the Music Industry Based on a Music-Dish/MP3. COM Co-Branded Survey.

Frank Bergmann, "Napster and The Music Industry", 2001, GEM working Paper.

Fred von Lohmann, "Voluntary Collective Licensing for Music File Sharing", *Communications of The Acm*, October 2004/Vol. 47, No. 10.

Henderson, R. and K. Clark, "Architectural innovation: The reconfiguration of existing product technologies and the failure of existing firms", 1990, *Administrative Science Quarterly*, 35:9—30.

IFPI, "Recording Industry in Numbers 2001", International Federation of Phonographic Industry.

Lewin, A. Y. and H. W. Volberda, "Prolegomena on Coevolution: A Framework for Research on Strategy and New Organizational Forms", 1999, *Organization Science*, 10(5): 519—534.

Levinthal, D. A. and J. Myatt, "Co-evolution of Capabilities and Industry: The Evolution of Mutual Fund Processing, 1994", *Strategic Management Journal*, 15:45—62.

Marc Huygens et al "Coevolution of Firm Capabilities and Industry Competition: Investigating the Music Industry 1877—1997", 2001, working paper.

McKelvey, B, "Quasi-Natural Organization Science", 1997, *Organization Science*.

Nelson, R. R. and S. G. Winter, "An Evolutionary Theory of Economic Change", 1982 Cambridge, MA: Harvard, University Press.

The Recording Industry Association of America's 2002, 2003 Year end Statistics, RIAA (2002, 2003).

Tushman, M. L. and E. Romanelli, "Organizational Evolution: A Metamorphosis Model of Convergence and Reorientation", in Cummings, L. L. and B. M. Staw (eds.), (1985) *Research in organizational Behavior*, Greenwich, CT: JAI Press:171—222.

斯帕:《从海盗船到黑色直升机:一部技术财富史》,中信出版社 2003 年版。

我国出口补贴转变为技改补贴的有效性分析[*]

罗云辉

摘　要　本文探讨本国企业与外国企业在以产量竞争的方式争夺出口市场的情况下,本国政府对本国企业技改投资进行补贴的理论依据。通过两次运用两阶段博弈,本文对由补贴政策、企业技改投资、产量和利润水平决定构成的三阶段博弈进行了因果关系的比较静态分析,认为在一般情况下,对本国企业技改投资补贴有利于本国企业在国际市场中产量、市场份额和利润的增加,也有利于本国社会总福利水平的增加,对外国企业产量、利润和社会福利则形成负面影响。这一政策可接替未来实施面临不确定性的出口补贴政策。

关键词　技改投资补贴,出口,产量竞争

ABSTRACT　The paper provides an explanation for subsidize technology progress activity to domestic export-oriented oligopoly. Using backward induction solution and two-stage game twice, we induce the subgame-perfect equilibrium of a three-stage game which is composed of domestic subsidy policy, firms' technology progress activity and output or profit decision. The conclusion includes that the subsidy policy is in favor of the outputs, market share and profits of the domestic duopoly, it also benefits domestic social welfare and impairs foreign duopoly's or social similar indexes accordingly. The policy can be considered as a substitute to the export subsidy policy which will be confronted with uncertainty.

Key Words　technology progress subsidy, export, quantity competition

　　对外出口是我国经济增长的一个重要推动因素,保持出口的继续稳定增长是保持我国经济继续健康、协调、较快增长的重要环节。多年以来,我国为鼓励出口,广泛推行了出口补贴政策,在总体上起到了良好的效果。然而,按照世界贸易组织的相关规定,世贸组织成员国人均国民收入在1 000美元以上者不能继续实施出口补贴政策。我国人均国民收入在2002年已达到1 000美元,由于很难计算出口补贴额,相关规定迄今尚未在我国执行。但随着我国人均收入和出口量的继续增长以及国际贸易中保护主义的抬头,出口补贴政策能否继续实

---

　　* 原文发表于《财经研究》2006年第1期。

行面临很大的不确定性。事实上,美国前不久就通过了一项允许向他们认为的非市场经济国家提起反补贴诉讼的法案,一些国会议员甚至在 5 月份已经提议美国企业提起针对中国企业的反补贴诉讼。[①]因此,我们面临着出口补贴政策可能难以长期实施的新形势。与此同时,随着我国经济实力的提升和下一步外汇管理体制的相应改革,人民币汇率形成机制已开始调整,从而有可能在一定时期对出口增长造成影响。这样,我们必须就新的形势做出反应,寻求新的有效促进出口增长的政策杠杆。

通常,人们将政府干预的范围限于垄断、信息不对称和外部效应,即所谓的市场失灵领域。这样来看,关于出口的政府干预政策似乎缺乏足够的依据。应当说,这些对政府合理干预范围的界定是微观经济学基于社会福利最大化的分析。然而,在牵扯到国际贸易时,传统理论中的"社会"与某一国家或政府代表的社会范围相重合这一不言自明的假设就不再成立。一国的政府考虑的是如何最大化本国福利,而不是将他国福利也同等程度纳进来权衡。这样,一国的干预政策尽管可能不是最大化"国际社会"福利的,但却最大化本国福利,于是,站在本国的立场,干预政策就可能有存在的合理性和必要性。

一项对出口补贴政策可能的替代是将其转化为政府对出口企业的研发补贴政策,研发补贴在世界贸易组织的规则下是允许的。这样的政策转换不仅能避免诸多潜在的贸易摩擦,而且,研发活动的补贴有利于我国企业自主创新能力的提升,从而带动要素结构、产品结构以及产业结构的高度化和经济增长方式的转变,并使我国更好地分享国际贸易带来的好处,增加我国的社会福利水平。尽管我国财政多年来一直支持部分国有大型企业的技改项目,对某些企业实施了各种研发补贴和鼓励政策,但由于这一政策在新形势下将肩负更重要的意义,而此项措施的依据尚未得到充分的说明,因此,亟需就此项措施的效果做出理论阐释。这即是本文的目的。

为便于论述,本文将补贴对象限于大型出口企业,而与之在出口市场上竞争的亦是其他国家的大型企业。这是基于以下三点考虑:一是因为我国的企业进出口权尚未完全放开,具有自主出口权的生产型企业通常只限于一些大型生产企业;二是为了便于运用博弈论工具进行分析;三是因为在分析企业竞争时,我们面临采用价格竞争还是数量竞争来刻画竞争类型的选择,在许多产品类型中,我国出口企业彼此间的价格竞争十分激烈,而将研究对象限于大型企业,将使数量竞争模型相对适用,从而避免因研究对象的笼统而导致结论可能摇摆不定。至于价格竞争的效果,则会在另外的文章中分析。

研发或技术创新行为往往体现为两种可能形式:一是所谓"工艺创新",即产品本身不变,但通过技术改造,使得产品的平均成本或边际成本降低;二是

---

① 参见《参考消息》2005 年 6 月 1 日第一版的相关报道。此前美国的反补贴法案主要针对市场经济体制国家。

"产品创新",即研发活动创造出新的产品,或使原有产品的质量得以提升。为简单起见,我们的分析将集中于"工艺创新"的技术创新类型,即"技改"类型。

本文第二部分将分析一国技改投资对不同国家所属出口企业均衡产量的影响,第三部分研究本国政府对本国企业技术改造进行补贴或征税时,彼此竞争的两国出口企业各自的均衡出口水平和相应的最优补贴或征税额度;第四部分则给出简短的总结和政策建议。

技改投资对大型出口企业均衡产量的影响

假设只有本国企业与外国企业生产某种同类替代产品。为集中探讨出口对社会福利的影响,我们假设两企业的所有产量都针对第三国市场出口,这样就不需考虑出口变动对本国市场销售的影响,从而使问题的处理相对简单。我们假设只有本国政府实行技改投资补贴政策,此项政策的颁布实施先于各企业的技改投资决策和产量决策,且不存在政策的不可置信性或信息不对称。技改投资的意义在于使产品质量不变的前提下降低边际生产成本。用博弈论的表述方法通常可描述为:在多阶段完全信息博弈中,第一阶段为政府对本国企业技改投资补贴数额的确定,第二阶段彼此竞争的两国企业各自决定技术改造水平,第三阶段为两企业同时决定均衡产量并产生均衡利润水平。

按照逆向归纳法的思路,我们首先从第三阶段开始分析,而将第一、二阶段的相关变量看作外生变量。

设企业 $i(i = 1, 2)$ 的产出水平为 y^i,成本为 C^i,技改投资水平为 x^i,技改投入的单项成本为 v^i,企业利润水平表现为收益减去生产成本和技改投入,即:

$$\Pi^i = R^i(y^i, y^j) - C^i(y^i, x^i) - v^i x^i \tag{1}$$

我们假设技改使得企业生产成本降低,但随着技改投资水平的增加,降低生产成本的效果越来越不显著,即 $C_x < 0$,$C_{xx} > 0$,同时,边际生产成本随技改水平的提高而降低,即 $\dfrac{\partial C^i}{\partial y^i} > 0$,$\partial \left(\dfrac{\partial C^i}{\partial y^i} \right) \big/ \partial x^i < 0$。考虑到企业 i、j 生产的是替代品,可假设一方产量的提高会降低另一方的收益或边际收益,即 $R^i_j < 0$,$R^i_{ij} < 0$。

纳什均衡产出水平的最大化一阶必要条件和二阶充分条件分别为:

$$\Pi^i_i = R^i_i(y^i, y^j) - \partial C^i(y^i, x^i)/\partial y^i = 0 \tag{2}$$

$$\Pi^i_{ii} = R^i_{ii}(y^i, y^j) - \partial C^{i2}(y^i, x^i)/\partial^2 y^i < 0 \tag{3}$$

由于我们首先分析两企业产量 y^i,y^j 之间的关系,在这最后阶段的博弈中,应将前一阶段博弈中的变量技改投资水平 x^i 视作既定的外生参数,由此,考察 y^i,y^j 之间的关系时,可将 x^i 看作常数。这样,对(2)式全微分可得:

$$\frac{\partial R_i^i}{\partial y^i}\mathrm{d}y^i + \frac{\partial R_i^i}{\partial y^j}\mathrm{d}y^j - \frac{\mathrm{d}C^{i^2}}{\mathrm{d}^2 y^i}\mathrm{d}y^i = 0 \tag{4}$$

即

$$\frac{\mathrm{d}y^j}{\mathrm{d}y^i} = \frac{-(R_{ii}^i - \mathrm{d}C^{i^2}/\mathrm{d}^2 y^i)}{R_{ij}^i} = \frac{-\pi_{ii}^i}{R_{ij}} < 0。 \tag{5}$$

这说明,企业 1、2 之间出口产量的竞争是战略替代型的,各自的反应曲线斜率为负。

再考察 y^i, y^j 与 x^i 之间的关系。由于 x^i 是处于 y^i, y^j 前一阶段的变量,故此时宜将 x^i 视为外生变量。因此,(2)式对 x^i 求导,可得:

$$R_{ii}^i \frac{\mathrm{d}y^i}{\mathrm{d}x^i} + R_{ij}^i \frac{\mathrm{d}y^j}{\mathrm{d}x^i} - \frac{\partial C^{i^2}}{\partial^2 y^i}\frac{\mathrm{d}y^i}{\mathrm{d}x^i} - \partial\left(\frac{\partial C^i}{\partial y^i}\right)\Big/\partial x^i = 0 \tag{6}$$

即

$$\pi_{ii}^i \frac{\partial y^i}{\partial x^i} + \pi_{ij}^i \frac{\partial y^j}{\partial x^i} + (-1)\partial\left(\frac{\partial C^i}{\partial y^i}\right)\Big/\partial x^i = 0 \tag{7}$$

同样,对企业 j 最大化一阶必要条件

$$\pi_j^j = R_j^j(y^i,\ y^j) - \partial C^j(y^j,\ x^j)/\partial y^j = 0 \tag{8}$$

对 x^i 求导,可得:

$$\pi_{ji}^j \frac{\partial y^i}{\partial x^i} + \pi_{jj}^j \frac{\partial y^j}{\partial x^i} = 0 \tag{9}$$

(7)、(9)式联立得:

$$\begin{bmatrix} \pi_{ii}^i & \pi_{ij}^i \\ \pi_{ji}^j & \pi_{jj}^j \end{bmatrix}\begin{bmatrix} \dfrac{\mathrm{d}y^i}{\mathrm{d}x^i} \\ \dfrac{\mathrm{d}y^j}{\mathrm{d}x^i} \end{bmatrix} = \begin{bmatrix} \partial\left(\dfrac{\partial C^i}{\partial y^i}\right)\Big/\partial x^i \\ 0 \end{bmatrix} \tag{10}$$

因此,按照克莱姆法则,

$$\frac{\mathrm{d}y^i}{\mathrm{d}x^i} = \frac{\pi_{jj}^j \partial\left(\dfrac{\partial C^i}{\partial y^i}\right)\Big/\partial x^i}{\pi_{ii}^i\pi_{jj}^j - \pi_{ij}^i\pi_{ji}^j} \tag{11}$$

$$\frac{\mathrm{d}y^j}{\mathrm{d}x^i} = \frac{-\pi_{ji}^j \partial\left(\dfrac{\partial C^i}{\partial y^i}\right)\Big/\partial x^i}{\pi_{ii}^i\pi_{jj}^j - \pi_{ij}^i\pi_{ji}^j} \tag{12}$$

我们可以稳妥地假设每个企业自身产量变化对边际利润的影响程度超过竞争对手产量变化对边际利润的交叉影响。即:

$$\pi_{ii}^i\pi_{jj}^j > \pi_{ij}^i\pi_{ji}^j$$

又因为 $\pi_{jj}^j < 0$, $\pi_{ji}^j = R_{ji}^j < 0$, $\partial\left(\dfrac{\partial C^i}{\partial y^i}\right)\Big/\partial x^i < 0$, 可得:

$$\frac{\mathrm{d}y^i}{\mathrm{d}x^i} > 0, \ \frac{\mathrm{d}y^j}{\mathrm{d}x^i} < 0$$

这意味着,企业技改投资的增加将导致自身产量的增加,并导致竞争对手产量减少。结合产量的战略替代性,企业 i 技改投资增加对均衡产量影响的效果可由图 1A 点向 B 点的转移表示。

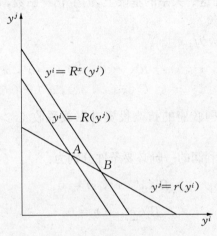

图 1　技改投资与战略替代

我们明晰了两企业出口产量之间的关系,以及某企业技改投资对各自均衡产量的影响,就可将分析上溯到第二阶段,内生化技改投资水平。此时,第三阶段的产量变量 y^i、y^j 仅仅成为第二阶段变量 x^i 的函数,因此,企业 i 利润函数就表示为:

$$\Pi^i = \pi^i(y^i(x^i, x^j), \ y^j(x^i, x^j), \ x^i) \tag{13}$$

最大化一阶必要条件为:

$$\Pi^i_i = \pi^i_i y^i_i + \pi^i_j y^j_i - C^i_x - v^i = 0 \tag{14}$$

由于 $\pi^i_j = R^i_j$,且根据包络定理,$\pi^i_i y^i_i = 0$,故(14)式可表达为:

$$\Pi^i_i = R^i_j y^j_i - C^i_x - v^i = 0 \tag{15}$$

$y^j_i = \dfrac{\mathrm{d}y^j}{\mathrm{d}x^i} < 0$, $R^i_j < 0$,可得:

$$C^i_x - v^i = R^i_j y^j_i > 0 \tag{16}$$

可见,技改投资的策略性效应 $\pi^i_j y^j_i$ 为正,使得企业利润最大化的行为与成本最小化并不一致。这说明,由于企业的技改投资除了直接降低自身成本的效应以外,还存在减少竞争对手产量,并因此增加自身利润的策略性效应,正是因为这一间接效应的存在,使得企业会为利用此效应增加利润而进行额外的超过成本最小化所需来进行技改投资。

技改投资补贴(征税)的效应及最优补贴

本部分我们探讨大型出口企业的最优技改投资水平与外生的某一国政府技改补贴的关系,并在这一关系的基础上,内生化补贴数,寻求第一阶段政府的最优技改投资补贴决策。

企业 i 的利润函数为:

$$\Pi^i(x^i, x^j, s) = R^i(y^i(x^i, x^j), y^j(x^i, x^j)) - C(y^i(x^i, x^j), x^i) - (v^i - s)x^i \tag{17}$$

其中,s 为企业 i 所在国政府的技改投资补贴或税收($s > 0$ 为补贴,$s < 0$ 为征税)。

企业 i、j 最大化利润的一阶必要条件分别为:

$$\Pi_i^i(x^i, x^j, s) = 0 \tag{18}$$

$$\Pi_j^j(x^i, x^j) = 0 \tag{19}$$

二阶条件为:

$$\Pi_{ii}^i < 0, \Pi_{jj}^j < 0$$

由于函数 Π 与 π 的区别只是在于前者是将三阶段博弈中的前两阶段变量作为自变量,后者将后两阶段博弈的变量作为自变量,因此,正如我们此前假设 $\pi_{ii}^i \pi_{jj}^j > \pi_{ij}^i \pi_{ji}^j$,是出于企业自身产量变化对边际利润的影响程度超过竞争对手产量变化对边际利润的交叉影响,在此假设 $\Pi_{ii}^i \Pi_{jj}^j > \Pi_{ij}^i \Pi_{ji}^j$,可基于同样的理由。

分别对(18)、(19)全微分可得:

$$\Pi_{ii}^i \mathrm{d}x^i + \Pi_{ij}^i \mathrm{d}x^j + \Pi_{is}^i \mathrm{d}s = 0 \tag{20}$$

$$\Pi_{ji}^j \mathrm{d}x^i + \Pi_{jj}^j \mathrm{d}x^j = 0 \tag{21}$$

即:

$$\Pi_{ii}^i \frac{\mathrm{d}x^i}{\mathrm{d}s} + \Pi_{ij}^i \frac{\mathrm{d}x^j}{\mathrm{d}s} + 1 = 0 \tag{22}$$

$$\Pi_{ji}^j \frac{\mathrm{d}x^i}{\mathrm{d}s} + \Pi_{jj}^j \frac{\mathrm{d}x^j}{\mathrm{d}s} = 0 \tag{23}$$

(22)、(23)式联立得:

$$\begin{bmatrix} \Pi_{ii}^i & \Pi_{ij}^i \\ \Pi_{ji}^j & \Pi_{jj}^j \end{bmatrix} \begin{bmatrix} \dfrac{\mathrm{d}x^i}{\mathrm{d}s} \\ \dfrac{\mathrm{d}x^j}{\mathrm{d}s} \end{bmatrix} = \begin{bmatrix} -1 \\ 0 \end{bmatrix} \tag{24}$$

因此,按照克莱姆法则,

$$\frac{\mathrm{d}x^i}{\mathrm{d}s} = \frac{-\Pi_{jj}^j}{\Pi_{ii}^i\Pi_{jj}^j - \Pi_{ij}^i\Pi_{ji}^j} > 0 \tag{25}$$

$$\frac{\mathrm{d}x^j}{\mathrm{d}s} = \frac{\Pi_{ji}^j}{\Pi_{ii}^i\Pi_{jj}^j - \Pi_{ij}^i\Pi_{ji}^j} \tag{26}$$

这说明,政府技改投资补贴会对本国企业的技改投资起到促进作用,考虑到 $\frac{\mathrm{d}y^i}{\mathrm{d}x^i} > 0$, $\frac{\mathrm{d}y^j}{\mathrm{d}x^i} < 0$,这将进一步促进本国企业出口量,抑制外国企业的出口量。

政府技改投资补贴对外国企业技改投资的作用取决于 Π_{ji}^j 或对称的 Π_{ij}^i 的符号。将(15)式两端对 x^j 求导可得:

$$\Pi_{ij}^i = R_j^i y_{ij}^i + y_i^j \frac{\mathrm{d}R_j^i}{\mathrm{d}x^j} - y_j^i \partial\left(\frac{\partial C^i}{\partial y^i}\right)\Big/\partial x^i \tag{27}$$

我们分别探讨(27)式右边三项的符号。

由 $y_i^j = \frac{\mathrm{d}y^j}{\mathrm{d}x^i} < 0$, $\partial\left(\frac{\partial C^i}{\partial y^i}\right)\Big/\partial x^i < 0$ 可知第三项符号为负;关于第二项,我们已经确知 $y_i^j < 0$。$\frac{\mathrm{d}R_j^i}{\mathrm{d}x^j} = R_{ji}^i y_j^i + R_{jj}^i y_j^j$,已知 $R_{ji}^i < 0$, $y_j^i < 0$, $y_j^j > 0$,可见,当 $R_{jj}^i \geqslant 0$ 时,(27) 式第二项肯定为负。$R_{jj}^i \geqslant 0$ 可以解读为企业 j 产量的增加会以作用递减的方式减少企业 i 的收益,可以认为,这是一个合理的假设,即第二项也为负。因此,除非 $y_{ij}^i < 0$ 且 $R_j^i y_{ij}^i$ 很大,Π_{ij}^i 是小于 0 的,这样的话,企业 i 的技改投资增加会减少企业 j 的产量。[①]

如同第二部分的分析思路,在外生化前一阶段变量,进行完前一阶段变量对后一阶段变量比较静态分析的基础上,就可将前一阶段变量内生化,而把后一阶段变量作为单纯的自变量(而不再作为再后一阶段变量的函数),进行最优化分析。[②]

最优化技改投资补贴或征税政策的目的在于最大化本国福利 W^i,即本国企业在政府技改投资补贴条件下利润所得减去补贴额。

$$W^i = \Pi^i(x^i, x^j, s) - sx^i \tag{28}$$

最大化一阶条件为:

---

① 但毕竟由于 y_{ij}^i 的符号和大小不能确定,企业 i 技改投资对企业 j 产量的影响是不能完全肯定的。但当 $\partial\left(\frac{\partial C^i}{\partial x^i}\right)\Big/\partial y^i = 0$,且需求函数为线性的简单情况下,(8.11)式对 x^j 的导数 $y_{ij}^i = 0$,这时 $\Pi_{ij}^i < 0$ 肯定成立。

② 这也是将多阶段博弈转换为多个两阶段博弈的重要处理方法。

$$\frac{\mathrm{d}W^i}{\mathrm{d}s} = \Pi_i^i x_s^i + \Pi_j^i x_s^j + \Pi_s^i - x^i - s x_s^i = 0 \tag{29}$$

$\Pi_i^i = 0$，$\Pi_s^i = x^i$，由(23)知$\dfrac{\mathrm{d}x^j}{\mathrm{d}s} = -\dfrac{\Pi_{ji}^j}{\Pi_{jj}^j}\dfrac{\mathrm{d}x^i}{\mathrm{d}s}$，故(29)式可表示为：

$$\frac{\mathrm{d}W^i}{\mathrm{d}s} = \left[\Pi_j^i\left(-\frac{\Pi_{ji}^j}{\Pi_{jj}^j}\right) - s\right]\frac{\mathrm{d}x^i}{\mathrm{d}s} = 0，由(25)式可得：$$

$$s = -\Pi_j^i\left(\frac{\Pi_{ji}^j}{\Pi_{jj}^j}\right) \tag{30}$$

我们已知$\Pi_{jj}^j < 0$，$\Pi_{ji}^j < 0$在通常情况下成立，因此，s的符号取决于Π_j^i的符号。

$\Pi_j^i = \pi_i^i y_j^i + \pi_j^i y_j^j$，由于$\pi_i^i = 0$，$\pi_j^i = R_j^i < 0$，$y_j^j > 0$，故$\Pi_j^i < 0$，因此，$s = -\Pi_j^i\left(\dfrac{\Pi_{ji}^j}{\Pi_{jj}^j}\right) > 0$。这说明，为最大化本国福利，相对于自由放任或者技改投资征税，政府对大型出口企业的技改投资应进行补贴，且补贴额度由(30)式体现。

小　　结

我们通过两次运用两阶段博弈和逆向归纳法，分析了一个三阶段博弈的最优解。其中，首先是本国政府对本国出口企业确定技改投资补贴政策和额度；其次，在此政策背景下本国企业和外国企业确定各自的技改投资水平；最后，两国出口企业针对第三国市场进行产量竞争。我们的分析表明，不同于从宽泛的"国际社会"福利最大化角度出发得出的不干预政策的结论，本国政府对本国企业进行技改投资补贴，不仅有利于本国企业在国际市场中产量、市场份额和利润的增加，而且有利于本国社会总福利的增加。在我国出口补贴政策继续实行将面临很大不确定性的情况下，这一政策结论对于形成新的接替性出口政策，保持出口和宏观经济的继续健康增长，以及提高我国出口导向型企业自主创新能力都有着积极的意义。需要说明的是，我们的分析基于若干假设前提的成立，这其中，技术创新局限于"工艺创新"、双寡头数量竞争、只有本国政府进行技改投资补贴政策等假设，并不一定具有很强的普适性，这些前提的改变有可能导致结论的不尽相同，对此需要进行进一步的探讨。

参 考 文 献

Dixit, A., "The Role of Investment in Entry-Deterrence", 1980, *Economic Journal*, 95—106.

Krugman, P., "Industrial Organization and International Trade" in Schmalensee, R. and Willig, R. 1990, *Handbook of Industrial Organization*. North-Holland press.

Krugman, P., "Optimal Trade and Industrial Policy under Oligopoly", 1986, *Quarterly*

Journal of Economics，383—406.

Shapiro，C.，"Theory of Oligopoly Behavior"，in Schmalensee，R. and R. Willig，1990，*"Handbook of Industrial Organization"*. North-Holland press.

Spencer，B and Brander，J.，"International R&D Rivalry and Industrial Strategy"，1983，*Review of Economic Studies*，707—722.

马捷,《差别产品双头竞争与最优进口税的决定》,《世界经济》2002 年第 6 期,第 13—19 页。

第二篇
市场结构与企业行为

双重寡头垄断下的"多角联盟"策略分析 *

白让让

摘 要 中国轿车生产企业和产品品种在进入管制放松后的急剧增加，不仅改变了已有的市场结构，也使长期受到抑制的需求得到充分的释放。隐藏在这一变化背后的是跨国公司控制力的增强和本土企业的边缘化。本文对"多角联盟"现象的发生进行了一个合作博弈的解释，基本结论是：(1)"多角联盟"是管制放松、双重寡头垄断的背景下，本土企业和跨国公司基于能力、资源和产业链的差异而产生的相互需求的结果；(2)"多角联盟"的流行，可以使跨国公司在较短时间内完成对中国轿车产业的重新划分，国内市场的产品结构得到提升，付出的代价是本土企业在产业链竞争中将长期处于依附的境地；(3)产业组织与技术进步的协调，即从一味的保护向激励性管制的转变是遏制"多角联盟"、"中中外"等模式弊端的必然选择。

关键词 轿车产业，寡头垄断，"多角联盟"，产业政策，企业战略

ABSTRACT The rapid increasing of the number of manufacturer and the variety of goods of china's car industries after the deregulation, has not only changed the market structure, but stimulated the demand which was strained for a long-term. Under this change were the strength of transnational corporation control power and the fringe of native firm. This paper explores the "multilateral-love" using the cooperative game approach, we show that: (1) the "multilateral-love" is the result in the reciprocal demand between the native and transnational corporation, on account of difference in the competence, resource and industrial chain; (2) under this way the transnational corporation can restructure the china's automobiles industry in the short-term, but the cost for improve the production structure is that the development of native industry becomes an appendage to transnational corporation; (3) for limiting the "multilateral-love" the industrial policy choice should turn negative protection to incentive regulation.

Key Words automobile industry, oligopoly, "multilateral-love", industrial policy

引 言

随着政府市场进入管制的放松和 WTO 相关承诺的逐步兑现，中国轿车产

---

* 原文发表于《产业经济研究》2005 年第 2 期。

业的市场结构在近几年发生了显著的变化。这种变化不仅带来了汽车需求的"井喷"式增加、产品品种或品牌数量的丰富,也打破了厂商之间在局部垄断下所形成的默契合谋,使价格和差异化产品竞争成为争夺市场份额的主要手段。与其他产业曾经历的激烈竞争不同,价格和差异化产品竞争既不是国内企业夺回外资所占市场的积极战略,也不是全行业产能过剩下的恶性竞争,而是在需求和供给都快速增长的条件下,国内主流企业在跨国公司的扶持下,为重新划分中国轿车市场的格局,而采取的一种重要的策略性行为。

　　本文的目的不是研究这一过程的全貌,而是对其中的一个特殊现象,即"多角联盟"的发生提出一个基于合作博弈的理论解释,并着重分析这种结构对中国轿车产业尤其是本土企业成长的积极和负面影响。所谓"多角联盟"是指一个本土企业在与两个或两个以上的跨国公司建立技术合作或合资企业的同时,这些跨国公司也与不同的本土企业形成了类似关系的一种产业组织状态。我们的分析将表明,对跨国公司市场进入管制的放松,使轿车产业的结构实现了从单一产品主垄断向寡头垄断的转变。这种在跨国公司主导下的产业结构变革,使国内原有的依靠政府行政性安排而处于垄断地位的所谓主流企业,在巨大的市场机会来临时,纷纷放弃了对自主产品开发的投资,转而依赖跨国公司的技术和成熟品牌,以维持原有的市场份额。这种行为从短期观察是理性选择的结果,但长此以往必然使中国的本土企业在全球化产业布局中,从对跨国公司单纯的研究与开发能力依赖,不断地陷入对其生产方式、营销理念、乃至基础性服务的倚重,从而使本土企业处于边缘化的境地。打破这一"宿命"的重要手段就是依靠产业政策,激励本土企业以各种方式提高自主开发能力,这是日韩等"后发"国家轿车产业成长的共同路径。

　　本文的结构是,首先对双重寡头垄断结构这一前提条件的形成进行了实证考察,然后分析了"多角联盟"的成因、机会和威胁,以及由此所引发的本土企业的边缘化,最后提出了基于本文分析的产业政策建议。

进入管制放松与寡头垄断的形成

(一) 产业组织政策失效与进入管制放松

　　轿车工业作为汽车工业的主体,在汽车工业尤其是经济大国的发展中占有举足轻重的地位。但是由于起步很晚,在我国直到 20 世纪 80 年代末才受到政府的重视,有了较为清晰的发展规划。如在 1986 年出台的《发展轿车工业,促进经济振兴》报告中,明确了轿车工业的带动作用,1987 年首次提出了中国小轿车的发展战略,初步确立了"三个企业,三种车型"的产业布局,并依此对其他企业的进入予以限制乃至禁止。1994 年发布的《汽车工业产业政策》又强化了"三大三小"的产业组织结构目标。在地方政府和一些行业管理部门权力逐渐扩大,轿车工业受关税保护利润丰厚的背景下,进入管制就成为一种必然。但是由于以下三个主要原因的存在,进入管制一直处于低效运作状态。

1. 超额利润的长期存在与显著的带动效应,使许多地区和行业在上世纪九十年代初提出了加快发展轿车工业的设想和规划。受产业管制和资金供给的限制,那些无法进入国家规划的轿车项目,只能采取迂回的方式,尽量避免与国家计划撞车,如将基建项目化整为零,或以技术改造名义生产与轿车相近的产品,更多的不经过国家权威部门的认证,只在本地销售。对于这些行为,行业的主管部门一般难以采取有效的措施进行制止,只能在事后予以认可。

2. 汽车行业的管理体系,尤其是管制权力的双层安排,也使其不可能对已经发生的进入行为实施有效的惩罚。长期容纳的一个后果就是,在新进入企业的主销区,市场结构会发生不利于原有寡头的变化,如果辅之以地方政府的市场分割措施,后果会更严重。作为回应,在位者要么利用价格竞争维护原有的地位,要么开发或引进新的产品,主动性地占领尚未被填补的市场。轿车产业的竞争就从边缘性进入向相互进入过渡。

3. 进入管制低效的另一个来自体制安排的原因就是产业管制主体机构缺乏应有的权威。以往的行业主管部门是一个集行业管理和经营为一体的准政府组织,没有被赋予有效的管制权和相应的资源,机构的频繁变化也使其难以树立自己的威信。具体而言,行业管理与部门管理、国家经济综合管理与企业具体经营活动交叉混乱,尤其是在进入和价格两方面,国家认定的管制机构并没有相应的权力和手段,其主要掌握在其他部门手中,管制机构的权威性很低。对轿车产业而言,这一机构几乎没有管制权,而是分别由计委和经贸委拥有。

上述三个因素的长期存在不仅使产业组织政策从其颁布伊始就处于不断被突破和修正的境地,也使利用"市场换技术"的初衷被主流企业的合资依赖症所抵消。而价格和税费安排的不合理,却为一些没有技术含量和规模效应的企业的生存创造了巨大的利润空间,中国的轿车产业呈现出"有规模,无技术;规模小,不退出"的特异现象。为提高国内企业应对"入世"后的激烈竞争的能力,行业的主管部门从2001年起取消了不合理的进入管制方式,用"公告"制代替原有的"目录"管理,并对与进入相关的项目、投资、合资等领域的政策进行相应的调整,这在一定程度上标志着进入管制的极大放松。

(二) 进入管制放松与行政性垄断结构的瓦解

原有的以边缘化方式从事轿车生产的企业,在进入管制放松后基本上都获得了"准生证",这不仅增加了行业中的企业数目,也引发了激烈的价格竞争。为维持既有的垄断地位,主导企业不得不通过引进技术或采用外方合资者现有品牌的方式,力图在短期填补市场需求的巨大缺口。产品和价格竞争的结果体现在市场结构上,就是行政性垄断的瓦解和寡头垄断的初步确立。

2001年进入管制规则放松后,企业数目和独立品牌的数量都呈现出不断增加的势态,其后果是市场结构可竞争性的提高。按照企业产出集中度 CR4 和 CR8 判断,国内市场已经从 2000 年的贝恩"寡占I型",转变为 2003 年的"寡占Ⅳ型"。CR4 的降低尤为显著,基本上接近可竞争状态,CR8 变化的滞后说明企业之间规模差距也在不断缩小。民营企业和新的合资企业在这一变化过程中,发挥了不同的作用。管制放松之初,国内民营企业的扩张引发的价格战主要集中于微型轿车和"准轿车"市场,合资企业的反应并不激烈,随着大企业新产品推出速度的加快和新的合资企业规模的提升,全局性的价格竞争终于在加入 WTO 两年后爆发,在使需求得到极度短暂的释放后,轿车行业的情况急转直下,市场一度十分低迷。

表 1　进入管制放松前后轿车市场的总体变化(2000—2003 年)

时间	企业数		品牌数量[a]		规模(万辆)		企业产出集中度	
	全部	合资企业	全部	外资	生产量	销售量	CR4	CR8
2000	16	7	33	26	60.47	61.27	77.29%	98.01%
2001	16(4)	9	45	37	70.35	72.15	67.72%	92.63%
2002	23	11	64	44	109.08	112.6	61.62%	85.60%
2003	38	12	88	53	218.93	215.41	47.12%	65.27%

注:a 根据惯例,同一品牌的不同排量可被视为多个品牌。
资料来源:《中国汽车工业经济年鉴》(2000—2003 年)。

由于企业更多地注重细分市场上的地位和势力变化,我们依据两种基本的分类标准[①]对市场结构进行了详尽的分析。按照最常用的贝恩分类法,在 2000 年所有的细分市场都属于接近垄断的寡占Ⅰ型,到了 2002 年除了因为品牌之间差距很大的微型车市场仍是寡占Ⅰ型外,其余三个市场都转变为寡占Ⅲ型,经济型轿车市场一度接近寡占Ⅳ型,这与产业竞争的实际情况十分吻合。赫芬达尔—赫希曼指数(HHI)的变化更能反映这种趋势,在三年中已经完成了从高寡占Ⅱ型(1952.11)向低寡占Ⅰ型(1577.79)和Ⅱ型(1143.75)的转化,这一指数的下降进一步证明位居汽车行业前几位的企业的市场势力更趋平均,也标志着寡头垄断结构的确立,具体结果见表 2。

表 2　细分市场的集中度变化(2000—2002 年)

规格(排量)	CR4%			HHI		
	2000	2001	2002	2000	2001	2002
1<1.0	94.84%	78.01%	81.78%	2 749.54	1 992.85	2 071.06
1.0~1.6	91.57%	48.30%	59.48%	3 816.9	959.84	1 219.35
1.6~2.5	86.77%	77.87%	61.71%	2 476.99	954.8	1 169.31
1>2.5	100.00%	70.04%	70.73%	7 007.82	2 089.13	2 067.15

资料来源:《中国汽车工业经济年鉴》(2000—2002 年)。

---

① 关于两个指标的具体含义详见多纳德《产业经济学与组织》第 8 章。

　　上述数据分析表明,进入管制的放松,企业数目的增加和独立品牌的扩张使中国的轿车产业从企业和细分市场两个角度判断,均已进入寡头垄断的状态,竞争激烈的经济型和中级轿车市场正在向竞争型结构转化,这构成了我们分析"多角联盟"的一个重要的结构条件或依据。

(三) 跨国公司主导下的双重寡头垄断

　　无论是从全球范围,还是轿车生产大国内部分析,以集中度为标准,产业结构均表现出相对稳定的寡头垄断特征。从 20 世纪 90 年代后期起,全球汽车业发生的重要事件莫过于不断掀起的合并与重组浪潮。经过几次大的变革,世界汽车工业已经形成"6丨3"的竞争格局。[①]2002 年,按厂商计算的产出集中度 CR4 和 CR8 各为 45％和 57％,分别属于贝恩的"寡占Ⅳ型"和植草益的"高、中寡占型"。这一特点在轿车产业更为突出,2003 年的生产集中度 CR4 和 CR8 分别是 42.73％和 67.23％,也表现为寡头垄断的结构。按照不同国家计算的全部汽车生产和销售量集中度 CR4 和 CR8 分别是:53.9％、55.42％和 74.3％、73.7％,也是一种典型的寡头垄断结构。在各国内部,也呈现出寡头垄断的结构。以 CR3 为例,法国为 99.2％(1995 年)、美国为 70％(1998 年)、日本是 77％(1998 年)、中国是 48.1％(2001 年)。在这种结构下,生产能力却长期居高不下,企业之间的竞争日趋激烈。2002 年,全球汽车工业的设备利用率平均只有 69％,大大低于 1990 年的 80％。主要的传统市场如北美、欧洲、日本已经处于饱和状态,甚至有衰退的迹象。发展中国家如中国、印度、韩国已经成为新一轮竞争的中心。

表 3　世界轿车产业的集中度(1999—2003 年)

生产规模 (万辆)	企业个数					产出比重(%)				
	1999	2000	2001	2002	2003	1999	2000	2001	2002	2003
＞400	3	4	3	3	3	35.96	45.98	44.71	36.25	34.95
200—400	4	7	6	6	6	25.49	37.04	38.11	37.54	37.24
100—200	7	2	4	4	5	26.22	6.02	15.42	17.91	17.17
30—100	6	5	5	5	5	10.08	8.7	8.47	5.7	7.85

　　资料来源:OICA(1999—2003 年)。

　　从生产或市场销售的角度并不能理解汽车产业国际寡头垄断的本质,这是一种基于"产业竞争空间化"的市场结构,体现的是少数规模巨大的企业之间的相互依赖关系。在中国的轿车产业中,这种关系表现为跨国公司对产业结构、

---

　　① 这里"6"指通用、福特、戴姆勒-克莱斯勒、丰田、大众、雷诺-日产,"3"代表本田、标致-雪铁龙和宝马。

产品结构和竞争策略等产业运行的关键活动或价值链区间的直接控制。

具体而言，跨国公司对中国轿车产业的核心控制力表现在两个方面，一是现有产品结构和市场结构的控制权掌握在其手中，服从其全球化布局的战略安排。这一点可以从品牌的市场份额和生产能力两个方面得以证明，详见表 4。二是国内企业的结构调整和企业之间的兼并重组也有跨国公司的参与，在一定程度上甚至由后者所左右。以近期的几个重大重组为例，天津汽车与一汽集团的联合重组，实际上是丰田与天津汽车合资生产威驰轿车的前提之一；上海汽车收购山东烟台车身厂，是通用提高在中国生产能力的重要一步，其收购柳洲五菱后的技术支持也来自通用。中国汽车走出国门的第一步，上海汽车参股韩国大宇等举措，都是美国通用以上海通用、金杯通用、上汽通用五菱和烟台为基点，对中国市场全方位、多角度布局，以对抗德国大众的中间环节。而德国大众则一直寻求将自己在中国的两个强势产品的销售，统一在一个共同体中，只是由于中方企业之间的竞争和政策限制而暂时无法实施，但随着 WTO 协议中，我国对汽车业服务开放承诺期限的即将到来，跨国公司在中国轿车产业的控制力将不断增强。[①]

表 4　跨国公司在中国轿车产业的产品分布和生产能力

外方企业	中方企业	总投资和比例	主要产品（品牌个数）	生产能力	市场份额（2002）
雷诺-日产	东风汽车	160 亿人民币（各 50%）	全系列乘用车(2)	55 万辆	
雷诺-日产	三江航天集团	9 800 万美元（外方 45%）	塔菲克轻型车		
雪铁龙	神龙汽车	18 亿人民币（外方 30%）	神龙富康(7)	30 万辆	7.7%
德国大众	上海汽车集团	5.5 亿美元（各 50%）	桑塔纳(6)	30 万辆	27%
德国大众	一汽集团	19 亿美元（外方 40%）	捷达、奥迪(13)	30 万辆	19%
日本本田	广州汽车集团	不详	雅阁(5)	10 万辆	5.3%
日本丰田	一汽集团	不详	全系列轿车	30 万辆	
日本丰田	广汽，东风	不详	轿车	10 万辆	
日本铃木	长安汽车集团	1.9 亿美元（外方 49%）	奥拓微车(2)	15 万辆	5.8%
美国通用	上海汽车集团	15 亿美元（各 50%）	别克轿车(7)	10 万辆	10%
美国福特	长安汽车集团	9 800 万美元（各 50%）	嘉年华(2)	15 万辆	

资料来源：根据《中国汽车工业年鉴》(2002—2003 年)进行的不完全统计。

一个完整的轿车产业链应该包括研发、制造（冲压、焊接、油漆和组装）、营销、车贷融资和售后服务等环节，由于企业生产能力和经营环境的不同，每一个环节都有可能成为利润的来源，前提是它能够形成规模经济、多元化、品质、创

---

① 2004 年 6 月南北"大众"同时大幅降价行为是德国大众应对通用威胁的一次联合演习。

新、灵活生产以及持续成本降低的效应。截至目前还没有一家跨国公司能从上述六个方面都获得利润,日本的企业如丰田的成长主要依靠精益生产方式所产生的规模经济和成本优势,福特公司的利润则来自多元化,尤其是汽车金融服务的创新,欧洲的老牌企业如大众、宝马依靠品质维持着很高的顾客忠诚和高额边际收益。由于制造活动的规模和能力主要来自资本和劳动力这两个传统的生产要素,它们已经从稀缺转为过剩状态,因此主要的跨国公司不再过分强调这一阶段的优势。同时,随着国际经济贸易投资壁垒的逐渐消除或降低,资本自由流动性的提高,使劳动力的比较优势不再为其原发地所独有。但是,观察我国轿车产业在全球化生产中的布局就会发现,我们正好处于产业链中不再创造核心竞争力的环节上。以下的分析将表明,"多角联盟"虽然在短期能够使国内企业的劳动力或本土市场营销优势得到进一步的挖掘,但从产业长期良性成长的目标出发,这种合作并不能顺利地使其核心能力本土化,如何形成中国轿车的自生能力或本土核心竞争优势,仍值得关注。

"多角联盟":基于相互需求的合作博弈分析

(一)"多角联盟"的短期均衡

如前所述,跨国公司和本土企业在轿车产品价值链中拥有不同的资源和核心竞争优势,构成了在全球化产业布局中相互合作的基础。为分析的方便,我们将跨国公司的优势简化为产品开发和设计能力,国内企业则有本地销售网络和经验。二者之间之所以能够形成"多角联盟"的格局,实际上是一个多期博弈的结果。

第一期:"自然"选择中国轿车市场的潜在规模和成长速度,显然这是一个公共信息,在现有的进入限制和关税水平下,跨国公司的最优选择必然是"合资"。

第二期:国内主流企业受能力约束,为实现短期利润最大化,相互竞争的最优策略亦是通过"合资"引进现实的产品。

第三期:跨国公司和国内企业策略的一致性,导致了"多角联盟"的发生。

我们用一个简单的例子来证明这一博弈均衡。假定有两个跨国公司 A 和 B,它们分别拥有 $X(X \geqslant 3)$ 和 $Y(Y \geqslant 3)$ 个成熟产品;三个国内主流企业(a、b 和 c),各自有一个能力为 q_a、q_b 和 q_c 的销售网络。不考虑价格竞争和产品替代效应的影响,如果股权的比重相等,可以计算出不同状态下的收益。

(1) 采取"一对一"方式时,若跨国公司 A 与企业 a 合资,A 向 a 提供 x_a 个产品,各自的收益用产量计算均为 $\left(\frac{1}{2} x_a q_a\right)$。

(2) 若采取"一女多嫁"策略,A 或 a 的收益变为 $\frac{1}{2}(x_a q_a + x_b q_b + x_c q_c) >$

$\left(\frac{1}{2}x_aq_a\right)$，显然，$(x_a+x_b+x_c)\leqslant X$。同理，对于 B 或 b 也有 $\frac{1}{2}(y_aq_a+y_bq_b+y_cq_c)>\left(\frac{1}{2}y_bq_b\right)$。

这一简单的分析也可以用下图表示，这里 $R=\frac{1}{2}(x_aq_a+x_bq_b+x_cq_c)$，$r=\frac{1}{2}x_aq_a$，D 和 M 分别表示"一对一"和"一女多嫁"战略。

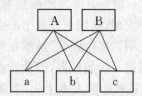
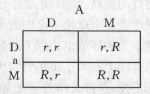

图1　双重寡头垄断下的"多角联盟"

短期合作博弈"多角联盟"的发生有其特殊的条件。首先，它要求中国的轿车产业，在达到一定的规模之前必须保持一定的增长速度，否则每个合资企业的"全系列化"产品布局，一定会引发激烈的市场竞争，已有的分析已证明在需求下降时合作易瓦解。其次，中国的关税要保持一定的水准，使跨国公司不易从直接投资向出口战略转化，尤其是日韩等国的制造商，它们已经在劳动力比中国更为廉价的东南亚地区形成了一定的生产规模。第三，国内的主流或新进入企业在短期内没有形成既有知识产权又有规模经济的新产品，这主要取决于政府的扶持力度或激励措施。最后，产业政策不发生大的变化，特别是在市场准入方面如果取消独资的限制，跨国公司将利用长期合资积累的品牌和本土化优势，放弃与中方企业的合作，或者使中国企业仅仅拥有有限的股份。①通过对中国未来轿车市场的预测以及新产业政策所传递的信息的分析，我们发现，短期内上述条件基本上都可以得到满足，所以"多角联盟"很可能成为一种较稳定的产业组织模式。

（二）"多角联盟"与产业学习、模仿的路径和障碍

目前，对中国轿车产业成长的路径选择存在两种截然不同的观点。一些研究认为过去十余年"市场换技术"政策是失败或低效的，继续走合资只能使中国的轿车产业处于长期的依附状态，无法形成相对独立的产业链和国际竞争优势，因此应以自主开发代替技术外化。另一个不同的观点是，在轿车产业已经是国际化生产格局的大背景下，不必强调民族品牌的作用，中国轿车产业的定

---

① 在我国日用洗涤剂行业的合资中，合资企业一般会把中国的传统品牌束之高阁，国内企业的结局往往是既丢去了市场份额，又失去了对品牌的控制。

位就是"大规模制造",只有等到本土企业成长到一定规模时才具有自主开发的能力,也就是说依附发展具有长期性。下面的分析将表明,"多角联盟"是产业组织和企业治理结构的一种混合,它不同于以往的"一对一"合作模式,在合适的外部压力和内部激励下,这一结构有可能为国内主流企业的成长提供更有利的环境。要达到这一效果的主要途径就是"干中学"和"投资性学习"。①

"干中学"是生产活动的消极、被动和低成本的产物,它对轿车生产效率的提高有着关键的作用。原因在于,无论是要形成规模经济还是研发能力,都离不开具体的实践,随着时间的推移,实践活动会产生学习和经验效应,将已有的经验转化成企业或产业的公共知识,从而提高产业的整体竞争力。日本和韩国均在与欧美等先进国家企业的长期合作、合资中,以生产能力的提高为起点,形成了一定的自生能力,并为能力的扩展提供了基础性支持。"多角联盟"的格局实际上给中国企业提供了一种绝好的学习机会,不同生产方式和经营风格的跨国公司在一国范围内的聚集,还没有达到如此密集的程度,这种技术外溢和产品扩散无疑会加速中国轿车企业的"学习"步伐和效率。

"投资性学习"是在生产要素和投资自由流动的条件下,通过在不同价值区间的投资也能渐进地提高企业的竞争力和适应力。从较为积极的视角来观察,"多角联盟"也是国内企业的一种主动性投资行为,可以使其摆脱政府对产品、产业和技术的"规划",从原有的纯生产类学习,向工艺、管理、研发等领域渗透。同时,对跨国公司而言,与中国不同类型企业的合作,既可以扩张品牌的知名度和市场份额,也为其实现在中国的"本土化"提供了新的机会,从而减轻了在欧美等传统市场产能过剩的压力。

当然,要通过上述途径提高本国的自主开发和全球市场上的竞争能力,还需要克服"多角联盟"所造成的学习惰性,这种惰性也许不会对本土企业的赢利产生大的冲击,但会导致产业链竞争力的低下,以至于无法有效地控制产业和企业的良性成长。学习的障碍来自以下几个方面:

(1)从"单一依赖"到"多角依赖",使国内能及时获得不同类型的先进产品,而中国轿车市场的需求结构正处于不断的变化和细分中,跨国公司的已有产品和能力已经能够完全满足这种变化的要求,国内企业就可能失去本土创新的动力。

(2)"多角联盟"的普及,为跨国公司现有成熟品牌的快速扩散提供了市场机会,而轿车作为一种"标志"性的耐用品,其更新需求主要来自消费者的忠诚和认知。国外品牌的不断增长一定会压缩本土企业的市场机会和空间,从而使民族品牌的成长面临更激烈的竞争,后续开发能力萎缩。

(3)尽快拥有相对独立的研发能力是提高产业链竞争力的一个捷径,日韩等国主要轿车生产企业的成功经验已经证明了这一路径的功效,但其前提是从进口—替代向出口战略的转变。由于国内市场处于初期的成长阶段,消

---

① 对这两类学习的详细研究见柴瑜、宋泓等人(2004)。

费者的需求以产品的基本功能为主,并将持续很长时期,厂商只要在规模上能满足这种初级需求就有可能获得较高的回报,无须投入巨额资金进行产品的后续开发或储备。相反,如果实施的是出口导向的产业政策,特别是出口到轿车消费已经十分成熟的国家或地区,没有研发能力的支撑则只能长期停留在低档廉价品的水平。显然,无论是跨国公司控制下的国内主导企业,还是拥有一定自主开发能力的新进入企业,在现行的产业政策和市场环境下,均没有实施出口战略的激励。

资源、能力不对称与本地企业的边缘化

"多角联盟"格局的形成,反映了本土企业和跨国公司在现有的市场条件、管制约束下的一种理性选择,但从长期观察来看,它必然通过对产业结构、产品结构和消费者行为的影响,造成本土企业的边缘化,甚至已有比较优势的丧失。

(一) 本土企业的资源、能力与在全球化产业链布局中的劣势地位

价值链和产业链是轿车企业形成核心竞争力的两个关键性因素,"多角联盟"方式的普遍流行,也正是因为本土企业和跨国公司在这两个环节上具有一定程度上的互补性。传统意义上,一个较为完整的轿车生产价值链,只考虑研究与开发、配件供应、制造(冲压、焊接、油漆和组装)、营销、售后服务等活动,随着产业链的延伸,融资、租赁甚至保险服务也逐渐被轿车生产企业所融合,对福特、通用等跨国公司而言,后者对利润的贡献远大于传统业务。

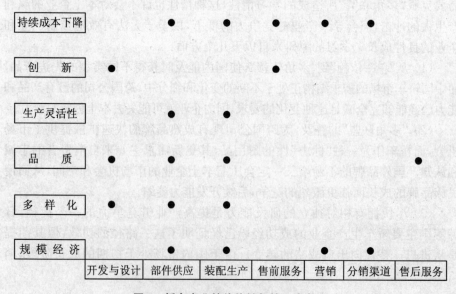

图2　轿车产业的价值链与核心竞争力

分析图 2 我们发现,价值链的不同活动对企业核心竞争力或利润的贡献存在很大差异,尤其是随着资本、人力的自由流动,价值链可以实现空间上的分离。不同国家或地区的生产要素密集程度、市场条件、已有生产能力和经验是跨国公司进行产业链布局的重要决定因素。我国轿车产业的优势价值区间主要局限在劳动密集型的组装业务、对本土市场的了解和营销经验、以及已经形成的营销网络等三个环节,除了销售业务在国家的关税保护下还能获取较高的利润外,低技术含量的冲压、油漆、焊接和组装活动的赢利能力十分有限,只能寄托于市场规模的持续扩张。对市场规模增长的共同预期,引导各个跨国公司将战略的重点和装配线向中国转移。它们利用在品牌、品质、技术(包括设备、生产、管理模式、营销理念)、资金、人才等诸多方面的优势,占据了产业链中能够带来高额利润的环节。在"多角联盟"的不断扩张中,合资企业的数目也在显著增加。由于降低了国产化的要求,新建立合资企业的产品投放周期急剧缩短,有些企业在很短的时间内就具有了较大的规模,隐藏在这一现象背后的是"CKD(complete-knockdown,完全散件组装)和 SKD(semi-knockdown,半散件组装)"生产方式的再次泛滥。为维持已有的市场地位,主流企业也在一定程度上放弃了对成熟的国内配套体系的进一步完善和优化,而加大了引进新产品和进行新一轮合资的力度。2002 年以来,发动机和部件总成的进口金额几乎占整个轿车产业收入的 1/3。在这一轮的市场竞争中,最大的受益者还是跨国公司。为了与"6+3"结盟,国内企业主动将合资的持股比例降到国家规定的最低水平,使大多数的跨国公司不仅获得了极其丰厚的产品销售回报,也从生产设备、零部件出口和自主品牌的使用中,将大部分利润据为己有。基于"多角联盟"的产业链布局强化的是本土企业的装配能力,在一定程度上错失了提升制造能力的有利时机。

(二)"多角联盟"与本土企业的边缘化

"多角联盟"在一定范围内是市场结构和企业治理结构的一种中间状态,从市场结构特别是"五种竞争力量"的解释出发,它反映的是轿车产业中跨国公司与国内企业、供应商与生产者之间的竞争或合作的利益关系。同时,它又使企业与其股东、供应者、潜在或现实的竞争者的身份发生错位。中间状态带来的一个显著后果是跨国公司控制力的增强,亦即原有主导企业和新进入民营企业的边缘化。做出这一判断的主要依据来自以下两个方面。

(1)合资企业中本土企业的控制力下降。跨国公司与本土主流企业的合作并没有停留在双边合资的水平上,它们利用现有产业政策的漏洞和地区型集团的支持,正在以多种形式加大对中国市场和产业的渗透。对企业的治理结构有显著影响的就是目前流行的"中中外"模式(见图 3),即本土企业、合资企业、外资企业所建立的新的合资企业。在这种复杂的股权结构中,本土主流企业企图以股权的稀释换取跨国公司的技术支持或产品,但后者在董事会中的控制权的强化,使本土企业原本有限的"话语权"进一步被剥夺。

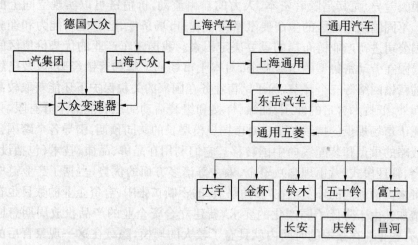

图 3　"多角联盟"下的公司治理关系

　　(2)"合资品牌"扩张、密集竞争与本土企业成长环境恶化。合资企业对中国轿车市场的主导作用在 2001 年曾受到本土品牌如吉利、奇瑞的一定冲击,但随着新一轮合资企业的建成投产,包括主流企业开发的民族品牌在内的本土品牌市场份额,在经历短暂的上升后,又有被合资品牌再次边缘化的风险。2002 年,在新投放的 38 个轿车产品中,自主开发的只有 4 个,合资企业推出的有 22 个,其余的 12 个也是通过技术合作引进的成熟产品和品牌。这一趋势在 2003 年到 2004 年表现的更为明显,由大众和通用控制的合资企业所实施的全系列产品战略,利用已经形成的销售网络、强势品牌效应和较高的顾客忠诚度,不仅实现了原有品牌规格上的差异化,而且强势进入了其并没有显著比较优势的市场,以压缩本土品牌的成长空间。国内的非主流企业,虽然抓住了近年来产业快速增长的机会,提高了生产规模,但其产品大多处于细分市场的末端,企业的生存能力主要源于关税政策和地方政府的刻意保护,其竞争优势并没有一些专家所分析的那样强。主流企业主动放弃对自主品牌的开发,中小企业无力应对市场需求的持续下降,必然使本土企业长期处于边缘化状态。

（三）"多角联盟"长期化的风险:产业结构的"墨西哥"困境

　　日本、韩国等后起轿车产业强国在经历过一定时期的 SKD\CKD 组装阶段后,其产业政策的制定者对本国企业提出了开发自主产品的要求。丰田、日产、现代等企业虽然也先后与当时的跨国公司进行过合资或合作,其成功的一个主要启示是在早期就树立了独立品牌的目标,为了实现该目标,现代甚至中断了与福特公司的长期合作关系。在 20 世纪 60 年代,墨西哥的轿车产量已经是韩国的 10 倍,经过三十多年的发展,由于路径不同,虽然目前其产量仍近 100 万辆,但没有一家墨西哥本土企业进入全球前 50 位,而韩国却诞生了诸如大宇、现代、起亚等世界级企业和品牌。墨西哥轿车产业的主导权完全被跨国公司所拥有,其产量的 95% 以上由"6＋3"所提供,产出的 90% 都用于出口,但并没有衍生出一个较为完整的零部件产业。由于毗邻美国和加拿大这一全球最大市场,加之政府对外资采取近乎自由放任的政策,其轿车产业实际上已经成为跨国公司进入北美的"组装"基地。印度、巴西等发展中人口大国也存在类似问题,因此期望依赖与跨国公司的长期合资或技术引进,并不能使产业的生产方式自动地向有利于提高本土竞争能力的方向发展,必需以合适的产业组织和技术政策,鼓励本土企业的研发投资。

结论与政策建议

　　市场需求的持续增长、产业组织政策以及本土企业的资源与能力劣势,使"多角联盟"成为跨国公司力图在较短时间内低成本进入中国轿车市场,并占据主导地位的一个重要策略。这一策略与中国主流企业急于引进成熟产品的目的相吻合,虽然在短期提高了国内轿车产品的规格和消费者剩余,本土企业也获得了巨大的当期收益。但如果国内企业放弃或减少对产业链的核心环节的研究与开发的投资,将使"长期依附发展"成为中国轿车产业成长路径。这一路径也许适应于那些国内市场狭小、基础工业薄弱的国家,但对于以轿车制造大国为目标的中国而言,其潜在风险和损失远远大于短期市场繁荣的收益。本文的一个主要结论就是,在"多角联盟"以及其变异"中中外"的结构下,本土企业的边缘化,将使中国轿车产业失去一次在市场规模发生根本变革、生产日益全球化的背景下,提高产业链竞争力,扭转价值链劣势的机会。①基于这一结论,本文的政策含义有以下几点。

　　(1) 产业组织和技术政策的相互协调。新的《汽车产业发展政策》虽已颁布,但其可实施性值得推敲,从中可以看出"重结构轻技术"的思路仍未改变。在跨国公司已经主导轿车产业发展的现实面前,应强化对本土企业技术进步,尤其是对自有知识产权的产品、工艺、设备开发设定最低投资数额的强制性要求。

　　(2) 从消极的关税、准入保护向激励性自主研发转变。目前,合资企业利用现成的产品处于市场的强势地位,而一些本土中小企业却要在付出高额的开发成本后,与优势企业在同一市场上进行激烈的价格竞争,这种产业成长的恶劣

---

① 全球轿车产业格局的每一次巨大变革都有一定的外部条件,美国企业利用了增加收入以使轿车从奢侈品向消费品转化的时机,日本企业抓住了"石油危机"后人们对小排量轿车的需求,先后确立了在全球的领导地位。

环境在日韩等国也不曾出现过。因此,应对已经具有一定品牌和规模优势的民族企业,予以税收、收费等方面的优惠,避免在跨国公司和"合资企业"的双重挤压下,失去持续发展的能力。[①]

（3）抑制跨国公司对轿车产业链的过度控制,对其滥用垄断势力的行为进行严格的限制。目前,由于没有《反垄断法》,政府无法对不当的竞争行为进行界定和管制。同时,一些地方政府和主流企业,为提高自身的市场规模,置产业政策的基本要求于不顾,承诺了多种在其他国家难以想象的条件,以达到与跨国公司合作或合资的目的。[②]因此,针对由"多角联盟"引发的 SKD\CKD 泛滥的局面,应重提国产化的最低要求,减少对零部件企业的冲击。

参 考 文 献

白让让,郁义鸿,《价格与进入管制下的边缘化进入》,《经济研究》2004 年第 9 期。

白让让,施中华,《边缘化进入与基于可竞争性的产业成长》,《当代财经》,2004 年第 6 期。

柴瑜,宋泓,张雷,《市场开发、企业学习及适应能力和产业成长模式转型》,《管理世界》,2004 年第 8 期。

夏大慰,施东辉,张磊,《汽车工业:技术进步与产业组织》,上海财经大学出版社 2002 年版。

安保哲夫,板恒博等,《日本式生产方式的国际转移》,中国人民大学出版社 2001 年版。

格鲁斯曼,赫尔普曼,《全球经济中的创新与增长》,中国人民大学出版社 2002 年版。

格玛沃特,《产业竞争博弈》,人民邮电出版社 2002 年版。

---

① 与我们的设想相反,国家的有关政策仍在继续强化跨国公司的竞争优势,如允许合资企业经营车辆按揭贷款。

② 例如,承诺政府购买的最低数量、限制其他地区企业或产品的进入、低价提供土地资源等。

多委托人激励理论:一个综述[*]

余立宏　管锡展

摘　要　当双边委托—代理关系中的委托人从一个增加到数个时,委托人之间便产生了合作与竞争的问题,这使得此环境下的激励机制设计与传统委托—代理关系相比要复杂得多。自 Bernheim 和 Whinston(1985,1986)提出多委托人(亦称共同代理)框架以来,Martimort(1991~2004)的一系列论文进一步发展了多委托人激励理论。本文系统梳理了该领域的主要研究路径:一是共同代理博弈均衡的特征;二是多委托人环境下的激励机制设计原理;三是委托人的竞争与合作对激励提供的影响;四是代理人面临多任务情况时的激励问题。最后论文总结了多委托人激励理论的多方面应用并探讨了其未来的发展方向。

关键词　多委托人激励理论,共同代理,激励机制设计

ABSTRACT　When the number of principal increases from one to two or more in bilateral principal-agent relationship, the cooperation and competition among principals arises, and the design of incentive mechanisms is more complicated than traditional principal-agent theory. Bernheim and Whinston(1985,1986) proposed the original framework for multi-principals (common agency), and Martimort (1991~2004) has developed the multi-principals incentive theory. The paper characterizes the researches in this field into four paths. First, on the characteristics of equilibrium in common agency games; Second, on the principles of incentive mechanism design; Third, from the principal point of view, how the competition and cooperation among principals affect incentive offer; Fourth, from the agent point of view, on the problem of the agent's multitask. Finally, we summarize the applications of multi-principals incentive theory and discuss its future development.

Key Words　multiprincipals incentive theory, common agency, mechanism design

在政治经济生活中,广泛存在着这样一类纵向关系,其共性是两个或两个以上委托人试图影响一个代理人的行动,如多个制造商选择同一个销售代理商,好几家银行贷款给同一家企业,两个政府机构对同一家企业进行规制,中央政府和地方政府同时向一个企业征税,以及一个跨国公司的母国与东道国为对其税收数额的界定而进行的竞争等等。这类关系被 Bernheim 和 Whinston (1985,1986)称为共同代理。不同于传统的双边委托—代理关系,由于存在多

---

[*]　原文发表于《产业经济研究》2005 年第 3 期。

个委托人而可能产生的委托人之间的合作或竞争,使得共同代理的激励问题更为复杂化。本文系统总结了十几年来多委托人激励理论的演变、应用并探讨了未来的发展方向,试图为企业在纵向关系中的竞争策略、政府规制政策以及税收政策等相关问题的研究提供全新的视角。

从双边委托代理到多委托人(共同代理)关系

在经济组织中,委托—代理关系是影响效率和福利的关键性制度安排。在传统的双边委托—代理关系中,一个委托人将某项任务授权给与自己的目标函数不一致的一个代理人,这会带来激励问题。[①]在设计激励机制时,委托人面对两个限制因素:一是代理人可能拥有委托人无法直接观察到的私人信息;二是代理人还可能拥有委托人不能直接控制的私人决策领域。这两个因素分别被称为逆向选择和道德风险。为了从代理人处获得信息并影响他们的决策,委托人必须设计一个机制以给代理人激励去做委托人想做的事。也就是说,委托人的机制必须是激励相容的。此时,激励机制的设计就成为影响代理效率的关键。

综合现有的理论文献,可以看到,委托人与代理人的数量对委托—代理关系的性质具有实质性影响。从这一角度出发,委托—代理理论的发展路径可以归纳为从传统双边委托—代理关系拓展到多代理人关系,再扩展至多委托人关系,直至多委托人多代理人的复杂关系(参见表1)。

表1　委托—代理关系分类

委托—代理关系分类框架		代理人数量	
		单一代理人	多个代理人(两个或两个以上代理人)
委托人数量	单一委托人	双边委托—代理关系(bilateral principal-agent relationship, Ross, 1973) 一个委托人将某项任务授权给与自己的目标函数不一致的一个代理人	扩展的委托—代理关系(generalized principal-agent relationship, Myerson, 1982) 一个委托人与 n 个代理人的关系,代理人可能合作也可能独立行事
	多个委托人(二个或二个以上委托人)	共同代理关系(common agency, Bernheim 和 Winston, 1985, 1986) 几个委托人自愿或独立地将某种决策权授予一个代理人,代理人拥有私人信息,委托人可能合作也可能竞争	复杂多边委托—代理关系(multilateral principal-agent relationship, Epstein 和 Peters, 1999) 多委托人与多代理人的相互作用

---

①　当然,如果代理人具有不同的目标函数却没有私人信息,则委托人就可以通过提供一个完全合约来控制代理人的行为,使其按照自己的要求行动,那么代理过程中的激励问题也就不复存在了。

对于双边委托—代理框架下的激励理论,拉丰和马赫蒂摩(2001)已经建立起系统的分析框架,其研究已经相当成熟,在此不拟赘述。本文所特别关注的是:委托人数量由一个增加到两个或多个时,也就是在多委托人框架下,激励问题会发生什么样的变化? 很显然,如果所有委托人能合作行动,此时就等同于传统委托—代理问题。然而,委托人之间的合作在很多情况下是不可能的,原因是缺乏协调或法律不允许。而当委托人非合作地选择一个激励机制时,传统的委托—代理模型就不再适用了。

多委托人(共同代理)理论基本框架

在 Bernheim 和 Whinston(1985,1986)的开创性研究中,将具有多个委托人一个代理人的委托—代理关系称为共同代理(common agency)。他们提出的共同代理的基本模型是:几个风险中性的委托人同时且非合作地向一个风险中性的代理人宣布激励机制;代理人选择的行为会影响委托人的利润,并且这种行为是不可能被委托人直接观测的;当然特定的绩效结果是能被所有委托人观测到的;代理人只关心行为的效用和总的激励机制。因此,每个委托人的策略都是由一个支付依存型机制构成的。在此博弈中,Bernheim 和 Whinston 回答了两个问题:一是,总的均衡激励方案的性质是什么?[①]二是,均衡中选择了什么行为? 他们的结论是,总的激励方案总是有效的,即均衡行动在成本最低点实施;无论何时委托人之间的共谋都将是最优的,强纳什均衡存在,这必将导致有效率的产出。当共谋没能达到最优的情况下,非合作的行为也不会达到次优(尽管只要某种条件被满足,非合作均衡就会存在)。

Bernheim 和 Whinston 将共同代理划分为两种形式:一种称为授权型共同代理(delegated common agency),指几个委托人自愿的(也许是独立的)将某种决策权授予一个代理人。这种情况在批发零售业、旅行社、金融保险业、房地产业中普遍存在。代理人可以决定接受其中部分或全部合约。在这一模型中,委托人不能简单提出一个合约,而是要设计一个合约菜单,这可以使代理人是否参与其他委托人的决策相互独立。另一种称为内生型共同代理(intrinsic common agency)。一个代理人自然地被授予某种足以影响委托人的决策权,如政府计划者、矩阵形组织领导者等。此时,代理人要么接受两个委托人的合约,要么两个都不接受(all-or-nothing)。

Calzolari 和 Scarpa(1999)提出了第三种类型的共同代理,即非内生型共同代理(non-intrinsic common agency)。其中,代理人自由选择为多少委托人工作,同时没有委托人能为合约设置条件以影响代理人接受其他合约的决策。在这种情况下,每一委托人仅仅提供一种合约给代理人,且代理人有权利去选择

---

① 总的均衡激励方案指两个委托人提供给代理人的支付的总和。

接受所有合约、其中的几个或都不接受。这是授权型共同代理和内生型共同代理之间的一种情况。

多委托人激励理论的研究路径

自 Bernheim 和 Whinston(1985，1986)提出多委托人模型以来，Martimort的一系列研究进一步形成了多委托人激励理论的研究框架。目前，该领域的研究主要沿着几条路径展开，一是研究共同代理博弈均衡的特征，以 Dixit、Grossman 和 Helpman(1997)，Laussel 和 Breton(2001)，Martimort 和 Stole(2001b，2002，2004)为代表。二是研究多委托人环境下激励机制的设计原理，以 Martimort 和 Stole(2001a，2002)为代表。三是从委托人角度来看，委托人的合作与竞争对激励提供的影响，以 Biglaiser 和 Mezzetti(1993)，Martimort(1996)与 Mezzetti(1997)为代表。四是从代理人角度来看，当代理人面临多任务情况时的激励问题，以 Stole(1991)与 Sinclair-Desgagne(2001)为代表。

(一) 共同代理博弈均衡的特征

对共同代理博弈均衡特征的影响因素可以从三个角度加以考察:信息、共同代理类型以及共同代理合约的类型。

Dixit、Grossman 和 Helpman(1997)认为，如同在双边委托—代理关系中一样，信息不对称在共同代理博弈中仍是重要的影响因素。然而，即使是在完全信息下，由于多委托人的存在也引入了新问题，如是否能取得有效产出以及剩余如何在参与者中分配等。他们指出，Bernheim 和 Whinston(1986)所证明的委托人间的非合作行为确实产生了有效的均衡的结论，是基于准线性偏好的假设，此时货币转移支付就等价于委托人和他们的共同代理间的可转移性效用。这在产业组织的局部均衡分析中是普遍的且是可接受的，但在公共金融和政治经济领域就不适用了，从而需要一个更一般的均衡分析。Dixit、Grossman 和 Helpman 开发了一种共同代理模型，该模型具有完全信息和不可转移性效用的一般偏好。他们证明，委托人的纳什均衡策略产生了有效率的行动。

同样是关注完全信息的影响，Laussel 和 Breton(2001)拓展了 Bernheim 和 Whinston(1986)的贡献。他们证明，由于委托人之间存在竞争关系，代理人能获得一定的信息租，但这种信息租是在完全信息条件下达到的最小数量，从而可以作为信息完全性对代理人信息租影响的标杆。以此为基准，可以根据代理人信息租的大小对多种共同代理关系的效率进行评价，如利益集团游说政府、生产商与零售商之间的关系，公共物品的私人生产，政府和股东同时提供合约给管理者以及拍卖问题等等。

Martimort 和 Stole(2001b)描述了在完全信息和不对称信息两种情况下，委托人之间具有直接外部性的非线性价格竞争的均衡特征，并比较了内生型与授权型共同代理博弈的差别。直接外部性是指一个委托人的订约变量直接影响另一委托人的支付。他们分析了完全信息下共同代理博弈的纯策略对称均衡并证明了均衡的多样性。在完全信息条件下，共同代理博弈获得多重均衡。当合约活动在代理人的效用函数中是互补的时候，任何垄断和古诺产出间的产量都是均衡的，因为非均衡合约趋于弱化委托人间的竞争。而当合约活动是替代的时候，任何古诺和 Bertrand 产出间的产量可被维持，因为非均衡要约趋于强化委托人间的竞争。更令人惊奇的是，在委托人使用直接显示机制的共同代理博弈中，古诺产量总是唯一的对称均衡。特别地，在授权型共同代理博弈中，当委托人被迫使用单一合约而不是合约菜单时，唯一的纯策略均衡是为争夺排他性代理的权利而进行的"针锋相对"的竞争，此时，委托人只能赚取零利润。随着更现实的策略空间的扩展，允许非线性定价，委托人才可能分享市场，此时，任何介于古诺和竞争结果之间的产出仍是授权型共同代理博弈的均衡。这说明，不管是在完全信息下还是在不对称信息下，尽管内生型共同代理博弈与授权型共同代理在剩余分配上不同，但其均衡产出是相同的。显然，非均衡合约改变了博弈的性质，使其从激烈的竞争转向共谋的结果。

Calzolai 和 Scarpa（1999）则从共同代理类型的视角，更进一步研究了他们所提出的非内生型共同代理博弈均衡的特征，并且证明，当产出互补时，均衡合约与内生型共同代理情况是一样的。当产出是替代的时候，除非两种产出之间的替代性非常强，否则委托人合约的最优条件与内生型共同代理是一样的。他们假设，代理人参与所有委托人的合约。虽然全部参与的假设大大地减少了问题的复杂性，但却可能误导人们得出这样的结论：内生型和非内生型共同代理博弈之间不存在效率差异，只有代理人剩余租金水平是变化的。然而，由于非内生型共同代理中委托人因相互竞争而受害，因此无论代理人与另外的委托人做什么，每一个委托人都得去设计一个合约以使代理人参与其中。Calzolari 和 Scarpa 证明这一额外竞争增加了代理人在均衡中获得的信息租。因为在与每一个委托人的博弈中，代理人的保留效用是相当高的。

Martimort 和 Stole（2004）进一步比较了各种博弈形式（内生、授权、垄断、完全竞争）的均衡特征。他们开发了一个需求偏好框架，反映出基于竞争强度的替代性和互补性方面的变化，以及这一结构如何直接与博弈形式（内生、授权、垄断、完全竞争）的各种产出联系在一起。以前的共同代理分析关注边际配置扭曲，且证明授权和内生共同代理博弈具有相同的产出，但 Martimort 和 Stole 发现，授权型和内生型共同代理博弈对市场参与有不同的预测。结论是，当委托人的订约变量是替代的时候，均衡产出导致的参与扭曲序列是：内生共同代理博弈大于垄断产出，垄断产出大于授权共同代理。而当订约变量是互补的情况下，授权和内生博弈的参与产出是相同的，且比垄断产出的参与扭曲大。

(二) 激励机制设计的基础:显示原理与授权原理

Bernheim 和 Whinston(1985)指出,共同代理通过提供一种装置,内部化了企业因定价或产出决策引起的外部性,从而允许企业维持一个共谋的结果。但如果代理人具有私人信息,这种优势就会被可能存在的信息劣势所掩盖。Galor(1991)证明,如果代理人拥有有关他们成本的私人信息,那么寡头垄断企业选择一个共同代理并非有利。此时委托人需要设计一个机制,以便让代理人显示其类型信息。

Myerson(1981)假设,委托人应该构造其激励相容系统,这样代理人将愿意诚实地显示他们所有的信息且不存在一般性损失,这就是显示原理。显示原理允许机制设计者只关注代理人的交流空间简单地等同于其类型空间的机制(直接机制)。同样地,显示原理假定,对于任何非直接机制,总是存在导致相同均衡产出的直接真实显示机制。

但在多机制设计者与同一代理人相互作用的合约环境中,显示原理的应用性和适用性出现了问题。Martimort 和 Stole(2002)归纳了在共同代理情况下,显示原理可能存在的三个问题。第一,代理人可能与委托人之一进行合作。这可能导致在非直接机制中存在均衡,其中委托人随机化可行机制集,且代理人被要求报告其他委托人所执行的混合策略。在这种情况下,约束代理人的交流空间等同于其类型空间可能失去一般性。第二,可能存在通过非显示策略而获得的均衡,其中代理人随机化其报告给委托人的信息。在这种情况下,即使均衡可通过直接机制(其中,代理人的交流空间是其类型空间)而获得,代理人也不可能说真话。说真话意味着代理人以 1 的概率给每个委托人报告其类型。显示原理在共同代理中的第三种失效源于非均衡配置所扮演的角色。直接显示机制具有与非直接机制不同的均衡集,因为非均衡信息在直接交流机制中是不存在的。非均衡信息创造了可置信的威胁,可被用于强化均衡产出。

针对上述问题,研究者提出两种方法加以解决。第一种方法由 Epstein 和 Peters(1999)提出。他们认为,在多委托人环境中的代理人拥有的私人信息,不仅包含其自身的偏好或价值,而且更重要的是包含了其他委托人做法的信息。当委托人试图利用这一信息时,他们就必须设计一种机制以响应其他委托人的策略。于是,Epstein 和 Peters 构造了一种方法,将关于其他委托人策略的信息与代理人类型结合在一起,从而可以把任何非直接机制嵌入到直接机制中。由于在新的机制中,代理人将真实报告其所有私人信息,因此这一机制可被认为是直接显示机制。但是,这样的方法在实际应用中受到限制,原因在于这种信息的结合是困难的。实际上,由于委托人之间是一种博弈关系,因此委托人 j 的策略依赖于委托人 i 的策略,而委托人 i 的策略反过来又依赖于委托人 j 的策略,如此反复,直至无穷,从而使得委托人的机制设计变得非常复杂而又难以描述。

Martimort 和 Stole(2002)提出了第二种研究方法,建议放弃直接显示机制且只关注非直接机制集合的子集,非直接机制中委托人设计选择菜单且授权代理人进行合约的选择。他们在原有的税收原理的基础上加以扩展,提出了授权原理。税收原理是指,对于任何说真话(直接显示机制)机制来说,存在着一种相关计划或选择菜单,可以提供给代理人,并通过授权得到同样的均衡结果。具体地说,通过将初始信息空间上的任意约束转换成授权菜单空间中的相应约束,他们证明,初始均衡结果在新菜单博弈中仍是一个均衡结果。因此,委托人提供的支付依存型的菜单博弈的均衡结果与在具有任意信息空间的非直接交流博弈中的均衡结果具有一致性。从这一意义上说,授权原理本质上是显示原理的逆原理。因此运用授权原理就可避免第一种方法中遇到的困难。

共同代理博弈的均衡还受到合约环境特性的影响。上面所提到的研究都是描述凸型环境(archetypical environment)中的均衡配置,其假设涉及准线性效用函数、连续分布于一个处处具有正密度的区间的一维逆向选择参数,以及每个委托人的连续可微非线性策略空间等。然而,这样的假设并不具有现实意义。因此,激励理论的更多工作是研究简化的合约环境,在这种环境中,类型空间是不连续的(通常两种类型)且委托人使用直接机制。Martimort 和 Stole(2001a)刻画了一种具有不连续类型和直接显示机制的内生型共同代理博弈的均衡解的特征。他们提出了一个通用运算法则以发现这一博弈的纯策略均衡。他们的结论是,在代理人的目标函数中,当两个委托人控制的活动是互补的时,某些均衡可能导致无效配置。而在替代的情况下,具有直接机制的均衡不存在,但非直接机制的均衡可能存在。

(三) 委托人间合作与竞争对激励提供的影响

在共同代理博弈中,委托人之间合作与否对均衡结果具有实质性影响。而非合作的情况又因委托人差异化特性的不同而产生不同的结果。

Bernheim 和 Whinston(1985)的经典结论为,如果多委托人之间合作行事的话,会取得共谋的结果,他们的福利优于不合作的情况。Dixit、Grossman 和 Helpman (1997)在此基础上研究了多委托人合作及合作后的情况。他们证明,即使效用在参与人之间不可转移,均衡情况下的代理人行动也会获得总有效产出。但委托人之间因为总收益的分配而进行的内部竞争将陷入囚徒困境。这说明,委托人合作的总结果是有效的,而剩余的分配却是非帕累托最优的。

但是,委托人之间难以合作(因为缺乏协调或法律不允许)的共同代理框架,也许更符合大多数现实经济环境。因此,Bernheim 和 Whinston(1986)同样研究了多个委托人以非合作方式行动的情况,每一委托人都会向代理人要求不同的努力。很明显,此时一般不可能达到与委托人达成协议时一样的境况。直观地,在这一情况下,搭便车的问题便出现了。这样,没有一个委托人能够从其提供的激励中排他地获得利润,尽管这些激励的成本必须完全由委托人承担。

一般来说,委托人不合作时获得的努力,低于他们能够最大化其联合利润时的努力。

Macho-Stadler(2004)认为,Holmstrom(1982)针对多代理人的道德风险问题所提出的解决框架同样适合于解决委托人之间的相互协作问题。一种可能的方法是,两个委托人可以任命一个"委托人的委托人",后者将在组织中接替这两个委托人,但不直接与代理人打交道。这个"委托人"将提供给两个初始委托人状态依存性支付,然后再由他们俩提供给代理人状态依存性支付。解决委托人道德风险问题的另一种思路是与一个风险中性的中间人签约。委托人与这一中间人签约,根据结果向中间人支付,然后由中间人负责向代理人提供一个状态依存性合约(其中初始委托人不再有权利与代理人建立关系)。

直观地,当共同代理框架中的委托人是同质的而不是差异化的时,合作也许更容易进行,因为他们的目标函数可能是一致的,这时的激励问题在 Martimort(1992)与 Stole(1991)的文献中给出。同质的委托人可能给出相近的激励合约,于是代理人并不面临激励抵消。因为当任务之间存在互补性时,降低在一个任务中的产出会减少边际支付,因此会减少另一个任务的产出。于是,当委托人是同质的时,由两个激励机制引起的外部性倾向于彼此加强。但在合作的情况下,外部性内部化,于是两个委托人将产出扭曲至低于效率水平的程度。这样的扭曲小于独立签约下的扭曲。

对差异化的多委托人的研究区分了两种情况:垂直差异化与水平差异化。垂直差异化表现为委托人对代理人类型的评价不同;而水平差异化则类似于 Hotelling 模型中的定位差异。

Biglaiser 和 Mezzetti(1993)提出了委托人是垂直差异化的模型,其中,两个委托人为一个代理人的排他性服务而竞争,代理人会与其中一个委托人签订排他性合约。两个委托人都偏好高生产率的代理人类型,但是,委托人对类型的评价不同。委托人 1 倾向于低估代理人的生产率,而委托人 2 倾向于高估代理人的生产率。但有意思的是,他们又假设,如果委托人 2 确实高估了代理人的类型,委托人 1 对代理人类型的评价就会增加,反之亦然。在均衡状态,两个委托人会分别吸引某种类型的代理人,委托人 1 吸引低生产率类型,委托人 2 吸引高生产率类型。均衡的激励机制显示,在代理人类型空间中有一个重合的中间区域。在这个区域中,委托人对于类型的竞争最为激烈。这使得代理人从委托人那里榨取了全部剩余,并且不关心他为哪一个委托人工作。由于此模型中代理人可以仅为一个委托人工作,所以一个委托人激励机制的微小变化都会影响另一个委托人,仅在重合类型区域中,为哪个委托人工作是无差别的。这说明,当委托人选择排他性合约时,激励提供的竞争会更加激烈。

Mezzetti(1997)则研究了委托人水平差异化的情况。由于多委托人之间竞争的表现之一是不同的合约安排。因此,此类研究需回答的主要问题是,委托人到底更偏好哪一种合约？这种偏好取决于什么因素？会对激励提供产生何种影响？Mezzetti 给出了两种合约安排——独立签约（排他性交易，exclusive dealing）和委托人之间合作（共同代理合约）——条件下的最优激励的提供。在合作条件下，委托人提供给共同代理的激励机制会最大化他们的联合收益。在独立签约条件下，每个委托人非合作地选择一个激励机制，他们不能根据代理人为另一个委托人提供的产出而签约。他的结论是，委托人更偏好与一个代理人独立签约以进行排他性交易。如果代理人的支付由成本补偿和固定费用两部分组成的话，他建议给低效率的代理人支付一个固定费用，给高效率的代理人一个激励性支付。显然，Mezzetti 扩展并补充了 Holmstrom 和 Milgrom (1991)的模型，后者证明了一个固定费用是一种最优补偿机制。

　　然而，还需进一步考虑的问题是，排他性交易的成本和收益是什么？为什么制造商（委托人）选择这种制度安排而不是共同代理？Martimort(1996a)对这些问题做出了回答。他研究了逆向选择情况下多委托人环境下的激励提供，他认为，委托人究竟是选择共同代理还是排他性交易，取决于逆向选择问题的程度以及他们品牌的替代性和互补性。他认为激励问题足以解释排他性交易安排的存在。

　　但在一个禁止排他性交易合约的环境中，竞争和激励问题又该如何解决呢？在 Kahn 和 Mookherjee(1998)所研究的一个自由进入的市场中，消费者与多个风险中性的公司序贯地谈判非排他的信用或保险合约。每一合约都受到道德风险的影响，道德风险来自于不可观测的努力决策。此前的文献认为，非排他合约总是消除努力激励。但 Kahn 和 Mookherjee 发现，相对于可以执行排他性合约的环境，非排他合约也可能通过减少信用或保险的供给来保护激励。与 Bernheim 和 Whinston(1986)不同的是，他们认为，委托人间缺乏合作可能影响执行成本，而不影响努力水平。

　　在最新的文献中，Khalil、Martimort 和 Parigi(2004)更深入地提出了多委托人环境下的有效监督问题。他们发现，监督的有效性依赖于委托人之间的合作程度，而委托人之间合作的程度对合约形式的选择有重要影响。当委托人能够授权他人监督或查证彼此的监督努力时，就出现了利润分享合约（股型合约，equity-like contracts）及过度监督问题。否则，监督中的搭便车现象将弱化监督的激励，由此将出现较少的支付、债型合约（debt-like contracts）以及非常低的监督水平等结果。

（四）共同代理人面临多任务的情况

　　上述文献中，委托人的差异化并不意味着要求代理人执行不同的任务。但在现实中，却可能出现不同的委托人要求代理人执行异质任务的情况。根据合约关系的不同，可以区别以下两种情况：第一种是代理人以不同委托人的名义付出的行动或努力是互补的，如一个生产最终物品的厂商，在生产过程中需要两种互补的中间物品。销售这些中间物品的行业并不知道该厂商的技术。在此情况下,生产最终物品的厂商是代理人,生产中间物品的厂商是委托人。第二种是代理人付出的行动或努力是相互替代的,如跨国公司具有其成本结构的私人信息,在不同国家生产相互替代的物品。这里跨国公司扮演代理人的角色,而这些厂商所在的国家是委托人。Stole(1991)与 Sinclair-Desgagne(2001)研究了这两种情况下的激励问题。

Stole(1991)将 Holmtrom 和 Milgrom(1991)单一委托人的多任务情况扩展至多委托人环境。他开发了一种研究共同代理合约机制设计的技术,引入了共同代理合约下的一般性模型。他的结论是,如果代理人为两个委托人付出的行动或努力是相互替代的,高效率的代理人将不得不提供他的最优努力,而低效率的代理人付出的努力被扭曲了。然而,委托人之间缺乏合作将导致逆向选择问题的额外扭曲,这一扭曲会出现在为低效率的代理人设计的合约中。通常情况是,每个委托人出于减少高效率代理人的信息租的目的,而愿意减少对低效率代理人努力的要求。但是,委托人不能完全控制代理人的行为。特别是,那个高效率的代理人可以在与其他委托人的合约关系中付出高的努力水平。这将导致每一个委托人都不会减少太多(少于委托人相互合作情况下会减少的量)对高效率的代理人努力的要求,从而使得扭曲减少了。

如果代理人为委托人完成的行动是互补的,那么比较委托人之间合作与不合作两种情况的结果就显示出,在不合作的情况下,如果一个委托人减少对代理人努力的要求,就意味着其他委托人这么做也有利可图。因此,这一决策所产生的扭曲大于委托人相互合作时的情况。

与 Stole(1991)不同的是,Sinclair-Desgagne(2001)虽然更进一步地针对道德风险下代理人面临多任务和委托人差异化的情况同时进行研究,但他的重点是关注代理人努力水平的分配问题。一个代理人必须将其不可被观察的努力在几项任务中分配,几个委托人则对什么是最佳分配持有不同观点,这两方面的问题被视为提升代理人的激励力度的主要障碍。Sinclair-Desgagne 提出了一个基于监督的简单框架,这一框架能同时解决这两个困难。在这一框架下,委托人通过调整他们的激励方案,使得代理人以互补的(而非替代的)方式分配其努力水平。因此,委托人只需要控制他们分配给代理人的任务即可。

多委托人激励理论的应用与发展

多委托人激励理论的应用领域是相当广泛的。总结起来,大致有以下五个领域。

一是应用于共同销售代理问题的研究。最典型的是 Bernheim 和 Whinston(1986)中,制造商选择同一个市场代理去销售他们的产品。这样的代理人通常具有关于市场和销售成本以及他们自身努力水平的私人信息。每个制造商将制定合谋的产出价格，并且采用相同的佣金方案补偿代理人。因此，共同代理提供了委托人共谋的激励。

二是应用于金融和保险市场的研究。例如，Khalil、Martimort 和 Parigi (2004) 研究了多委托人环境对金融合约类型选择的影响。而 Biais、Martimort 和 Rochet(2000)则着眼于共同价值环境，分析了在多委托人博弈的金融市场中逆向选择下的不完全竞争。

三是应用于对政府的多委托人性质、规制及政策制定等问题的研究。Martimort(1996b，1999)提出，政府内部组织的一个显著特点就是多委托人代理关系的存在，也就是多规制者的存在。他解释，这种组织选择源于政府有限的承诺能力。此时，规制者分离的静态成本转变成了动态收益，相对于单一规制者情况，在此博弈的唯一均衡中，配置效率和被规制者公司的信息租都减少了。Bond 和 Gresik(1993)讨论了一个拥有私人信息的跨国公司可能是东道国规制者的共同代理的环境。多规制者(委托人)可能有权威去发布影响单一代理人的规则，每一规制者都希望抽取代理人的信息租金。

四是应用于对税收竞争方面的研究。自 Peter 和 Mirrlees(1971)以后，很多研究已经将最优征税理论扩展到两个委托人(州和联邦收入部门)之间相互影响的情况，此时每个部门都试图最小化征税带来的扭曲而最大化自己的目标。Dixit、Grossman 和 Helpman(1997)应用这一理论构建了公共金融的实证模型，其中，组织起来的特定利益集团为消费者和生产者纳税及津贴而游说政府，目标是获得一揽子税收和转移支付。另一种情况，Olsen 和 Osmundsen(2001，2003)研究了两个规制机构为一个国际投资者进行税收竞争的情况。

五是应用于对拍卖的研究。例如，McAfee(1993)研究了具有很多买者和很多卖者的动态模型，其中，每个卖者都只有一个货物，而每一买者也只能参与至多一个卖者的机制。均衡中的卖者公布一个有效的保留价格等于卖者货物的价值。不考虑卖者的能力，从每一卖者的角度看，一个具有有效的保留价格的拍卖是一种最优机制。

目前，多委托人激励理论的研究已经引起越来越多的重视。我们认为，未来的研究可能沿着两个方向进一步展开。一是在 Epstein 和 Peters(1999)多委托人与一个或多个代理人框架下的研究扩展到复杂委托—代理框架，即多委托人多代理人环境下的激励提供问题。这相当于增加了多委托人框架下的代理人数量，是一种水平扩展，而 Tirole(2003)则将视角延伸到了双重共同代理 (Dual-and-Common-Agency)这一领域，可视为代理人数量的垂直扩展。多委托人—多代理人框架的进一步扩展可能是将代理人的任务从一个增加到多个时的情况(参见表2)，这一方向可能成为最前沿的研究课题。

表2　多委托人框架下代理人数量与任务的关系

多委托人框架下代理人数量与任务的关系		代理人面临的任务数量	
		单一任务	多任务（二个或二个以上）
代理人数量	单一代理人	多委托人单一代理人单一任务情况（共同代理，Bernheim and Whinston，1986）	多委托人单一代理人多任务情况（Stole，1991；Sinclair-Desgagne，2001）
	多代理人	多委托人多个代理人，但任务单一（Epstein 和 Peters，1999）	多委托人多代理人多任务情况

　　未来研究的第二个方向是，在多委托人框架下做更深入的研究。一种可能是继续 Prat 和 Rustichini(1998)的研究，将共同代理模型扩展到多委托人非同时行动的情况。进一步，还可以将机制设计扩展到多维度类型空间(multi-dimensional type spaces)，如在 Martimort 和 Stole(2001a)基础上扩展至三个维度。另外，在 Mezzetti 和 Tsoulouhas (2000)对有信息的委托人的研究基础上，再深一步可以扩展到委托人与代理人都拥有私人信息的双向信息不对称情况以及委托人成本不对称且与代理人不同时签约(Khalil，Martimort and Parigi，2004)等情况。

参 考 文 献

Bernheim，D. and M. Whinston，"Common Agency"，*Econometrica*，1986，Vol. 54，No. 4，923—942.

Bernheim，D. and M. Whinston，"Common marketing agency as a device for facilitating collusion"，*The Rand Journal of Economics*，1985，Vol. 16，No. 2. 269—281.

Bernheim，D. and M. Whinston，"Exclusive Dealing"，*Mimeo*，*Harvard institute of Economic Research*，1992.

Bond，E. and T. Gresik，"Regulation of Multinational Firms with Two Active Governments: A Common Agency Approach"，Mimeo，Department of Economics，Penn State University，1993.

Biglaiser，G. and C. Mezzetti，"Principals Competing for an Agent in the presence of Adverse Selection and Moral Hazard"，*Journal of Economic Theory*，1993，Vol. 61，pp. 302—330.

Biais，B. Martimort，D. Rochet J.，"Competing Mechanism in a Common Value Environment"，*Econometrica*，2000，Vol. 68，No. 4，799—837.

Calzolari，G. and C. Scarpa，"Non-intrinsic common agency"，*http://papers.ssrn.com/sol3/papers.cfm? abstract_id=200558*，*1999*.

Dixit，A.，Grossman G. and E. Helpman，"Common Agency and Coordination: General Theory and Application to Government Policy Making"，*The Journal of Political Economy*，1997，Vol. 105，No. 4，752—769.

Epstein, L. and M. Peters, "A Revelation Principle for Competing Mechanisms", *Journal of Economic Theory*, 1999, 88:119—160.

Fraysse J., "Common Agency: Existence of an Equilibrium in the Case of Two Outcomes", *Econometrica*, 1993, Vol. 61, No. 5, 1225—1229.

Gal-or E., "A Common Agency with Incomplete Information", *The Rand Journal of Economics*, 1991, Vol. 22, No. 2, 274—286.

Harris, M., and A. Raviv "Optimal Incentive Contracts with Incomplete Information", *Journal of Economic Theory* 20:231—259, 1979.

Holmstrom B. (1979), "Moral Hazard and Observability", *The Bell Journal of Economics*, 1979, Vol. 10, No. 1, 74—91.

Holmstrom B., "Moral Hazard in Teams", *The Bell Journal of Economics*, Vol. 13, No. 2, Autumn, 1982, 324—340.

Holmstrom and Milgrom, "Multitask Principal-Agent Analysis: Incentive Contracts, Assets Ownership, and Job Design", *Journal of Law, Economics, and Organization*, 7: 24—52, 1991.

Khalil, F., Martimort D. and B. Parigi, "Monitoring a Common Agency", 2004, working paper, University of Washington.

Kahn, C. and D. Mookherjee, "Competition and Incentives with Nonexclusive Contracts", *The RAND Journal of Economics*, 1998, Vol. 29, No. 3, 443—465.

Laussel, D. and M. Breton, "Conflict and Cooperation: The Structure of Equilibrium Payoffs in common Agency", *Journal of Economic Theory* 100, 2000, 93—128.

Martimort, D., "Exclusive dealing, common agency, and multiprincipals incentive theory", *The RAND Journal of Economics*, 1996a, Vol. 27, No. 1, 1—31.

Martimort, D. (1996b), "The organization of Government The Multiprincipal Nature of Government", *European Economic Review* 40:673—685, 1996b.

Martimort, D., "Renegotiation Design with Multiple Regulators", *Journal of Economic Theory* 88, 261—293, 1999.

Martimort, D. and L. Stole, "Common Agency Equilibria with Discrete Mechanisms and Discrete Types", *CESifo Working Paper* No. 572, 2001a.

Martimort, D. and L. Stole, "Contractual Externalities and Common Agency Equilibria", *Advances in Theoretical Economics*, 2001b, Vol. 3:No. 1, Article 4.

Martimort, D. and Stole L., "The Revelation and Delegation Principals in Common Agency Games", *Econometrica*, 2002, 70, 1659—1674.

Martimort, D. and Stole, L. "Market Participation under Delegated and Intrinsic Common Agency Games", 2004, *http://econ.ucalgary.ca/research/stoleseminar.pdf*.

Myerson, R., "Optimal Auction Design", *Mathematics of Operations Research*, 1981, 6:58—73.

Myerson, R., "Optimal Coordination Mechanism in Generalized Principal-Agent Problems", *Journal of Mathematical Economics*, 1982.

Myerson, R., "Mechanism Design by an Informed Principal", *Econometrica*, 1983, 51:

1767—1798.

Mezzetti C., "Common Agency with Horizontally Differentiated Principals", *The Rand Journal of Economics*, 1997, Vol. 28, No. 2, 323—345.

Mezzetti, C., and T. Tsoulouhas, "Gathering Information before Signing a Contract with a Privately Informed Principal", *International Journal of Industrial Organization*, 2000, 18:667—689.

McAfee P., "Mechanism Design by Competing Sellers", *Econometrica* 61, 1993, 1281—1312.

Olsen, T., and P. Osmundsen, "Strategic tax competition: implications of national ownership", *Journal of Public Economics*, 2001, 81:253—277.

Pavan A. and G. Calzolari, "A Markovian Revelation Principle for Common Agency Games," 2003, *http://faculty. econ. nwu. edu/faculty/pavan/MRP. pdf*.

Peters, M., "Common Agency and the Revelation Principle", *Econometrica*, 2001, 69, 1349—1372.

Peter D. and J. Mirrlees "Optimal Taxation and Public Production", 1971, 2 pts. A. E. R. 61:8—27; 261—278.

Prat A. and A. Rustichini, "Sequential Common Agency", Working Papers, 1998, Tilburg University Center for Economic Research.

Sinclair-Desgagne B., "Incentives In Common Agency", CIRANO Scientific Series, 2001.

Stole, L., "Mechanism Design under Common Agency", 1991, mimeo, University of Chicago.

Stole, L., "Mechanism Design under Common Agency: Theory and Applications", 1999, mimeo, University of Chicago.

Tirole J., "Ineffcient Foreign Borrowing: A Dual-and-Common-Agency Perspective", 2003, working paper, IDEI.

让-雅克·拉丰、大卫·马赫蒂摩著,《激励理论:委托—代理模型》,中国人民大学出版社 2001 年版。

多委托人下的代理关系——共同代理理论研究述评*

王小芳　管锡展

摘　要　共同代理理论是对传统委托代理理论的深化和扩展,它将简单的单委托人/单代理人的双边委托代理框架扩展为多委托人/单代理人的情况,使其对某些经济和社会现象更具解释力。尤其通过与排他性交易相对比,研究共同代理对竞争和社会福利的影响,对规制制度和反垄断法规的制定均具有一定的指导意义。本文梳理了共同代理理论产生和演进的脉络,并介绍了这一理论的应用和实证检验成果。最后指出了现有模型中有待进一步研究的问题以及该领域未来的发展方向。

关键词　共同代理,排他性交易,共谋

ABSTRACT　The theory of common agency, which deals with the relation of multi-principals and an agent, extends the traditional principal-agent theory. Researches on common agency have important policy implications on regulation and antitrust. This paper surveys the developments of common agency theory and its applications, and points out some problem in current researches and the future directions.

Key Words　common agency, collusion

　　传统的双边委托代理模型为许多重要的经济现象提供了高度抽象且富有弹性的研究框架。然而,在现实当中,委托代理关系远没有这么纯粹和简单。本文所研究的共同代理理论就是将传统的委托代理模型扩展到多个委托人、一个代理人的情形,使其对现实更具解释力。

　　共同代理理论的提出源于人们对一种普遍存在的经济现象的关注:20世纪中叶,批发和零售行业中大量的产品交易是通过商业代理和经纪人完成的,而且许多生产商往往会选择将产品的经营权授予同一代理人,而不是采取传统的排他性经营模式。企业选择共同代理的动机和条件是什么? 共同代理的作用如何? 以及这种合约安排对竞争和社会福利的影响怎样? 这些问题就成为最初的共同代理模型所要解释的核心内容。近年来,随着学者们对这一领域投入越来越多的关注,共同代理的理论研究、应用和实证检验均取得了巨大的成就。

＊　原载《外国经济与管理》2004年第10期。

共同代理的概念和分类

根据 Bernheim 和 Whinston(1986)的定义:"当个人(代理人)的行为选择影响了不是一个,而是几个参与人(委托人),且这些委托人对各种可能行为的偏好是相互冲突的时,这种情形即被称为共同代理"(common agency)。

根据代理权的获取方式不同,可将共同代理分成两大类:授权的(delegated)和内生的(intrinsic)。授权的共同代理是指几个委托人自愿或独立地将某种决策权授予一个代理人。这种合约安排在批发业中普遍存在,在许多零售业,如旅行社、保险和房地产等行业也很常见。内生的共同代理是指一个代理人"天然地"被赋予某种足以影响他人的决策权,反过来这些被影响者又试图去影响这种决策。最典型的例子是政府计划者,他们是由宪法赋予了实施激励机制(税收或规制)的权利,而同时每个市民的行为又会对计划者的目标产生冲击。从契约签订的角度来说,在内生的共同代理条件下,代理人对于委托人提供的合约要么全部接受,要么全部拒绝(all-or-nothing),没有其他的选择;而在授权的共同代理条件下,代理人拥有更大的选择空间,甚至可以选择他愿意为之服务的所有委托人合约中的一个严格的子集。

当委托人能合作行事时,整个委托人的集合就可以被看成是一个整体,这时传统的委托代理框架就是适用的。然而,在许多情况下,委托人之间的合作既是不可能也是不可行的。首先,当协作涉及多个委托人时,他们之间的谈判、协商成本会很高,高昂的交易费用将阻碍委托人的意见达成一致。即使形成表面的共谋,这种合作也是极不稳定的。因为每个委托人出于对自身利益的考虑,都有动机背叛合作的协议;其次,在同一行业中,企业间明显的共谋是法律所禁止的。于是,委托人们只能非合作地为代理人提供激励机制,这时传统的双边委托代理框架就不足以作为解释的工具,需要建立专门的共同代理模型来解决这一问题。

共同代理的基本模型及几个方向的扩展

共同代理模型的正式提出要归功于 Bernheim 和 Whinston 1985 年的开创性文章。文中的模型假设一个行业中有两个生产类似产品的生产商,无数竞争性的销售代理商,所有参与人都是风险中性的;两个生产商分别制定产出价格和营销强度。模型考察了内生共同代理、内生排他性代理和授权的共同代理三种情况,并给出了纳什均衡解,以及激励机制的具体形式。首先考虑如果共同代理是内生的,尽管两个生产商非合作性地提出激励方案,制定产出价格,但最终得到的将是一个合作的均衡解,即所有的战略变量都是使委托人联合利润最大化的解。其次,如果内生的是排他性代理,结果一定是委托人各自最大化自己利润函数得出的非合作解。最后,将营销决策权的授权过程看作四阶段博弈,详细描述了共同代理产生的过程。这个复杂的博弈模型存在着完全共谋的、序贯均衡,即所有战略变量都等于合作的结果。而且生产商提出的激励方案也是相同的,即由特许费和佣金(代理人每卖出一个产品可获得一定比例的提成)组成。也就是说,生产商的最优选择是以收取特许费的方式,相当于将产品一次性出售给代理商。直观来看,共同营销代理提供了一个间接的机制,内部化了两个生产委托人的价格、营销强度等变量决策引起的外部性,为企业间的共谋打开了一扇方便之门。这个模型的结论对公共政策具有极大的启示,即不管上游企业竞争的表象如何,共同的营销代理会促进委托厂商间的完全共谋。

　　1986 年 Bernheim 与 Whinston 二人用简洁、严谨的数学语言提出了一个更具一般性的共同代理模型。模型中包括 J 个委托人和一个代理人,所有参与人都是风险中性的。代理人的行为不可观测,且这种行为将决定不同委托人所收到的货币回报的概率分布;特定结果的实现是能被所有委托人观测到的。于是,每个委托人的战略都由一个结果依赖型报酬机制组成。同样,模型证明了无论何时委托人之间的共谋都将是最优的,强纳什均衡存在,并且必将导致有效率的结果。

　　基本模型所得出的结论——共同代理能促进委托人之间的共谋,引起了学术界的极大兴趣,之后的理论研究主要朝两个方向发展:一方面学者们逐步放松了基本模型的假设条件,从完全信息到不完全信息,从委托人任务同质性到异质性,从静态到动态,逐步将模型朝更贴近现实的方向推进,研究共同代理在产业链中的作用及其对市场竞争和社会福利的影响;另一方面研究在共同代理框架下激励条款的效能,以及委托人激励机制的设计问题。

　　Gal-or(1991)着重考察了委托人与代理人之间信息不对称对均衡结果的影响。Gal-or 指出,如果代理人具有某些有关成本的私人信息,那么寡头垄断企业利用共同代理并非有利,Bernheim 和 Whinston(1985,1986)指出的共谋优势就会被可能存在的信息劣势所掩盖。特别当不同代理人的单位成本是相关的时,如果企业同独立的代理人签约,企业的收入将揭示有关代理人服务成本的信息,而且这种信息不会为代理人所操纵。如果企业能按照收入调整支付给代理人的报酬,它就可以限制代理人凭借私人信息而攫取的信息租。但是,如果企业和竞争对手与同一代理人签约,共同代理通过操纵递交给所有企业的报告,这种限制代理人信息租的可能性就会被削弱,甚至消除。从委托人的角度来看,由于共同代理代表着两种相反的力量:一是委托人共谋的收益;二是代理人凭借信息优势榨取租金的损失。共同代理是否具有优势取决于这两种力量的权衡。如果代理人成本的事前不确定性足够大,并且不同代理人成本的相关程度显著,共同代理所导致的信息劣势就是主导因素,企业的最优选择是与独立的代理人签约;如果事前的不确定性和成本相关性很小,共同代理的共谋效应就是主导因素,企业将选择与共同代理签约。此外,企业的产品差异化程度也是一个重要变量,差异化程度越大,通过共同代理维持共谋的效应越不显著。

此时,信息劣势又起到主导作用,将导致企业与独立代理人签约。

Mezzetti(1997)研究了一种委托人水平差异化情况下的共同代理关系,即委托人分配给代理人的任务具有互补性,但是代理人在两种任务上的效率不尽相同。模型考虑了共同代理服务于两个委托人时既具有成本的规模经济性,也存在着时间与努力在任务间分配的矛盾性,而代理人面临的激励强度则取决于这两种相反力量的权衡。本文最大的创新之处在于引进了一个差异化参数 θ, θ 是代理人的私人信息,服从[0,1]之间的均匀分布。由于代理人在两个任务之间的生产率可能有所不同,参数 θ 也可以用来表示代理人的类型:如果 $\theta = 1/2$,表明代理人在两个任务间的生产率相等;如果 $\theta = 0$,表明代理人在任务 1 上最有效率;如果 $\theta = 1$,则表示代理人在任务 2 上最有效率。结果表明,在完全信息的条件下,委托人独立签约与合作签约时产出水平是相同的;如果考虑到信息的不完全,产出水平就取决于代理人的类型 θ。只有当 $\theta = 0$, $\theta = 1$ 和 $\theta = 1/2$ 时,结果与完全信息时相同;当类型处于(0, 1/2)区间时,委托人 1 的产出低于最优的产出水平,委托人 2 的产出则高于最优水平;当类型处于(1/2, 1)区间时,情况恰好相反。本文更加清楚地解释了某些激励和组织设计的问题。如果代理人的报酬由可变成本和固定费用两部分组成,他将总有动机去夸大他的成本。而当委托人是水平差异化时,他在两个任务中不能隐瞒自己的类型。如果他低估了在一个任务中的边际收入,他必须在另一个任务中高估。这意味着必然存在一个代理人类型空间的中间区域,在这个区域的代理人在两个任务上有类似的生产率;在均衡时,他们生产相同的产出,并收到相同的没有信息租的报酬。当代理人的类型更靠近类型空间的极端时,信息租增加且产出扭曲减少。因而,模型建议,应该对不太专业化的代理人支付一个固定费用,而更专业化的代理人应收到一个激励性报酬。

Bergemann 和 Valimaki(2002)研究了对称信息条件下动态共同代理问题。模型将 Bernheim 和 Whinston 的静态共同代理模型扩展为动态框架,同时也扩大了共同代理模型的应用范围,从政府政策的制定到员工个人的职业选择都有其用武之地。跨期的动态因素引入使得共同代理模型变得更加复杂多变。在最简单的两期博弈中,第一期,代理人为第二期选择可能的行为,第二期则在第一期决定的行动集内进行博弈。这个简单的模型足以反映静态和动态共同代理的本质区别。代理人通过选择当期的行为,可以影响委托人在下一期的竞争程度。因此代理人将在第一期排除最有效率的行为,而更加偏好能增加委托人竞争程度的行为,达到增加他在第二期的收益目的,这将导致整个博弈的无效率。文章证明了真实马尔可夫完美均衡(truthful Markov perfect equilibrium)的存在,且均衡时委托人的收益等于他们对社会价值的边际贡献。作者在分析过程中运用了许多博弈论的最新概念和研究方法,因此这篇文章既代表了共同代理理论发展的前沿,也反映了博弈论研究的最新进展。

Bernard(1999, 2001)研究了共同代理框架下激励机制的设计问题。许多学者(Holmstrom and Milgrom，1991；Dixit，1997)认为，在多委托人的情况下，一个代理人必须在多个任务中分配他的不可观测的努力，而且几个委托人对于究竟什么是最优的努力分配持有不同的观点，因此委托人的工资激励将是低能的，因为代理人只会重视那些看起来相对容易评估的任务，而忽略其他的任务。在此，Bernard 提出了一个简单的激励机制，试图解决上述矛盾。这个机制可以描述如下：假设有两个委托人，用 1 和 2 表示，他们各自向共同代理分配任务 A 和 B。委托人 1 监督任务 A，并且按照任务产出付给代理人报酬；委托人 2 负责衡量任务 B 的绩效，只有当任务 A 的产出高于一个事先规定的水平时，才给代理人以补偿。委托人 2 的报酬随着观察到的两个任务的总产出而变化，一旦代理人在任务 B 上表现出低绩效就将受到惩罚。此外，对于任务 A 的监督是连续性的，而对于任务 B 的监督则是偶尔为之。这种激励方案的好处就是，当代理人考虑增加总收入时，花费在两个任务上的努力是互补的。于是，代理人将不能只增加他在一个任务上的努力，而置另一个任务于不顾。因此，这种在多任务中过度专业化以及削弱激励条款的倾向就被减轻了。

共同代理理论的实证分析及应用

　　共同代理理论框架的构建为许多经济现象的解释提供了新的研究视角。从组织内部到产业之间，从经济规制到政治决策，共同代理模型都得到了很好的应用，同时对反垄断法的实施及规制政策的制定亦颇具启示。从已有文献来看，对共同代理理论的实证检验主要集中在共同代理产生的前提条件、经济绩效、激励强度等方面，为模型的基本结论提供了有力的数据支持。

　　Corts(2001)收集了美国 1995 年和 1996 年电影发行日安排的资料，运用共同代理的模型理念，来分析纵向市场结构对电影竞争的影响。美国电影业的纵向结构非常类似于共同代理的关系：多家竞争性的电影制片厂拍摄影片，然后交给少数几家公司进行代理发行。在电影行业，一个重要的竞争维度是对最优发行日期的竞争，因为发行日离得很近的电影很可能对彼此的收益产生负的外部性。Corts 分别分析了电影发行日期间隔、影片类别和是否由明星主演三个变量之间的关系。回归结果显示，同一种类型的电影发行时间的间隔也较长，这与发行公司尽量减少与紧密竞争对手的电影集聚的期望一致。而是否由明星主演对发行日安排的影响并不显著，这也符合节日或周末时通常拥挤着大制作和明星充斥的大型电影的现实。实证结果与 Bernheim 和 Whinston(1985)的结论非常吻合，即共同代理能促进委托人之间的共谋。与竞争情况相比，共同代理内部化了一组电影竞争的外部性，从而有效地减少了电影集聚现象。

　　Conlin(2002)通过实证检验的方式验证了 Bernheim 和 Whinston(1985)与 Gal-or(1991)共同代理模型的结论。作者收集了 1991 年至 1997 年美国得克萨斯州所有年收入超过 13 000 美元的旅馆业的资料。数据分析的结果表明，在得克萨斯州一个当地旅馆同时是几个连锁品牌的特许经销商的情况非常普遍,1997 年这种连锁经营的形式在旅馆业中占到了 15.9%,其中 1/4 以上的品牌都使用了共同代理。并且品牌所有者向特许经营者收费的形式通常是一个特许费加上总收入的一个固定比例的提成。文章也证实了,共同代理的形式在小市场比在大市场中更容易出现,因为在小的市场范围内,营销的范围经济性更能得到充分利用,委托人之间的共谋效应也更明显。此外,如果品牌所有者在当地拥有自己的旅馆,那么他更愿意将特许权授予一个共同代理。因为委托人更了解当地的市场需求和成本信息,委托人可以尽可能地榨取信息租金,而不受代理人的私人信息的控制,而且委托人的监管成本也有所下降。

Aggarwal 和 Nanda(2004)利用共同代理理论研究了企业的董事会规模对管理激励和企业绩效的影响。在他们的模型中,上层管理团队被看作是一个风险厌恶的代理人,企业为多委托人(董事会)所控制,这些委托人对企业每项任务的价值评价各不相同。Aggarwal 与 Nanda 选取了一个从 1998 年到 2001 年842 个企业的样本,收集了关于企业绩效、管理层报酬、社会目标等数据,经实证分析得出以下结论:第一,当企业的目标更倾向于多元化时,董事会规模将更大。第二,委托人越分离(董事会规模越大),对于股票价格绩效的激励越弱。第三,董事会规模越大,激励越弱,企业绩效也越差。这些结论与共同代理模型相一致,证明多企业目标通过它的董事会规模效应,与管理激励和企业绩效具有明显的负相关关系。

Raff 和 Schmitt(2004)将共同代理模型应用到了国际贸易问题之中,比较了共同代理和排他性交易对竞争和福利的影响。国际贸易中常见的一类争议就是国外企业经常指控国内生产者与销售企业签订了排他性交易合约,他们认为这种合约是反竞争的。在分析中,作者沿用了 Besanko 和 Perry(1993)年的观点,他们认为两种合约的评价要考虑以下基本的利益权衡:共同代理可能比排他性交易具有更弱的品牌间竞争,但是也能导致生产者对零售网络的次优投资(如培训销售人员、提供本地广告和促销、为零售渠道融资等),因为这些投资为竞争者提供了正的外部性。Raff 和 Schmitt 研究了在一个简单的国际双寡头垄断模型中,国内和国外生产者在国内市场上竞争的博弈。每个生产者都在共同代理和排他性交易之间进行选择,并决定为零售商投资多少,以及如何制定批发价格。作者得到了两个主要结论:第一,当贸易壁垒很高时,国内生产商有动机使用排他性代理,防止租金流到国外生产者那里,并能阻止外国生产者的进入。而且这个结论非常稳定,无论产品的特征如何(替代程度)、无论品牌间外部性程度如何、也不管企业数量有多少,结论都将成立。尽管排他性交易合约的使用并不必然减少福利,但当产品是好的替代品时确实会导致福利的减少。第二,当贸易壁垒很低时,生产者有动机选择共同代理来减少品牌间的竞争。特别当产品是好的替代品并且品牌间的外部性不是很强时,这种动机尤为强烈。在这种情况下,共同代理的使用减少了国内的福利。

有待进一步研究的问题和方向

共同代理理论将传统的双边委托代理模型扩展到多委托人单一代理人的框架,为许多经济乃至政治现象提供了新的解释思路和研究方法。通过以上对共同代理文献的综述,可以看出这一模型已经在许多领域获得应用,并得出了富有启发意义的结论,但其中也有许多问题没有给出令人满意的答案,同时也为我们提出了一些值得进一步深入探索的论题。

首先是关于共同代理产生原因的分析。为何有些行业中共同代理盛行,而有些行业则更偏好于独家代理? Bernheim 和 Whinston (1985)对此的解释是因为代理人对风险偏好程度的不同。代理人是风险中性的假设突出了企业合作性的一面,是授权过程中共同代理产生的关键。如果代理人是风险厌恶的,代理人在激励和风险分担的权衡中,回避风险的考虑可能会占上风,企业寻求共同代理的愿望将会减弱甚至消失。对此,Zhang(1993)则从另一个角度给出了问题的答案。他认为企业选择共同代理是作为一种承诺自己公平销售的战略行为。当消费者处于信息劣势的情况下,排他性的卖者,比消费者拥有更多的关于产品的信息,但却没有动机将错配的(mismatch)消费者转移给其他排他性卖者,理性的消费者预期到这种自利的行为,最终将导致市场的萎缩。然而,这种销售竞争的外部性可以在一个共同代理中得以内部化。共同代理能以一种更公平的方式行事,传递给消费者更多有效的信息。考虑到共同代理的承诺作用,即使缺乏销售的规模经济、成本节约或 Bernheim-Whinston 的共谋效应,市场也会自动选择共同代理。Mezzetti(1997)结合了 Bernheim-Whinston(1985)与 Gal-or(1991)的研究成果,认为共同代理能否产生主要取决于营销的规模经济带来的成本节约与代理人凭借私人信息榨取信息租二者之间的权衡。从文献的叙述中可见,学者们对共同代理产生的解释各执一词,并没有一个系统的、令人信服的答案,因此有必要对企业选择共同代理的原因和动机做进一步的探讨和剖析。

其次是关于对共同代理的福利效果判断以及激励制度的设计问题。共同代理作为一种纵向控制的合约安排,它可能成为委托人之间取得共谋的机制,也可能因为同时代理了多种竞争性产品而减少了消费者的信息不对称,因此共同代理对市场竞争和社会福利的影响尚不能简单加以断定,需要结合市场环境等多方面因素分析,不可一概而论。这对政府规制政策、反垄断条例的制定都有极大的启示作用。如何正确认识共同代理的作用以及如何设计法规和政策来趋利避害都将成为未来研究的重要课题。此外,人们对多委托人的低能激励问题似乎已达成了共识,如何设计更合理的激励机制,内部化委托人之间竞争的外部性,提高代理人的行为效率,也将是今后激励理论研究的重点。

最后关于共同代理模型的进一步发展和演进。在以往所有共同代理模型的分析中,一般假定代理人市场是完全竞争的。但考虑到现实情况中,营销渠道的崛起使代理商控制产业链成为可能,甚至会使传统的委托代理关系发生逆转,生产商对共同代理的屈从在某种程度上重建了市场竞争的格局。因此有必要对共同代理的市场势力、议价能力等方面加以考察,这对于共同代理理论的深入研究和应用都具有重大的现实意义。此外,从对委托代理理论本身的完善来看,共同代理只是其中一方面的扩展;另一方面,单委托人—多代理人、多委托人—多代理人在产业链中的应用问题还没有被系统的研究过,使得委托代理理论对现实的解释留下了一块真空地带,也为我们未来的研究提供了广阔的空间。

参 考 文 献

Bernheim, B. D. and M. D. Whinston, "Common Marketing Agency as a Device for Facilitating Collusion", *Rand Journal of Economics*, 1985, 16(2).

Bernheim, B. D. and M. D. Whinston, "Common Agency", *Econometrica*, 1986, 54(4): 923-942.

Gal-or, E., "A Common Agency with Incomplete Information", *The Rand Journal of Economics*, 1991, 22(2):274-286.

Mezzetti, C., "Common Agency with Horizontally Differentiated Principals", *The Rand Journal of Economics*, 1997, 28(2):323-345.

Bergemann, D. and J. Valimaki, "Dynamic Common Agency", *Journal of Economic Theory*, 2002, 111:23-48.

Bernard, S. D., "Incentives in Common Agency", *CIRANO Scientific Series*, 2001.

Holmstrom, B. and P. Milgrom, "Multitask Principal-Agent Analyses: Incentive Contracts, Asset Ownership and Job Design", *Journal of Law, Economics and Organization*, 1991(7):24-52.

Dixit, A., "Power of Incentives in Private versus Public Organization", *European Economic Review*, 1997(87):378-382.

Corts, K. S., "The Strategic Effect of Vertical Marker Structure: Common Agency and Divisionalization in the US Motion Picture Industry", *Journal of Economics & Management Strategy*, 2001(10):509-528.

Conlin, M., "An Empirical Analysis of Common Agency", 2002, http://faculty.maxwell.syr.edu/meconlin/commonagency061003.pdf.

Aggarwal, R. K. and D. Nanda, "Access, Common Agency and Board Size", *CASE Working Paper Series*, 2004, 5.

Raff, H. and N. Schmitt, "Exclusive Dealing and Common Agency in International Markets", 2004, CESifo Working Paper No. 1168, Category 7:Trade Policy.

Besanko, D. and M. K. Perry, "Equilibrium Incentives for Exclusive Dealing in a Differentiated Products", *The Rand Journal of Economics*, 1993, 24(4):646-667.

Zhang, A., "An Analysis of Common Sales Agency", *The Canadian Journal of Economics*, 1993, 26(1):134-149.

具有外部性收益的 R&D 竞争效率分析*

骆品亮　李治国

摘　要　本文在网络外部性条件下，引入了外部性收益概念，建立了 R&D 动态竞争模型，得出网络外部性可使企业 R&D 投入减少，并需要进一步控制行业 R&D 竞争度及加强政府 R&D 激励行为，另外从 R&D 竞争有效性出发推断网络产业的大型企业数最好为 3 个。

关键词　R&D，R&D 竞争，网络外部性，外部性收益

ABSTRACT　A concept of external revenue is introduced to build up the dynamic R&D competition model under the network externalities. Conclusions are made that the network externalities reduce the enterprise's investments in R&D, therefore, the R&D competition rate should be controlled and the R&D incentives from the government should be enhanced. The optimal number of the enterprises is 3 in the network economic industry for the efficiency of the R&D competition.

Key Words　R&D，R&D competition，network externalities，external revenue

随着全球网络经济的迅猛发展，网络产业中的 R&D 行为正日益受到关注。网络外部性(Network Externality)对企业 R&D 竞争策略产生重要影响。处于同一网络中的企业在进行 R&D 时，其成功将会带动整个网络的技术提升，其他企业也因此而得到 R&D 成功所带来的外部收益(External Benefit)。比如，中国电信、中国联通与中国吉通同时为一项产品或技术创新而分别进行 R&D 投资，若中国电信率先获得成功，其在自身提高的同时将带动整个中国通信网络发展，中国联通与中国吉通也将分别从此次创新中收益。可见，处于同一网络中的企业在进行 R&D 投资时会遇到网络外部性问题。因此，研究像网络产业这种具有外部性收益下的 R&D 竞争策略及其效率问题具有重要的理论价值与实际应用价值。

R&D 行为与市场竞争结构的关系是近 30 年来产业组织理论学术界的研究热点之一。自 Schumpeter(1942)提出垄断性大企业是技术创新的主要承担者、是技术变革的发动机，即"熊彼特主义"(Schumpeterian)后，学术界针对市场结构与 R&D 竞争进行了大量的理论研究与实证分析，大致包括 4 个方面：其

＊　原文发表于《复旦学报》(自然科学版)2004 年第 5 期。

一,以 Scherer 及 Kaimen 和 Schwartz 为代表的市场结构外生的局部均衡分析;其二,以 Barzel、Loury、Lee 和 Wield、Dasgupta 和 Stigliz 等为代表的市场结构外生下的"Winner-take-all"竞争模型分析;其三,以 Stewart、Ray、Grossman 等人为代表的溢出效应下的 R&D 竞争分析,其中骆品亮引入专利年限,建立了市场结构内生下的 R&D 竞争模型,考察产业竞争度对企业 R&D 投入的影响,并比较产业短期均衡时企业 R&D 的投入与社会最优的 R&D 投入;其四,以 Cabral 等人为代表研究网络外部性下的技术采纳、技术创新策略。

但是,已有的文献对 R&D 竞争的效率问题缺乏系统的研究,特别是,网络外部性等外部性收益对企业的 R&D 投资存在多大程度的影响? 进一步,外部性收益下能否形成有效的 R&D 竞争? 还有,R&D 投资与市场竞争度的关系如何? 或者,是否存在最有利于 R&D 的对称性企业数?

本文针对网络外部性下的 R&D 竞争问题,利用服从指数分布的 R&D 成功函数建立 R&D 动态竞争模型,分析产业短期均衡下企业最优 R&D 投入、产业竞争度对企业最优 R&D 投入的影响、企业均衡 R&D 投入与市场集中度的相互作用等问题;并将具有外部性收益下的 R&D 竞争策略与一般市场结构下的 R&D 竞争策略进行比较。

基 本 模 型

(一) 模型假设

(1) R&D 成功概率:记企业 i 的 R&D 成功概率为 $\lambda_i = \lambda_i(x_i)$,其中 R&D 投入量为 x_i。成功概率具有边际报酬递减性,即 $\lambda^1(x) > 0$, $\lambda^{11}(x) < 0$。不同企业因 R&D 效率不同,在同一 R&D 投入水平上可能具有不同的 R&D 成功概率,即 $\lambda_i(x_i) \neq \lambda_j(x_j)$ $(i \neq j)$。

(2) R&D 技术实现时间:记 R&D 成功时间为 τ,则 τ 是关于 $\lambda(x)$ 的随机变量。这一不确定性的随机关系可通过指数分布函数来描述,对企业 i 来说,其在 t 时刻之前 R&D 成功的概率为:

$$\mathrm{Prob}(\tau_i(x_i) \leqslant t) = 1 - \mathrm{e}^{-\lambda_i(x_i)t}$$

R&D 恰在 t 时刻成功的瞬时概率即密度函数为:

$$\mathrm{Prob}(\tau_i(x_i) = t) = \lambda_i(x_i)\mathrm{e}^{-\lambda_i(x_i)t}$$

R&D 成功时间的期望值为:

$$E[\tau_i(x_i)] = 1/\lambda_i(x_i)$$

(3) R&D 市场实现时间:假设一行业中存在 n 个企业,它们具有相同的市场不确定性与 R&D 技术不确定性,则在 Cournot 竞争下,企业 i 在该行业中面对的 R&D 竞争度 α_i 为：

$$\alpha_i = \sum_{j \neq i} \lambda_j(x_j)$$

与企业 i 对应的市场的 R&D 成功时间 τ_i 为：

$$\hat{\tau}_i = \min_{j \neq i} \{\tau_j(x_j)\}$$

R&D 市场实现时间服从的指数分布为：

$$\mathrm{Prob}(\hat{\tau}_i = t) = \alpha_i \mathrm{e}^{-\alpha_i t}, \quad \mathrm{Prob}(\hat{\tau}_i \leqslant t) = 1 - \mathrm{e}^{-\alpha_i t}$$

(二) 无网络外部性下的 R&D 竞争模型

企业 R&D 成功后获得专利,在专利期限内独占新产品与新技术的诀窍,从而获得创新利润。R&D 获胜企业在专利期限内得到的创新利润流为 π_m,则创新收益净现值为：

$$\Gamma_m = \int_0^T \mathrm{e}^{-rt} \pi_m \mathrm{d}t = \frac{1}{r}(1 - \mathrm{e}^{-rt}) \pi_m$$

其中,T 为专利期限,r 为贴现因子。在不考虑外部性收益的情形下,企业的 R&D 投入仅根据创新收益进行决策。企业要获得创新收益,必须保证率先获得成功,即其 R&D 成功时间必须在面对市场的 R&D 成功时间之前,因此,企业 i 进行 R&D 投资的期望利润 $E^0(\Pi_i)$ 为上述期望收益与 R&D 投入之差,即：

$$E^0(\Pi_i) = \int_0^\infty \mathrm{Prob}(\hat{\tau} = t)\left\{\int_0^t \mathrm{Prob}(\tau_i = s)\mathrm{e}^{-rs}\Gamma_m \mathrm{d}s\right\}\mathrm{d}t - x_i$$

$$= \int_0^\infty \mathrm{e}^{-(\alpha_i + \lambda_i + r)t}\lambda_i \Gamma_m \mathrm{d}t - x_i = \frac{\lambda_i(x_i)}{\alpha_i + \lambda_i(x_i) + r}\Gamma_m - x_i \quad (1)$$

(三) 具有外部性收益下的 R&D 竞争模型

在网络外部性下,企业进行 R&D 投资决策时,除考虑在一般市场结构中 R&D 成功所带来的创新收益之外,还应考虑外部性收益的影响。在同一网络中有多个企业时,一个企业即便不进行 R&D 投入也能期待其他企业 R&D 成功对其带来的外部性收益。对企业 i 来说,除创新收益之外,如果企业 i 所面对的市场在企业 i 之前获得 R&D 成功,企业 i 也能因网络外部性而得到外部性利润流 π_w,则相对于 R&D 成功时刻的外部性收益净现值为：

$$\Gamma_w = \int_0^T \mathrm{e}^{-rt} \pi_w \mathrm{d}t = \frac{1}{r}(1 - \mathrm{e}^{-rT}) \pi_w$$

在网络外部性条件下,企业 i 的 R&D 投资决策应考虑创新收益与外部性收益。如果企业 i 率先 R&D 成功,将获得创新收益;如果市场中的其他企业率先 R&D 成功,企业 i 将获得外部性收益。因此,企业 i 在网络外部性下的

R&D 期望利润 $E(\Pi_i)$ 等于无网络外部性下的期望利润 $E^0(\Pi_i)$ 加上因外部性带来的期望收益,即:

$$E(\Pi_i) = \int_0^\infty \mathrm{Prob}(\hat{\tau} = t) \left\{ \int_0^t \mathrm{Prob}(\tau_i = s) e^{-rs} \Gamma_m ds \right\} dt +$$

$$\int_0^\infty \mathrm{Prob}(\tau = t) \left\{ \int_0^t \mathrm{Prob}(\hat{\tau} = s) e^{-rs} \Gamma_w ds \right\} dt - x_i = \int_0^\infty e^{-(\alpha_i + \lambda_i + r)t} \lambda_i \Gamma_m dt +$$

$$\int_0^\infty e^{-(\alpha_i + \lambda_i + r)t} \alpha_i \Gamma_w dt - x_i = \frac{\lambda_i(x_i)\Gamma_m + \alpha_i \Gamma_w}{\alpha_i + \lambda_i(x_i) + r} - x_i \qquad (2)$$

注意到,当外部性收益 Γ_w 为零时,(2)式简化为(1)式,网络外部性下的 R&D 竞争模型就退化为无网络外部性下的 R&D 竞争模型。

外部性收益下的 R&D 竞争效率

(一) 短期均衡下的 R&D 投资

假设 R&D 竞争为 Cournot 型竞争态势,产业短期均衡下企业 i 在具有外部性收益下的最优 R&D 投入 $\hat{x}_i$,满足(4.2)式一阶导数为零的条件,即:

$$\left. \frac{\partial E(\Pi_i)}{\partial x_i} \right|_{x_i = \hat{x}_i} = \frac{\lambda_i'(x_i) \cdot [(\alpha_i + r) \cdot \Gamma_m - \alpha_i \Gamma_w]}{[\alpha_i + \lambda_i(x_i) + r]^2} - 1 = 0$$

或

$$\lambda_i'(\hat{x}_i) \cdot [(\alpha_i + r) \cdot \Gamma_m - \alpha_i \Gamma_w] = [\alpha_i + \lambda_i(\hat{x}_i) + r]^2 \qquad (3)$$

另一方面,企业 i 在无外部性收益情形下的最优 R&D 投入 x_i^0 满足(1)式一阶导数为零的条件:

$$\left. \frac{\partial E^0(\Pi_i)}{\partial x_i} \right|_{x_i = \hat{x}_i^0} = \frac{\lambda_i'(x_i) \cdot (\alpha_i + r) \cdot \Gamma_m}{[\alpha_i + \lambda_i(x_i) + r]^2} - 1 = 0$$

即

$$\lambda_i' = (\hat{x}_i^0) \cdot (\alpha_i + r) \cdot \Gamma_m = [\alpha_i + \lambda_i(\hat{x}_i^0) + r]^2 \qquad (4)$$

对方程(3)与(4)进行差分求解,即可分别得到网络外部性下与无网络外部性下的企业最优 R&D 投入。下面考察外部性收益对企业最优 R&D 投入的影响。

定理 1 随着网络外部性的下降,企业最优 R&D 投入增加,并在无网络外部性时达到最大。

证 企业 R&D 的外部性收益随着网络外部性的下降而下降,取外部性收益为 Γ_w^1 与 Γ_w^2,所对应的企业最优 R&D 投入分别为 $\hat{x}_i^1$ 与 $\hat{x}_i^2$,则满足:

$$0 \leqslant \Gamma_w^1 \leqslant \Gamma_w^2 \qquad (5)$$

当 $\Gamma_w = \Gamma_w^1$ 时，$\hat{x}_i = \hat{x}_i^1$；当 $\Gamma_w = \Gamma_w^2$ 时，$\hat{x}_i = \hat{x}_i^2$。

由(3)与(4)式可知：当 $\Gamma_w = 0$ 时，$\hat{x}_i = \hat{x}_i^0$。令

$$g(\hat{x}_i) = \frac{\lambda_i'(\hat{x}_i)}{(\alpha_i + \lambda_i(\hat{x}_i) + r)^2}$$

将 $g(x_i)$ 带入(3)与(4)式，得：

$$g(\hat{x}_i^1) = \frac{1}{(\alpha_i + r) \cdot \Gamma_m - \alpha_i \Gamma_w^1} \tag{6}$$

$$g(\hat{x}_i^2) = \frac{1}{(\alpha_i + r) \cdot \Gamma_m - \alpha_i \Gamma_w^2} \tag{7}$$

$$g(\hat{x}_i^0) = \frac{1}{(\alpha_i + r) \cdot \Gamma_m} \tag{8}$$

由(5)、(6)、(7)与(8)式，得：

$$g(\hat{x}_i^0) \leqslant g(\hat{x}_i^1) \leqslant g(\hat{x}_i^2) \tag{9}$$

因为 $\lambda_i^1(x_i)$ 为减函数（$\lambda_i^{11}(\hat{x}_i) < 0$），$\lambda_i(x_i)$ 为增函数（$\lambda_i^1(\hat{x}_i) > 0$），所以 $g(\hat{x}_i)$ 为减函数，根据(9)式知：$\hat{x}_i^0 \geqslant \hat{x}_i^1 \geqslant \hat{x}_i^2$。

(二) 企业 R&D 的适度竞争

企业进行 R&D 投入决策时要考虑其所面对的 R&D 竞争度，从(3)式看出，企业 i 的最优 R&D 投入 $\hat{x}_i$ 的确与其对应的 R&D 竞争度 α_i 有关。当企业最优 R&D 投入随着 R&D 竞争度增加而增加时，称为 R&D 有效竞争；反之，当企业最优 R&D 投入随着其 R&D 竞争度增加而减少时，称为 R&D 非有效竞争。下面就企业 R&D 的适度竞争问题进行探讨。

对(3)式进行 α_i 全微分得：

$$\frac{\partial \hat{x}_i}{\partial \alpha_i} = \frac{2[\alpha_i + \lambda_i(\hat{x}_i) + r] - \lambda_i'(\hat{x}_i) \cdot (\Gamma_m - \Gamma_w)}{\lambda_i''(\hat{x}_i) \cdot [(\alpha_i + r)\Gamma_m - \alpha_i \Gamma_w] - 2\lambda_i'(\hat{x}_i) \cdot [\alpha_i + \lambda_i(\hat{x}_i) + r]} \tag{10}$$

注意到(10)式的分母为负，则：

$$\text{sign}\left[\frac{\partial \hat{x}_i}{\partial \alpha_i}\right] = \text{sign}\{\lambda_i'(\hat{x}_i) \cdot (\Gamma_m - \Gamma_w) - 2[\alpha_i + \lambda_i(\hat{x}_i) + r]\}$$

即，当 $\alpha_i \leqslant \frac{1}{2}\lambda_i'(\hat{x}_i) \cdot (\Gamma_m - \Gamma_w) - [\lambda_i(\hat{x}_i) + r]$ 时，

$$\frac{\partial \hat{x}_i}{\partial \alpha_i} \geqslant 0 \tag{11}$$

当 $\alpha_i \geqslant \frac{1}{2}\lambda_i'(\hat{x}_i) \cdot (\Gamma_m - \Gamma_w) - [\lambda_i(\hat{x}_i) + r]$ 时，

$$\frac{\partial \hat{x}_i}{\partial \alpha_i} \leqslant 0 \tag{12}$$

当企业面对的 R&D 竞争度不大或企业自身的 R&D 效率较高时,如(11)式所示,企业最优 R&D 投入随着 R&D 竞争度的增加而增加,此时表现为 R&D 有效竞争;当企业面对的 R&D 竞争度较大或企业自身的 R&D 效率不高时,如(12)式所示,企业最优 R&D 投入随着 R&D 竞争度的增加而减少,此时表现为 R&D 非有效竞争。因此,企业 R&D 存在一个适度竞争问题,行业 R&D 竞争度并非越高越好,过高也会因非有效竞争而使企业 R&D 投入减少。下面考察网络外部性对企业 R&D 适度竞争的影响。

定理 2　随着网络外部性的上升,企业 R&D 有效竞争区间缩小;网络外部性上升到一定程度,企业 R&D 将不存在有效竞争;在无网络外部性时,企业有效竞争区间简化并与 R&D 收益程度无关。

证　令企业 i 的 R&D 有效竞争区间为 $[0, H]$,则由(11)式知:

$$H = \frac{1}{2}\lambda_i'(\hat{x}_i) \cdot (\Gamma_m - \Gamma_w) - [\lambda_i(\hat{x}_i) + r] \tag{13}$$

H 是关于外部性收益 Γ_w 的减函数。

如定理 1 证明中取外部性收益为 Γ_w^1、Γ_w^2 及其所对应有效竞争区间分别为 $[0, H_1]$、$[0, H_2]$,则当 $\Gamma_w^1 \leqslant \Gamma_w^2$ 时,有 $H_1 \geqslant H_2$,所以,随着网络外部性的上升,企业 R&D 有效竞争区间缩小。

由(13)式知,当 $\Gamma_w = \Gamma_m - \dfrac{2[\lambda_i(\hat{x}_i) + r]}{\lambda_i'(\hat{x}_i)}$ 时,$H = 0$。

所以,当网络外部性上升到一定程度,企业 R&D 有效竞争区间为零,即不存在 R&D 有效竞争。

将(4)式带入(10)式并简化得:

$$\frac{\partial \hat{x}_i^0}{\partial \alpha_i} = \frac{[\alpha_i + \lambda_i(\hat{x}_i^0) + r] \cdot \left[1 - \dfrac{\lambda_i(\hat{x}_i^0)}{\alpha_i + r}\right]}{\lambda_i''(\hat{x}_i^0) \cdot (\alpha_i + r) \cdot \Gamma_m - 2\lambda_i'(\hat{x}_i^0) \cdot [\alpha_i + \lambda_i(\hat{x}_i^0) + r]} \tag{14}$$

注意到(14)式分母为负,则:

$$\text{sign}\left[\frac{\partial \hat{x}_i^0}{\partial \alpha_i}\right] = \text{sign}\left[\frac{\lambda_i(\hat{x}_i^0)}{\alpha_i + r} - 1\right]$$

即,当 $\alpha_i \leqslant \lambda'(\hat{x}_i^0) - r$ 时,$\dfrac{\partial \hat{x}_i^0}{\partial \alpha_i} \geqslant 0$。

定义无网络外部性下的企业 R&D 有效竞争区间 $[0, H^0]$,则 $H^0 = \lambda_i'(\hat{x}_i^0) - r$,所以在无网络外部性时,企业 R&D 有效竞争区间简化并与 R&D 收益程度无关。

(三) 企业均衡 R&D 投入与行业集中度

行业集中度是描述行业市场结构的一个重要因素,通常由该行业内的较大型企业数目与各自所占的市场份额来测定;一个行业内的各企业根据自身特征与相互影响程度进行 R&D 投入决策。企业均衡 R&D 投入与行业集中度之间的关系在一般情况下比较复杂,这里我们在企业对称的条件下考察 Cournot-Nash 均衡情况。

一个存在网络外部性的对称性行业的企业数目为 n,企业均衡 R&D 投入为 x^*,则单个企业面对的 R&D 竞争度 $\alpha = (n-1) \cdot \lambda(x^*)$,将 α 代入(3)式,得企业均衡 R&D 投入 x^* 满足:

$$\lambda'(x^*) \cdot [(n-1)\lambda(x^*) \cdot (\Gamma_m - \Gamma_w)] + \Gamma_m = [n\lambda(x^*) + r]^2 \quad (15)$$

(15)式对 n 进行全微分,得:

$$\frac{\partial x^*}{\partial n} = \frac{2\lambda \cdot (n\lambda + r) - \lambda \cdot \lambda' \cdot (\Gamma_m - \Gamma_w)}{\lambda''[(n-1)\lambda \cdot (\Gamma_m - \Gamma_w) + r\Gamma_m] + (n-1)\lambda'^2 \cdot (\Gamma_m - \Gamma_w) - n\lambda' \cdot (2n\lambda + r)} \quad (16)$$

令 　$\Gamma_0 = (2n\lambda + r)/\lambda'$,则(16)式转化为:

$$\frac{\partial x^*}{\partial n} = \frac{\lambda \cdot \lambda' \cdot [\Gamma_0 - (\Gamma_m - \Gamma_w)]}{\lambda''[(n-1)\lambda \cdot (\Gamma_m - \Gamma_w) + r\Gamma_m] + (n-1)\lambda'^2 \cdot [(\Gamma_m - \Gamma_w) - \frac{n}{n-1}\lambda' \cdot \Gamma_0]} \quad (17)$$

即:当 $\Gamma_0 \leqslant \Gamma_m - \Gamma_w \leqslant \frac{n}{n-1}\Gamma_0$ 时,$\frac{\partial x^*}{\partial n} \geqslant 0$。

所以,当内部性收益(即创新收益)与外部性收益之差在区间 $[\Gamma_0, n/(n-1) * \Gamma_0]$ 之中时,企业均衡 R&D 投入随着行业内企业数目的增加而增加。这里,我们将 Γ_0 定义为收益阀门,即,使企业均衡 R&D 投入与企业数目正相关的企业 R&D 内外收益差的最低界限。

当企业数目较少时,企业均衡 R&D 投入与企业数目的关系明显,假定 $\lambda = 2r$,表1给出了 $n = 2$、3、4 时的收益阀门 Γ_0 与正相关区间 $[\Gamma_0, n/(n-1) * \Gamma_0]$。

表1　企业均衡 R&D 投入与不同企业数目的正相关收益阀门与区间

n	Γ_0	$[\Gamma_0, n/(n-1) * \Gamma_0]$
2	$5\lambda/\lambda'$	$[5\lambda/\lambda', 10\lambda/\lambda']$
3	$7\lambda/\lambda'$	$[7\lambda/\lambda', 9.33\lambda/\lambda']$
4	$9\lambda/\lambda'$	$[8\lambda/\lambda', 11.25\lambda/\lambda']$

由表1可以看出,当 $n = 2$ 时,正相关的收益阀门 Γ_0 较低,正相关区间较

大,企业数目可以再增加;当 $n = 3$ 时,正相关的收益阀门 Γ_0 已较高,正相关区间已较小,增加企业数目的可能性较小。因此,在网络外部性较强而企业 R&D 内外收益差相对较小的情况下,对称性企业数目最佳为 3 个。

(四) 企业均衡 R&D 投入与社会最优 R&D 投入

对整个行业来讲,其整体的 R&D 成功概率为 $\sigma(x) = 1 - [1 - \lambda(x)]^n$,R&D 实现时间 $\tau(x)$ 服从的指数分布函数及密度函数为:

$$\text{Prob}[\tau(x) \leqslant t] = 1 - e^{-\sigma(x)t}; \qquad \text{Prob}[\tau(x) = t] = \sigma(x)e^{-\sigma(x)t}$$

创新在专利期限内得到的创新利润流为 π_m,在专利期限后带来社会回报流为 π_s,则相对于 R&D 成功时刻的社会收益净现值为:

$$\Gamma_s = \int_0^T e^{-rt}\pi_m dt + \int_0^\infty e^{-rt}\pi_s dt = \frac{1}{r}(1 - e^{-rT})\pi_m + \frac{1}{r}e^{-rT}\pi_s$$

则整个行业的 R&D 期望利润即社会福利 $W(n, x)$ 为:

$$W(n, x) = \int_0^\infty \text{Prob}(\tau = t)e^{-rt}\Gamma_s dt - nx = \frac{\sigma(x)}{\sigma(x) + r}\Gamma_s - nx$$

所以,社会最优 R&D 投入 x^s 满足:

$$\left.\frac{\partial W(n, x)}{\partial x}\right|_{x=x^s} = \frac{r \cdot \sigma^1(x) \cdot \Gamma_s}{[\sigma(x) + r]^2} - n = 0 \tag{18}$$

企业均衡 R&D 投入小于社会最优 R&D 投入对应的条件为:

$$\left.\frac{\partial E(n, x)}{\partial x}\right|_{x=x^s} = \frac{\lambda'(x) \cdot [(n-1) \cdot \lambda(x) \cdot (\Gamma_m - \Gamma_w) + r\Gamma_m]}{[n\lambda(x) + r]^2} - 1$$

$$\leqslant \left.\frac{\partial W(n, x)}{\partial x}\right|_{x=x^s} = 0 \tag{19}$$

令 Γ_m^s 为式(18)取等号时的解,则有:

$$\text{当 } \Gamma_m < \Gamma_m^s \text{ 时}, x^* < x^s \tag{20}$$

$$\text{当 } \Gamma_m \geqslant \Gamma_m^s \text{ 时}, x^* \geqslant x^s \tag{21}$$

下面考察网络外部性的影响。

定理 3　随着网络外部性的增强,市场 R&D 激励日益不足。

证　由(20)式可知,当企业的 R&D 创新收益 Γ_m 在区间 $[0, \Gamma_m^s]$ 之内时,企业均衡 R&D 投入小于社会最优 R&D 投入,市场 R&D 激励表现为不足。

由(19)式可知,Γ_m^s 是 Γ_w 的增函数,所以,当网络外部性增强时,Γ_m^s 随着 Γ_w 的增加而增加,企业均衡 R&D 投入小于社会最优 R&D 投入的区间 $[0, \Gamma_m^s]$ 拉长,即市场 R&D 激励日益显得不足。

结　论

在网络外部性下,企业进行 R&D 投入除能够获得自身创新收益外,还可以从其他企业得到外部性收益。定理 1 表明,在同样的创新目标下,网络外部性的增强可以使企业 R&D 投入减少;定理 2 表明,企业在网络外部性下更容易进行过度竞争,因此更应对网络产业的 R&D 竞争度进行控制;定理 3 表明,市场 R&D 激励作用更有可能达不到社会福利最优,因而更需要政府的 R&D 激励行为。若基于 R&D 投入有效性考虑,则处于网络产业的大型对称性企业数最好为 3 个,这也印证了我们身边的现实,中国固定通信网络由中国电信、中国联通与中国吉通 3 家组成;而中国航空网络刚刚完成中国国际航空、中国东方航空与中国南方航空 3 大集团的重组。

参 考 文 献

Schumpeter J A, *Capitalism, socialism and democracy*, New York: Revision Edition, 1950.

Scherer F M, *Industrial market structure and economic performance*, 2nd ed, Chicago: Rand McNally, 1980.

Kaimen M I, Schwartz N L. , *Market and innovation*. Cambridge: Cambridge University Press, 1982.

Barzel Y, "Optimal timing of innovation", *Review of Econormics and Statistics*, 1968, 50(3):348-355.

Loury G C, "Market structure and innovation", *The Quarterly Journal of Economics*, 1979, 93(3):395-410.

Lee T, Wilde L L, "Market structure and innovation: A reformulation", *The Quarterly Journal of Economics*, 1980, 94(1):429-436.

Dasgupta P, Stigliz J, "Uncertainty, industrial structure, and the speed of R&D", *The Bell Journal of Economics Spring*, 1980(11):1-27.

Stewart M B, "Noncooperative oligopoly and preemptive innovation without winner-take-all", *The Quarterly Journal of Economics*, 1983, 97(4):681-694.

Ray D B, "Spillovers and innovative activities", *Internal Journal of Industrial Organization*, 1996, 15:1-28.

Grossman G M, Shapiro C, "Dynamic R&D competition", *The Economics Journal*, 1987, 97(6):372-387.

骆品亮、郑绍廉,《专利年限和专利宽度之优化问题》,《系统工程理论方法应用》1997 年第 2 期,第 19-53 页。

骆品亮、郑绍廉,《市场结构对企业 R&D 的激励研究》,《研究与发展管理》2001 年第 2 期,第 1-5 页。

骆品亮、向盛斌,《R&D 的外部性及其内部化机制研究》,《科研管理》2001 年第 5 期,第

56-63 页。

骆品亮,《市场结构内生的具有溢出效应的 R&D 竞争模型》,《系统工程学报》1997 年第 3 期,第 48-54 页。

Cabral L. , "On the Adoption of Innovation with 'Network' Externalities", *Mathematical Social Sciences*, 1990, 19:229-308.

Katz M, Shapiro C. , "Network Externalities, Competition and Compatibility", *Amenrican Economics Review*, 1985, 75(3):424-440.

Jürgen P, Wolfgang B. , "Vertical Corporate Networks in the German Automotive Industry", *International Studies of Management and Organization*, 1998, **27**(4):158-185.

银商之争的经济学分析：
从沃尔玛诉讼案到中国的罢刷事件[*]

骆品亮　　何之渊

摘　要　我国商家拒绝银行卡的罢刷行动与沃尔玛等商户集体诉讼 Visa 和 Mastercard 案均缘于商户、银行及银行卡组织的非合作博弈引发的利益冲突。本文在简单回顾银商之争历程后，从 POS 交易利益主体互动关系中剖析了银联组织的自然垄断特性及其造成的双重加价原理，并借鉴沃尔玛诉讼案的经验，基于产业组织理论从银联的结构性规制、银行卡市场的网络效应及价格听政等角度提出银商之争的若干解决思路。

关键词　银商之争，网络效应，自然垄断，双重加价

ABSTRACT　A combat between merchants and bank organization occurred in last year and provoked mass discussion in citizens and academia. Analogue to the case of class-action suit against Visa & MasterCard Co. led by Walmart, we find that conflict between merchants, issueing bank and bank organization due to their non-cooperative game is the main reason. This paper analyzes the network effect and thus the characteristics of natural monopoly of bank organization, and the double markups of transaction fees setting by issueing bank. This paper also gives some suggestions for solutions to the combat between merchants and bank organization from the view point of the theory of industrial organization and the implications of the case of class-action suit against Visa & Master Card Co. led by Walmart.

Key Words　combat between merchants and bank organization, network effect, natural monopoly, double markups

引　言

随着全球网络经济的迅猛发展，商家与消费者均对电子商务显示出高涨的热情。然而，2004 年爆发的"银商之争"导致电子支付系统几近瘫痪却使人们对网络神话产生许多迷惑与不解。商家之所以罢刷，是因为商场要向银行交纳

　＊　本文受上海市高校优秀青年教师后备人选科研项目(03YQHB014)与复旦大学文科科研推进计划金穗项目(03JS013)资助。原载《上海管理科学》2005 年第 2 期，后被中国人民大学书报资料中心《投资与证券》2005 年第 7 期全文转载。

1‰—2‰的刷卡手续费,使得许多利润率只有 1‰—2‰的零售企业难以承受,要求刷卡手续费降低 0.5 个百分点,而银行坚称成本高难以接受。由此爆发银商之争。

如果我们稍微详细回顾一下银商之争事件的过程,就可以更深刻理解双方各执一词的争论。2004 年 2 月深圳多家商家关于降低刷卡手续费率事项与银行进行多次交涉未果;4 月 27 日,深圳 42 家零售商向深圳所有国内发卡银行"发难",公开提出下调刷卡手续费率 0.5‰的具体要求;到了 6 月初,40 余家深圳零售商业企业以"内部系统维护"为名,联合拒绝刷卡两天。参加联合行动的商家几乎涵盖了深圳各种零售业界,其零售额超过深圳零售总额的 70‰。如此大规模的商户集体就刷卡手续费对银行进行发难,在国内尚属首次。6 月 6 日,部分商家欲与银联终止 POS 机协议;6 月 8 日,个别商家酝酿推出"现金价"、"刷卡价"的双轨价格方案,"刷卡价"比"现金价"贵 1‰,意味着银行卡手续费率将很有可能转嫁于消费者。与此呼应,上海永乐家电、好美家两大连锁企业罢刷。之后,"拒刷"之势又蔓延到重庆、温州、成都、北京等一些城市。6 月 16 日广州餐饮业协会近百家酒楼、餐厅等会员单位纷纷反映餐饮业刷卡费率太高,向银联方提出降低收费标准的要求。银商之争爆发后,由国家发展与改革委员会和中国人民银行成立的调查小组介入;6 月 28 日深圳的银商之争进入一个"冷静期"。随着国家发展与改革委员会和中国人民银行成立的调查小组介入,当地商家暂停了准备于 6 月 28 日进行的进一步"罢刷行动",银商之争告一段落后,但各方争论却远未停止(骆品亮,2004)。

在"银商之争"中,深圳商户为一方,他们的对手包括各发卡银行和中国银联公司。深圳商户的诉求包括:第一,降低刷卡交易费率;第二,认为银联通过《特约商户受理银行卡协议书》,封杀了商家和银行进行谈判的渠道,要求商户与银行直接交易;第三,打破银联垄断,引入竞争机制。

无独有偶,美国在一年前也刚刚结束一场"银商之争"。2000 年初,沃尔玛等四百万个零售商状告 Visa 及 MasterCard 两大信用卡公司(以下简称沃尔玛诉讼案),称这两家公司利用其信用卡市场的独占地位,支配借记卡的市场,向商家收取过高费用。经过近三年的诉讼,Visa 和 MasterCard 不得不做出让步,同零售商进行庭外和解,除同意向商户支付大额赔偿金外,还从 2003 年 8 月 1 日起大幅度调低签名借记卡的服务费率。

我国要发展电子商务,首先要大力建设电子支付系统。然而,这次银商冲突折射出了跨网交易费用正成为制约我国电子银行业发展的瓶颈因素,银行对商家——特别是零售企业——的电子银行交易征收的手续费正成为我国电子商务发展的拦路虎。对比上述两个案件,可以发现一个简单的道理:商户、银行及银行卡组织的非合作博弈引发的利益冲突是引发银商之争的导火线。因此,协调刷卡利益链上各个利益主体的关系便成为解决银商之争的出路。

　　本文旨在通过对 POS 交易网络经济特性的分析，阐述刷卡交易手续费价格制订中的双重加价原理，从深层次阐明银商之争的经济学成因；进一步，针对银联组织垄断转结服务以及银行受利益驱动的成本转嫁，参考美国沃尔玛诉讼案的经验，基于产业组织理论从银联的结构性规制及价格听政等角度提出解决银商之争的若干思路。

银商之争的经济学逻辑

（一）POS 交易的利益主体

　　POS 系统全称是自动授权销售终端系统（Point of Sales），是零售商业企业用来接收、存储销售数据，并将其传输到银行电脑或是授权网络，进行交易报告、取得授权和交易登记，为经营者提供决策依据的商业信息管理系统（李玉玲，2000）。采用 POS 系统进行电子支付十分便捷，消费者只需在 POS 终端"刷卡"并获得系统授权就可以轻松实现电子支付。

　　然而，看似轻松的"刷卡"，其背后并不轻松。一笔完整 POS 终端支付的实现离不开持卡人、商户、发卡行、收单行和银行卡组织的共同参与。交易过程充分体现了五方的利益：消费者使用 POS 支付获得便利的同时也要承担一定的代价——缴纳年费和借贷利息；商户接受刷卡支付对于方便消费者和提升销售额都有好处，但也需要付出代价——支付刷卡手续费。由于 POS 支付涉及到跨行交易，需要银行卡组织的介入，因此银行卡组织如银联、VISA、MASTERCARD 等，从提供网络平台和数据接入服务中获得一定的服务费。发行银行卡并为持卡人提供消费信贷服务的银行称为发卡行，它向持卡人收取年费和信贷利息。为商家提供结算服务的银行称为收单行，它按照交易额的固定比例向商户收取服务佣金——刷卡手续费，同时向发卡行支付一定比例的跨行交易费（interchange fee），以补偿发卡行在发展持卡客户，以及提供信息交换方面的投入。跨行交易费通常由银行卡组织制定，不同行业的交易费标准也不同。在错综复杂的利益关系背后，"跨行交易费"（interchange fee）是连接所有各方利益的纽带，对 POS 支付系统运行效率的影响作用尤为明显（Robert，2003）。图 1 表示了采用信用卡支付的 POS 交易利益主体的博弈关系。

（二）银行卡组织的自然垄断性

　　由图 1 看到，多家商户的 POS 系统组成了一个网络，网络的中心节点是转结中心，在我国即中国银联公司。POS 系统具有典型的网络效应与规模经济性，从而使得银联公司在一定程度上具有自然垄断性。

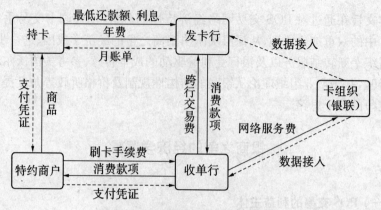

图 1　POS 交易利益主体的博弈关系

假设市场上共有 m 家银行,分别记做 B_1、B_2、B_3、$\cdots$、B_m,其中第 i 家银行拥有 $P(i)$ 名持卡用户;共有 n 家商户,分别记做 M_1、M_2、M_3、$\cdots$、M_n。考虑只携带银行卡的顾客,如果商户希望与持任何银行卡的客户完成交易,或者持卡人希望只使用一张银行卡就能够在任何一家商户消费,那么商户与发卡行需要就银行卡的使用达成协议,银行间也需要就跨行交易达成协议。

当市场上有一个银行卡支付中心时,以银联为例,该支付中心为各银行、商户提供交易中介服务,共需要进行 $m+n$ 次交易,商家、银行各需要进行一次交易。如果没有这样的中介,每家商户需要分别与 m 家银行达成协议;每家银行需要与 n 家商户达成协议,需要与其他 $m-1$ 家银行达成跨行交易协议,共需进行 $n+m-1$ 次交易;市场上总的交易数量是 $mn+1/2m(m-1)$ 次,如图 2 所示。

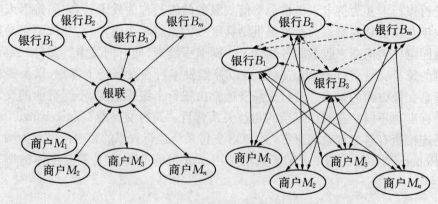

图 2　支付中心的自然垄断特性

假设商户与每家银行谈判的费用均为 C_1,与支付中心谈判的费用为 C_2。对于商户而言,通过支付中心与银行合作相对于直接与银行合作,节约的成本为 mC_1-C_2。对于整个市场而言,支付中心的建立可以大大减少交易次数,因此支付中心具有规模经济性与一定的自然垄断性。这种经济特性给规制带来了一定难度,也为"银商之争"的爆发埋下隐患。

(三) 刷卡手续费的双重加价原理

双重加价(Double-Markups)在 SMR(供应商—制造商—零售商)模型中广泛存在。制造商出于利润最大化的目的,制定批发价格,零售商再次出于自身利润最大目的,在批发价格基础上制定零售价格,导致最终市场价格高于制造商利润最大化价格,伤害消费者与制造商利益。在这里我们借用这种分析方法,结合 Betrand 竞争模型结果,揭示出"银商之争"爆发的深层原因在于银联的垄断地位,如图 3 所示。

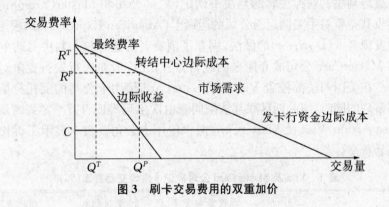

图 3　刷卡交易费用的双重加价

顾客在商户的 POS 终端上刷卡后,如果使用的是信用卡,发卡银行要垫付资金,承担资金的时间成本和信用风险;使用借记卡后,只发生简单的转账、结算等业务。这里把顾客刷卡使用单位资金时,银行付出的平均成本记为 C,依据利润最大化条件 $MC = MR$,银行会设定 R^P 的交易费率,市场上总的刷卡交易量为 Q^P。由前文的分析知,这种交易不可能发生,由于网络效应,各发卡行会选择统一通过转结中心交易。转结中心从各发卡行"批发"单位刷卡服务的成本是 R^P,依 $MC = MR$ 决策后,以 R^T 的"零售价格"售出。

按照 Betrand 竞争模型的基本结果,如果零售商充分竞争,最终零售价将非常接近于成本 R^P。鉴于目前国内银联的垄断地位,显然这种充分竞争是不存在的,这也是商家提出"银联封杀了商家和银行进行谈判的渠道,要求商户与银行直接交易"和"打破银联垄断,引入竞争机制"这两点诉求的根本原因。由于商户认为 R^T 与 R^P 有较大差距,有降价空间,加之行业利润率偏低(中国连锁经营协会的专门声明中指出:2003 年全国连锁企业的平均利润率仅为 0.92%,仅与刷卡手续费相当),"银商之争"爆发在所难免。

从图 3 可以看出解决"银商之争"的两个根本途径,是降低发卡行边际成本

以及降低 $R^T - R^P$ 值。下面主要围绕这两点并借鉴沃尔玛起诉案为解决银商之争提供思路。

沃尔玛诉讼案及其政策含义

(一) 沃尔玛诉讼案的结果与银联竞争

沃尔玛案的缘起要追溯到 1998 年 10 月,美国司法部指控 Visa 公司和 MasterCard 公司限制了竞争,违反了反垄断法。经过两年的案情分析后,被称为美国"信用卡业微软案"的 Visa、MasterCard 反垄断诉讼,在 2000 年 10 月 9 日作出最终判决。联邦法官的判决书认定,Visa 公司和 MasterCard 公司阻止商家接收其竞争对手美国运通公司的运通卡(American Express)和摩根士丹利公司的发现者卡(Discover)的做法,剥夺了消费者的选择权。判决书勒令 Visa 公司和 MasterCard 公司放弃原来的经营方针,允许股东银行发行竞争对手的信用卡。在美国司法部控告 Visa 及 MasterCard 信用卡公司的反托拉斯法诉讼仍在审理的同时,纽约西区联邦法院同意由沃尔玛等四百万个零售商集体诉讼(Class-Action)Visa 及 MasterCard 两大信用卡公司。表 1 显示了诉讼案前后的交易费率。

表 1　Visa 及 MasterCard 公司借记卡平均交易费率(%)

		诉讼案前费率	过渡期费率	现行费率
Mastercard	一般商户	1.77	1.19	1.23
	超市	1.20	0.71	0.64
Visa	一般商户	1.73	1.23	1.55
	超市	0.98	0.64	0.86

资料来源:Betz, Kip (2003)。

沃尔玛案零售商获胜的一个关键前提是 Visa 及 MasterCard 公司被裁定为具有垄断地位。我们可以看到,中国目前还没有反垄断的法律法规。在规制具有自然垄断性行业方面,只能通过行业内的政府机构以行政命令的方式来进行。在银行卡市场,中国人民银行扮演了这个角色。

中国人民银行对中国银行卡的发展起了巨大的推动作用,其先后发布了一系列法律法规,如《关于大力促进银行卡业务联合的通知》,《中国银联入网机构银行卡跨行交易收益分配办法》等,并亲自确定了刷卡费率。为整合资源,充分发挥规模效应,2002 年 3 月由 80 多家国内金融机构共同发起成立了中国银联股份有限公司,注册资本 16.5 亿元人民币。银联作为全国唯一的支付中心,一方面它隶属于央行,具有监督和平衡国内银行业的功能;另一方面,股份有限公司的身份,又表明了它是一个营利性机构。

随着中国银行卡市场的发展,这种规制逐渐变得不适应市场需求。进一步地,当这家机构被怀疑与行业内的某一方利益主体有千丝万缕的联系时,该行业的"弱势"选择极端行为的可能性就大大增加了。"银商之争"就是这一问题的集中爆发。据报道,在深圳"银商之争"中,深圳商家的行业代表曾透露:"据说随着政府的介入,银联方面可能会在刷卡资费上有所让步,但我们并不抱乐观的态度。以往的联合罢刷,也不过是为了表达一下郁闷的心情。"这反映出商家清醒地意识到自己处于被动地位。与此相反,沃尔玛等共400万家商户不仅声势更为浩大,甚至不惜经过长时间诉讼,付出高额诉讼成本,与两大信用卡巨头对簿公堂。

我们认为,银联的垄断地位已经扭曲了市场双方的力量对比,解决问题的思路应该从反垄断出发。中国经济在起步阶段追求"做大做强"是理所当然的,然而,这其中有些行业形成了带有计划经济色彩的垄断,有些行业经过改革开放20余年的快速发展后,已初现垄断的端倪,加上自然垄断行业,中国有必要未雨绸缪,逐步探索出行之有效的维护市场效率的手段。就银联而言,尽管具有自然垄断特性,但还是有进行适度竞争的可能。

以2G为例,欧洲与美国在标准竞争的选择就完全不同。所有欧洲国家都坚持GSM标准;而在美国则有4种不同的标准在市场中并存,其结果是技术迅速进步。这意味着竞争的收益可能会优于标准化的收益! 就有效性的角度而言,网络产业的大型对称性企业数量最好为3个(骆品亮,2003)。这也印证了我们身边的现实,中国固定通信网络由中国电信、中国联通与中国吉通3家组成;中国航空网络刚刚完成中国国际航空、中国东方航空与中国南方航空3大集团的重组。

参照美国的经验,我们认为应该可以对中国银联的市场垄断地位进行规制。一方面,对其进行结构性分拆;另一方面,适当成立新的银行卡组织,引入竞争机制;再一方面,对银联的网络服务接入费用进行价格规制,比如采用有效元素定价(ECPR)方法或Ramsey的基于机会成本而非会计成本的定价方法(骆品亮,2002)。

(二) 凸现中国银行卡市场的网络效应

目前中国的银行卡业务格局初成,截至2004年6月底,我国已发行银行卡7.14亿张,发卡机构110多家。包括所有地级城市及300多个经济发达的县级市在内的684个城市实现银行卡联网通用。银行卡特约商户接近30万家。2004年全国银行卡交易总额达到18万亿元,跨行交易总额达12万亿元,交易金额3 801亿元,后两项指标分别比上年增长90.2%和111.9%;银行卡同城交易成功率达88.22%,异地跨行交易成功率达81.19%。

而美国银行卡市场发展的历史要长得多,主要支付中心Visa和Master-

Card 的规模也要大很多。Visa 公司是世界最大的支付系统，发卡数量超过其他所有主要支付卡的总和。该公司在全球拥有 2.1 万家金融机构及发卡单位，目前全球市场上共有 10 亿多张 Visa 卡、Visa 电子卡、Visa 现金卡、Interlink 和 plus 卡。Visa 品牌产品的年交易额达到 1.6 万亿美元，被世界 1 900 多万个地点所采用。MasterCard 公司拥有全球最全面的支付品牌，拥有 2.2 万个会员金融机构，目前已在全球发行 10 亿多张各种信用卡、支付卡和借记卡。MasterCard 国际组织于 1988 年进入我国，目前国内主要商业银行都是其会员。

1993 年，中国人民银行开始推行金卡工程后，各银行开始斥资打造银行卡的前期业务——发行银行卡，铺设 POS 机等，其相应的收入主要来自三个方面：持卡者交纳的年费，持卡者因过期透支而支付的利息和滞纳金，以及商户使用刷卡系统而缴纳的手续费。但大多数持卡人尚没有透支消费的心理，银行收取的利息和滞纳金较为有限。大量的银行卡对客户是免费提供的，因此银行获得的年费收入很少。由于前两项收入微薄，商家交纳的手续费成为银行卡收回成本的重点。而在银行卡行业最发达的美国，利息收入占到整个银行卡业务的 12.28%（中国人民银行，1999；孙洋，2003）。

中国银行卡市场走出困境的根本办法还是做大蛋糕。"银商之争"中，银行由于在银行卡业务上盈利手段单一，前期投入巨大，降费即使有心，其力也不足。美国的经验表明，随着银行卡市场的进一步发育，银行能够降低边际成本，从而降低第一重加价的价格，最终降低市场刷卡交易费率。

（三）建立并完善价格听证制度

根据中国人民银行的规定，目前刷卡手续费的确定方法为：对宾馆、餐饮、娱乐、珠宝金饰、工艺美术品类的商户，发卡行的固定收益为交易金额的 1.4%，银联网络服务费为交易金额的 0.2%；对一般类型的商户，发卡行的固定收益为交易金额的 0.7%，银联网络服务费为交易金额的 0.1%；对航空售票、加油、超市等类型的商户，发卡行固定收益及银联网络服务费比照一般类型商户减半收取，即发卡行的固定收益为交易金额的 0.35%，银联网络服务费为交易金额的 0.05%（中国人民银行，2004）。

沃尔玛案先后举行了 20 余次听证会，听证会由银行卡组织、银行、商户、消费者及有关专家参加。而我国在"银商之争"事件愈演愈烈的时候，央行派出工作组听取意见，稳定情况。显然，在听证会模式下，争端各方及最终利益相关者——消费者——可以充分交流，并向规制者反映情况。但派出工作组的形式更多的带有行政色彩，消费者难以参与，商户也容易产生被压制的感觉。

央行统一制定费率标准并以文件形式发布，是规制自然垄断企业的途径之一。但最新的费率标准自 2004 年 6 月 1 日起开始实施，与上一个费率标准开始施行的时间间隔三年之久，故不论该标准合理与否，其时效性值得怀疑。若能定期举行价格听证，及时更新费率，会加强费率标准的适用性。更为重要的是,听证制度提供给商家一个参与的渠道,而不是只能通过"罢刷"才能取得对话的资格。

(四) 加强企业信息化建设力度

企业选择"罢刷"策略,从侧面说明企业通过 POS 系统获得的管理收益较为有限。从技术角度来看,POS 系统的应用可以分为两个层次:一是传统应用阶段,以独立的收银机为主要形式,基本功能是销售结算和收据打印;二是现代应用阶段,以具有较为完善、系统的商店内布局与信息网的 POS 系统为主要特征,其系统功能已扩展至全面收集和加工利用有关商品销售信息,并且在信息处理、分析等各方面为零售企业的经营决策提供支持。可以看到,POS 系统的使用不仅可以节约收银员的人工成本,节约管理大量现金付出的成本,而且是零售企业信息管理系统的重要组成部分。POS 系统的有效运用有助于零售商获取十分完备的商业信息,对企业及时掌握经营状况和经营业绩,强化对商店的经营管理,提高工效,加强对顾客的服务管理有重要的作用。加强企业信息化建设,不仅能促进企业的管理水平,也能起到"避震器"的作用。

商户采取"罢刷"的断然行动,与中国客户尚未形成以刷卡消费为主要付款方式的习惯也有关系。随着中国银行卡市场的快速发展,银行获得规模效益,边际成本降低、转结中心获得的网络外部性增多,成本降低、客户消费习惯进一步变迁,商户"罢刷"面临的潜在损失会增大,相信类似事件不会再次发生。

参 考 文 献

骆品亮,《银商之争透视》,复旦大学管理学院 MBA《定价策略案例集》2004 年 9 月。

骆品亮、李治国,《具有外部性收益的 R&D 竞争策略》,《复旦学报》(自然科学版)2003 年第 5 期,第 685—691 页。

骆品亮、林丽闽,《网络接入定价与规制改革:以电信业为例》,《上海管理科学》2002 年第 2 期,第 14—17 页。

李玉玲、闫涛蔚,《试论 POS 系统在我国零售业中的有效应用》,《商业研究》2000 年第 8 期,第 136—138 页。

孙洋,《POS 终端功能日趋多样化》,《金卡工程》2003 年第 7 期。

中国人民银行,《中国银联入网机构银行卡跨行交易收益分配办法》,2004 年 3 月 1 日。

中国人民银行,《中国人民银行关于调整银行卡跨行交易收费及分配办法的通知》,2001 年 10 月。

中国人民银行,《关于大力促进银行卡业务联合的通知》1999 年 3 月 9 日。

US court rules against MasterCard and Visa, *Card Technology Today*, Volume:2001, Issue:11, November 30, 2001:3.

MasterCard and Visa lose court decision, *Card Technology Today*, Volume:14, Issue:7—8, July 1, 2002:3.

Robert M. Hunt(2003),"An Introduction to the Economics of Payment Card Networks", *Review of Network Economics*, Vol. 2, Issue 2 – June2003.

Betz, Kip, "MasterCard, Visa to Pay ＄3 Billion to Resolve Card Suit; Will Modify Debit Card Policy, Fees", *BNA Banking Report*, 2003, 80:739-40.

Balto, David, "Creating a Payment System Network: The Tie That Binds or an Honorable Peace?" *The Business Lawyer*, 2000, 55:1391-1408.

Patrick Rey and Jean Tirole, "The Logic of Vertical Restraints", *American Economic Review*, Vol. 76(1986), pp. 921-936.

Yongmin Chen "Oligopoly Price Discrimination and Resale Price Maintenance," Rand Journal of Economics, Autumn 99, Vol. 30, No. 3:441-455.

什么推动了房价的上涨
——来自上海房地产市场的证据[*]

屠佳华　张　洁

摘　要　本文采用"单位根检验"(unit root test)，EG 两步法(Engle and Granger, 1987)和 VAR 模型(Sims, 1980)对上海房地产市场从 2000 年 7 月到 2004 年 3 月的月度数据进行分析。结果发现，影响中房上海综合指数变动的主要因素有房地产投资占固定资产投资的比重、人均可支配收入(pdi)、空置面积的变化率，并且上房指数滞后一期对其自身走势也有很大影响。而人均 GDP、人均消费支出等变量对房价的影响不显著。另外，一些政策如"取消购房契税补贴"和"暂停购房抵扣个人所得税"对房价的攀升起到抑制作用；但贷款利率下调影响不明显。我们还发现，世博会申办成功对上海房市有明显的推动作用。

关键词　EG 两步法，VAR 模型，误差修正模型，中房上海指数

ABSTRACT　We analyze the month real estate index of Shanghai from July 2000 to March 2004 through unit root test, EG two-step standard and VAR model. We find the main determinants which affect the China Real Estate Index of Shanghai(CREISS) including the ratio of real estate investment to fixed asset investment, PDI, variability of vacancy dimension. And one-period delay of CREISS has also large impact on itself. However, other factors such as GDP per capita and consumption expenditure per capita have no distinctive impact on CREISS. Furthermore, some policy such as "cancellation of taxation in deeds for housing", "suspension of individual income tax credit for housing" hold down the rising of the real estate price. The descent of loan interest has no important effect on CREISS. Otherwise, the success of Centennial International Exposition application in Shanghai has positive effect on the real estate price of Shanghai.

Key Words　EG two-step standard, VAR model, error correct model, China real estate, index system of Shanghai.

引　言

过去 5 年，全国房地产开发投资年均增长 19.5%，房地产开发投资占固定

＊　原文发表于《世界经济》2005 年第 5 期。

资产投资的比重由 12.7% 提高到 17.9%。房地产开发投资增长直接或间接拉动的国内生产总值增长每年保持在 2 个百分点左右,房地产业已经成为我国国民经济的支柱产业。但同时由于我国房地产发展很不平衡,近年来局部地区和个别城市的房价增长很快,已经引起了从普通老百姓到学界以及政府有关部门对房地产市场价格问题的广泛关注。国家发展改革委提供的数据显示,2004 年第 1 季度,全国房屋销售价格比去年同期上涨 7.7%。分类别看,在商品房销售价格中,住宅价格上涨 7.6%,其中,经济适用住房和普通住宅销售价格分别上涨 5.2% 和 7.7%,豪华住宅销售价格上涨 7.9%。非住宅用房销售价格上涨 7.4%。

对于房地产价格的决定和影响因素分析,研究者们从不同角度进行了考察。张红、李文诞(2000)以动态资本市场分析为基础,运用住宅价格回归模型和二次曲线趋势模型对北京市商品住宅价格的变动趋势及影响因素进行了实证分析,认为影响住宅实际价格的因素主要是住宅实际建造成本和实际国内生产总值,其中实际建设成本对住宅价格的影响作用非常显著。马思新、李昂(2003)通过 Hedonic 理论和方法研究了北京商品住宅价格的影响因素,选取区位、总层数、绿化率、物业费用、车位租金、厨卫装修标准、供水、通讯、物业状态为影响因素进行拟合,认为区位、物业费用、厨卫装修等因素对价格影响显著。杨超、卢有杰(2003)选取城市人口、居民收入水平、物价水平、开发成本和投机因素作为变量,讨论了北京房地产价格决定和泡沫含量。

在从宏观经济角度出发进行研究的文献中,早期的研究所选取的指标比较简单,一般认为从长期的角度来看,房地产价格与宏观经济情况保持一致。20 世纪 90 年代后,国外研究者综合考虑了各种宏观因素对房地产价格的影响,选取了包括住宅价格指数、可支配收入、人口相关指标、住宅市场控制率、失业率、建筑成本、滞后因子等指标,考察了不同宏观经济因素对城市房地产价格的影响,采用的方法主要是存量—流量模型、代表性个人模型等。清华大学的沈悦、刘洪玉(2003)进行了中国房地产价格指标与宏观经济指标之间关联的研究分析,讨论了房地产价格与价格指数、城镇居民收入支出相关经济指标、国内生产总值的关系。沈悦、刘洪玉(2004)通过对 1995—2002 年中国 14 个城市的考察认为,经济基本面对住宅价格水平的解释模型存在着显著的城市影响特征,近年来各城市住宅价格的增长已经无法很好地用经济基本面和住宅价格的历史信息来解释。

本文选取上海地区为研究对象来考察影响中房上海综合指数变动的主要因素。之所以将研究的重点放在上海,有以下三点原因:首先,因为上海近年来房地产价格上涨的幅度较大,上涨幅度大大高于全国平均水平。据国家统计局发布的《2003 年全国房地产开发市场景气状况报告》显示,2003 年,上海市商品房平均价格达到每平方米 5 118 元,首次超过北京成为全国房价最高的省份城市。此外,上海房价还以 24.2% 的增长速度成为全国房价增长最快的省份和地区之一。其次,从近三年全国房地产业的发展来看,长三角是一个快速增长的地区,上海又是长三角地区房地产业领涨的龙头,因此深入分析上海的房地产价格走势和影响因素,具有非常重要的理论和现实意义。第三,根据文献查阅情况,到目前为止还没有系统的针对上海房地产市场的以时序数据为基础的实证研究,希望我们的工作能对上海乃至全国房地产市场价格研究提供一个实证的支持,并在此基础上提出相应的政策建议。

图1显示了中房上海指数办公室发布的2000年7月至2004年3月的中房上海综合指数、中房上海住宅指数、中房上海办公室指数的走势,三大指数分别从2000年7月的705点、957点、906点上升到2004年3月的1 212点、1 262点、1 196点,升幅分别达71.9%、31.9%和32.0%。尤其值得注意的是进入2003年后中房上海综合指数的增长速度明显提高,2000年7月到2002年12月的两年半时间里,指数上升186点,平均升幅为26.4%,而从2003年1月到2004年3月,指数上升了310点,平均升幅达到34.4%。

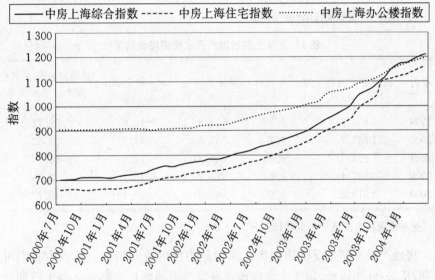

图1　上海房地产的价格变化(2000—2004)

资料来源:上海市房地产估价师协会网站http://www.valuer.org.cn

现有的房地产价格理论认为,影响房地产价格的因素包括房地产开发投资额、居民收入水平、商品房竣工面积、销售面积和税费政策调控等等。本文采用"单位根检验"(unit root test),EG两步法(Engle and Granger,1987)和VAR模型(Sims,1980)来研究到底哪些因素在上海房地产市场价格变动中起了重要的作用,并提出相应的政策建议。采用这些方法的原因有两个:第一,研究房地产价格的变动一般采用时序数据,必须用协整方法来克服虚假回归问题;第二,由于影响房地产价格的变量如房地产投资额等往往都是内生的,除了用工具变量来替代内生变量这一方法外,用VAR模型可以帮助我们找出变量间的长期均衡关系来解决内生性问题。

　　本文第二部分将讨论影响房地产市场价格变动的主要因素;第三部分用
EG 两步法对数据进行分析,找出变量间的长期均衡关系;第四部分再对数据作
VAR 分析;第五部分得出结论并提出政策建议。

影响房地产价格的因素

　　1. 人均 GDP。

　　人均 GDP 是反映一个地区经济发展的重要指标,2003 年上海人均 GDP
已突破 5 000 美元。上海经济的高速增长和城市建设日新月异,大大提升了房
地产业的发展空间。同时,上海市房地资源管理局提供的数据显示上海房地产
业增加值占上海 GDP 的比重逐年提高,从 1990 年的 0.5% 上升到 2003 年的
7.4%。在上海 GDP 两位数的增长中,约 1 个百分点是房地产业直接贡献的。

　　2. 房地产投资额(investment)。

表 1　近年上海房地产开发投资增长情况　　　　　　　　　(亿元,%)

年份	固定资产投资	环比增长率	房地产投资	环比增长率	房地产投资占固定资产投资的比重
1999	1 856.7	−5.5	514.83	−10.8	27.72
2000	1 869.7	0.7	551.86	7.2	29.52
2001	1 994.7	6.69	620.31	12.4	31.1
2002	2 187.1	9.64	720.2	16.1	32.93
2003	2 213.2	1.2	901.2	25.13	40.72

　　资料来源:《上海统计年鉴》(1999—2003 年)。

　　房地产投资额是反映房地产市场供给力度的重要指标。从表中我们可以
看到,从 2000 年以来,每年上海房地产开发投资的增长率都远远高于同期全社
会固定资产投资的增长率,投资额从 1999 年的 514.83 亿元,一路增长到了
2003 年的 901.2 亿元,增幅达 75%。特别是 2003 年在上海市严格控制固定资
产投资的情况下(环比增长率由 2002 年的 9.64% 下降到 2003 年的 1.2%),房
地产开发投资额的增长率却不降反升,环比增长率由 2002 年的 16.1% 上升到
2003 年的 25.13%。相应地,房地产开发投资占全社会固定资产投资的比重也
由 1998 年的 27.72% 上升到 2003 年的 40.72%。需要指出的是,中房指数对房
地产投资额也有影响,即它自身的大幅增加可能是中房指数持续上升刺激房地
产开发商加大投资规模的结果。所以房地产投资额应该看作是一个内生变量。

　　3. 商品房竣工面积 (completespace)和销售面积(salespace)。

　　前者是供给变量,后者是需求变量。两者对房价的影响正好相反。竣工面

积的增加应该对房价有抑制作用,销售面积的增加反映了人们购房需求的旺盛,会刺激房价的上涨。数据显示,2003 年上海市商品房竣工面积为 2 491.84 万平方米,较 2002 年增长 507.84 万平方米,增幅达 25.6%,同时商品房销售面积为 2 376.4 万平方米,比上年增长 415.8 万平方米,增幅为 21.2%,上海市房地产市场呈现供销两旺的局面。当然,这两个变量也是内生的,两种面积的增加可能受到中房指数上升的影响,前者可能是房价上升预期刺激了供给的增多,后者是由于消费者怕房价继续上涨而提前买入的结果。

4. 人均可支配收入（PDI）和人均消费支出（PCE）。

人均可支配收入是反映个人购房能力的指标,一般来讲,人均可支配收入越多,购房的能力就越强。上海人均可支配收入持续快速增长,从 1998 年的 8 773元上升到 2003 年的 14 867 元,6 年内增长了 69.47%。

而人均消费支出与房价的关系可以从两个方面加以考虑。首先,我们知道,人均消费支出不包括购房消费,所以在个人可支配收入一定的情况下,人们在食品、衣着、家用设备、医疗保健、交通通信、教育娱乐等方面的支出越多,花在购房上的钱就越少,两者有替代关系;但反过来,人们在购房以外的开支增加可能正是房价高攀的结果。从 1999 年起,房价/家庭年收入比这一反映家庭对房价承受能力的指标一直维持在 8.3:1 左右,2003 年更是达到了 8.83:1,远高于国际上 3:1—6:1 的合理水平。人们在买不起房子的时候会把钱花在相对便宜的吃穿上。所以人均消费支出也应该是一个内生变量。

5. 贷款利率。

自 2002 年 2 月 21 日起,中国人民银行下调了人民币存贷款利率。个人住房商业贷款利率相应下调,5 年期以内由 5.31% 降为 4.77%,5 年以上的由 5.58% 降为 5.04%;个人住房公积金贷款利率,5 年期以内由 4.14% 下调为 3.6%,5 年以上由 4.59% 下调为 4.05%。一般来讲,贷款利率下调会刺激消费者的购房需求,造成房价的上升(袁志刚、樊潇彦,2003)。

6. 政策因素。

1998 年 6 月 1 日至 2003 年 5 月 31 日期间,上海市推出了购房抵扣个人所得税的优惠政策;1999 年 7 月在购房契税优惠税率 1.5% 的基础上由地方财政补贴 0.75%,购房者只需缴纳 0.75%,从 2002 年 9 月 1 日起取消购房契税的补贴;对符合条件的外地购房者实行办理蓝印户口制度,已于 2002 年 4 月 1 日起停办。这些原来直接刺激房产复苏的政策现已取消。

7. 利好消息。

2002 年 12 月 3 日世博会申办成功在短期内极大的刺激了房地产市场的发展,中房上海综合指数从 2002 年 10 月的 867 点上升到 2004 年 3 月的 1 212 点,一年半时间内上升了 345 点,平均升幅高达 39.9%。在长期内,世博会的申办成功也将为上海房地产业发展提供新的机遇。据测算,用于世博会园区建设的直接投资将达到 250 亿元,由此带动基础设施建设的投资约 1 300 亿元—2 500亿元,这必将拉动旺盛的投资需求。

数 据 和 样 本

本文所有的时序变量均为上海地区从 2000 年 7 月到 2004 年 3 月的月度数据(所有数据都作了季节平滑处理,以消除季节效应)。被解释变量 Y 取自上海市房地产估价师协会网站上公布的每月中房上海综合指数(composite)①,其他解释变量来源于《中国经济景气月报》和《中国经济统计快报》2000 年 7 月—2004 年 3 月各期。为了处理解释变量的内生性问题,我们采用以下两种方法:一是尽可能找到内生变量的工具变量(与内生变量相关而与残差无关),用 EG两步法分析变量间的协整关系;二是把内生变量与被解释变量 Y 放在一起建立VAR 模型,并通过脉冲反应函数图和方差分解图来考察这些变量对 Y 的影响。

EG 两步法所包含的解释变量有:

1. 人均工业增加值(*industryadd*),预计该变量的系数为正。

由于没有人均 GDP 的月度数据,我们以人均工业增加值②作为代理变量。由于近年来上海工业产值占全市 GDP 的比重一直稳定在 42% 左右,人均工业增加值应是人均 GDP 较好的代理变量。且用人均工业增加值作为代理变量还可以削弱与人均可支配收入(pdi)和人均消费支出(pce)的多重共线性问题。

2. 房地产投资占固定资产投资的比重(*investratio*),预计该变量的系数为负。

房地产投资占固定资产投资的比重的大小还与其他行业的固定资产投资额有关,能有效地削弱内生性问题。另外,考虑到房地产投资周期长,有滞后效应,我们对该变量取滞后三期放入回归模型一起加以考察(为了保留足够的样本数量,我们不考虑三个月以上的滞后)。

3. 商品房空置面积 (*hollowspace*),预计该变量的系数为负。

商品房空置面积等于商品房竣工面积减去销售面积,它是一个反映房地产市场供求变化的指标。它能较好的消除内生性问题,因为一般来讲,房价的波动是供求关系相互作用的结果而不是原因。

4. 人均可支配收入(*PDI*),预计该变量的系数为正。

---

① 中房指数以 1994 年第 4 季度为基期,以基期北京房地产市场价格总体水平为基准,定为 1 000点。然后将北京各报告期价格水平与基期比较得出相应报告期中房北京指数值。上海在基期通过计算与北京的比价指数,确定相应的基期指数值,相应的报告期再与基期比得到相应中房上海综合指数。

② 从理论上讲,人均 GDP 对房价的影响是"财富效应",人均工业增加值对房价的效应是"景气效应",两者影响不同。但从实证的角度看,由于人均工业增加值是人均国内生产总值的重要组成部分,两者正相关,且前者与随机扰动项不相关,可以作为代理变量。并且它也是我们目前能找到的唯一一个能够代理"人均国内生产总值"(月度)的指标,我们希望在以后的研究中能够找到更好的变量来代替它。这里要感谢匿名审稿人的建议。

据统计,人均消费支出占人均可支配收入的比例从 1998 年起一直在 75%
左右波动,表现出高度的正相关关系,且人均可支配收入是一个严格的外生变
量,为了克服多重共线性和内生性问题,我们选择人均可支配收入作为解释变
量。人均消费支出对中房指数的影响我们放到 VAR 模型中加以考察。

5. D1:这个虚拟变量以 2002 年 9 月为分界点,考察取消购房契税的补贴
对上海房市的影响,预计该变量的系数为负。

6. D2:这个虚拟变量以 2002 年 4 月为分界点,考察停办蓝印户口的政策
对上海房市的影响,预计该变量的系数为负。

7. D3:这个虚拟变量以 2003 年 6 月为分界点,考察暂停购房抵扣个人所
得税的优惠政策对上海房市的影响,预计该变量的系数为负。

8. D4:这个虚拟变量以 2002 年 12 月为分界点,考察世博会申办成功对上
海房市的影响,预计该变量的系数为正。

9. D5:这个虚拟变量以 2002 年 3 月为分界点,考察个人住房商业贷款利
率下调对上海房市的影响,预计该变量的系数为正。

各变量的取值均为原统计数据的自然对数值,这样做的好处是:一方面可
以避免异方差问题,另一方面回归系数可以理解为一种"弹性"系数,具有很好
的经济学含义。

对各变量进行 ADF 检验,结果发现:

变　　量	一阶差分平稳	二阶差分平稳
composite		−4.491 193(3)***
industryadd	−4.954 267(3)***	
investment	−4.356 078(1)***	
investratio		−4.247 465(1)***
completespace		−4.417 957(3)**
salespace	−3.601 097(1)*	
hollowspace		−4.596 651(2)**
pdi	−3.261 146(2)*	
pce	−5.504 269(2)***	

注:***,**,*分别表示在 1%、5%和 10%水平上显著;括号内的数值为扰动项的
滞后阶数。

所谓 EG 两步法是指第一步对同阶平稳的变量作 OLS 回归,第二步对回归
后的残差(resdi)作 ADF 检验,如果残差不存在单位根,则说明回归变量之间存
在长期的协整关系。由于 EG 两步法要求回归变量必须是同阶平稳的,所以我
们对二阶差分平稳的四个变量作一阶差分,可以理解为变量的变化速度,如被
解释变量 Y 变为中房上海指数的变化率,则:$Dcomposite\ t = \ln($中房上海指
数$)t - \ln($中房上海指数$)t - 1$。

考虑到中房上海指数的滞后期会对中房上海指数本身产生影响,我们在 EG 两步法的第一步建立自回归分布滞后模型(同样的原因,为了保留足够的样本数量,我们不考虑三个月以上的滞后)[①]:

$$Dcomposite_{tt} = C + \beta_1 Dcomposite_{t-1} + \beta_2 Dcomposite_{t-2} + \beta_3 Dcomposite_{t-3}$$
$$+ \beta_4 Dinvestratio_t + \beta_5 Dinvestratio_{t-1} + \beta_6 Dinvestratio_{t-2} + \beta_7 PDI_t$$
$$+ \beta_8 industryadd_t + \beta_9 D\,hollowspace_t + \beta_{10} D1 + \beta_{11} D2 + \beta_{12} D3 + \beta_{13} D4$$
$$+ \beta_{14} D5 + \varepsilon_{i,t}$$

消除系数 t 值不显著的变量,得到拟合程度最理想的结果如下:

$$Dcomposite = \underset{(0.180\,680)^*}{0.368\,122^*} Dcomposite(-1) + \underset{(0.002\,881)^{**}}{0.006\,620^*} Dinvestratio$$
$$+ \underset{(0.000\,321)^{***}}{0.002\,028^*} PDI - \underset{(0.000\,008\,12)^{***}}{0.000\,018\,6^*} Dhollowspace - \underset{(0.001\,716)^{***}}{0.006\,079^*} D1$$
$$- \underset{(0.002\,983)^{**}}{0.008\,368^*} D3 + \underset{(0.001\,273)^{***}}{0.004\,152^*} D4 \tag{1}$$

$$T = 45, \text{调整后} R^2 = 0.573\,518, \ S.E. = 0.004\,656, \ DW = 2.262\,442,$$
$$F = 5.930\,802, \ LM(1) = 0.338, \ LM(2) = 5.00,$$
$$ARCH = 0.345$$

(注:***,**,*分别表示在 1%、5%和 10%水平上显著;括号内的数值为标准差)

对上式的残差项($resid$01)作 ADF 检验,发现不存在单位根(ADF = $-2.014\,208$,在 5%的水平上显著),说明上述变量间有长期的协整关系。

式中,$LM(1)$ 和 $LM(2)$ 分别是检验随机项一阶和二阶自相关的统计量。因为 $LM(1) < \chi^2_{0.05(1)} = 3.84$,$LM(2) < \chi^2_{0.05(2)} = 5.99$,所以不存在自相关。式中 $ARCH$ 是检验随机项是否存在异方差的统计量。因为有 $ARCH < \chi^2_{0.05(1)} = 3.84$,所以不存在异方差。

回归结果显示,对中房上海指数变化率有影响的变量有 $Dcomposite(-1)$、$Dinvestratio$、PDI、$Dhollowspace$、$D1$、$D3$、$D4$,而人均工业增加值($industryadd$)对中房上海指数的决定没有显著影响。

具体来看:(1) $t-1$ 期 $Dcomposite$ 的变化将以 0.365 052 的比例导致 t 期 $Dcomposite$ 的变化,这说明上房指数有一种"适应性预期"的调整机制,人们对房价的看涨预期对上房指数的攀升起着重要的推动作用。

(2) 房地产投资占固定资产投资的比重的变化率($Dinvestratio$)每提高 1%,中房上海指数$_t$/中房上海指数$_{t-1}$ 将上升 0.67%。这似乎与我们的预期不符,因为一般来讲,投资额越大,供给越多,房价应越低。但应考虑到房价的高

---

① 由于我们选取的是月度数据,出于谨慎考虑,我们对各变量都加了 3 期滞后项重新作了回归,但新加的滞后项确是不显著的。

低与房子本身的造价有关,据统计,2003 年上半年上海预售商品房面积在 100 平方米以上的房型占总数的 83.2%,则对高档房投资的增多反而推动房地产价格的上升。

(3)人均可支配收入(PDI)每增加 1%,中房上海指数的变化率上升 0.203%,且 t 值在 1% 的水平上显著,说明人均可支配收入的提高对房价有很大的影响,实际购买力的增强为上海房地产市场的发展提供了强有力的支持。

(4)反映供求关系的空置面积的变化率(Dhollowspace)的 t 值在 1% 的水平上显著,且变量前的系数为负,说明供求的变化对上海房价的波动有显著的影响。在增量上,当竣工面积超过销售面积的时候,过快上升的房价能够得到有效的抑制。

(5)D1,D3 两个虚拟变量的 t 值很显著,且符号为负,说明针对上海市民的"取消购房契税补贴"和"暂停购房抵扣个人所得税"这两个政策对上海房价有抑制作用,而针对外来购房者的"停办蓝印户口"政策没有什么影响。究其原因,上海市民依然是购房主体,据上海市房地产交易中心统计,2003 年上半年上海预售商品房的购买对象中上海市民占了 75.6%,而外地购房者只有 18.4%,而且,外地购房者来上海买房以投资目的为主,对于是不是能拿到蓝印户口成为上海人可能并不关心。

(6)D4 这个虚拟变量的 t 值很显著,且符号为正,说明世博会申办成功对上海房市有明显的推动作用。但贷款利率下调(D5)对上海房市的影响在我们的这个回归方程中并不显著(t 值很小),表明人们的购房行为对利率并不敏感。

为了验证上述的长期均衡关系在短期内是否仍然成立,我们把上式中的误差项看作"均衡误差",并利用这个误差项把中房上海指数(Dcomposite)的短期变化与它的长期值联系起来,建立误差修正模型(ECM):

$$\Delta Dcomposite = -\underset{(0.073\,003)^{***}}{0.233\,085^{*}} \quad \Delta Dcomposite\,(-1) + \underset{(0.002\,155)^{**}}{0.005\,785^{*}} \quad \Delta dinvestratio$$

$$+\underset{(0.011\,502)}{0.019\,321^{*}} \Delta PDI - \underset{(0.000\,009\,4)^{**}}{0.000\,025\,5^{*}} \quad \Delta dhollowspace - \underset{(0.228\,334)^{***}}{1.199\,595} \quad (resid01(-1))$$

$$T = 45, 调整后 R^2 = 0.689\,579, S.E. = 0.004\,681, DW = 2.268\,099,$$
$$F = 10.996\,43, LM(1) = 0.414, LM(2) = 1.28,$$
$$ARCH = 0.078\,9$$

(注:***,**,* 分别表示在 1%、5% 和 10% 水平上显著;括号内的数值为标准差)

其中,Δ 表示一阶差分;resid01(-1)是(6.1)式残差的一期滞后值,作为均衡误差项的经验估计。(resid01(-1))前的系数表示误差修正项对 Δdcomposite 的调整速度。回归结果显示,该系数 t 值在 1% 的水平上显著,说明中房上海指数(Dcomposite)的实际值与均衡值的差距能很快被校正。又由于误差修正项($resid01(-1)$)前的系数为负,这个结果与误差修正的负反馈机制相一致。即当 Y_{t-1} 的值高于(或低于)与 X_{t-1} 相对应的均衡点的值时,误差修正项的负值系数对 t 期的值有反向调整作用,从而导致 t 期的 Y_t 值回落(或上升)。

VAR 分 析

由于工具变量不能完全消除内生性问题,且为了分析内生变量的冲击效应对中房上海指数的动态作用机制,我们把各内生变量($salespace$、PCE、$invest\text{-}ment$)与被解释变量 Y 放在一起建立 VAR 模型。VAR 模型是用模型中所有当期变量对所有变量的若干滞后变量进行回归。它用来估计联合内生变量的动态关系,而不带有任何事先约束条件,能够较好解决内生性问题。

在建立 VAR 模型之前应该先确定最大滞后期 k。因为如果 k 太小,误差项的自相关有时很严重,会导致被估系数的非一致性,所以通过增加 k 来消除误差项中存在的自相关。但是,k 又不能太大,因为如果 k 太大会导致自由度减少,并直接影响被估参数的有效性(张晓峒,2000)。所以,本文在建立 VAR 模型之前,先采用由内曼-皮尔逊(Neyman-Pearson)1928 年提出的似然比(LR)统计量来确定 k 值。LR 统计量的定义为:$\mathrm{LR} = -2(\log L_k - \log L_{k-1}) \sim \chi^2_{(N^2)}$,其含义是 LR 统计量渐近服从 $\chi^2_{(N^2)}$,其判别标准是,如果 LR 统计量的值小于临界值,则认为新增加的滞后变量对 VAR 模型毫无意义。按此方法,VAR(1)的极大似然函数值为 $\log(1) = 64.869$,为检验 $k = 1$ 是否足够大,估计 VAR(2),得 $\log(2) = 73.498$。依据上述定义:

$$\mathrm{LR} = -2(\log(1) - \log(2)) = -2(64.869 - 73.498) = 17.258 < \chi^2_{0.05(16)} = 26.296$$

所以 $k = 1$ 应为最大滞后变量,或者说建立 VAR(1)是可行的。

考虑到各变量之间可能存在协整关系,我们先对各变量进行 Johansen 检验,发现 $dcomposite$,$salespace$,PCE,$investment$ 间存在 3 个协整关系:

被检验变量:Dcomposite, salespace, PCE, investment

滞后阶数(p):1

样本数:45

特征根	极大似然率	5%临界值	1%临界值	假设的协整方程个数
0.760 698	51.188 91	47.21	54.46	没有 *
0.549 500	24.018 37	29.68	35.65	至多 1 个
0.228 684	8.867 803	15.41	20.04	至多 2 个
0.187 036	3.934 307	3.76	6.65	至多 3 个 *

则我们在 VAR 中加入三个反映序列长期关系的误差修正项,它的一般结构是:

$$\begin{cases} \Delta y_{it} = \alpha_0 + \alpha_1 \Delta x_{it-1} + \alpha_2 \Delta y_{it-1} + \alpha_3 (y_{it-1} - \alpha_0 - \alpha_1 x_{it-1}) + \varepsilon_{iti,\,t} \\ \Delta x_{it} = \beta_0 + \beta_1 \Delta x_{it-1} + \beta_2 \Delta y_{it-1} + \beta_3 (y_{it-1} - \alpha_0 - \alpha_1 x_{it-1}) + \varepsilon_{iti,\,t} \end{cases}$$

其中，最后一个解释变量就是误差修正项。我们还根据两两变量间的相关性大小对 VAR 模型中的解释变量做了排序，以缓和估计偏差问题(Enders，1995)。

结果(见附录)显示，三个回归函数的可决系数分别达到 0.51,0.55,0.79，拟合程度较好。由于 VAR 模型是结构式模型而不是简化式模型，它的每一个变量都可以作为被解释变量，是内生的，单个参数估计值是有偏的，从而对 VAR 模型单个参数估计值的解释没有意义，我们直接来看脉冲反应函数图。脉冲反应函数描述一个内生变量对误差的反应。具体地说，它刻画的是，在内生变量上加一个标准差大小的冲击对内生变量的当期值和未来值所带来的影响。从图 2 中看到，中房上海指数变化率一个标准差大小的冲击在短期内造成指数本身的剧烈波动，15 个月后趋于收敛，可见中房上海指数对自身的波动非常敏感；投资额(investment)对中房上海指数的变化率产生明显的负冲击，其峰值出现在第 3 个月，达到 -0.2%，随后中房上海指数逐渐收敛，16 个月后影响基本消失；人均消费支出(PCE)和销售面积(salespace)一标准差大小的冲击对中房上海指数变化率的影响较小(指数短期内在 0.05% 的范围内上下波动)，且延续时间较短(1 年以后影响基本消失)。投资对房地产的影响持续时间之所以较长是因为：首先，房地产的投资周期较长，从资金注入到楼房建成售卖本身就需要几年的时间；其次，投资的增加通过乘数效应扩大了房地产业的产值，而房地产产值的增加又通过加速效应刺激投资的增长，两者是一种不断循环往复的过程。

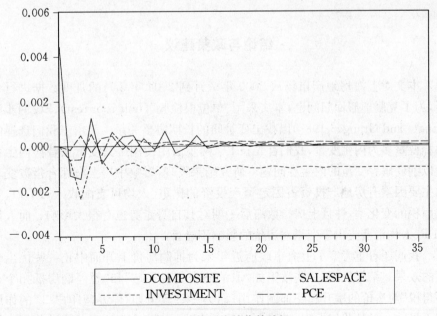

图 2　价格反应的收敛特征

接下来,我们对 VAR 进行方差分解。它考察了随着时间推移,源于某个特定信息所引起的方差占总方差的百分比的变化情况。如图 3 所示,在第一期,中房上海指数所有的变动均来自其本身的信息,因此,第一个数字总是100％。但时间越往后,投资额的变动所引起的方差越来越大,并在 26 个月后超过了中房上海指数本身变动对总方差的影响。而人均消费支出(PCE)和销售面积($salespace$)的变动对总方差影响不大,这一结果与脉冲反应函数结果相吻合。

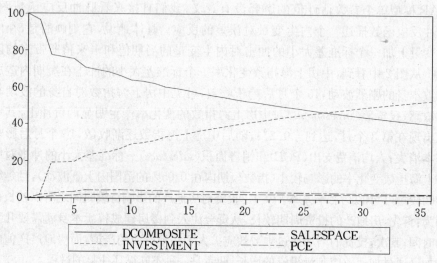

图 3　中房上海指数的不同分解

结论与政策建议

　　本文对上海房地产市场从 2000 年 7 月到 2004 年 3 月的月度数据进行分析,为了克服虚假回归问题,本文采用"单位根检验"(unit root test),EG 两步法(Engle and Granger,1987)以找出变量间的长期协整关系。又由于我们选择的解释变量多为内生变量,我们首先在 EG 两步法中使用工具变量法替换内生变量以削弱解释变量的内生性问题。研究结果发现,影响中房上海综合指数变动的主要因素有房地产投资占固定资产投资的比重、人均可支配收入(PDI)、空置面积的变化率,并且上房指数滞后一期对其自身走势也有很大影响。而人均GDP、人均消费支出等变量对房价的影响不显著。

　　我们还着重考察了上海市政府近年来为抑制房价上升而中止一些优惠政策的效果。结果发现:一些政策如"取消购房契税补贴"和"暂停购房抵扣个人所得税"对房价的攀升起到抑制作用;而另一些政策如"停办蓝印户口"的作用就不显著。另外我们发现,世博会申办成功对上海房市有明显的推动作用。但贷款利率下调对上海房市的影响在我们的这个回归方程中并不显著,表明人们的购房行为对利率并不敏感。

　　由于工具变量不能完全消除内生性问题,且为了分析内生变量的冲击效应对中房上海指数的动态作用机制,我们把各内生变量(*salespace*、*PCE*、*investment*)与被解释变量 *Y* 放在一起建立 VAR 模型(Sims,1980)。结果发现,中房上海指数对自身的波动非常敏感;房地产投资额对指数产生明显的负冲击且持续时间较长;而人均消费支出和销售面积一标准差大小的冲击对指数的影响较小且延续时间较短。

　　由于房地产投资特别是高档房的投资开发对中房上海指数的影响持久而显著,为了抑制房价的快速上涨,政府应该加大对房地产投资的调控力度。另外,我们的研究发现空置面积的变化率(*Dhollowspace*)对房价有显著负影响,说明供求关系对房价的调节有积极作用。政府可以通过增加住房的供应量,特别是中低价位、中小户型普通商品住房和经济适用房的供应量来抑制房价的过快上升。

　　最后,由于我们只能采集到反映总量变化的月度数据,而没有结构数据,我们无法考察如高、中、低档房各自的供求变化以及房地产投资额中资金来源(国内贷款、债券、自筹资金、利用外资和 FDI)的变化对中房上海指数的影响。我们希望以后的研究能在此方面加以拓展。

　　附录:VAR 回归结果

Sample(adjusted):2001:05 2003:11
Included observations:35
Excluded observations:16 after adjusting endpoints
Standard errors & t-statistics in parentheses

Cointegrating Eq:	CointEq1	CointEq2	CointEq3	
DCOMPOSITE(−1)	1. 000 000	0. 000 000	0. 000 000	
INVESTMENT(−1)	0. 000 000	1. 000 000	0. 000 000	
SALESPACE(−1)	0. 000 000	0. 000 000	1. 000 000	
PCE(−1)	−0. 096 082	−1. 371 071	−5. 700 368	
	(0. 031 95)	(1. 405 45)	(2. 144 18)	
	(−3. 007 37)	(−0. 975 54)	(−2. 658 54)	
C	0. 636 248	5. 103 963	33. 586 15	

Error Correction:	D(DCOMPO-SITE)	D(INVEST-MENT)	D(SALES-PACE)	D(PCE)
CointEq1	−0. 948 886	23. 619 86	72. 254 13	12. 442 92
	(0. 475 51)	(21. 585 3)	(28. 616 5)	(4. 880 14)
	(−1. 995 53)	(1. 094 26)	(2. 524 91)	(2. 549 71)

续表

Error Correction:	D(DCOMPO-SITE)	D(INVEST-MENT)	D(SALES-PACE)	D(PCE)
CointEq2	0. 007 969	−0. 874 200	−0. 358 254	−0. 078 627
	(0. 017 22)	(0. 781 49)	(1. 036 05)	(0. 176 68)
	(0. 462 91)	(−1. 118 64)	(−0. 345 79)	(−0. 445 02)
CointEq3	0. 021 069	−0. 149 323	−1. 439 417	−0. 099 508
	(0. 009 95)	(0. 451 62)	(0. 598 73)	(0. 102 11)
	(2. 117 70)	(−0. 330 64)	(−2. 404 10)	(−0. 974 56)
D(DCOMPOSITE(−1))	−0. 047 687	−13. 776 70	−28. 199 58	−10. 132 20
	(0. 333 83)	(15. 154 1)	(20. 090 5)	(3. 426 14)
	(−0. 142 85)	(−0. 909 10)	(−1. 403 63)	(−2. 957 32)
D(INVESTMENT(−1))	−0. 002 924	0. 291 088	−0. 941 906	−0. 011 299
	(0. 013 33)	(0. 605 02)	(0. 802 10)	(0. 136 79)
	(−0. 219 36)	(0. 481 12)	(−1. 174 29)	(−0. 082 61)
D(SALESPACE(−1))	−0. 013 518	0. 202 237	0. 193 103	0. 134 829
	(0. 008 07)	(0. 366 45)	(0. 485 82)	(0. 082 85)
	(−1. 674 62)	(0. 551 88)	(0. 397 48)	(1. 627 40)
D(PCE(−1))	0. 006 172	0. 530 610	−0. 390 710	0. 110 114
	(0. 018 19)	(0. 825 74)	(1. 094 72)	(0. 186 69)
	(0. 339 32)	(0. 642 58)	(−0. 356 90)	(0. 589 82)
C	0. 000 633	−0. 024 811	−0. 059 579	−0. 023 483
	(0. 001 94)	(0. 087 90)	(0. 116 54)	(0. 019 87)
	(0. 326 87)	(−0. 282 24)	(−0. 511 24)	(−1. 181 61)
R-squared	0. 513 589	0. 558 769	0. 788 762	0. 898 187
Adj. R-squared	0. 027 177	0. 117 538	0. 577 523	0. 796 374
Sum sq. resids	0. 000 382	0. 788 116	1. 385 185	0. 040 285
S. E. equation	0. 007 392	0. 335 541	0. 444 841	0. 075 861
F-statistic	1. 055 873	1. 266 385	3. 733 991	8. 821 948
Log likelihood	58. 042 98	0. 812 127	−3. 417 454	23. 114 70
Akaike AIC	−6. 672 398	0. 958 383	1. 522 327	−2. 015 294
Schwarz SC	−6. 294 771	1. 336 010	1. 899 954	−1. 637 667
Mean dependent	0. 000 999	−0. 017 341	−0. 017 250	−0. 014 209
S. D. dependent	0. 007 494	0. 357 189	0. 684 390	0. 168 114

Determinant Residual Covariance	8. 62E−11
Log Likelihood	88. 671 14
Akaike Information Criteria	−5. 956 153
Schwarz Criteria	−3. 879 205

参 考 文 献

《中国经济景气月报》2003.7—2004.3 期

《上海统计年鉴》(1998—2003 各年)

袁志刚、樊潇彦,《房地产市场理性泡沫分析》,《经济研究》2003 年第 3 期,第 34—43 页。

何国钊、曹振良、李晟,《中国房地产周期研究》,《经济研究》1996 年第 12 期,第 51—56 页。

梁桂,《中国不动产经济波动与周期的实证研究》,《经济研究》1996 年第 7 期,第 31—37 页。

沈悦、刘洪玉,《住宅价格与经济基本面:1995—2002 年中国 14 城市的实证研究》,《经济研究》2004 年第 6 期,第 78—86 页。

张红、李文诞,《北京商品住宅价格变动实证分析》,《中国房地产金融》2001 年第 3 期,第 3—7 页。

杨超、卢有杰,《北京地区住宅价格泡沫的研究》,《土木工程学报》2001 年第 9 期,第 76—82 页。

吕晓艳、仲健心,《对上海房地产"泡沫"的思考》,《上海经济研究》2003 年第 8 期,第 54—58 页。

马思新、李昂,《基于 Hedonic 模型的北京住宅价格影响因素分析》,《土木工程学报》2003 年第 9 期,第 59—65 页。

施谊,《影响上海房地产市场发展的因素分析与对策》,《上海应用技术学院学报》2003 年第 3 卷,第 9 期第 3 卷,第 4 期,第 260-263 页。

Shell, K. and J. E. Stiglitz, "Allocation of Investment in a Dynamic Economy", *Quarterly Journal of Economics*, 1967(81):592-609.

Dennis R. Capozza, Patric H. Hendershott, Charlotte Mack, Christopher J. Mayer, "Determinants of Real House Price Dynamics", NBER Working Paper Series, 2002, No. 9262.

Chau K. W., Bryand. Macgregor, M. Gregory, "Price Discovery in the Hong Kong Real Estate Market", Journal of Property Research, 2001, 18(3):187-216.

Engle, R. F. and C. W. J. Granger, "Cointegration and Error Correction: Representation, Estimation and Testing", Econometrica, 1987(55):251-276.

Johansen, S. and Juselius, K., "Maximum Likelihood Estimation and Inferences on Cointegration with Applications to the demand for Money", Oxford Bulletin of Economics and Statistics, 1990(52):169-210.

Enders, W., *Applied Econometric Time Series*, John Wiley &Sons, Inc, 1995.

Sims, Christopher, "Macroeconomics and Reality", Econometrica, 1980(48):1-49.

需求波动下买方垄断电力企业的后向一体化[*]

于立宏

摘要 本文研究需求波动情况下买方垄断的电力企业后向一体化的激励问题,模型所基于的环境是下游买方垄断而上游竞争的纵向市场结构。当需求确定时,买方垄断者采用部分一体化来减少成本支出,但此时存在生产的无效率;当需求发生波动时,高需求状态下最终需求的大幅上升使得下游电力企业有动机扩大其后向一体化程度,以消除上游价格波动的影响,确保投入品的供应。而且,随着一体化程度的扩大,产业链无效率被大大消除,从这一意义上说,后向一体化的扩大是社会合意的。

关键词 煤电产业链,买方垄断,需求波动,后向一体化

ABSTRACT This paper examines the incentives of backward integration by Electricity Monopsonist under fluctuation of demand. The model involves vertical market structure in which a monopsonist in the downstream and competitive suppliers in the upstream market. When demand is certain, monopsonist will make partial-integration decision to reduce its cost, and there is some inefficiency in production from monopsony. When there is fluctuation of demand, the final demand rising increasingly makes the electricity firm have incentives to enlarge its scale of integration so that it can avoid the effects of price fluctuation on its profit and insure its supplies of inputs. Moreover, while integration is enlarged continuously, the inefficiency in industrial chain will be eliminated gradually. In this sense, enlarging scale of integration by monopsonist is in social interests.

Key Words coal-electricity industrial chain, monopsony, fluctuation of demand, backword integration

引 言

煤炭与电力两个产业之间的纵向关系是近年来在我国备受关注的话题。主要原因在于,以钢铁产业为代表的多种能源消耗型产业的过度投资与过快发展,导致"电荒"的出现;对电力的旺盛需求进一步沿着煤电产业链向上传导到煤炭行业,使得煤炭供应紧张,价格飞涨;而这又反向回传给电力企业,导致其

---

[*] 原文曾入选《工业促进会论文集》(2005年)。

成本大幅上扬。在电价受到政府严格规制的情况下,电力企业利润空间受到大幅度挤压。在这种环境下,如果不能通过提价将煤炭成本上升的压力全部传递给消费者,那么电力企业会通过何种途径消化成本压力,甚至更重要的生存压力呢? 从产业组织研究的角度看,这实际上涉及到他们与上游煤炭产业的纵向安排的选择问题。

本文假设煤电产业链的基本结构是,上游煤炭产业是完全竞争的,生产的产品——煤炭——是下游电力产业所必需的投入品。下游电力产业是自然垄断的,其产品——电力——直接供应给最终消费者。这就形成了买方垄断下的纵向市场结构。①为简化模型且不失一般性,本文不考虑运输环节,亦不考虑电力产业本身的纵向结构,只将电力产业抽象为一个一体化的自然垄断企业。②更进一步,煤电产业链的另一特性在于下游电力产业是受规制的。在上述假设下,对消费电价的规制可以被视为对整个电力产业的规制。于是,在电力的市场需求给定的条件下,电力厂商的利润最大化就等价于燃料成本的最小化,即占其总成本份额最大的煤炭成本的最小化。

煤电产业链所涉及的上下游两个产业均为周期性行业,本文假设这两个产业所面临的宏观经济的周期具有一致性。对经济周期与需求波动之间的关系可以描述为:当经济处于复苏与繁荣阶段,工业产能利用率会大大提高,并开始大规模扩大产能,此时对电力和煤炭的需求都会大幅上升,我们称之为高需求状态(或过度需求);而当经济处于衰退与萧条阶段,对电力与煤炭的需求大幅下降,此时即为低需求状态(或过度供给)。因此,经济周期与对电力及煤炭的需求波动具有一定的同步性。③

本文证明了,需求的周期性波动是电力产业实施后向一体化的主要激励因素之一。当经济处于萧条期时,煤炭与电力都处于过剩供给状态,此时,电力行业会通过部分后向进入煤炭产业以及部分通过现货市场的方法来解决煤炭供应问题,以最小化投入品开支。但此时的部分一体化只是私人合意的,买方垄断造成的无效率由上下游双方共同承担。而当经济处于繁荣期时,煤炭及电力都出现供不应求的状态,出于确保供应或降低成本的考虑,④电力行业有动机通过扩大后向一体化以平滑煤炭价格波动的影响。进一步的后向一体化可以大大消除产业链中的无效率,在这一意义上,扩大后向一体化是社会合意的。

---

①　在后续研究中,这一假设将放松为电力产业是寡头垄断的市场结构,这也许更符合现实。

②　总体而言,电力产业是一个具有自然垄断性的产业。虽然发电与供电业务具有潜在竞争性,但输电与配电业务具有较强自然垄断性,而且这四种业务之间需要高度协调。这里将电力产业简化为一体化的垄断企业(或者是区域垄断的企业)(于立,刘劲松,2004,2005)不会对我们的结论产生实质性影响。在这一假设下,电力产业对消费者还具有卖方垄断地位。

③　因此,本文对经济周期与需求波动两个词的含义不加区分。

④　本文认为,考虑到电力企业可以在市场价格下购买其所需的任何数量的投入品,可以认为,确保供应在某些情况下与降低投入品成本具有相同的目的。

　　国外对产业链纵向关系的理论研究基础已经日趋坚实,实证研究所涉及的行业或产业链也日益丰富。Perry(1978,1982,1988)、McGee 和 Bassett(1976)、Salop 和 Scheffman(1983)以及 de Fontenay 和 Gans(2004)探讨了买方垄断或寡头垄断厂商后向一体化的各种动机,而 Carlton(1979)、Perry(1984)以及 Bolton 和 Whinston(1993)则从不同角度讨论了需求的不确定性对纵向一体化动机的影响,这些成果为本文的研究提供了基础。就国内的研究来说,于立和刘劲松(2004,2005)的研究成果可以说是最新的,其他学者则更多地从单一市场的角度来研究煤炭或电力市场。本文在上述成果基础上,从基于产业链而非单一市场的视角进行煤电关系分析,特别地,本文强调需求波动对该电力企业后向一体化的影响,这更符合中国现实。

　　在更广泛的意义上,煤电产业链的纵向安排涉及到上下游产业之间的纵向一体化及契约关系。纵向一体化不仅包括完全一体化(兼并)、部分一体化,而且包括部分所有权(涉及控股、参股等)以及纵向联合(vertical combination)等形式,而契约关系则涉及短期简单契约或长期复杂契约。因此,更全面的分析涉及电力企业在一系列纵向安排中选择的私人激励,也涉及到相应的市场效率与社会福利的评价问题。从这一意义上说,本文是我国煤电产业链相关问题研究的一个初步成果。

　　本文其他部分安排如下。第二部分将对相关的理论成果及其本文研究的异同进行综述,第三部分给出理论模型并对相应结果进行讨论,第四部分总结结论并指出模型未来的扩展方向。

相关文献综述

　　与本文主题相关的理论成果涉及两个方面,一是买方垄断或买方寡头垄断者后向一体化的动机,二是需求不确定性对纵向一体化动机的影响。与卖方垄断情况类似,买方垄断的存在也会导致市场竞争的不完全,但这一论题的研究相对于卖方垄断来说要薄弱得多。就买方垄断下的后向一体化问题研究来说,主要成果出现于 20 世纪 70 年代中期之后。

　　McGee 和 Bassett(1976)分析了一个买方垄断的制造商与竞争性的原材料供应者之间的纵向关系问题。日益上升的原材料价格导致制造商减少了原材料使用量,从而减少了最终品产量,而买方垄断者的后向一体化则可以消除这一无效率的后果,使得产业利润和社会福利明显增加。

　　Perry(1978)扩展了 McGee-Bassett 模型。他认为,后向一体化将引导买方垄断者扩大其投入品的使用,且减少投入品的其他独立供应商的租金所得,因为买方垄断者将减少从这些供应商处的购买。Perry 通过对后向一体化成本的合理描述,判断出买方垄断者存在至少实施部分后向一体化的激励。这一结论实际上已经隐含了后向一体化具有排他效应,Perry 的后续研究也关注了买方垄断者或寡头垄断者后向一体化的反竞争效应。

de Fontenay 和 Gans(2004)证明,买方垄断者的后向一体化可能导致下游市场消费者福利的减少。买方垄断者通过后向一体化圈定一部分上游供应者,将导致产业边际成本高于没有一体化时的情况,这对买方垄断者是有利可图的,因为上游市场结构的变化允许它获取更大的超边际租金(inframarginal rent)。

主导制造商也可能通过后向一体化创造进入壁垒,从而保持其优势(Perry,1988)。同样地,主导厂商也可能使用纵向一体化去提高其竞争对手的成本(Salop and Scheffman,1983)。Perry(1982)还对纵向一体化的多元化动机进行了分析,对于这些本文不作进一步讨论。

另一方面,就需求的不确定性对纵向一体化动机的影响来说,Carlton(1979)、Perry(1984,1988)以及 Bolton 和 Whinston(1993)是与本文主题最相关的理论成果。

对纵向一体化的传统解释是,公司想确保他们的投入品供应和产品市场。这意味着公司纵向一体化的动机不仅仅是想避免中间品市场上纯粹的随机波动,更意味着公司想以较低的价格获取投入品或以较高的价格卖掉产品。"确保供应或市场"的动机说明市场是不完全的。此时,纵向一体化的主要动机是规避来自上游供应的风险(Perry,1988)。Carlton(1979)通过构建制造商与零售商的纵向关系模型证明了以上解释。他认为,大多数市场都没能通过价格的即时变动恰好让供应和需求相等,买方与卖方并不总是能够购买和出售他们想要的数量。因此,企业需要纵向一体化去获得更稳定的投入品供应资源。他证明,纵向一体化可被视为从一个经济部门向另一个部门转移风险的手段。公司具有一体化动机以确保输入品供应来满足他们的"高概率"需求。

Carlton 的结论是在很多严格假设下得出的,例如,制造商生产易腐性产品、不确定性源于外生的需求或供应,以及上游寡头垄断且下游竞争的纵向市场结构等,这都与本文的假设不同。更进一步,在 Carlton 的模型中,零售商是通过建立自己的制造子公司来进入上游生产阶段的,而我们考虑的是下游企业将通过兼并上游企业进入中间品供应阶段。显然,两种进入方式下的结果不同。

在此基础上,Perry(1984)给出了需求波动下的纵向均衡。他假设,由于存在外生的随机净需求,所以在中间品市场上产生了价格波动。而竞争性买方与卖方能够随着市场的价格波动来调整生产并增加他们的利润。即使公司不喜欢波动性回报,但也无法抵抗期望利润增加的诱惑。显然,如果买方与卖方同意交易固定数量的投入品,而不是参与到中间品市场中去,那么就可能减少他们的联合利润。因此,必然存在着来自生产同步性(即纵向一体化)的经济性使买方与卖方愿意纵向一体化。[①]Perry 的模型产生了稳定的纵向均衡:一些买方

---

① 这些经济性可能来自两阶段协调的生产经济性,也可能来自于没有参与中间品市场而导致的交易成本的减少。

与卖方兼并为一体化公司,而其他买方与卖方保持独立。相反,Green(1974)早期给出的纵向均衡模型与 Perry 的模型相比则有些极端(Perry,1988)。Green假设,中间品市场上波动的外生需求和刚性的价格导致对上游或下游公司的配给。因此,这些公司愿意一体化。然而,Green 假设一体化具有的不经济性可能来自于纵向范围的不经济性或公司规模的不经济性。如果配给足够苛刻,尽管存在不经济性,最终结果也是所有上游与下游公司的一体化。因此,纵向均衡要么是任何公司都不一体化,要么是所有公司都一体化。

　　显然,纵向均衡的出现以及出现何种纵向均衡可能完全取决于模型的假设条件,但无论如何两个模型中都存在至少一种涉及纵向一体化的均衡。另外,尽管 Perry(1984)的模型简单并易处理,但却是基于上下游都是完全竞争的市场结构的假设上的,这一市场结构的现实性令人怀疑。本文将对此进行扩展,研究下游为买方垄断的纵向安排问题。进一步,本文的需求波动不是来自外生供给或非一体化公司的外生需求的随机性,而是来自经济的周期性波动。本文中的模型与 Perry 模型的最后一个不同是,Perry 把纵向一体化作为消除价格波动的手段,但价格波动实际上能给非一体化公司带来好处,因此需要在一体化带来的收益与不足(灵活性不够)之间进行权衡,而本文模型中价格波动的因素则不利于公司获得稳定的利润。

　　Bolton 和 Whinston(1993)将纵向一体化的交易成本(不完全缔约)模型扩展到多边框架中纵向一体化的激励问题。他们认为,当供应关系是多边的时,在决定公司范围时出现了新的复杂性。此时,交易成本的节约经常是双刃剑,兼并双方供应不确定性的缓和会具有外部性,即导致其他下游公司的供应条件的恶化,这可被视为一种市场圈定的形式。由于这一外部性,均衡和社会最优的所有权结构可能显著不同于基于双边考虑所推导出来的均衡。

　　一些实证研究也证实了一体化作为规避风险的手段的命题。[1]Levin(1981)发现,在 1948—1972 年,美国炼油业进入原材料生产的纵向一体化,在这一时期内利润上的波动比较少。Buzzell(1983)的例子说明,1981 年,杜邦公司兼并了 Conoco 公司,并宣称这使"一体化公司免受能源与碳氢化合物价格波动的影响"。

模　　型

　　假设上游煤炭市场是竞争的,存在大量同质的供应商。记 $C(Q)$ 为煤炭产业生产 Q 单位煤炭所需的最低可变成本,其中不包括固定成本。在此情况下,容易看到煤炭产业的边际成本 $C_1(Q)$ 就是其供给曲线。[2]传承经典经济学假设,

---

① 转引自 Perry(1988)。

② 这里 $C_1(Q)$ 表示一阶导数,余类推。

并考虑煤炭产业的现实情况,我们假设煤炭的边际成本函数是严格递增的,即对于 $Q > 0$,有 $C_{11}(Q) > 0$。这一假设的合理性可解释为,随着对煤炭需求的提高,不断有新厂商进入上游产业,这些新厂商的成本高于在位厂商,导致整个产业的成本抬高;另一种可能是在位厂商通过加班加点来提高产量以满足需求,这也将导致成本提高。

为了分析下游厂商对于后向一体化程度的策略选择,我们首先借鉴 Perry (1978)采用的方法,通过一定的简单假设,使得后向一体化的程度可用电力厂商所收购的煤炭厂商个数占总数的比例来表示[1]。假定所有煤炭厂商具有相同的生产规模,因而也就拥有相同比例的不变要素。记 k 为不变要素总量的一部分,于是可变成本函数应为 $C(Q, k)$。假设 $C(Q, k)$ 为线性一次齐次的,那么对于 $0 < k \leqslant 1$,就有 $C(Q, k) \equiv k \cdot C(Q/k)$,而 $C_1(Q, k)$ 和 $C_2(Q, k)$ 就是零次齐次的,其二阶偏导数是负一次齐次的。在上述条件下,对于 $0 < k \leqslant 1$, $C_1(Q, k) \equiv C_1(Q/k)$。注意,$C_1(Q, k)$ 就是使用 k 数量不变要素的煤炭厂商的供给曲线,且等价于整个行业的供给曲线水平地移动 k 比例。换句话说,行业的供给曲线可以被连续地且水平地分割成拥有相同比例的不变要素的厂商的供给曲线。因此,我们可以将后向一体化的程度等同于所收购的煤炭产业中的厂商的比例。以下分析在此基础上展开。

记 λ 为电力厂商所收购的煤炭供应商的比例,由上所述,λ 即代表电力垄断厂商的后向一体化程度。用 λ 可以很好地定义非一体化($\lambda = 0$),部分一体化($0 < \lambda < 1$)和完全一体化($\lambda = 1$)这三种情况。进一步,对于被收购的煤炭厂商(即电力厂商的一体化子公司),其煤炭的内部生产边际成本为 $C_1(Q, \lambda)(\lambda > 0)$。另一方面,由于($1-\lambda$)是独立的煤炭厂商的比例,因此 $C_1(Q, 1-\lambda)(1-\lambda > 0)$ 是煤炭的外部供给曲线。

关于下游电力产业,我们给出以下假设。假定电力生产无固定成本,且除了煤炭购买成本之外,其边际成本为零。假设电力厂商使用一单位的煤炭可以生产一单位的电力,其产能为 K_D。当电力的需求不存在不确定性时,其需求函数记为 $D(p)$;当电力需求存在不确定性时,假设这种不确定性表现为以一定的概率出现高需求和低需求两种情况,两种情况出现的概率分别记为 δ 与 $1-\delta$,$0 < \delta < 1$。这一假设的合理性可以解释为:无论是电力厂商还是电力监管部门都无法准确预测电力需求量本身以及高需求或低需求的周期可能持续多长时间。因此我们是在这一意义上讨论电力需求的不确定性的。更重要的是,由于电力产业生产技术与消费的特殊性,使得电力的生产与消费是同步进行的。由于生产调整不能即时进行,任何阶段可行的投入品的数量必须在最终产品的需求能够被观察到之前决定,因此就存在因投入品购买不足而不能满足生产需要的风险。下游公司当然也能储存投入品,但我们假设投入品储存成本巨大,储

---

[1] 这里仅作简要说明,具体参见 Perry(1978)。

存是不可行的。进一步假设电力厂商对上游煤炭供应商的收购成本是 $A(\lambda)$，$A'(\lambda) > 0$。

鉴于电力产业受规制的特性，假设电力的价格由规制机构设定，固定为 $\bar{p}$。进一步假设，规制价格大于或等于电力厂商的边际成本，即 $\bar{p} \geqslant p_I$，其中，p_I 为购买中间品煤炭的价格。这意味着电力厂商必须获得非负利润。

本文还假设，电力企业不是煤炭产品的唯一购买者，存在其他行业对煤炭的需求。同时还假定，市场对电力的需求与其他行业对煤炭的需求均存在周期性，且两者在周期性上是一致的。在此基本假定下，以下分析分两个步骤展开，首先分析不存在需求不确定性的情况，然后分析在引入需求的不确定性之后，电力厂商后向一体化动机的变化。

（一）最终产品需求确定的情况

假设最终产品电力的需求是确定的，且对煤炭的需求量低于煤炭产业的产能 K_U。由于煤炭行业是竞争的，此时电力厂商拥有全部的讨价还价势力。假设电力的需求函数为 $D(p)$。在此情况下，当受规制的电力价格给定后，电力的市场需求量也就给定了，记为 $Q = D(\bar{p})$。这里假设该需求量不超过电力厂商的生产能力，即 $Q \leqslant K_D$，那么在均衡情况下，这也就是电力厂商的总产出。

现在，买方垄断电力厂商要进行两步决策。第一步，在权衡一体化成本 $A(\lambda)$ 与一体化带来的收益的情况下，决定最优后向一体化程度 λ。第二步，给定一体化程度 λ，电力厂商决定最优的投入品购买数量 Q_e，这里 $Q_e \geqslant 0$，为从独立煤炭厂商处购买的数量，那么 $Q - Q_e \geqslant 0$ 即为电力厂商的子公司生产的煤炭数量。

对两阶段决策的分析需从第二步开始。我们假设，电力厂商必须为煤炭购买设定一个单一的市场价格，即价格歧视是不可行的。因此，电力厂商外部购买的煤炭价格可由下式给出：

$$p_I = C_1(Q_e, 1-\lambda) \tag{1}$$

其中，$C_1(Q_e, 1-\lambda)$ 为给定一体化程度 λ，独立煤炭厂商生产 Q_e 产量的边际成本。

容易看到，电力厂商的收益 $R = \bar{p}D(\bar{p})$ 是给定的，因此其利润最大化即等价于成本最小化。电力厂商的投入品总成本 E 是从外部购买的投入品数量和其一体化程度的函数，且 E 由一体化子公司投入品的生产成本与从独立供应商处购买的开支两部分构成，即：

$$E(Q_e, \lambda) \equiv C(Q - Q_e, \lambda) + Q_e \cdot C_1(Q_e, 1-\lambda), \quad 0 < \lambda < 1 \tag{2}$$

在每一投入品使用水平以及每种一体化程度上，买方垄断者将选择其投入品购买水平以最小化开支。这要求买方垄断者的决策使得两种来源投入品的边际支出相等，即：

$$C_1(Q-Q_e, \lambda) = C_1(Q_e, 1-\lambda) + Q_e \cdot C_{11}(Q_e, 1-\lambda), 0 < \lambda < 1 \quad (3)$$

假定二阶条件满足,(3)式定义了投入品购买函数 $Q_e(\lambda) \geqslant 0$,在 $0 \leqslant \lambda \leqslant 1$ 上是连续可微的。

由此可见,电力垄断厂商的最小化开支函数根据其后向一体化程度的不同可出现三种情况:

$$E(0) \equiv Q \cdot C_1(Q, 1) \quad (4)$$

$$E(1) \equiv C(Q, 1) \quad (5)$$

$$E(\lambda) \equiv C(Q-Q_e(\lambda), \lambda) + Q_e(\lambda) \cdot C_1(Q_e(\lambda), 1-\lambda), 0 < \lambda < 1 \quad (6)$$

也就是说,如果买方垄断者不进行一体化($\lambda = 0$),那么其开支是完全的购买成本;如果买方垄断者实行完全一体化($\lambda = 1$),其开支是完全的生产成本;如果买方垄断者是部分的一体化($0 < \lambda < 1$),那么开支最小化意味着两种类型的成本都会产生,即 $0 < Q_e(\lambda) < Q$。

现在我们回到第一步决策。在确定了 $Q_e(\lambda)$ 后,需要进一步讨论 $A(\lambda)$ 的性质。事实上,电力厂商对煤炭厂商的收购成本对应于一体化程度下独立供应商所得的租金,也就等于电力厂商的购买总支付减去独立厂商生产的可变成本,即:

$$r(\lambda) \equiv Q_e(\lambda) \cdot C_1(Q_e(\lambda), 1-\lambda) - C(Q_e(\lambda), 1-\lambda), 0 \leqslant \lambda < 1 \quad (7)$$

那么,在 $\lambda = 0$ 的初始状态下,煤炭供应商的租金由下式表示:

$$r(0) \equiv Q \cdot C_1(Q, 1) - C(Q, 1) \quad (8)$$

现在我们假设,一体化成本函数为 $A(\lambda) \equiv \lambda \cdot r(0)$,即这一成本与初始租金 $r(0) > 0$ 成比例,该比例即后向一体化程度。在此情况下,买方垄断者需要权衡三种一体化程度下的总成本,简单的推导即可得到:

$$E(0) = E(1) + A(1) \quad (9)$$

$$\begin{aligned}
&E(0) - E(\lambda) - A(\lambda) \\
&= [(1-\lambda)Q \cdot C_1(Q, 1) - Q_e(\lambda) \cdot C_1(Q_e(\lambda), 1-\lambda)] \\
&\quad + [\lambda C(Q, 1) - C(Q-Q_e(\lambda), \lambda)] > 0
\end{aligned} \quad (10)$$

(9)式和(10)式说明,非一体化与完全一体化是等价的,且总成本都高于部分一体化。这意味着,部分一体化下的总成本的函数形状是两端等高的 U 形曲线。

现在,买方垄断者的利润函数可以表示为[1]:

---

① 在买方垄断者还需使用其他投入品的情况下,这里的收益应该是其净收益,即使用 Q 数量的煤炭投入品与利润最大化水平的其他投入品(在给定价格上获得的)结合所生产出来的产品的销售收入,减去其他投入品上的开支所得。我们这里假设电力厂商没有其他的变动成本,也就等价于假设电力的生产不需要其他投入品。

$$\pi(\lambda) = R(Q) - E(\lambda) - A(\lambda) \tag{11}$$

因此,在收益给定的情况下,买方垄断者最优后向一体化程度的选择要求两项支出的边际成本相等,即买方垄断者由一体化程度的变化所导致的投入品购买的边际开支等于其边际一体化成本:

$$-\frac{dE(\lambda)}{d\lambda} = \frac{dA(\lambda)}{d\lambda} = r(0) \tag{12}$$

(12)式定义了部分一体化下的最优一体化程度 λ_1^*(见图1)。

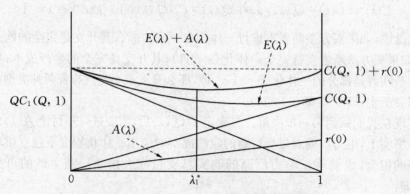

图1 需求确定下买方垄断者的最优一体化程度

图1说明,投入品开支 $E(\lambda)$ 由单调递增的生产成本加上单调递减的购买成本构成,因此形状为 U 形,最低点对应着较大的一体化程度。然而,在考虑到收购上游资产的成本 $A(\lambda)$(单调递增)后,最低点对应的一体化程度向左移动,因此 λ_1^* 就是买方垄断者在需求确定情况下达到总成本最小,也即利润最大状态的一体化程度。由此,我们得到命题1。

命题1 在需求确定,电力厂商拥有全部讨价还价势力以及收购上游资产的单位成本不变的条件下,电力厂商将选择部分一体化。

从社会福利角度看,(3)式说明,实行部分一体化的电力垄断者的开支最小化意味着煤炭的无效率生产。买方垄断者的每一家子公司的投入品产量都高于外部独立供应商,即对于 $0 < \lambda < 1$,$(Q-Q_e(\lambda))/\lambda > Q_e(\lambda)/(1-\lambda)$。在部分一体化下投入品这一无效率生产的后果由买方垄断者(较低的利润)以及独立供应商(较低的租金)共同承担。这也意味着,在这种情况下的部分一体化是买方垄断者私人合意的,但不是社会合意的。

从图1容易看出,单位一体化成本 $r(0)$ 的高低对于最优一体化程度 λ_1^* 的选择具有重要意义。对此我们有命题2。

命题2 给定最终品产量,买方垄断者的最优一体化程度取决于单位一体化成本 $r(0)$ 的大小。$r(0)$ 越大,最优一体化程度将越小;当 $r(0)$ 超过某一临界水平时,电力厂商将选择完全分离。

(二) 存在需求不确定性的情况

现在我们分析,在引入需求不确定性之后,上述结论将发生什么变化。直观的推测是,由于电力产品存在生产与消费同步的特性,如果电力厂商不得不在需求波动被揭示之前做出决策,那么风险规避的激励将引致公司扩大后向一体化程度以规避需求的不确定性。也就是说,高需求可能意味着煤炭供不应求,价格上升,导致下游厂商的成本上升,此时它有激励通过一体化来减少成本支出。

同样地,买方垄断者仍需要进行两步决策。第一步,在观察到需求类型之前做出纵向一体化决策。第二步,观察到需求的类型,并确定相应的最优投入品购买量。我们仍从第二步开始分析,即给定一体化程度并观察到需求,电力厂商进行投入品购买和生产决策。

假设出现高需求时,最终品电力的需求将超过厂商的生产能力 K_D,因此电力厂商的产量至多为 $Q_H = K_D$,[①]此时相应的投入品购买量记为 $Q_{eH}(\lambda)$。高需求同时还对煤炭市场产生影响,由于周期性的一致,此时煤炭厂商同样面临高需求,且其面对的需求总量将超过其生产能力。因此在高需求情况下,煤炭厂商将拥有一定的讨价还价势力。

而在低需求时,电力厂商的产能将不能得到充分利用,假设产量为 $Q_L = \gamma K_D (0 < \gamma < 1)$,那么需求波动幅度即可用 γ 表示,γ 越小,需求波动幅度越大。相应地,投入品购买量为 $Q_{eL}(\lambda, \gamma)$。

在低需求下,煤炭厂商没有讨价还价势力,因此其市场价格为独立供应商的边际成本 $p_{IL} = C_1(Q_{eL}(\lambda, \gamma), 1-\lambda)$;而在高需求时,上游厂商成本上升,且拥有部分讨价还价势力,其市场价格将高于其边际成本,该价格记为:

$$p_{IH} > C_1(Q_{eH}, 1-\lambda) \tag{13}$$

这一价格的均衡水平显然与电力厂商的一体化程度及需求的波动幅度有关,即 $p_{IH} = p_{IH}(\lambda, \gamma)$,且容易判断,$p_{IH1}(\lambda, \gamma) < 0$,$p_{IH2}(\lambda, \gamma) > 0$。

与需求确定情况下的分析类似,我们可以得到在高需求与低需求两种情况下,电力厂商花费在煤炭投入品上的总开支分别为:

$$E_H(\lambda) = C(Q_H - Q_{eH}(\lambda), \lambda) + Q_{eH}(\lambda) \cdot p_{IH}(\lambda, \gamma), 0 < \lambda < 1 \tag{14}$$

$$E_L(\lambda, \gamma) = C(Q_L - Q_{eL}(\lambda), \lambda) + Q_{eL}(\lambda, \gamma) \cdot C_1(Q_{eL}(\lambda, \gamma), 1-\lambda), 0 < \lambda < 1 \tag{15}$$

仍通过(3)式,我们可得到相应的买方垄断者在两种需求下相应的最优购买量,分别记为 $Q_{eH}(\lambda)$ 和 $Q_{eL}(\lambda, \gamma)$。

---

① 这就意味着有部分需求得不到满足,呈现短缺状态,这非常符合当前中国的电力市场状况。

现在,我们回到第一步决策。下游厂商在需求波动情况下的期望利润函数为:

$$E\pi(\lambda, \delta, \gamma) = \delta[\bar{p}K_D - E_H(\lambda) - A(\lambda)] + (1-\delta)[\bar{p}\gamma K_D - E_L(\lambda, \gamma) - A(\lambda)]$$
(16)

其中,我们假设电力的规制价格并不受到需求波动的影响,即为常数,这与现实经济中的情况是一致的。在假设需求波动的概率与幅度均为外生变量的情况下,厂商选择一体化程度 λ 以最大化其期望利润,可得其一阶条件为:

$$\delta \frac{\partial E_H(\lambda)}{\partial \lambda} + (1-\delta) \frac{\partial E_L(\lambda, \gamma)}{\partial \lambda} = -r(0)$$
(17)

(17)式左端为由一体化程度的变化所导致的电力厂商投入品购买的期望边际开支,右端为后向一体化的边际成本。因此,(17)式给出了厂商的最优一体化程度与高需求出现的概率以及需求波动幅度之间的函数关系 $\lambda^*(\delta, \gamma)$。

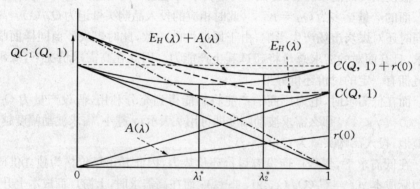

图 2　高需求情况下买方垄断者的最优一体化程度

由图 2 可知,①高需求情况下煤炭价格的提高将提高买方垄断者投入品的购买成本(箭头所示方向),因而导致总成本 $E_H(\lambda) + A(\lambda)$ 的最小点向右移动到 λ_2^*。这说明,高需求导致的投入品价格的上升使得买方垄断者有激励扩大其一体化程度。显然,投入品购买价格越偏离独立供应商的边际成本,λ_2^* 的位置向右移动的幅度就越大,在极端情况下,电力厂商将选择完全一体化以消除这种成本波动的影响。

总之,容易看到,以(16)式的期望利润最大化为目标的最优一体化程度 $\lambda^*(\delta, \gamma)$ 将位于 λ_1^* 与 λ_2^* 之间。至于 $\lambda^*(\delta, \gamma)$ 是靠近 λ_1^* 还是 λ_2^*,则取决于高需求出现的概率 δ 与需求波动的幅度 γ 的大小。δ 越大或 γ 越小,$\lambda^*(\delta, \gamma)$ 越靠近 λ_2^*,反之则反是。于是我们得到命题 3。

命题 3　在需求不确定、电力厂商拥有部分讨价还价势力以及收购上游资

———————

① 在图 2 中,我们仍假设买方垄断者产量为 Q,这并不影响结论的性质。

产的单位成本不变的条件下,电力厂商将选择比需求确定情况下更高的一体化程度。进一步,高需求出现的概率越高,或需求波动的幅度越大,电力厂商选择的一体化程度就将越高。

值得指出的是,(3)式导致的买方垄断无效率在需求波动情况下仍然存在,但随着电力厂商不断扩大其一体化程度,这一无效率将被逐渐消除。当电力厂商实施完全一体化时,这种无效率将被完全消除。在这一意义上,需求波动下的后向一体化是私人与社会均合意的。

结论及未来研究方向

在一系列较符合我国煤电产业链现状的假设条件下,本文分析了需求波动对买方垄断者后向一体化激励的影响。在需求波动情况下,买方垄断者试图通过后向一体化来平滑此波动的影响,获得更稳定、成本更低的投入品以应对可能出现的高需求。在这里,后向一体化成为企业将最终品市场上需求波动导致成本升高的风险传递到上游中间品市场的手段。在低需求或需求确定的情况下,买方垄断者拥有对上游供应商的全部讨价还价势力,它会选择部分一体化,既可通过企业内部也可以通过市场来调节投入品供应。但当高需求出现时,上游不断上升的成本和价格导致买方垄断厂商开支增加,这意味着在最终品价格被规制的情况下其利润的下降,它就会采用扩大后向一体化程度的方法去减少这种开支。

本文的分析基于相对简单的假设,更深入的研究涉及以下几个方向。首先,纵向市场结构可扩展为下游买方寡头垄断,上游也可逐步扩展为寡头垄断的情况。在存在需求波动的情况下,这就更接近现实中的煤电产业链,此时我们可通过讨价还价博弈模型来分析电力厂商的后向一体化激励。其次,纵向安排的扩展,可考虑纵向一体化的其他替代方案,如长期契约和部分所有权等,此时下游电力厂商需要在纵向一体化、长期契约等纵向安排下进行权衡。此外,在这些扩展的研究中,我们都需要以产业链效率基准为基础,对煤电产业链的各种纵向安排的市场效率与社会福利进行评价。

参 考 文 献

于立、刘劲松,《中国煤、电关系的产业组织分析》,《中国工业经济》2004 年第 9 期。

于立、刘劲松,《中国煤、电关系的架构取向》,《改革》2005 年第 2 期。

Bolton P. and M. D. Whinston, "Incomplete Contracts, Vertical Integration, and Supply Assurance", *Review of Economic Studies*, 1993, Vol. 60, No. 1, 121-148.

Carlton, D. W., "Vertical Integration in Competitive Markets under Uncertainty", *Journal of Industrial Economics*, 1979, Vol. 27, No. 3, 189-209.

de Fontenay, C. C. and J. S. Gans, "Can vertical integration by a monopsonist harm consumer welfare?" *International Journal of Industrial Organization*, 2004, Vol. 22, 821-834.

McGee, J. S. and L. R. Bassett, "Vertical integration revisited", *Journal of Law and Economics*, 1976, Vol. 19, 17-38.

Perry, M. K., "Vertical Integration: The Monopsony Case", *American Economic Review*, 1978, Vol. 68, No. 4, 561-570.

Perry, M. K., "Vertical Integration by Competitive Firms: Uncertainty and Diversification", *Southern Economic Journal*, 1982, Vol. 49, No. 1, 201-208.

Perry, M. K., "Vertical equilibrium in a competitive input market", *International Journal of Industrial Organization*, 1984, Vol. 2, 159-170.

Perry, M. K., "Vertical Integration: Determinants and effects", *Handbook of Industrial Organization*, 1988, Vol. 1, Chapter 4, 185-255.

Salop, S. C. and Scheffman, D. T., "Raising rivals' costs", *American Economic Review*, 1983, Vol. 73, 267-271.

第三篇
经济规制理论与应用

产业链类型与产业链效率基准*

郁义鸿

摘　要　在现代经济中,产业链控制策略已成为市场竞争的重要手段,相应的经济规制也是产业组织理论中的热点论题,但现有理论对于市场绩效及经济规制的研究是建立在单个市场效率基准的基础上的,因而严重削弱了其对经济现实的解释能力和政策指导意义。本文首先根据产品本身特性与技术条件对产业链类型进行划分,进而在此基础上建立起以产业链整体效率为对象的产业链效率评判基准。这将为基于产业链的市场竞争策略以及相应的经济规制的理论研究提供概念性基础。

关键词　产业链,产业链类型,产业链效率,效率基准

ABSTRACT　Controlling industrial chain is an important strategy in market competition in modern economy, and the corresponding economic regulation is also a hot topic in modern industrial organization, but study of market performance and economic regulation in present theory is only based on the efficiency benchmark for single market not for whole industrial chain, so that heavily reduces its explanation ability and policy guidance for economic reality. This paper first classifies the type of industrial chain based on the characteristics of the product itself and the technique of production, then builds the benchmark of industrial chain efficiency for whole industrial chain based on the classification. This will build the conceptual foundation for the theoretical study on the industrial chain control strategy and corresponding economic regulation.

Key Words　industrial chain, type of industrial chain, industrial chain efficiency, efficiency benchmark

引　言

经济学的理论问题来自于对现实中观察到的经济现象的提炼,同时理论研究也应该为现实问题的解决提供指导。但就产业链问题的研究而言,理论与现实存在脱节。

在中国具有典型意义的产业链问题主要包括电信、电力、铁路等垄断行业的改革问题,超市向供应商索取"通道费"的问题,以及近年来成为热点的煤炭

---

* 原文发表于《中国工业经济》2005 年第 11 期。

电力纵向关系问题等等,对这些问题的研究大多借助于现代产业组织理论中纵向控制领域的研究成果。然而,这一重要领域至今仍未形成一个系统的理论框架。其表现之一同时也是其原因之一是,即对于如何衡量作为整体的产业链的效率这一基本问题,在理论上也没有给出明确的答案。现有理论对于市场绩效及经济规制的研究是建立在单个市场效率基准的基础上的,因而严重削弱了其对经济现实的解释能力和政策指导意义。就此而言,现有理论并没有真正将产业链作为研究对象。

要构建一个系统的理论体系,首先需要对一些具有基础性的概念给出严格的定义。在经济现实中,对应于不同的最终产品,产业链呈现出各种不同的形态。产业链的不同是由产品特性决定的,这里的产品特性既包括最终产品本身的特性,同时还包括整个产业链中各个相关产品的特性以及这些产品之间的投入产出关系的特性。这些特性主要是由技术因素决定的。理论研究的抽象性要求我们对不同的产业链形态进行提炼,以找出它们的共性,而这种提炼首先要求我们将产业链的描述抽象化。进一步,对于产业链理论的构建非常重要的是,我们需要给出产业链效率的概念界定,并给出其评价的基准。由于产业链本身可能具有不同的类型,这种效率的评价基准也将根据产业链类型的不同而有所不同。

本文首先根据产品本身特性与技术条件对产业链类型进行划分,进而在此基础上建立起以产业链整体效率为对象的产业链效率评判基准。这将为基于产业链的市场竞争策略以及相应的经济规制的理论研究提供概念性基础。

产业链类型的划分

所谓产业链是指,在一种最终产品的生产加工过程中——从最初的自然资源到最终产品到达消费者手中——包含的各个环节所构成的整个的生产链条。在产业链中,每一个环节都是一个相对独立的产业,因此,一个产业链也就是一个由多个相互链接的产业所构成的完整的链条。

产业链类型是指,在一个产业链中的两个上下游产业之间或两个相邻市场之间的关联方式。产业链类型是由产品特性与生产技术所决定的。

首先,所有的产业链不管是由多少个环节构成的,我们都可以将其分解为两个相关产业之间或相邻市场之间的关系,这可以看成是产业链构成的"元素"。①这些关系具有不同的关联方式,据此可以对这些"元素"进行分类。这些"元素"首先可以划分为两大类,一类由上游产业与下游产业之间的纵向关系所构成,另一类则由两个并行的产业之间的横向关系所构成。

对于具有纵向关系的产业链环节,两个行业之间存在的是上下游关系,其

---

① 这正是现有的理论研究所采取的抽象方法的结果。如果要对现实的产业链进行应用性研究或实证研究,我们还是需要"回到现实中"来,去分析那些具体的产业链构成。

产品分别具有投入品和最终产品的特性。我们不妨将上游行业的产品记为产品 A,将下游行业的产品记为产品 B。通常假定,下游厂商是直接面向消费者的生产者或是上游产品的零售商。

对于这样的上下游关系,可以根据产品 A 是否为中间产品这一属性加以区分。可能存在三种不同情况:一是最终产品,二是纯粹的中间产品,第三种可能是,产品 A 既可以作为产品 B 的投入品,又可以作为最终产品直接面向消费者。我们分别称其为类型Ⅰ、类型Ⅱ和类型Ⅲ。

产业链类型Ⅰ[①]——产品 A 本身就是最终产品。在这种情况下,所谓下游行业是产品 A 的分销环节。这一类型的纵向关系是现有理论关注最多的,也是在现实中可以大量看到的。作为理论抽象,我们可以把零售作为一个不可缺少的"生产环节"加以分析,而制造商是否建立自己的分销体系则是一个其是否实行前向一体化的策略选择问题。同时,由于零售商提供的服务可能存在差异,因而对消费者来说,不同的零售商提供的服务可以视为不同的"产品",在这种情况下,可认为零售商 B 的"产品"与制造商 A 的产品属于两个不同的市场。

产业链类型Ⅱ——产品 A 是纯粹的"中间产品",也就是说,产品 A 只能作为产品 B 的投入品。这里的中间产品可以包括一大类基础设施,如铁路的路轨、电信网络、电力骨干网、民航机场、某些交通基础设施等等。有意思的是,除了实物形态的基础设施之外,可能还存在一些"虚拟"形态的基础设施。一个典型的例子是计算机操作系统与应用软件之间的关系。此时操作系统是基础设施,而应用软件则可以视为运作于该基础设施之上的"下游产品"。另一个例子是影院与电影胶片,缺了电影胶片,影院几乎没有其他用途;但只要有放映机,电影胶片甚至可以在露天放映。在产业组织理论中,典型的接入定价问题主要与这种类型的产业链有关。还有一种情况是,如 3G 时代的移动通信行业,当所有的手机都由移动运营商定制,并由移动运营商销售给消费者的时候,所谓"终端"——手机——作为完全的投入品,就变成了"上游产品"。但此时的手机并不是基础设施。

当然,现实中更常见的是那些真正的中间产品,如各种汽车零部件都是整车的投入品,且它们自己除了用于维修更换或升级换代之外都不能直接面对消费者;[②]又如皮鞋制造中所用到的皮革与其他原材料也都是纯粹的投入品,等等。

这里需要说明的是,类型Ⅱ与类型Ⅰ相比,在产品 B 与消费者之间不再存在零售环节。这种差异与现实中产业的对应性需根据产业特性来把握。对于产品 A 是基础设施而产品 B 属于服务业这种情况来说,在产品 B 与消费者之

---

① 严格说来这里指的是"产业链纵向关系的类型",但为简便,以后均简称"产业链的类型"或"产业链类型"。

② 按理论简化的要求,以后的讨论中都不考虑维修替换和升级换代的需求。

间确实不存在分销体系。而对产品 B 属于制造业的情况来说,分销体系是可能存在的,但在这种情况下,可以认为类型 II 与类型 I 恰恰是产业链中顺序相贯的前后两个环节。因此,对两种类型的分析各自反映了理论关注的重点所在。①

还需说明的是,我们假定上游产品没有其他用途,而对下游产品来说,该上游产品也是其必不可少的投入品。这样的抽象假定符合理论研究的要求,也具有现实意义的典型性。特别是,如上所述的基础设施通常具有很强的垄断性,因而这也是反垄断政策研究所特别关注的。当然在现实中,我们可以看到大量的原材料都具有广泛的用途,如煤炭可以用来发电,也可以用来制造焦炭,还可以用来制造煤气等等;而另一方面,电力行业中的火电厂是使用煤炭的,但同时还存在水力发电、核电站等等。这就导致了上下游两方面对对方的产品都不是唯一选择的情况。对于前一种情况,应该说实际上涉及了几个不同的产业链。我们的产业链是针对一种最终产品来定义的。因此,当煤炭用于发电时,它属于电力产业链的一个环节;当煤炭用于制造煤气的时候,它却属于燃气行业产业链的一部分。对这种同时跨越几个产业链的一种投入品,相关的论题只有在应用研究中才是有意义的,而当我们进行应用研究的时候,这里的产业链类型的"元素"可以作为基本的"建筑材料"加以运用。另一方面,由于电力是同质产品,不管采用什么方式发电,不管采用什么能源,对消费者来说是没有区别的,因此它们确实属于同一个产业链。但总体而言,这种情况的研究具有实践意义。

产业链类型 III——产品 A 既可以作为最终产品直接面向消费者,也可以作为产品 B 的投入品。典型的例子如:电信中的市内电话是直接面向消费者的电信服务,同时又是长途电话的投入品;葡萄既是直接的消费品,同时又是葡萄酒行业的不可缺少的投入品等等。如图 1 所示。

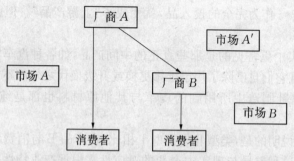

图 1　类型 III——上游产品可作为投入品或最终消费品

---

①　在 Tirole(1988)第四章中,并没有考虑类型 II 的情况,或者说是将两种类型归为一种。笔者以为,虽然从理论研究的角度来说,两种类型所面临的纵向控制问题具有许多共性,但由于最终产品与纯粹中间产品存在不同的特性,两者之间总还存在一些不完全一致的值得关注的论题。此外,将两者进行区分也更能体现出理论抽象与现实问题的对应性。

　　值得强调的是,在这种情况下,产品 A 确实是产品 B 生产加工过程中的投入品,因此产品 A 是产品 B 的一个组成部分,也正因为如此,产品 B 与产品 A 将不再是同质产品,至少应属于不同的细分市场。例如,市话网络是长话接入所必须的基础设施,但通过市话网络提供给消费者的长话服务与市话服务应属于不同的细分市场。对于葡萄与葡萄酒的情形,显然这两种产品更属于完全不同的市场。由此可见,在产业链类型 I 中,产品 B 不过是在产品 A 之上附加了相关的服务,它们本质上属于同一个市场;而在产业链类型 III 中,两种产品虽然可能具有较强的替代性,但至少可视为属于两个不同的细分市场。①

　　以上归纳的是产业链纵向关联的三种基本类型。从横向关联的角度,Tirole(1988)提到了下游厂商使用数种投入品来生产最终产品的情况,此时的下游厂商可以是一个生产者,也可以是一个向消费者销售互补性产品的零售商。Rey、Seabright 和 Tirole(2001)中也提到了两种产品具有互补性的某些情况,这些都属于产业链环节之间的横向关联。但笔者以为,就横向关联的情况来说,只有在两种中间产品之间存在严格互补性的情况下,我们才可能将其视为同属于一个产业链。这是因为,如果将范围扩展到非严格互补品的情况,由于这种情况在现实中是非常宽泛的,我们将面临无法界定产业链边界的尴尬境地。另一方面,我们也将只考虑下游厂商是生产者的情况。我们把这种情况称为产业链类型 IV,如图 2 所示。对于下游厂商是向消费者销售互补性产品的零售商的这种情况,可以将产业链类型 I 与类型 IV 结合起来进行分析。

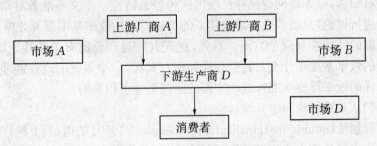

图 2　类型 IV——两种上游产品作为严格互补品

　　在现实中,制造业产品的各个零部件之间都存在这种严格互补的关系,如汽车发动机与汽车方向盘等其他零部件之间,电脑的各个零部件之间等等。对于服务业来说,在厂商提供服务的过程中所需的各种投入之间,也会存在严格互补的情况,但并非所有投入品之间都是严格互补的。

　　产业链类型的基本分类是所有基于产业链的竞争策略及相关的经济规制研究的基础。由于产业链类型是由产品本身的特性所决定的,在相当长时期

---

　　① 这种差别对于纵向控制策略及其经济规制问题的分析具有重要意义。关键是,对于消费者来说,不同细分市场的产品带来的效用是不同的,因而对第二种情况就需要考虑不同的需求函数。

内，在技术条件给定的情况下，两个产业之间的纵向关联或横向关联所具有的类型是不会改变的。那么，对厂商来说，当他们在不同的产业链竞争策略之间进行选择的时候，就必须要考虑最基本的环境因素。厂商策略选择的激励来自于可能获得的增加的利润，而利润能否增加，在一定程度上将取决于产业链类型的特性。同样地，各种策略是否具有反竞争的效应，也在很大程度上取决于这一基本环境。

产业链效率与产业链效率基准

在一定意义上，效率基准是经济学的一块基石。对经济理论研究来说，当我们明确了企业竞争策略背后的动机和激励，并对企业在各种不同环境下出于利润最大化的目标将采取的行为作出预测之后，我们就需要回答，这些行为对市场效率和社会福利将会带来怎样的后果。进一步，对这种后果即市场绩效的评价就构成了经济规制政策制定的前提。

对于单个市场的相关研究来说，经济理论已经相当成熟。在给定的假设条件下，就其所限定的研究对象而言，微观经济理论几乎已经达到无懈可击的完美境界，这种完美性在严密的数学工具的支持下更是达到登峰造极的地步。然而，在现代经济学中，对经典理论的批评也从未停止过。除了其假设条件过于理想化之外，这种批评主要集中在其所分析的静态特性方面。就效率评价这块理论基石而言，毫无疑问也同样反映出这种静态特性。本文不准备对动态效率的评价进行讨论，只就产业链理论体系的构建所需的效率基准展开分析。

我们的问题涉及两个方面。首先，在现有的与产业链有关的理论研究中，所采用的效率基准是什么及其合理性如何？其次，一个系统的产业链理论需要建立怎样的效率评价基准？这两方面的问题是紧密相关的。

我们从双重加价问题开始讨论。

双重加价（double marginalization，Spengler，1950）是指，当上游厂商与下游厂商构成如类型 I 或类型 II 那样的产业链，并在各自的市场上占据完全垄断地位的情况下，他们独立地进行序贯决策的结果。假设上游厂商的边际成本为常数 $MC = c$，下游厂商没有任何附加成本。那么，在纵向一体化情况下，厂商利润（两家厂商利润之和）最大化的零售价格为 p^m，其销售数量将为 $q^m = D(p^m)$，这里 $D(\cdot)$ 为需求曲线。然而，当上下游厂商为纵向分离时，上游厂商将确定其批发价格为 p^m，而该价格将成为零售商的边际成本。于是，零售商再一次的垄断定价将导致最终的市场价格为 $p^r > p^m$，其相应地从上游厂商处购买的产品数量将为 $q^r < q^m$。这一结果与单个市场的垄断定价相比，更远地偏离了完全竞争的最优均衡，后者应有价格 $p^* = c$ 以及产量 $q^* = D(p^*)$。

从现有大量文献的论述来看，双重加价的结果在一定程度上已成为许多纵向控制问题研究的效率基准。最典型的是在纵向一体化问题的研究中，对其作出肯定结论首先就是以双重加价的结果为参照物的。如 Tirole(1988) 所说：
"纵向一体化的目的就是避免双重价格扭曲，这种情况的发生是由于每个企业
在生产的每个阶段都加上自己的价格—成本边际"，"纵向一体化（或等价地，充
分纵向约束）的福利分析很简单……双重加价的消除使福利提高是清楚无
疑的"。

双重加价的结果是一个最坏的结果。因此，当我们以最坏的结果为效率基
准来对纵向一体化进行评价的时候，就好比把一种严重的但还不至于被判死刑
的罪行与一种该被判死刑的罪行做比较，然后得出这种重罪导致的结果还相当
不错的结论。事实上，在单个市场的效率评价中，完全垄断无疑被认为是一种
最坏的市场结构，其均衡结果也导致最差的市场效率与社会福利。

以最坏情况作为基准所存在的缺陷是明显的，实际上，此时我们无法知道
也无法评价，纵向一体化是否给我们带来以及究竟带来多少市场效率和社会福
利的损失。特别是，在单个市场的分析中以完全竞争均衡结果为基准的时候，
我们可以准确地对垄断带来的效率和福利损失作出评价，而在产业链情况下，
我们现在甚至没有这样一个最优的均衡结果，能够作为对所有基于产业链的竞
争策略的市场效率和社会福利效应的评价基准。综观微观经济学理论体系，或
许可以说产业链这一概念是超越了其研究范围的。但当产业组织理论在此基
础上发展起来的时候，其研究领域的扩展方向之一就是从单个市场扩展为多个
市场特别是整个产业链。产业链相关问题的研究正代表了这一方向。那么，相
应地就需要给出产业链效率的概念及其相应的评价基准。

所谓产业链效率，就是将产业链作为一个整体进行衡量的效率，其相应的
评价基准就是当产业链各个环节都实现完全竞争市场均衡下的市场效率与社
会福利。

那么，是否可以将单个市场的最优基准直接用于产业链效率的评价呢？答案
是否定的。事实上，产业链效率的度量至少需要考虑两方面的问题：一是，对于上
游市场生产中间产品 A 的情形，其市场效率和社会福利该如何评价？二是，如果
说两个市场的效率评价可以各自进行的话，它们的社会福利应如何加总？

下面我们将根据基本的产业链类型所具有的各自不同的特性，建立起相应
的效率基准。

在一个中间产品市场上，供给与需求双方都是生产性厂商。为了得到其竞
争均衡的结果，我们需要知道这一市场上的供给曲线与需求曲线。那么，就供
给方面来说，由于经济主体是同样的追求利润最大化的厂商，因此其基本规律
与最终产品市场应无区别，即在边际成本递增的假设下，在一个竞争性市场上，
产品 A 的供给曲线应是向上倾斜的。

就需求方面来说，此时的问题是，中间产品 A 的需求曲线是如何决定的？
中间产品 A 的需求是一种派生需求，是由对最终产品 B 的需求所引致的。如
果简化假定产品 A 只能作为最终产品 B 的投入品，容易知道，对钢材的需求就

是对汽车需求的派生,对煤炭的需求就是对电力需求的派生等等。此时,与最终产品 B 的需求曲线的获得类似地,我们需要分析当厂商作为中间产品 A 的需求一方的时候,其利润最大化行为将"引致"一条怎样的需求曲线?

　　假定最终产品市场 B 是完全竞争的。因此,对厂商 B 来说,它是其产品 B 的价格的接受者。再假定产品 B 与产品 A 是一一匹配的,即每件产品 B 使用且仅使用一件中间产品 A。不妨假定厂商 B 的固定成本为零,在厂商 B 的可变成本中,除了投入品 A 之外的其他平均可变成本为 AVC_B,且为常数。因此可知,厂商 B 的边际成本为 $AVC_B + p_A$,且厂商 B 的利润最大化一阶条件为:

$$p_B = AVC_B + p_A \tag{1}$$

其中,p_B 是产品 B 的市场价格,对厂商 B 来说是常数。直观来说,厂商 B 对产品 A 进行购买的利润最大化条件就是,使其边际成本之和等于其产品的销售价格。假定 $AVC_B = 0$,则(1.1)式简化为:

$$p_B = p_A \tag{2}$$

　　显然,对于厂商 A 来说,其利润最大化的必要条件为:

$$p_A = MC_A \tag{3}$$

　　由于两个市场之间存在如此紧密的联系,其均衡状态必须联立求解。假设市场 A 的供给曲线为 $S_A = S_A(p_A)$,市场 B 的需求曲线为 $D_B = D_B(p_B)$,再加上均衡条件 $p_A = p_B$ 和 $q_A = q_B$,即可求得两个市场的均衡价格与产量,如图 3 所示。

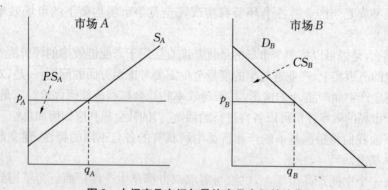

图 3　中间产品市场与最终产品市场的均衡

　　综上所述,在一系列简化假定下,当一个中间产品市场和一个最终产品市场以上述方式紧密关联的情况下,其效率最优的必要条件应为:

$$p_B = p_A = MC_A \tag{4}$$

　　那么,此时的帕累托最优社会福利应如何度量呢?上述结论的直观意义是,在一系列严格假定下,中间产品的派生需求就是最终产品市场的需求,而最终产品市场的生产成本则完全来自中间产品的生产。此时厂商 B 是一个纯粹的"二传手",它在中间产品的传递过程中并不产生任何成本,因而也不附加任何价值,其利润为零。因此,帕累托最优社会福利应包括两部分,其消费者剩余部分来自最终产品市场 B,而其生产者剩余部分则来自中间产品市场 A,记社会福利为 W,即可有:[①]

$$W = CS_B + PS_A \qquad (5)$$

上述市场效率与社会福利的评价基准是在最抽象意义上建立起来的,且可以直接应用于类型 Ⅰ 和类型 Ⅱ 的情况。

对于类型 Ⅲ,需要考虑面临具有实质性差异的两个不同市场的情况。仍然假设两个市场均具有完全竞争的市场结构;产品 B 与产品 A 是一一匹配的;厂商 B 的固定成本为零,边际成本为 $AVC_B + p_A$,且 AVC_B 为常数。但这里我们需假设 $AVC_B > 0$。因此,厂商 B 的利润最大化一阶条件仍由(1)式给出,而厂商 A 利润最大化的必要条件仍由(3)式表示。

一个重要差别在于,产品 A 有着独立的、不同于市场 B 的最终需求曲线,记为 $D_A = D_A(p_A)$,于是,市场 A 的总需求曲线应是其最终需求曲线与其派生需求曲线之和。但需注意,此时市场 B 的价格将由厂商 B 的一阶条件决定,因此,市场 A 的均衡条件为:

$$S_A(p_A) = D_A^{\Sigma} = D_A(p_A) + D_B(p_A + AVC_B) \qquad (6)$$

此时两个市场的均衡状态如图 4 所示。

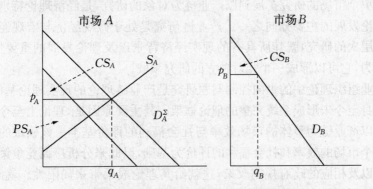

图4　对应于产业链类型 Ⅲ 的市场均衡

由此可见,对于产业链类型 Ⅲ 来说,除了必须假设其除产品 A 之外的边际成本不为零,其市场效率的基准与基本模型没有差异,即价格等于边际成本。

---

① 顺便指出,我们这里严格论证了对双重加价进行批评的芝加哥学派的观点:即对垄断者来说,此时实际上只存在一个市场,只能获得一个垄断利润,而不可能分别获得两个市场的利润。因为消费者剩余只有一个。因此,所谓双重加价是一种虚拟的状况,是不可能发生的。同时也要强调,这是在一系列严格假定下才成立的。

就此而言,产业链效率基准与单个市场没有差异。但就帕累托最优社会福利来说,如图 4 可见,此时应为:

$$W_{\text{III}} = CS_A + CS_B + PS_A \tag{7}$$

如图 4 所示,此时厂商 B 产生了额外成本,但利润为零,市场 B 的生产者剩余也就为零。

对于产业链类型 IV,我们考察三个市场均属于完全竞争的情况。对于两个不同的中间产品市场,容易看到,其竞争均衡的条件应分别为:

$$p_A = MC_A, \ p_B = MC_B \tag{8}$$

而对于市场 D,在简单假设其没有其他投入品的情况下,其边际成本就是两种投入品的边际成本之和,因此其均衡条件即为:

$$p_D = p_A + p_B \tag{9}$$

对于类型 IV 的社会福利,由对类型 I 派生需求的分析容易得到,在产业链完全竞争均衡下的最大化社会福利为:

$$W_{\text{IV}} = CS_D + PS_A + PS_B \tag{10}$$

结　　论

从单个市场的研究扩展到以产业链为对象的研究,是经济理论特别是产业组织理论发展的主要方向之一。产业链研究是处于微观经济与宏观经济之间的中间层次的研究,就其所具有的现实经济背景以及理论发展的重要性而言,笔者以为,它可以形成一个相对独立的研究领域。

产业组织理论中的纵向控制问题研究是产业链理论的现实理论基础,但该领域本身至今未形成系统完整的理论框架。其主要原因是,理论上至今没有给出真正以产业链为整体的市场效率与社会福利的评价基准。该领域的研究始终以单个市场的效率和社会福利的评价为基础,以此来分析厂商竞争策略的市场效应以及相应的政府规制政策,这就给其理论成果带来局限性。就此而言,现有理论还不是真正的产业链理论。

理论体系的构建首先要求对一些具有基础性的概念给出严格的界定。笔者以为,从产业组织理论角度来说,产业链类型与产业链效率及其基准是产业链问题研究中最具有基础性的概念。这是因为,产业链类型主要是由产品特性及其生产技术所决定的,它构成了厂商竞争的基本环境。在此基础上,当各个关联产业分别形成各自的市场结构时,其总和就形成产业链的整体市场结构,而正是这样一种产业链整体的市场结构,将在很大程度上决定厂商的纵向控制策略和横向的竞争策略。进一步,产业链市场结构与厂商的产业链竞争行为的相互作用将决定产业链的整体效率。因而,产业链效率及其相应的评价基准同样具有基础性的概念。这一概念也是以产业链类型为基础的,同时其本身也构成厂商竞争行为评价及相应的政府规制政策研究的基础。

本文归纳了产业链的四种基本类型,其中三种是产业链纵向关系的类型,一种是横向关联类型。这种产业链类型由最终产品与中间产品本身的特性及其相应的技术条件所决定,与产业链市场结构无关。进一步,针对每一种产业链类型,本文讨论了应如何以产业链为整体进行市场效率和相应的社会福利的评价,并在完全竞争假设的基础上,建立了对应于不同产业链类型的效率基准和社会福利基准。这种市场绩效评价基准的建立,为对基于产业链的竞争策略特别是相应的经济规制问题的研究提供了基础。

在本文所界定的基本概念基础上,理论概念的进一步扩展可考虑以下几个方向。

一是自然垄断特性的影响。这主要体现在类型Ⅱ中,其一大类情况是,作为"中间产品"的是基础设施,且这些基础设施具有较典型的自然垄断特性。众所周知,垄断是导致市场失灵的主要原因之一,因而产业组织理论与经济规制的主要论题之一就是反垄断。但自然垄断却具有技术和成本效率方面的合理性。因此,如何在考虑了显著的规模经济性的条件下来设定一个次优的基准,是值得进一步研究的问题。

二是面向应用的扩展。如同样对产业链类型Ⅱ,当用于现实经济问题的分析时,我们可能面临如前所述的煤电关系这种情况,即煤炭不仅仅作为电力的投入,且电力也不仅仅以煤炭为投入品。此时如何对本文所建立的最优效率与社会福利的基准进行拓展,是一个更具实践意义的问题。

三是我们所界定的产业链效率基准仍然是静态的。产业链如何设定动态的效率基准将是一个非常复杂的问题,对此的讨论无疑需要建立在单个市场动态效率基准的基础之上,而后者的建立还需要更深入的研究。这也是我们未来的研究方向之一。

参 考 文 献

Blaug, M. , "Is Competition Such a Good Thing? Static Efficiency versus Dynamic Efficiency", *Review of Industrial Organization*, 2001, 1.

Dobson, P. W. , and M. Waterson, "The Effects of Exclusive Purchasing on Interbrand and Intrabrand Rivalry", Warwick Economics Working Paper No. 94-15. 1994.

Rey, P. , and P. Seabright, J. Tirole, "The Activities of A Monopoly Firm in Adjacent Competitive Markets: Economic Consequences And Implications For Competition Policy", IDEI working paper. 2001.

Spengler, J. , "Vertical Integration and Anti-trust Policy", *Journal of Political Economy*, 1950, 3.

Vickers, J., and M. Waterson, "Vertical Relationships: An Introduction", *Journal of Industrial Economics*, 1991, 5.

Martin, S.,《高级产业经济学》,上海财经大学出版社2003年版.

Porter, M.,《竞争论》,中信出版社2003年版.

Tirole, J.,《产业组织理论》,中国人民大学出版社1997年版.

Viscusi, W., and J. M. Vernon, J. E. Harrington,《反垄断与管制经济学》,机械工业出版社2004年版.

拍卖、激励与公共资源使用权的竞争性配置[*]

白让让

摘 要 公共资源的竞争性配置或拍卖是激励管制构建的一个主要方式，本文通过对欧美等国频率拍卖机制和效果的比较方向，说明它所具有的收入最大化、价值显示和有效激励功能，我国实施激励管制的主要障碍是由管制放松路径导致的竞争不足和民营化滞后，只有引进包括拍卖在内的新管制工具，才能有效地解决自然垄断产业的管制低效问题。

关键词 激励管制，拍卖机制，电信产业

ABSTRACT Allocating the public resource with the competition or auction mechanism is a major way for the regulation restructure. In this paper, we compare the model and the result of the spectrum auction in the European and American, and find it may raise the government revenue, reveal the resource value, and improve the efficiency of regulation. The deficiency of competition and the lag of "privatization" are the main obstasles for the incentive regulation implemented in our country, thus the policy implication of this paper is to introduce the new regulation tools such as auction which will benefit the regulation.

Key Words incentive regulation, auctions regime, telecom industry

问题的提出

目前，欧美日等国家和地区相继发放了第三代移动通讯（3G）的运营牌照，部分企业甚至已经投入正式的营运，而在我国，关于何时推出这一技术标准、向哪些运营商发放营业执照等问题仍处于讨论之中。经过近十余年的迅猛增长，中国已经是全球最大的移动通信消费和服务国，为什么在这次技术提升或换代中，处于十分被动和滞后的境地呢？本文的分析将表明，这种滞后是已有管制放松路径的必然结果。

许多国家在 3G 牌照发放之时，不约而同地采取拍卖的方式分配新技术的核心资源——频率，在增加政府的财政收入的同时，不仅使频率被分配到那些能使其产生最大价值的企业手中，在一定程度上还引进了新的运营商，使通信产业的市场结构更趋于竞争性。更为重要的是，这种基于拍卖机制的公共资源

＊ 原文发表于《经济社会体制比较》2004 年第 6 期。

使用权配置方法的初步成功,使拍卖这一古老的交易方法被逐渐应用到机场、管网(水、煤气、固定电话)、有限电视等资源的分配中,拍卖已经成为一些国家分配具有自然垄断特征的稀缺资源的主要工具。

本文将在分析传统公共资源配置方式低效的基础上,通过对欧美各国频率拍卖的实证考察,以证明拍卖机制所具有的效率、激励和约束功效,并对我国3G牌照的发放滞后提出一个管制经济学的解释。

公共资源使用权配置的困境与拍卖机制的引入

自然垄断产业的产出大多是纯粹或准公共物品,其所使用的关键投入品也具有相似的性质,如电讯业中的频率,航空运输中的机场,固定电话服务中的网络等。在一定意义上这些投入品的使用权是产生垄断的必要条件之一。从社会利益出发,不仅需要对这些产业的产出和价格进行管制,更需要对稀缺资源的分配予以干预。利益集团、管制"俘获"和激励管制理论已经从不同角度证明了传统方式的缺陷和弊端。

(一) 公共资源使用权配置的传统方式与困境

1. 公共资源使用中的外部性与配置困境。

针对公共物品尤其是强外部性的公共物品在使用过程中出现的私人边际成本和社会边际成本的不一致所产生的供给过度或不足问题,经济学家曾提出了私有化、国有化和政府管制等三种方案。①就私有化方案而言,它可以彻底解决产权安排带来的外部性,但产权界定中交易成本及一些公共资源的产权难以完全界定等问题的存在,使私有化只能有效地用于那些技术上可分的公共资源的配置,对于海洋、频率、道路等资源而言,其效率并非最优。公有制虽然可以部分地化解交易成本,但其缺陷也十分显著:一是作为团队生产,内部的监督成本可能超过市场交易成本;二是团队生产的效率会随着范围的纵向扩张和内部分工层级的增加而递减。公共物品所具有的正的外部性会强化这种"搭便车"效应。传统意义上的政府管制一般采取的是征税、许可证和配额的方式,由于税收会导致资源配置效率的扭曲和低效,而许可证和配额也会引发对分配权的争夺或寻租,其效率的低下已经被芝加哥学派的利益集团理论所证明。虽然拍卖在一般意义上仅仅是一种交易方式,但这种交易过程实际上伴随着资源的重新配置。如果这种拍卖是自愿和公平的,其结果必然满足参与约束和激励相容约束,从而可以依托竞拍(一种最有效的市场化交易)的方式实现社会福利水平的提高。对于那些不可分割的公共资源,通过使用权的拍卖,既可以使资源被那些能使其效用最大化的参与者所拥有,也会确保社会上其他群体对这种资源

---

① 这里的论述引自柯荣住、方汉明(2004)。

的需求得到基本的满足,因为这些资源的一个重要特征是其收益建立在需求而非转卖中。

2. 公共资源管制合同的设计难题和执行障碍。

激励性管制的主要方式如最高价格限制、利润分成、有约束的收益率管制、标尺竞争以及菜单(menu)等,从机制设计的角度分析,实质上都具有经济合同或契约的基本特征,表现的是管制者和受管制企业之间的通过讨价还价所形成的长期或短期关系。虽然它们能很大的程度地提高企业创新和降低成本的激励,但其缺陷也十分明显,例如最高价格限制可能允许价格显著地偏离实际的生产成本,从而导致总福利水平的下降。尤其是当成本的可变区间较大,或企业可以不受惩罚地将产出维持在较低水平时,管制者将无法避免让企业获得相当数量的租金。利润分成和有约束的收益率管制也存在类似问题。而一旦管制者更强调消费者利益,将价格限制的很低时,产品或服务的质量尤其是普遍服务质量就难以保证。

在具体的实践中,大多数的激励管制方案都以合同的方式来实现。而管制者承诺、信息不对称、技术进步、管制合同标的多重性等因素的存在,必然会引发道德风险、逆向选择和荆棘效应等诸多问题,无论用短期还是长期合同均无法有效地解决这些难题。而拍卖尤其是直接拍卖机制的应用,却可以在不需要全面考虑这些因素的前提下,显示出企业的真实成本,这一点对确保公共资源价值的实现尤为重要。

(二) 拍卖与公共资源的竞争性配置

1. 作为资源分配机制的拍卖及其形式。

拍卖是一种投标机制,它由一组确定谁是赢者及其支付价格的拍卖规则组成。作为一种古老的交易方式,它具有加快交易速度、显示有关买者估价信息以及防止卖方代理人与买方合谋的功效,从而被广泛地应用于从私人物品如钻石、房地产、艺术品到公共性质的政府购买、债券出售等领域。随着管制放松和政府对一些公共资源使用权的放弃,如何在确保必要的社会需求的前提下,提高这些资源的使用效率,就成为新管制机制面临的一个主要问题。拍卖机制所具有的若干特点使其在公共资源配置方式中日益显现,并逐渐成为一种主要方式。

传统的拍卖方式无论是公开的英式和荷兰式拍卖,还是密封的一级和二级拍卖,所面对的问题都相对较为简单,竞拍的标的物一般是一维的,且不存在外部性。但是,公共资源的使用权由于涉及外部性问题,拍卖的标的物(隐性或显性)往往包含较多方面,例如,对某一地区范围内电力生产权的分配,不仅决定了谁将生产和生产多少,相应地也决定着污染物排放的权力和数量,这种互补性的权力如果按以往的管制权力配置,将分别由两个管制者来分配。在存在信息不对称的情况下,如果存在两个以上供应者,利用传统拍卖配置生产权和排污权将无法消除外部性问题,甚至会引发更大的外部性。而利用拍卖来分配公共资源的使用权,则可能在一定程度上消除或减弱上述不利后果。

2. 基于公共资源特质的拍卖机制设计。

(1) 特许投标制。Demsetz(1968)提出利用特许投标(franchise bidding)提高政府管制的效率,其含义是在自然垄断的产业或业务中让多家企业竞争独家经营权,并按照一定的要求,由报价最低的企业提供产品或服务。实质上是在市场进入的阶段通过竞争降低运营成本(固定成本)。由于获得经营权的企业的报价最低,因此在相同的市场和需求条件下,消费者和政府获得的福利将提高。对于企业而言,由于特许投标的项目一般是供水、海港、机场和公路等固定成本和沉淀成本都巨大的领域,其投资很难在较短时期内收回,因此其更有激励降低各种成本实现长期利润最大化。显然,这种方式的缺陷也十分明显:一是投标竞争的结局仍是垄断或寡头垄断的结构,这样企业就有积极性通过事前寻租或事后合谋的方式俘获管制者;二是期间的有限性,有可能引发企业对公共资源的掠夺性使用或专用性投资的不足。因此在大规模的私有化浪潮过后,这一方式就不再使用到具有强网络外部性的产业如电信、电网的运营中。

(2) 直接拍卖机制。直接拍卖是指投标者直接向销售者报告各自的估价,然后再根据拍卖规则选择谁是赢家及其支付的价格。Myerson(1979)年发现,在设计最优拍卖时只要满足激励相容就足够了,而直接拍卖可以自动实现激励相容,原因在于这一机制符合显示原理的要求。所谓显示原理是指,任何一种拍卖的任意一个均衡,都可以从获胜概率和预期支付都相等的激励相容的直接拍卖中得到。在这一极具一般性和方法逻辑思维的启发下,公开竞标(open bidding)、捆绑竞标(package bids)、瞬时加价拍卖(simultaneous ascending auction)已经逐渐成为各国分配公共资源,尤其是打破自然垄断状态的主要方式。

这些经过改进的拍卖机制使市场交易的功能得到了最广泛的体现。首先,它具有价值显示功能,使公共资源的价值以竞争的方式得以实现;其次,这些稀缺的资源能够被那些有最高使用价值的竞标者所拥有,使其在一定期限内具有"私有产权"的性质,这一定会提高其所有权人的努力水平;最后,拍卖的参与者事先必须承诺提供普遍服务、相互接入、不转卖等责任,才能取得竞标的资格,一旦获得标的物,这些责任就转化为运营商的约束条件,通过拍卖可以产生一个自我约束和激励相容的新契约,这是机制可实施的两个重要条件。也正是在上述意义上,我们认为拍卖是激励性管制重建的一个主要内容。

欧美各国频率拍卖的模式比较和市场绩效

从 1994 年到 2001 年,美国联邦通信委员会(FCC)组织了 33 次无线通讯频率拍卖,共获得了 400 亿美元的财政收入,将上千个营业执照颁发给几百家运营商,使美国的无线通讯成为全球最具竞争结构和效率的行业。实际上,无论是英国、日本等发达国家,还是印度、巴西这样的发展中国家,都在使用各种拍卖方式来分配频率这一公共资源,以营造竞争性的产业结构。

(一) 频率拍卖的目标和一般程序

利用拍卖机制分配频率这一特殊的资源的设想最早出自 Ronald Coase (1959)的主张,但直到 30 多年后才付诸实践。在此之前,行政性审批以及后来的随机抽样是分配频率使用权的基本方法,在一些国家还在利用它们的改进方法即"选美"(beauty contest)来进行频率管制。与拍卖相比,这些方法的问题在于,一是不能避免寻租引发的管制者腐败或"俘获",二是配置过程缺乏透明性和公正性,三是在配置后形成的各种合约中,营运者拥有较大的主动权,其承诺的可置信性无法保障。欧美等国在第三代移动通讯(频率)执照中对拍卖的大量使用和初步成功,为我们提供了一个现实的参照系。

1. 频率拍卖的基本目标。效率——即将频率资源配置给那些能使其得到最优利用的运营商手中,是引进拍卖规则的最主要目标。获得资源的租金收入,防止资源被运营商无偿占用,并因此激励其提高使用效率是第二个目标。在实现这两个目标的同时,显现运营商对市场价值的预测或判断,为未来的管制合同设计提供信息是一个隐含的目标。欧洲各国和美国的频率拍卖在这三个目标上已经取得初步的成功。采取完全拍卖方式国家的收入(即频率的个数规模)和运营商的选择都由拍卖来决定,既高于仅仅由拍卖决定运营商的模式,也显著地高于完全由政府"选美"的方式。除了提高资源配置和使用效率、增加政府财政收入和显现资源等目标外,从管制放松和重建出发,构造一个竞争性的市场结构才是其最核心的宗旨。

2. 频率拍卖的一般规则和程序。频率拍卖要解决的两个核心问题是:一是发放多少个牌照以及每个牌照可使用多少频率,即数量和规模问题;二是哪些企业可以获得牌照,每个牌照的价值几何,即运营商和价格问题。就普遍使用的"同时加价拍卖"而言,其基本要素和规则包括以下方面:①最高频率限制(spectrum cap)。为防止垄断结构的出现,对每一个运营商所能使用的频率的最高数目进行严格限制。②行动规则(activity rule)。为确保拍卖的有效进行,要求任何参与者必须进行最小数量频率的竞拍,例如,在第一轮要按现有能力的 60% 投标,在第二轮增加到 80%,直到 100%,否则现有牌照的范围相应地减少 60%、80%、100%。③支付和递增规则。与一般的拍卖相同,竞标者要在事前交纳保证金,在拍卖成功后交纳 20% 的总价款,剩余的 80% 则在正式取得牌照后支付。同时要求每次竞标的增加额在 5% 到 20%,以确保拍卖的时间维持在一定的期间内。④信息公开。每个竞标者都可以及时掌握对手上轮的出价、已有的资质、是否弃权等信息。⑤转让。一些国家规定,高投标的企业可以在交纳一定的罚金后放弃已获得的牌照,仅次于其的企业自然获得执照,为防止流标或毁约,这一罚金在美国相当于总价的 3%。

(二) 美英德三国频率拍卖的比较分析

如前所述,频率发放至少要解决数量和规模、运营商和价格两个层面的问题,而这两个层面的问题既可以采取行政性安排(亦政府选美)的方式,由政府来直接决定,也可以利用拍卖机制,让市场决定频率的使用者和每个执照的大小、范围和价格。根据各国的具体实践,频率资源的配置方式可以划分为完全行政性安排、混合制和纯粹市场竞争三种模式。[①]以法国为代表的南欧各国,由于私有化或管制放松的时间较为滞后,对电信业仍采取以政府直接控制为主的方式,这种模式并不涉及拍卖机制。本文主要讨论混合和纯粹市场竞争两种模式。结合各国移动通信市场的竞争结构,我们将频率拍卖的模式细化为三种,即完全竞争取向的美国模式、寡头垄断取向的英国模式,以及纯粹市场决定的德国模式。

1. 完全竞争取向的美国模式。美国政府和电信管制当局决定在 1993 年利用拍卖的方式分配频率资源的主要目的有三个:一是将频率配置给最有效率的使用者,二是实现收入最大化,三是促进移动通信市场的有效竞争。瞬时公开竞拍(simultaneous open bidding)是同时实现这三个目标的最优机制。FCC 将全国划分为 306 个都市服务区域和 427 个乡间服务区域,并推出包括 6 个频率区间的 2 074 个个人通讯服务(personal communications service, PCS)牌照进行拍卖。相应地对竞拍者的资格也有基本的要求,例如,竞拍 30 MHz PCS 牌照的公司应能够在 5 年内为所属区域的 1/3 人口提供服务,在 10 年内使 2/3 人口获得移动通信服务。首批的 356 个 PCS 牌照的拍卖经过 78 轮的竞争最终在 1999 年完成,共获得了 41.28 亿美元的净收入,执照被 5 家大公司所拥有。从 2000 年起又拍卖了涉及 195 个市场的 422 张牌照,获得的收入高达 168.57 亿美元,主要的使用者是中小型的区域性公司。经过两次大的拍卖,美国的移动通信市场基本上具备了竞争性的结构,这种密集型的市场划分和牌照分布,也使美国的移动通信市场实现了普遍服务。

2. 寡头垄断取向的英国模式。与美国相同,英国移动通信牌照的规模和数量也是由管制当局决定的,在运营商和价格确定时采取的也是瞬时公开竞拍,但其牌照的数量却相当有限。1998 年政府通过专家咨询的方式确定只发放 4 张 3G 移动牌照给传统的在位者,到 1999 年才决定增加 1 张给新进入者。13 家公司经过 7 周的竞标,最终 4 个在位者和一个新进入者分享了英国的移动通信市场。由于资源十分稀缺,拍卖的收入达 224.77 亿英镑,远远超出原定的 5 亿英镑的目标。从收入的角度分析,英国式拍卖取得成功。表面上市场的寡头垄断结构十分明显,但除了新进入者外,运营商之间市场份额的最大差距不到 3%,同时管制者为引发竞争还允许消费者通过诸多的代理商间接地选择服务

商,因此实际的市场竞争也十分激烈。

　　3. 纯粹市场竞争的德国模式。德国的移动通信频率配置采取的是全程化的拍卖模式,不仅运营商的资格在拍卖中产生,而且牌照的规模和区域大小也由拍卖所决定。其规则和程序是:首先将全国划分为 12 个由双向频率组成的区域,每个竞标者必须投至少两个区域,但又不能超过 3 个区域的标的,那些一直在每一轮只投两个标的的企业在下一轮自动失去投标的资格。这样当所有标的都被配置完毕后,相应的运营商也就产生了。竞拍的结果是四个 GSM 运营商和两个新进入者获得 3G 牌照,令人惊奇的是这一复杂重复博弈的另一个结果是每个运营商均得到两个牌照,原有在位者并没有取得明显的优势。德国政府从这一次的拍卖中获得了 505.19 亿欧元的收入,远远超出专家的预计。每个运营商按照支付金额计算的市场份额均在 16% 左右,与 GSM 市场的"两大两小"的寡头垄断结构相比较,是一种典型的竞争结构。

　　我们还可以从横向对比的角度分析拍卖机制的优点。在已经发放 3G 牌照的 16 个欧洲国家中,采取拍卖机制的有 9 个,41 个运营商中有 8 个是新进入的,而仍旧由政府来直接分配的有 7 个国家,运营商只增加了 5 个,总计也只有26 个,但两类机制所涉及的人口数量却较为接近,因此拍卖有利于市场竞争结构的优化。就政府收入而言,采取"选美"机制的国家除了法国向运营商收取较高的频率使用费外,其余的要么是免费使用,要么只象征性的征收极低的费用。相反,采用拍卖机制的政府都获得相当可观的财政收入,按照人均计算的每一牌照收入,英国为 642 欧元,德国为 619 欧元,希腊和比利时两个小国也超过 40 欧元,所以从资源价值显现和政府收入的角度分析,拍卖机制也优于政府的行政性安排。进一步,如果将行政安排会产生的游说、寻租、承诺改变、激励缺失等损失考虑进来,拍卖机制对交易成本的节约将更为显著。

我国实施激励性管制的障碍和政策建议

　　通过对拍卖机制的原理和欧美各国实践的分析可以发现,采取竞争性的公共资源配置机制是管制放松的有效手段,也应成为我国管制重构的一个主要方向。但为什么这种机制在我国并没有得到管制当局的认可,仍坚持由政府直接配置频率、管网等稀缺性资源?下面我们从管制放松的路径和拍卖机制的制度要求两个方面,以电信业为例,对这一问题提出基于管制经济学的解释和政策建议。

(一) 中国电信业管制放松的路径与激励规制缺失

　　放松管制是近二十余年以来世界各国电信产业的基本趋势。由于在运营商的产权结构、政府的管制体系以及产业竞争的环境等方面所存在的巨大差异,我国电信业管制的变革,不仅起步时间相对滞后,而且也没有选择在其他国家所通行的私有化与市场化并行的方式，而是在国有股占主导地位的前提下，通过自上而下的强制性行政安排，构造双寡头垄断的市场结构，提升竞争水平和增加供给的目标在初期并未取得应有的效果。借鉴美国电信业放松管制的成功经验，"拆分"集行业管理职能和经营活动为一体的中国电信，就成为一个主要的手段。经过三次大的电信重组，到 2002 年，中国电信市场形成了"五加一"的格局，在几个主要的电信业务中，以往的主垄断势力已经消失或减弱。用业务收入进行比较，2002 年中国移动已经超过了中国电信。在固定电话业务中，位居第二的网通占近 40％的份额。移动通讯市场上联通的份额上升到30％，它在局部地区的增长速度已经超过中移动。企业能力和相对地位的变化，造成市场竞争程度的提高，在某些领域甚至出现无序竞争的局面，这对现有的管制模式和手段提出了严峻的挑战。

中国电信业的管制体制和市场结构已经发生了深刻的变化，但与其他国家相比，管制的低效甚至无效仍未得到有效的改观。存在的主要问题包括：集中、垂直化的管制体系，尤其是管制（竞争）规则的制定与执行权集中在一个部门，其他部门难以对其形成有效监督和制约；行政命令和行政审批是管制的主要手段，进入与价格管制缺乏明确统一的标准。在这样的体系下，管制机构缺乏应有的惩处权力和监督激励，往往处于被"俘获"的境地。

中国电信业竞争不足的另一个因素是民营化滞后和缺失。欧洲各国和日本的电信管制放松一直沿着民营化和市场化两条基本平行的路径在推进，在实现产业运营商所有权结构的民营化以后，政府管制机构并没有完全放弃对该产业的干预，只不过干预的手段发生了重大变化，即激励性管制的引入。利用最高价格限制、标尺竞争、有约束的收益率等方法对运营商的定价和投资行为进行必要的管制，尤其是在公共资源如频率、传输网络等领域中引进拍卖机制，在确保资源的租金不被运营商侵占的同时，确立了有效竞争的产权基础和结构。

可见拍卖作为激励性规制重建的一个主要方面，其所要求的前提条件如竞争性的市场结构和产权结构，管制与运营相互分开的组织体系，以及独立的规制法律基础等，在我国并不具备。

（二）激励性规制构建的政策建议

激励性规制对西方主要国家自然垄断产业的技术进步和竞争效率的提高一直发挥着重要的作用，目前这一方式已经被运用到产业链的各个环节。针对我国的特殊背景，结合本文的分析特提出如下政策建议。

1. 以特许投标制和竞争性拍卖取代现行的行政性审批制，提高公共资源的分配效率，优化产业的市场结构。实践证明，依靠政府权威进行的模拟市场竞争的产业结构安排，并不能引发运营商之间的长期良性竞争，在一定条件下会导致无效竞争或企业之间的合谋。本文从对欧美各国频率拍卖的比较这一方向说明，以竞争性的方式重新配置公共资源如管网、机场、频率的使用权，既增加了政府收入，也使资源真正地被能创造出最高价值的企业所掌握，同时可以以合约的形式为企业的普遍服务提供一定的补贴。由于不再长期无偿使用公共资源，沉淀成本和经营压力的增加，迫使运营商只能以降低成本或服务创新来增加利润。更具可行性的是，这种配置方法并不以民营化为必要前提，但一定会产生竞争性的市场结构。

2. 以最高价格限制、有约束的收益率等激励性定价机制代替"成本加成"这一垄断定价规则。在"政企合一、政资合一、管运合一"的体制下，当需求增加时，"成本加成"必然演化为垄断甚至超额垄断定价的合理依据，而一旦出现需求萎缩，企业可以依此向政府索取亏损补贴或设置最低价格。它既不能促进企业生产效率的提高，也无法防止企业对消费者剩余的不断侵占。[①]

3. 激励规制的前提是政府和运营商之间形成的契约关系，这在一定程度上既可以硬化企业的预算约束，也会促使政府规制行为的规范化和法制化。西方国家在建立激励规制的过程中，都新出台了相关的法律，并对原有的规制机构进行了大的调整。在法律和契约的双重约束下，规制机构的权威得以提高和强化，运营商的利益不再完全决定于规制机构的单方决策，无序竞争行为亦得到一定的遏制。

参 考 文 献

Borgers and dustman, "Awarding telecom licenses: the recent European experience", *Economic Policy*, 2003, April 215-268.

Philippe Jehiel and Benny Moldovanu, "An economics perspective on auctions", *Economic Policy* 2003, April, 269-308.

Coase, R. H., "The federal communications commission", Joural of Law and Economics, 1959, 2, October, 1-40.

于良春，《自然垄断与政府规制》，经济科学出版社 2003 年版。

斯蒂芬·马丁，《高级产业经济学》，上海财经大学出版社 2003 年版。

白让让、郁义鸿，《强制性管制放松与边缘性进入的发生》，《中国工业经济》2004 年第 8 期。

柯柱荣、方汉明，《轮流拍卖》，《经济学季刊》2004 年第 3 卷第 2 期。

钟鸿钧，《信息披露：拍卖后市场竞争和拍卖选择》，《产业经济评论》2002 年第 1 卷第 2 辑。

埃尔玛·沃夫斯岱特，《高级微观经济学——产业组织理论、拍卖和激励理论》，上海财经大学出版社 2003 年版。

[①]　在最近一次的价格上升中，煤气、电力、城市自来水的价格增幅远高于除房地产以外的其他商品。

纵向多边缔约中的机会主义
及其对反垄断立法的政策意义 *

管锡展

摘 要 纵向关联市场中的企业行为不同于最终产品市场。本文指出,在产业链上下游企业的秘密缔约和序贯缔约过程中,由于多边外部性的存在,会产生严重的承诺问题:上游垄断企业一旦与某些下游企业缔约之后,就具有向其他的竞争性下游企业提供更优惠契约的机会主义激励,这会损害已缔约企业的利益,由此导致垄断企业对垄断契约承诺的不可信性,进而限制了上游企业垄断势力的行使。本文指出,纵向一体化或纵向约束等纵向控制工具可以解决承诺问题,恢复上游垄断企业受到限制的垄断势力。本文的分析对中国的反垄断立法具有重要的理论指导意义——名义的垄断地位并不意味着企业的垄断势力能够在实际中得以完全行使。

关键词 机会主义,承诺问题,缔约,信念,反垄断

ABSTRACT The actions of the firms in vertically-related markets are different from those in final markets. This paper points out that the commitment problem arises because of multilateral externalities when the upstream dominant firm contracts with several competitive downstream firms secretly or sequentially, that is, the opportunistic incentives of the dominant firm restrict the exertion of the monopoly power of its own. Vertical integration and some vertical restraints can be used to resolve the commitment problem. This paper concludes that when a firm gets a nominal monopoly position, it may be unable to exert its monopoly power. This conclusion has some important policy implications for the antitrust legislation in China.

Key Words opportunism, commitment problem, contracting, beliefs, antitrust

问题的提出

生产的纵向组织是产业组织理论和竞争政策研究的前沿领域。在产业链上下游企业之间的纵向关系中,企业面临的一个重要问题是需要在多个纵向关联的市场中进行决策,这就带来两个基本问题:一是产业链的主导企业(如电信运营

---

* 原文入选《工业促进会论文集》(2005 年)。

商、电网公司、操作系统生产企业、芯片企业等)比其他上下游企业拥有更大的垄断势力,那么主导企业能否在纵向关联市场中行使其垄断势力呢? 二是企业的纵向控制工具(如纵向一体化和纵向约束)到底在产业链关系中起着什么样的角色?

这两个问题是市场经济环境中反垄断立法机构面对的关键问题。传统垄断理论关注最终产品市场,而反垄断立法和司法实践不仅要考虑最终产品市场,还要考虑中间产品市场和其他纵向关联市场。中国的电信、电力等公用事业部门的改革、微软垄断案、AT&T 在 1984 年和 1995 年的两次纵向分拆、AMD 诉 Intel 垄断案等,都涉及如何看待和处理多个关联市场中垄断势力的行使问题。以微软垄断案为例,在操作系统市场中拥有垄断地位的微软公司是否能够在应用软件市场(包括浏览器市场)延伸其垄断势力,从而排挤应用软件市场的竞争对手呢? 同样的问题也存在于其他的产业链关系中,如生产商与零售商(代理商),内容提供商(SP、CP)、游戏开发商与骨干网企业和电信企业,发电企业与电网等。

本文讨论纵向缔约关系中主导企业垄断势力的行使问题。在上游主导企业与多个相互竞争的下游企业之间进行交易时,上游企业具有限制对下游供给的激励,产出的限制带来更高的利润可供上下游企业分享。但是在与每一个下游企业缔约时,上游主导企业却具有搭其他下游企业便车的激励,这种机会主义激励反过来会限制主导企业垄断势力的行使,原因在于主导企业对垄断契约的承诺对下游企业而言是不可信的,下游企业为了防止自己被"套牢"①,会拒绝垄断契约。机会主义的产生可能是出于两个原因:(1)垄断企业对未来契约承诺的缺乏;(2)契约是不完备的并且是不可观测的,只有完备的状态依赖契约才可以保证垄断企业承诺的可信性。

本文以上游垄断生产商和多个下游竞争性企业之间的纵向多边缔约为例,对这种机会主义行为进行了理论总结,指出机会主义激励限制了产业链主导企业垄断势力的有效行使,因此纵向一体化或纵向约束等纵向控制工具的目的在于"恢复"主导企业受到限制的垄断势力。这种观点对传统的反垄断思维提出了挑战,对中国的反垄断立法也具有重要的政策意义。

基 本 模 型

(一) 模型的结构

上游生产商机会主义激励的存在由 Hart 和 Tirole(1990)正式提出,他们考察了下游企业之间进行双寡头古诺竞争的情形。O'Brien 和 Shaffer(1992)

---

① 一旦一个下游企业进行了某些关系专用性投资(例如购买了垄断企业的中间产品,支付了特许费或发生了促销支出),垄断企业就可以向他的竞争对手提供更优惠条件的契约。

进一步扩展了他们的模型,考察了下游 n 家企业进行价格竞争的情形,McAfee 和 Schwartz(1994)考察了契约重新谈判的情形,并提出了机警信念下的博弈均衡。Rey 和 Tirole(2005)对上述模型进行了提炼,而 Rey 和 Vergé(2004)进一步分析了各种下游竞争模式和各种信念下的均衡结果。

本文考察 O'Brien 和 Shaffer(1992)模型的简化版本,以此基本模型分别考察 Hart 和 Tirole(1990)提出的对称信念和消极信念以及 McAfee 和 Schwartz (1994)提出的机警信念下的博弈均衡。假设一个上游垄断生产商 U 以边际成本 c 生产某种中间商品(没有固定成本),然后供应给下游的两个无差异竞争性企业 D_1 和 D_2,见图1。下游企业 D_1 和 D_2 将购买的中间产品以零边际成本①一对一地加工成最终产品在下游市场中进行竞争性销售。假设最终产品是同质的,需求函数为 $q = D(p)$,相应的反需求函数 $p = P(q)$ 为递减的凹函数。假设在博弈过程中不存在需求和成本信息的不对称。在这样的纵向市场结构中,上游市场(即中间产品市场)是垄断的,下游最终产品市场是竞争性的,上游企业在上游市场中拥有垄断势力,是产业链的主导企业。

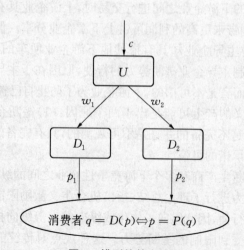

图1　模型的基本结构

本文考察要约博弈(Offer Game),假设上游主导企业 U 作为要约的发起者在谈判过程中拥有全部的谈判势力,D_1 和 D_2 分别决定是否接受 U 提出的要约。这里的要约是一个两部收费契约,下游企业 $D_i(i = 1, 2)$ 收到的要约形式为 $t_i = \{f_i, w_i\}$。其中,w_i 为中间产品价格,生产商通过该价格控制中间产品的供应,f_i 为一个固定费用,生产商通过该费用获得 D_i 的利润。Rey 和 Tirole (1986)指出,在不存在需求和成本信息的不对称时,两部收费契约使得上游生产商能够实现对下游企业的完全控制。最终产品价格分别以 p_1 和 p_2 表示,相

---

①　这里,边际成本实际上是否为零并不重要,不会改变模型的基本结论。

应的产量分别为 q_1 和 q_2。

博弈的时序如下：第 1 阶段，生产商提出一个"要么接受、要么拒绝"（Take-it-or-leave-it）的两部收费要约，每个下游企业收到要约后决定是否接受；第 2 阶段，接受要约的下游企业在下游市场展开竞争，即按照要约规定的批发价格向上游生产商购买中间产品，生产出最终产品并进行古诺竞争（数量竞争）。

在博弈过程中，生产商在确保下游企业都接受各自要约的条件下选择最大化预期总利润的中间产品价格和固定费用，下游企业接受要约的条件是根据该要约进行产品销售的预期利润不低于所支付的固定费用（即参与约束）。①

（二）基准解：纵向一体化结果

在这样的简单模型中，上游生产商是产业链主导企业，具有获得产业链最大利润的激励。如果 U 不具有资源和能力约束，它可以通过完全的纵向一体化使得两个下游企业成为其分部，一体化的结果是中间产品市场和最终产品市场合二为一，形成一个统一的垄断市场。此时，上游生产商获得产业链全部的垄断利润。以 q^m、p^m 和 Π^m 分别代表完全纵向一体化下的产量、价格和利润，很容易证明：$q^m = \arg\max_q\{[P(q)-c]q\}$，$p^m = P(q^m)$，$\Pi^m = (p^m - c)q^m$。

显然，对主导企业而言，Π^m 是其完全行使垄断势力所能获得的最大利润，因此纵向一体化结果就构成了判断主导企业能否实施垄断势力的一个基准。在非一体化情形中，如果上游主导企业能够完全行使其垄断势力，可以获得同样的利润。例如在不存在关于成本和需求的任何不确定性时，两部收费契约是一种可以实现纵向一体化结果的一个合意的工具：等于边际成本的中间产品价格可以保证生产的效率（即纵向一体化产量和零售价格），而固定费用则可以获得下游企业的全部利润（等于纵向一体化利润）。问题就在于，在非一体化或者说纵向分离情形下，产业链主导企业能否完全行使其垄断势力？或者说，上游市场的垄断势力对下游市场具有怎样的影响？

缔约形式、信念与承诺

由于下游竞争的存在，上下游企业之间的缔约是存在多边外部性的，即 U 与 D_i 的缔约会对 $D_j(i, j = 1, 2, i \neq j)$ 产生影响。因此，缔约形式在纵向关系中是重要的。某些行业的上下游企业之间可能是公开缔约的，如国际铁矿石价格的集体谈判，而多数行业则可能是秘密缔约的，或者缔约存在先后顺序（即序贯缔约）。在公开缔约过程中，每个下游企业都可以观测到竞争对手所收到的要约，而在秘密缔约和序贯缔约过程中，每个下游企业在决定是否要接受要

---

① 根据假设，不存在关于下游企业类型的信息不对称，因此不存在激励相容约束。

约时都要判断对手收到的要约形式,即其理性决策要建立在对对手所收到要约的信念(beliefs)或猜想(conjectures)的基础上,不同的信念形式对博弈结果有显著的影响。Hart 和 Tirole(1990)与 O'Brien 和 Shaffer(1992)首先提出了对称信念(symmetry beliefs)和消极信念(passive beliefs),McAfee 和 Schwartz(1994)提出了机警信念(wary beliefs)。下面分别考察不同的缔约形式和信念类型下主导企业垄断势力的行使问题。

(一) 公开缔约

在公开缔约(集体谈判)时,每个下游企业都可以观测到上游生产商提供给竞争对手的要约。假设没有其他的私下交易,下游企业进行古诺竞争。此时上游生产商可以通过垄断契约 $\{\Pi^m/2, c\}$ [①]来获得纵向一体化利润,即上游生产商以价格 $w_1 = w_2 = c$ 向每个下游企业提供 $q^m/2$ 数量的中间产品(下游古诺竞争的结果是最终产品价格为垄断价格 p^m,每个下游企业的利润为 $\Pi^m/2$),并通过固定费用 $f_1 = f_2 = \Pi^m/2$ 获得下游企业的全部利润。每个下游企业都会接受这一契约:由于缔约是可公开观测的并且不存在私下交易,上游生产商在对一个下游企业做出要约时不具有对其他下游企业提出更优惠要约的机会主义激励,理性的下游企业也能够认识到这一点,因此会接受该契约。这样,在纵向分离的结构下,上游生产商同样获得了纵向一体化利润,这就意味着主导企业完全行使了垄断势力(Mathewson 和 Winter,1984;Rey 和 Tirole,2005)。

(二) 秘密缔约和序贯缔约

然而,如果生产商与下游企业的缔约过程是秘密的或可以私下重新谈判(例如存在私下交易),下游企业不能观测到生产商提供给竞争对手的契约,上述契约就不再是可信的。例如,如果 U 向 D_1 提出上述一体化要约,即以边际成本 c 的价格向 D_1 出售 $q_1 = q^m/2$ 单位的中间产品,收取的固定费用为 $f_1 = \Pi^m/2$,这样 D_1 的事前预期利润为 0,D_1 销售的最终产品价格为 p^m。一旦 D_1 接受该要约,U 和 D_2 就有足够的激励选择采购量 q_2 以最大化双方的联合利润,即 $q_2 = \arg\max_q\{[P(q^m/2 + q) - c]q\} = R^c(q^m/2)$,这里 $R^c(\cdot) = \arg\max_q\{[P(\cdot + q) - c]q\}$ 为标准的古诺反应函数。根据模型假设和古诺反应函数的性质,可以证明 $q_2 > q^m/2$,$p_2 < p^m$,这样由于价格失去竞争力,D_1 的部分消费者将转而购买 D_2 的最终产品,D_2 获得更高的利润可供其与 U 进行分配,而 D_1 的事后预期利润降低为负值。显然,预期到这一结果,理性的 D_1 将拒绝 U 提出的上述一体化要约。D_1 和 D_2 是对称的,因此理性的 D_2 同样会拒绝

---

① 本文把这一契约称为"垄断要约"或"一体化要约"。由于下游企业是同质的,因此下游竞争的结果必然是每个下游企业都以相同的价格、相同的销量出售产品,这样主导企业可以将纵向一体化产量在下游企业之间进行均分,如果所有的下游企业都接受要约,主导企业就获得全部垄断利润。

一体化要约。这就意味着,对生产商而言,一旦与某个下游企业缔结了一体化契约,它就具有与其他下游企业选择一个新的产量去最大化联合利润的机会主义激励,其目的是为了获得更高的利润①,但是这种机会主义行为的结果是所有理性的下游企业都会在缔约前拒绝一体化要约,垄断企业无法获得一体化利润 Π^m(Rey 和 Tirole,2005)。②

如果生产商与竞争性下游企业序贯缔约,这样的机会主义行为也会产生:在与较晚缔约的下游企业交易时,生产商具有同样的动机去搭已缔约下游企业的便车,从而损害已缔约下游企业的利益。理性的下游企业同样不会接受纵向一体化要约(McAfee 和 Schwartz,1994)。

机会主义激励使得在两种缔约形式下,主导企业对任何一个下游企业都提供纵向一体化要约的承诺不再可信,主导企业因此无法完全行使其垄断势力。这就是所谓的"承诺问题"。③承诺问题实际上是一种多边外部性效应:上游垄断生产商在与下游企业缔约时,具有最大化双方联合利润的机会主义激励,但这是以其他已缔约下游企业的损失为代价的,使得已缔约企业的预期利润由事前的零利润降低为事后的负利润。由于没有将这种多边外部性内部化,主导企业垄断势力的实际行使可能会受到限制,受限的程度取决于下游企业对竞争对手所收到要约的信念。

不论是在秘密缔约还是序贯缔约过程中,每个理性的下游企业都会对博弈均衡的可能结果进行预期,McAfee 和 Schwartz(1994)称之为"候选均衡"(candidate equilibrium)。如果下游企业收到的要约未偏离预期,则理性的选择是接受要约,博弈的均衡结果也就是候选均衡。问题是如果实际收到的要约偏离了候选均衡,即收到了非预期要约(unexpected offer)或非均衡要约(out-of-equilibrium offer),下游企业该如何对竞争对手收到的要约进行判断。

1. 对称信念。

所谓对称信念是指每个下游企业都认为自己收到的要约(不论是否是未预期要约)与竞争对手完全相同。此时,上述的纵向一体化要约是可信的,即主导企业可以通过向每个下游企业提出 $\{\Pi^m/2,c\}$ 的要约而完全行使垄断势力。因为对每个下游企业而言,预期到自己收到的要约与对手相同,对任何产量 q 它都会拒绝超过 $P(2q)q$ 的固定费用支付,这样上游垄断企业只需要最大化

---

① 此时缔约企业被所订立的契约"套牢",不论自己面对的市场是否改变都必须支付契约规定的固定费用。

② 正如于立教授所指出的,上游垄断企业的机会主义行为的结果是"搬起石头砸了自己的脚"。

③ 人们最初意识到承诺问题的重要性是在耐用品的消费市场上:如果消费者能够在若干阶段使用某种耐用品,这样消费者现在愿意购买该商品的价格就取决于他们未来能够购买它的价格预期,因为现在的购买是未来购买的一种不完全替代。当在一种极端情况下考虑时,便得出所谓的"科斯猜想"(Coase,1972);当其价格调整的间隙收敛为零时,一个无限耐用品的生产者将损失他全部的垄断力量。(Tirole,1988)

$[P(2q)-c]2q$，最优解为 $q_1=q_2=q=q^m/2$，$f_1=f_2=\Pi^m/2$。因此得到下面的命题：

命题 1　对称信念下，上游垄断企业可以完全行使其垄断势力，获得纵向一体化利润。

2. 消极信念。

对称信念并不是一个合理的信念假设，理性的参与者未必会改变对对手要约的信念，因为候选均衡是多方共同理性的可能结果。Hart 和 Tirole(1990)、McAfee 和 Schwartz(1994)提出消极信念的概念：即使自己收到了非预期要约，每个下游企业也都相信对手收到了均衡要约，即不改变对对手要约的信念。这样，从上游垄断生产商的角度来说，由于要约是秘密或序贯进行的，D_1 和 D_2 就形成了两个完全独立的市场（尽管 D_1 和 D_2 不这样认为），因为生产商改变对一个下游企业的要约时不会同时改变对另一个下游企业的要约，因此 Hart 和 Tirole(1990)与 Rey 和 Tirole(2005)也将被动信念称为"逐市场谈判猜想"（Market-by-Market-Bargaining Conjectures）。

考虑下游古诺竞争的博弈均衡。在消极信念下，不论自己收到的是否是非均衡要约，每个下游企业都假设对手按照候选均衡数量进行采购。候选均衡产量以 $\{q_1^e,q_2^e\}$ 表示。对 D_i 而言，给定要约 $\{f_i,w_i\}$，D_i 选择如下的产量：

$$q_i(w_i)=\arg\max_{q_i}\{[P(q_i+q_j^e)-w_i]q_i-f_i\}$$

这样，只要与该产量相应的利润非负，D_i 就会接受该要约。

上游生产商通过固定费用获得 D_i 的全部利润，即：

$$f_i=[P(q_i(w_i)+q_j^e)-w_i]q_i(w_i)$$

这样，U 会选择最大化如下的总利润的中间产品价格 w_1 和 w_2：

$$\max_{w_1,w_2}\{[P(q_1(w_1)+q_2^e)-c]q_1(w_1)\}+\{[P(q_1^e+q_2(w_2))-c]q_2(w_2)\}$$

由上式可见，w_i 的选择与 w_j 无关。Hart 和 Tirole(1990)与 McAfee 和 Schwartz(1994)证明，此时最大化 U 的总利润的批发价格为 $w_1=w_2=c$，下游竞争均衡为古诺均衡，即 $q_1=q_2=q^C$，$p_1=p_2=p^C=P(2q^C)<p^m$，$\Pi^U=(p^C-c)2q^C=2\Pi^C<\Pi^m$，$\Pi_{D_1}=\Pi_{D_2}=0$，其中 $q^C=R^C(q^C)>q^m/2$ 为古诺产量。由此可以得到下面的命题：

命题 2　在下游企业进行数量竞争时，存在一个唯一的消极信念均衡，该均衡为古诺结果，即最终产品价格和数量分别为古诺价格和古诺产量，上游垄断企业总利润低于纵向一体化利润，垄断势力不能完全行使。

3. 机警信念。

对下游企业而言，消极信念也并不是理性的反应。在消极信念下，不论 D_i 收到的是否是均衡要约，D_i 都认为对手 D_j 收到了均衡要约，并据此信念采取行动。但是实际上,理性的 D_i 不仅要考虑 D_j 收到的要约,而且还要考虑对手收取的最终价格或销售的数量,而这取决于对手的信念。如果 D_i 收到均衡要约,他会预期 D_j 也收到了均衡要约,这样就会销售均衡的数量或收取均衡的价格。但是如果 D_i 收到了非均衡要约,理性的 D_i 可能会预期 D_j 也收到了非均衡要约,这样 D_j 的行为可能会发生改变,因此 D_i 也可能会据此改变自己的决策。

基于这种认识,McAfee 和 Schwartz(1994)提出机警信念的概念。Rey 和 Vergé(2004)指出,所谓机警信念,是指如果下游企业 D_i 收到要约 t_i,他会相信:(1)上游生产商认为自己会接受该要约;(2)上游生产商会向对手 D_j 提出一个在所有 D_j 可接受的要约中对生产商最佳的契约 $t_j(t_i)$;(3)D_j 也会按照同样的逻辑进行决策。也就是说,如果收到了非均衡要约,下游企业会机警地认为这是上游生产商深思熟虑的选择。这样每个下游企业都认为,其他下游企业收到的要约都是生产商在给定对该企业要约的基础上的最优选择结果。

同样考虑下游古诺竞争的情形。假设 D_i 收到要约 $t_i = \{f_i, w_i\}$,他会预期到 U 向 D_j 提出要约 $t_j(t_i) = \{f_j(t_i), w_j(t_i)\}$,而且 D_j 会接受该要约。D_i 会据此选择一个数量 $q_i(t_i)$,该数量是 D_j 预期数量的最优反应数量。这样,$q_1(t_1)$ 和 $q_2(t_2)$ 必然满足如下的递归条件:

$$q_i(t_i) = \arg\max_{q_i}\{P[q_i + q_j(t_j(t_i))] - w_i\}q_i$$

另外,当且仅当固定费用 f_i 不超过 D_i 的预期利润时,D_i 才会接受要约 t_i,即:

$$f_i \leqslant \{P[q_i(t_i) + q_j(t_j(t_i))] - w_i\}q_i(t_i)$$

剩下的问题就是确定信念 $t_j(t_i)$。在机警信念下,D_i 收到要约 t_i 后会预期 U 向 D_j 提出并且 D_j 会接受下面的要约 $t_j(t_i)$:

$$t_j(t_i) = \arg\max_{f_j, w_j}\{(w_i - c)q_i(t_i) + f_i + (w_i - c)q_j(t_i) + f_j\}$$
$$\text{s.t.} \quad f_j \leqslant \{P[q_j(t_j) + q_i(t_i(t_j))] - w_j\}q_j(t_j)$$

显然,上面问题的解不依赖于 t_i。这也就意味着,机警信念不影响最终的均衡解。Rey 和 Vergé(2004)证明在机警信念下,下游古诺竞争时的博弈均衡还是古诺均衡。这样就得到如下的命题:

命题3 在下游数量竞争时,机警信念的博弈均衡解与消极信念相同,同样是命题2所述的古诺结果,上游垄断企业的垄断势力同样不能得到完全行使。

(三) 模型的稳健性

上述分析表明,在中间产品市场上,承诺问题的存在使得垄断企业并不能完全行使其垄断势力。放宽模型的假设,会得到同样的结论。

上面分析以下游古诺竞争为核心。实际上,下游企业可以以价格为决策变量进行价格竞争,下游价格竞争的均衡结果与古诺结果存在一定的区别。但是,正如 Rey 和 Tirole(2005)所指出的,这种区别只是技术上的差异,并不影响基本结论的得出,即在秘密缔约和序贯缔约过程中,如果下游企业之间进行价格竞争,上游垄断企业的垄断势力同样不能完全得到行使,差别在于垄断势力的行使受到限制的程度不同于古诺均衡结果。O'Brien 和 Shaffer(1992)首先分析了下游价格竞争的均衡,指出被动信念下上游垄断企业同样无法获得纵向一体化利润。Rey 和 Vergé(2004)总结并扩展了秘密要约时的下游价格竞争结果,指出:(1)在被动信念下,均衡结果不是纵向一体化结果,均衡取决于下游需求的交叉价格弹性的大小,如果交叉价格弹性很小,则存在一个唯一的被动信念均衡,如果弹性较大,则不存在任何被动信念完美贝叶斯均衡;(2)在机警信念下,纵向一体化结果同样不可得,只是机警信念优于被动信念,上游垄断企业可以比古诺竞争时获得更多的利润。

下游产品差异化时,也会产生上述的承诺问题。Rey 和 Tirole(2005)指出,下游产品差异化并进行古诺竞争时同样得到被动信念下的古诺结果,而且古诺利润与纵向一体化利润的比值随着产品差异化的程度而递增,即下游产品替代性越强,承诺问题越严重,垄断势力受到限制的程度就越大。

而随着下游企业数量的增加,承诺问题会更加严重。Rey 和 Tirole(2005)指出,如果下游有 n 家同质企业进行数量竞争,被动信念下的均衡满足 $q = R^C((n-1)q)$,而且随着企业数目趋于无穷,零售价格趋于边际成本 c,产业利润趋于零,上游垄断企业实质上的垄断势力也就越趋近于零。

Segal 和 Whinston(2003)进一步研究了不同的要约发起形式。他们指出,不管是委托人发起的要约博弈还是代理人发起的出价博弈(bidding game),在契约不可观测时,只要参与方提供的是一个可选的菜单契约,而不是简单的"点"契约,通过观察对方参与人在菜单中的选择就可以筛选出他的类型。此时,无需对代理人的信念施加特别的限制,博弈均衡必将收敛于竞争性结果。Segal 和 Whinston 的研究进一步证明了上述结论的稳健性。

承诺问题的解决及其反垄断政策含义

上述的分析表明,产业链主导企业的垄断势力并不必然能够得到完全行使,在秘密缔约或序贯缔约过程中,由于主导企业机会主义激励的存在,其对下游企业的契约承诺是不可信的,这样其垄断势力的行使就会受到限制。垄断企业机会主义的天性、下游企业的机警和多疑,增加了纵向缔约过程的交易成本,同时承诺的缺失也降低了纵向结构的联合利润。针对这个问题,经济学家们指出,纵向一体化(vertical integration)和各种纵向约束(vertical restraints)可以作为主导企业实施纵向控制的工具,"恢复"(restore)其受到限制的垄断势力。

在产业链纵向关联的市场中,拥有垄断势力的主导企业进行纵向控制的策略包括两大类：一类是通过产权交易进行的纵向一体化或纵向分拆；一类是通过产品关系（即契约关系）体现的纵向约束。Rey 和 Vergé（2005）指出，上下游企业之间的契约关系往往是非线性的，契约中不仅规定了上下游企业之间产品交易的支付条款，也包括了限制某个参与方决策或者弱化竞争的条款。这样的非线性条款，被称之为纵向约束，如独占交易契约（exclusive dealing）直接规定某个参与方不得与对方的竞争对手进行交易，转售价格维持契约（resale price maintenance）是由生产商直接规定了零售商的零售价格，独占销售区域契约（exclusive territories）规定了零售商产品销售的地理范围。

纵向一体化和各种纵向约束工具会对所进入的上游或下游市场的结构和竞争行为产生显著影响，因此纵向控制工具的作用效果一直是反垄断理论争论的焦点。对纵向关系的传统经济分析不存在一个完整的理论体系，尤其缺乏坚实的理论基础。传统市场圈定理论（market foreclosure theory）[①]以杠杆理论（leverage Theory）为核心，该理论认为，在上游市场拥有垄断势力的上游企业可以通过纵向一体化或各种纵向约束在下游市场中"延伸"或"扩大"（extend）其垄断势力，这种垄断势力的跨市场延伸会妨碍下游市场的市场竞争，产生排他效应，这种效应会损害消费者福利和社会福利。其核心观点是，主导企业的垄断势力可以延伸到纵向关联的市场中，并且主导企业具有延伸其垄断势力的激励，而纵向一体化或纵向约束等控制工具起着传递垄断势力的"杠杆"作用。这种观点一度成为美国反垄断立法和执法的核心理论。

芝加哥学派（Bork，1978；Posner，1976）最早对这种观点提出了强烈的批评，指出主导企业至多只能在关联市场中维持其垄断势力，而不可能进一步扩大其垄断势力，因为在产业链中虽然存在多个关联市场，但只有一个利润可以获取，主导企业可以通过纵向控制工具在某一个市场中就获取整个产业链的全部利润。因此，他们认为，纵向一体化和各种纵向约束工具都是合法的或者说是有效率的。在 Bork（1978）看来，排他效果是不可持续的，因为理性的消费者会认识到排他效果对自身利益的损害，从而拒绝这种排他性契约，除非获得一定的补偿。

本文总结了新产业组织理论的有关分析，对传统的市场圈定理论和基于这种认识的反垄断立法和司法提出了挑战，进一步扩展并完善了芝加哥学派的观点。新产业组织理论的有关研究指出各种纵向控制工具的使用是为了解决纵向结构中的各种横向和纵向外部性，从而"恢复"由于外部性而受到限制的垄断势力。郁义鸿和管锡展（2005）总结了这些外部性因素，如双重加价、道德风险、搭便车效应、区位效应等。本文的分析表明：（1）中间产品市场中的企业行为不

---

①　市场圈定是指主导企业通过横向或纵向控制策略对横向关联市场中的其他企业或产业链上下游企业的排他，包括阻止进入、排挤出所在市场、减少交易量、收取更高的价格、搭售等，见 Rey 和 Tirole（2005）。

同于最终产品市场,正如 Rey、Seabright 和 Tirole(2001)所指出的,在最终产品市场上,"行使市场势力的企业既有能力也有动机来施加对消费者的损害——提高价格或降低产品质量总是会提高企业的利润",但是,"在相邻市场中,有能力施加对消费者损害的企业也并不必然拥有相应的动机——将价格提高到相邻市场竞争性价格水平之上可能会降低企业的总体利润"。(2)即使不存在上述的外部性,形式上的垄断势力与实质上的垄断势力也可能存在显著的差异,由于承诺问题的存在,主导企业实际上并不具有在相邻市场中完全行使垄断势力的能力。(3)纵向一体化和纵向约束可以用来作为恢复垄断势力的工具,但并不会在关联市场中扩展垄断企业的垄断势力。例如,Hart 和 Tirole(1990)指出,上游主导企业可以与它的下游企业进行纵向一体化,将所有的企业置于共同所有权之下,以解决承诺问题。O'Brien 和 Shaffer(1992)建议上游主导企业把市场分割成不重叠的地理区域,同时强加一个共同的转售价格来消除下游企业的品牌内竞争。McAfee 和 Schwartz(1994)认为对机会主义的防范可以解释主导企业为什么会在不同的市场间承诺统一定价的契约。

上述的观点对反垄断立法具有重要的政策意义。由于受到传统杠杆理论的影响,美国的反垄断法一度对纵向一体化和纵向约束采取了比较严厉的态度,一些约束形式如独占交易、转售价格维持、拒绝交易往往受到法律的禁止或执法机构的严格控制。本文的分析表明,机会主义激励会限制主导企业垄断势力的行使,主导企业的纵向控制工具的使用也仅仅是用来"恢复"其受到限制的垄断势力。当然,纵向一体化和纵向约束工具在解决承诺问题的同时,也会形成排他效果,造成一定的消费者福利和社会福利的损失。因此,从反垄断规制的角度看,需要进一步考察纵向控制的社会效果并进行适当的规制,而不是一味地加以禁止或反对。美国和欧盟的反垄断政策的变革也正反映出这一理论认识的影响。中国正在制订反垄断法,本文的分析对纵向关系的反垄断问题提供了一定的理论依据。

结　　论

本文对产业链主导企业垄断势力的行使问题进行了理论分析。本文指出,在秘密缔约和序贯缔约过程中,垄断企业机会主义的激励会带来严重的承诺问题,使其名义的垄断势力不能完全行使,从而降低他实际可能获得的利润。博弈的均衡结果取决于下游企业的信念,即下游企业对竞争对手所收到的要约类型的推测。在公开缔约过程中,上游垄断生产商可以向下游企业提供纵向一体化契约,从而获得垄断利润,生产商对契约的承诺是可信的。但在秘密缔约和序贯缔约过程中,生产商机会主义激励的存在制约了生产商垄断势力的行使,博弈结果取决于下游企业对竞争对手收到要约的信念,对称信念下得到公开缔约结果,但被动信念和机警信念下生产商对一体化契约的承诺不再可信,均衡结果只能是对生产商而言劣于纵向一体化结果的古诺结果。总之,承诺的不可信使得上游生产商不能完全行使其垄断势力。

本文的分析为反垄断立法和执法提供了更坚实的理论基础。基于传统杠杆理论的反垄断理论认为主导企业进行纵向一体化或使用纵向约束工具的目的在于在关联市场中扩大其垄断势力,因此对企业的纵向控制行为采取了比较严厉的态度。但是本文的分析表明,只要下游存在竞争并且缔约过程不是公开的,机会主义激励就会限制主导企业垄断势力的行使,对此,主导企业可以通过各种纵向控制工具来恢复其受到限制的垄断势力。

参 考 文 献

Bork, Robert H. , *The Antitrust Paradox*, 1978, New York: Basic Books.

Coase, R. H. , "Durability and Monopoly", *Journal of Law and Economics*, 1972, Vol. 15, No. 1, 143-149.

Hart, Oliver, and Jean Tirole, "Vertical Integration and Market Foreclosure", *Brookings Papers on Economic Activity. Microeconomics*, 1990, Vol. 1990, 205-286.

Mathewson, G. F. , and R. A. Winter, "An Economic Theory of Vertical Restraints", *RAND Journal of Economics*, 1984, Vol. 15, No. 1, 27-38.

McAfee, R. Preston, and Marius Schwartz, "Opportunism in Multilateral Vertical Contracting: Nondiscrimination, Exclusivity, and Uniformity", *American Economic Review*, 1994, Vol. 84, No. 1, 210-230.

O'Brien, Daniel P. , and Greg Shaffer, "Vertical Control with Bilateral Contracts", *RAND Journal of Economics*, 1992, Vol. 23, No. 3, 299-308.

Posner, Richard A. , *Antitrust Law*, 1976, Chicago: University of Chicago Press.

Rey, Patrick, Paul Seabright and Jean Tirole, "The Activities of a Monopoly Firm in Adjacent Competitive Markets: Economic Consequences and Implications for Competition Policy", 2001, mimeo, IDEI.

Rey, Patrick and Jean Tirole, "A Primer on Foreclosure", forthcoming in Mark Armstrong and Robert S. Porter (eds.) *Handbook of Industrial Organization*, 2005, Vol. 3.

Rey, Patrick and Thibaud Vergé, "Bilateral Control with Vertical Contracts", *Journal of Economics*, 2004, Vol. 35, No. 4, 728-746.

Rey, Patrick and Thibaud Vergé, "The Economics of Vertical Restraints", 2005, mimeo, IDEI.

Segal, Ilya and Michael D. Whinston, "Robust Predictions for Bilateral Contracting with Externalities", *Econometrica*, 2003, Vol. 71, No. 3, 757-791.

Tirole, Jean, *The Theory of Industrial Organization*, 1988, Cambridge Massachusetts: The MIT Press

品牌专营的市场效应研究
——兼议华润啤酒的渠道变革[*]

张 雷

摘 要 品牌专营是一种上游生产商主导实施的纵向控制策略,正逐渐受到国内企业的重视,成为其创新营销渠道、实施渠道管理的重要手段。本文从产业链纵向控制的角度出发,通过模型分析,揭示品牌专营可能产生的排他效应。同时,结合华润啤酒在天津市场整肃各级经销商的典型案例,例证该策略的市场效应,并提出规制政策建议。

关键词 品牌专营,独占交易,市场效应,经济规制

ABSTRACT As one kind of vertical restraint strategies conducted by upstream manufacturers, brand monopoly is attached much more attention to and becomes a key instrument for management and innovation of marketing channel. From the angle of vertical restraint on the industrial chain, this paper analyzes the possible exclusive effects of brand monopoly with the introduction of a model. With the help of the typical case that CRB rearranged the wholesale and retail marketing channel, it demonstrates the potential market effects. Finally it makes some suggestions on the regulations.

Key Words brand monopoly, exclusive dealing, market effects, economic regulation

问题的提出

上游生产商通过自有经销渠道,专营自主品牌的形式并不稀奇,属于典型的纵向一体化行为。但是,通过与中间经销商或下游批发商签订专营契约,禁止销售其他竞争品牌的案例并不多见。鉴于此,当 2004 年 3 月,华润啤酒在天津市场掀起一场针对经销渠道的整肃风暴①,勒令其不得销售其他品牌啤酒时,立即引起多方关注,尤其是竞争厂商和经销商的不满,他们纷纷谴责华润的举动为不正当竞争行为,具有反竞争的效应。

---

* 原文发表于《财经问题研究》2006 年第 3 期。

① 新华网天津频道,2004 年 6 月 8 日,《华润啤酒:在探索专营还是垄断市场》,主要是指华润啤酒要求天津市内的 200 多家二级啤酒批发商停止销售豪门、哈啤、趵突泉等啤酒,专营华润品牌的系列产品。详情请见本文第四部分的案例分析。

华润的渠道变革策略所产生的市场效应是否果真如他们所言？以此为切入点,本文旨在通过理论模型和案例分析,探讨品牌专营的市场效应及其规制取向。本文结构安排如下:第二部分,在简要回顾品牌专营(或独占交易)的相关文献后,提出本文的研究视角。第三部分,通过博弈模型分析,提出在一定条件下,品牌专营具有显性排他的市场效应。第四部分,以华润啤酒的渠道变革,例证品牌专营的排他效应。第五部分为结论部分,提出经济规制的建议。

文 献 回 顾

究其实质,品牌专营是产业链纵向约束中独占交易①(exclusive dealing)的具体表现形式,独占交易的相关研究结论自然同样适用于品牌专营策略。总的来说,独占交易的市场效应主要体现在"效率改进"和"市场圈定"两个方面。

效率改进效应,是指独占交易有助于解决各种激励冲突(incentive conflicts)问题。首先是消除生产商之间的外部性。在共同代理②条件下,如果某一生产商做出旨在提升需求,但属于非品牌专用的投资(non-brand-specific investments)时,其他生产商的搭便车行为会抑制该生产商的投资激励。然而,品牌专营契约通过保护生产商的知识产权,可以激发生产商的投资热情和力度,进而提高批发价格和均衡的销售产量。Marvel(1982)、Besanko 和 Perry(1993)的研究给出了类似的结论。

其次,品牌专营可以提高零售商的努力水平。Sass 和 Gisser(1989)的研究表明,由于极大地减少了零售商代理其他品牌的可能性,品牌专营可以有效地降低零售商的机会成本,进而提高自身的销售努力水平和销售规模。

再次,品牌专营可以帮助生产商获取终端信息。如 Martimort(1996)所言,在非独占交易的契约安排下,零售商拥有产品需求和销售成本的全部信息,而生产商只能了解自身产品,而非零售商的总体销售情况。在此条件下,非品牌专营的零售商就可以利用其私人信息的优势,获取信息租。而品牌专营后,这一终端信息优势将与生产商共享。

第四,品牌专营可以解决上下游之间由于风险偏好不同所产生的激励冲突。在 Bernhein 和 Whinston(1998)的研究中,生产商是制定批发价格的风险中性者,而零售商是确定零售价格的风险厌恶者。研究结论认为,给定双方的风险偏好差异,在非品牌专营契约安排下,零售商不会从生产商的角度选择最优的零售价格和销售规模。尤其是当共同代理的收益较小,而激励冲突导致的损失较大时,品牌专营无疑是更具效率的选择。

---

　① 根据 Bernheim 和 Whinston(1998)的定义,独占交易是指上游生产商跟独立的经销商之间达成协议,禁止下游经销竞争产品的行为,属于非价格限制竞争行为。

　② 一个零售商选择同时代理同类产品的多个品牌的情况。

对于市场圈定效应，一般的结论是，上游生产商凭借某种优势诱导下游经销商与之签订独占交易的契约[①]，将能阻止潜在竞争者进入，或者提高进入者的销售成本，迫使其提高零售价格，减少销售规模。

具体地，Comanor 和 French(1985)率先借助模型分析研究独占交易的市场效应，将进入成本作为衡量交易行为效率的指标，得出独占交易提高了进入成本，抑制了竞争的结论。

在 Mathewson 和 Winter(1987)的模型中，具有成本优势的生产商，通过更加低廉的批发价格获得独家供应商的资格，并占领整个市场。而且指出，虽然品牌专营降低了零售价格，但是限制了消费者的选择自由。

Besanko 和 Perry(1994)的研究表明，如果市场中的全部零售商与某一生产商签订独占契约，可以将生产商的竞争对手从零售渠道中排除出局。由于缺乏直接的竞争者，将导致更高的零售价格，消费者也将为购买心仪的品牌支付更高的交通费用。

在削弱竞争方面，Lin(1990)的研究具有代表性。在两个进行品牌竞争的寡头厂商之间，如果某生产商单方面降低批发价格，相应地，该品牌的零售商将降低零售价格。与此同时，代理另一品牌的竞争性零售商具有降价动机，使得率先降价的生产商所获得的利润较预期的更少，导致品牌专营时生产商的预知需求曲线的弹性降低，均衡批发价格提高，生产商之间的竞争也就随之削弱。同样，Slade(1998)对英国啤酒市场的研究支持了这一结论，品牌专营下的预知需求曲线弹性的减小导致批发价格提高，促使零售价格上涨，销量减少。

综上所述，已有的研究大都是在独占交易或品牌专营可实现的基础之上，分析其可能产生的市场效应，结论亦莫衷一是。追本溯源，我们试问，这一分析前提是否成立？即下游的分散零售商是否会接受上游生产商的专营契约？如果接受，则可能从一开始就具有排他效果，将竞争对手直接排斥在市场之外。芝加哥学派认为，除非契约的补偿收益大于因上游垄断造成的损失，否则，下游零售商不会选择签约。我们认为，利用下游零售商之间相互竞争，缺乏沟通和合作的特点，在一定条件下，上游生产商可以将潜在的竞争对手排除出局，产生显性排他的市场效应。

模　型

（一）基本假设

我们通过对 Rasmusen et al. (1991)的模型进行修改和提炼来构造我们的

---

①　某些优势，如作为市场中策略行为的先行者，具有较低的生产成本或作为某种特殊产品的唯一生产商等。

理论模型。[①]基本假设如下：

假设1：产业链主要由生产商，批发商和消费者三个环节构成。

假设2：在上游生产商环节，存在一个提出品牌专营策略的先行者 A 和竞争对手 R 。[②]两者的成本函数相同，且存在最小有效规模（minimum efficient scale），即平均成本 $C(Q)$ 具有如下性质：当 $Q < Q^*$，$C' < 0$；当 $Q \geqslant Q^*$，$C(Q) = \overline{C}$，其中 Q^* 为最小有效规模。

假设3：在下游有 N 个资质相同的批发商 W_i，$i = (1, \cdots, N)$。批发商之间完全竞争，缺乏沟通和合作的机制。批发价格由生产商制定，批发商只是价格的接受者。

（二）博弈顺序和均衡

博弈分三个阶段、五个步骤依次展开，博弈时间线如图1所示：

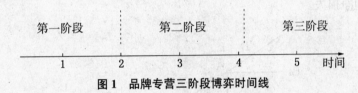

图1　品牌专营三阶段博弈时间线

第一步，先行者 A 向批发商发出品牌专营的要约，并且承诺，为签订该契约向批发商支付一定数额的补偿金（或称返利）X。

第二步，批发商决定是否签约。

第三步，竞争对手 R 在获知已签约的批发商数量 N_s 后，决定是否进入市场。[③]如果进入，确定批发价格 P_r。

第四步，A 宣布价格策略，即为签约和未签约批发商制定的批发价格分别是 P_s 和 P_f。不难理解，如果 R 不能进入市场，则 A 成为市场垄断者，其价格策略为 $P_s = P_f = P_m$，其中 P_m 为垄断批发价格；如果 R 进入市场，则只对已签约的批发商具有垄断势力，故定价策略为 $P_s = P_m$，$P_r = P_f = \overline{C}$。

第五步，签约批发商购买 A 的产品，未签约的自由批发商则依据不同的均衡结果与 A 或 R 达成交易。给定博弈各方的策略空间后，我们考察子博弈纳什均衡的结果。按照惯例，我们首先给出结论，然后给予证明。结论如下：

如果生产商具有最小有效规模，先行者 A 与 N 个批发商同时谈判[④]，则存

---

① 修改首先体现在先行者的策略空间中没有引入最先设定的垄断定价，因为对模型的结论并不产生影响。另外，鉴于对批发商之间缺乏合作的假设，本模型考虑同时谈判的情况，因为即使是连续谈判，由于批发商之间无信息沟通，其结论与同时谈判相同。

② 也可以将先行厂商 A 理解为具有先发优势的在位厂商。

③ 对于已有的生产商而言，决定是否留在该市场。

④ 即使先行者与 N 批发商之间逐个地谈判，由于批发商之间相互竞争，缺乏内部沟通和信息共享，其结果与同时谈判一致。

在三种可能的纯策略均衡结果。

Ⅰ. 如果 $N\pi \geqslant N^{*}X^{*}$，即使 $X = 0$，所有批发商全部签约是唯一均衡结果。

Ⅱ. 如果 $N\pi < N^{*}X^{*}$，无人签约，竞争对手进入市场。

Ⅲ. 如果 $N\pi < N^{*}X^{*}$，所有人签约，且 $X \in [0, \pi)$，竞争对手不会进入市场。

(三) 结论证明

在证明之前，我们需要回顾一下"无谓损失"(deadweight cost)，即垄断无效率的观点。如图 2 所示，当价格从 $\overline{C}$ 提高至垄断价格 P_{m}，先行者 A 获得的垄断利润为 π(即四边形 $P_{m}AB\overline{C}$ 的面积)，小于批发商损失的消费者剩余 X^{*}(即四边形 $P_{m}AC\overline{C}$ 的面积)。因此，垄断造成了面积为 $X^{*} - \pi$，即三角形 ABC 的社会福利净损失。

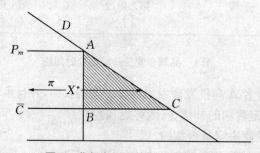

图 2 垄断市场下的"三角形损失"

回到结论的证明，假设竞争对手进入市场，与先行者进行 Bertrand 竞争，在价格 $P_{r} = P_{f} = \overline{C}$ 条件下，竞争对手的市场份额为 $[N - N^{*}]q(\overline{C})/2$，其中 N^{*} 表示某个特定的，已经签约的批发商数量。由 R 的生产函数具有最小有效规模性，如果该份额小于最小有效规模 Q^{*}，即(1)式成立时，生产商 R 的平均成本将大于 $\overline{C}$，贸然进入市场将不能盈利，故进入不会发生。

$$Q^{*} > \frac{[N - N^{*}]q(\overline{C})}{2} \tag{1}$$

将不等式(1)改写，可得到不等式(2)：

$$N^{*} > N - \frac{2Q^{*}}{q(\overline{C})} \tag{2}$$

由不等式(2)我们可以进一步确定对手 R 的策略选择：当 $N_{s} < N^{*}$ 时进入市场，且当 $P_{r} = \overline{C}$ 时才会有利可图。对先行者 A 而言，如果 $N_{s} \geqslant N^{*}$ 时，进入将被自动阻止。因此，N^{*} 是 A 为阻止对手进入，而争取到的最少的批发商数量。

进一步地，无论均衡的结果如何，签约的批发商在第三阶段都将面临垄断的批发定价,因此,其答应签约的前提条件是 $X \geqslant X^*$。同时,结合不等式(2)中的 N^*,我们可知,先行者 A 为实现排他所需付出的成本至少为 $N^* X^*$。毫无疑问,如果排他带来的垄断利润 $N\pi$ 大于排他成本,即 $N\pi \geqslant N^* X^*$,则排他必将实现。而且,即使 $X = 0$,所有批发商全部签约将是唯一的均衡结果。原因在于,分散的批发商之间相互竞争,缺乏合作机制,且持有相同的"损人不利己"的信念。批发商 W_i 认为,如果他拒绝 A 的专营要约,其他 W_{-i} 将从签约中获得补偿,因此,与其让对手获益,具有竞争优势,倒不如自己先抢占 N^* 的份额,拥有先动优势,哪怕签约的收益为零,也是具有战略意义的。鉴于此,最终的均衡结果是:如果 $N\pi \geqslant N^* X^*$,即便 $X = 0$,所有批发商也会全部签约。

相应地,如果 $N\pi < N^* X^*$,则可能出现两种均衡结果。一方面是无人签约。其原因在于,先行者的垄断利润并不能弥补按照 $X \geqslant X^*$ 提供的现金补偿,而且,批发商的签约行为也只会导致 X^* 的福利净损失,缺乏偏离均衡的动机。

另一方面,如果 $N\pi < N^* X^*$,"所有人签约"也是可能的均衡结果。这同样是基于批发商之间缺乏相互合作和沟通机制的假设,容易出现协调博弈(co-ordination equilibrium)的均衡结果,其纳什均衡解为博弈参与人选择相同的策略。因此,批发商 W_i 的内置信念是,如果其他所有的批发商拒绝签约,则 W_i 同样拒绝签约,因为 $CS(P_m) + X^* > CS(P_m) + X$,即拒签的批发商剩余大于签约时的水平;如果所有的批发商都同意签约,那么 W_i 也将接受要约,因为 $CS(P_m) + X > CS(P_m)$,即签约后的批发商剩余大于拒签所得。显然,如果他们之间可以进行有效的内部沟通,则可以达成一致,共同抵制要约,实现双赢。否则,将走向另一个极端。可见,"所有人签约"的均衡结果之所以出现,关键原因也就在于,先行者 A 充分利用了独立的批发商之间缺乏沟通和合作这一缺陷,仅用较少的返利,即 $X \in [0, \pi)$ 就可诱使批发商签约。

以上的证明过程表明,在一定条件下,即生产商具有最小有效规模和批发商之间为相互独立的竞争主体,缺乏合作的前提下,如果 $N\pi \geqslant N^* X^*$,批发商将全部签约,如果 $N\pi < N^* X^*$,也有批发商签约的可能性。因此,从理论分析来看,在一定条件下,先行者通过设定品牌专营的契约,可以将潜在的竞争对手直接排除出局,实现显性排他的效果。接下来,我们将透过一个案例分析,说明品牌专营产生的现实排他效应。

案例分析:华润啤酒整肃风暴

2004 年 3 月,华润啤酒在天津市场掀起一场针对啤酒经销商的整肃风暴。①作为天津市的最大啤酒生产企业,该市啤酒市场近 50% 份额的占据者,华

① 新华网天津频道,2004 年 6 月 8 日,《华润啤酒:在探索专营还是垄断市场》。

润啤酒自 2004 年 3 月开始,陆续对全市的 200 多家啤酒二级批发商发出通知,要求其停止销售豪门、哈啤、趵突泉等品牌的啤酒,专门经销华润啤酒的系列产品。

据哈尔滨啤酒天津销售公司反映,2004 年 4 月 1 日,华润要求二级批发商停止经销哈啤和趵突泉啤酒,声称如果发现进货,则立即扣罚返利、停止供应华润的产品。豪门啤酒天津销售公司的负责人也指出,4 月 26 日,天津市内的二级啤酒经销商接到华润啤酒的口头通知,不得销售豪门"千杯"啤酒,华润的业务代表还当场清点"千杯"啤酒库存数量,让二级批发商写下保证和承诺,如果 12 天中发现数量减少或新进其他品牌啤酒,则扣除返利。一些批发商表示,早在 2003 年初,华润啤酒就向一些一级批发商提出要求,签订一份《专营运输合同》,名义上是就啤酒运输达成协议,实际内容是明确规定一级批发商终止经销泰达、豪门、秦皇岛公牛等系列啤酒。

可见,华润啤酒相当于模型分析中的先行者 A,率先提出品牌专营的契约,那么,其独占交易的行为是否具有反竞争效应,是否会将其他竞争对手排挤出市场?我们认为,这一渠道变革策略的市场效应主要体现在对市场规模、市场份额和竞争对手的影响上。[①]

首先,从对天津市场可能产生的影响来看。[②]2004 年,全国啤酒产量的累计增长率平均水平为 15.2%,华北地区的增长率为 12.34%,而天津市场仅为0.7%,排名全国最后一位。而且,华润啤酒在天津的市场占有率进一步提升。2003 年,华润在天津市场的销售量为 11 万吨,市场占有率不到 50%。然而到2004 年底,华润啤酒在天津市场的占有率已高达 75%。由于缺乏全面的数据和严谨的论证,我们不能武断地认为,这些市场规模和结构的变化都是源于品牌专营策略的实施,但是也不可否认其可能产生的影响。

其次,从对竞争对手的影响来看,独占经销渠道明显压低了对手的销售数量。豪门啤酒天津销售公司负责人反映,2004 年 4 月 27 日,华润啤酒向 200 多家二级批发商发出品牌专营通知的同时,封存了 3 万多箱豪门"千杯"啤酒。黄金周前后,豪门在津销量减少了 11 万箱,比去年同期锐减 50%,产品信誉也受到很大影响,市场销售陷入困境。另外,哈尔滨啤酒天津销售处也表示,自 2004年 4 月 4 日华润要求二级批发商停止经销哈啤以来,一个月间哈啤在天津市场的销量减少了 500 吨,遭受严重经济损失。趵突泉啤酒天津代理商也反映了类似的问题。

再次,被牵连到的啤酒厂商和经销商也表示强烈不满。哈尔滨啤酒经销商认为,华润的行为不仅侵害了经销商自由经营的权利,而且限制了消费者选择

---

① 所占市场份额的大小一直是国外反垄断部门考量某一纵向控制策略的反竞争效应的最重要指标之一。

② 引自《中国啤酒 2004 回顾与 2005 展望》。

的自由,使得老百姓无法买到自己想喝的啤酒,厂商的销量也大受影响。泰达也表示,华润的做法属于不正当竞争,这种控制经销商,占领主渠道的做法,是对竞争对手的严厉打压。豪门指责华润已经侵犯了豪门的利益,也影响了正常的市场秩序。

卷入其中的一级、二级批发商也处于两难境地。一来雪花、莱格等华润系列品牌在天津市场占有率很高,占到日常总销售量的一半以上,经销商坦言:"扣除返利倒是小事,但得罪了华润这家客户就不好了。"二来其他品牌的啤酒也有稳定的市场和渠道,放弃任何一方,都要遭受不小的损失。

总言之,从现有数据来看,我们认为,华润啤酒的品牌专营策略具有上述模型分析中提及的排他效应,有可能将竞争对手排挤出天津市场,有悖于市场公平竞争的基本原则。

结　论

通过理论分析,我们认为,当相关条件满足时,上游生产商通过与下游批发商签订品牌专营契约,可以达到限制竞争对手进入市场的目的,具有反竞争的效果。从案例分析来看,华润啤酒的渠道变革策略也较好地印证了这一结论。鉴于其暴露出的对竞争对手的排挤以及对市场结构和规模可能造成的反竞争效应,我们有必要加强对品牌专营等纵向控制策略的研究,制定相应的规制政策,以有效地抑制企业的反竞争行为,维护正常的市场秩序和公平合理的竞争环境。

在国外,作为一种典型的独占交易策略,一种非价格竞争的排他性行为,品牌专营也是一直受到反垄断部门的重视。以反垄断法律体系较健全的美国为例,经济性规制主要体现在两个方面。

一是成文法的制定,涉及独占交易的成文法主要有三部:Sherman 法、Clayton 法和联邦贸易委员会法。在 1890 年生效的 Sherman 法中,集中反对的三种有碍于州际贸易或者对外贸易的行为中包括"订立限制竞争的协议";1914 年生效的联邦贸易委员会法规定,商业中或者影响商业的不正当竞争方式、行为,以及欺骗性行为都是违法的;同年生效的 Clayton 法的第 3 条也明确规定,禁止独占交易和搭售行为。

二是裁决的基本原则。一般说来,对于价格控制行为,都是遵循"本质违法"①(per se illegal)的原则来裁决。而对于独占交易等非价格限制,主要是依据"合理推定"(rule of reason)的原则来裁决,即市场中的纵向控制行为并不必然违法,应视案件的具体情况而定。有些行为虽然出于限制竞争的目的,或者

---

① "本质违法"是指根据实践经验,不管市场上某些类型的反竞争行为产生的原因和后果如何,均被视为非法。这个原则还适用于价格卡特尔,生产数量卡特尔和分割销售市场的卡特尔。

能够产生限制竞争的效果,但如果可以显著改善企业的经济效益,更好地满足消费者的需求,或者有利于整体经济利益或者社会福利,应视为合法。

　　当前,我国正抓紧时间制定反垄断法,目的在于促进和保护竞争。当面对诸如品牌专营等纵向控制策略时,判定该行为是否合法,离不开健全的法律体系、合理的指导思想。是选择统一的"本质违法"还是"合理推定"?从国外的经验来看,反垄断法律通常具有较大的灵活性,会给执法者留有较大的酌裁权,在这一点上,"合理推定"原则应更具合理性,相应的理论和实证研究也显得尤为必要。

参 考 文 献

Bernheim, B. D. and M. D. Whinston, "Common Agency", *Econometrica*, 54, 1986, 923-942.

Bernheim, B. D. and M. D. Whinston, "Exclusive Dealing", *Journal of Political Economy*, 1998, 1.

Besanko, D. and M. K. Perry, "Exclusive Dealing in a differential products oligopoly", International Journal of Industrial Organization, 1994, 12.

Besanko, D. and M. K. Perry, "Equilibrium Incentives for Exclusive Dealing in a Differentiated Products Oligopoly", Journal of Economics, 1993, 24.

Brennan, T. J. , "Exclusive Dealing, Limiting outside Activity, and Conflict of Interest", *Southern Economic Journal*, 1989, 56.

Comanor, W. and H. E. French, "The Competitive Effects of Vertical Agreements", *American Economics Review*, 1985, 75.

Jacobson, J. M. , "Market Power, Consumer Harm and Exclusive Dealing with Distributors", *The Milton Handler Annual Antitrust Review*, 2001.

Lin, Y. J. , "The Dampening-of-Competition Effect of Exclusive Dealing", *The Journal of Industrial Economics*, 1990, 39.

Martimort, D. , "Exclusive Dealing, Common Agency, and Multiprincipals Incentive Theory", *Journal of Economics*, 1996, 27.

Marvel, H. P. , "Exclusive Dealing", *Journal of Law and Economics*, 1982, 25.

Mathewson, G. F and R. Winter, "The Competitive Effects of Vertical Agreements: Comment", *American Economics Review*, 1987, 77.

Posner, R. , "Antitrust Law Second Edition", University of Chicago, Chicago, 2001.

Rasmusen, E. , M. Ramseyer and J. Wiley, "Naked Exclusion", *American Economics Review*, 1991, 81.

Sass, T. R. , "The Competitive Effects of Exclusive Dealing: Evidence from the U. S. Beer Industry", *International Journal of Industrial Organization*, 2005, 23.

Sass, T. R. and M. Gisser, "Agency Cost, Firm Size, and Exclusive Dealing. Journal of Law and Economics", 1989, 32.

Slade, M. E. Beer and the Tie, "Did Divestiture of Brewer-Owned Public Houses Lead to Higher Beer Prices?", *The Economic Journal*, 1998, 108.

Tirole, J, *The Theory of Industrial Organization*. Cambridge: MIT Press, 1988.

郭跃,《美国反垄断法价值取向的历史演变》,《美国研究》2005 年第 1 期。

孙洪磊,《华润啤酒:是探索专营还是垄断市场?》, www. tj. xinhuanet. com. cn,2004。

王晓晔,《纵向限制竞争协议的经济分析》,中国民商法网,2003。

中国烟草产业组织和产业管制问题研究[*]

陶 明 胡建绩

摘 要 本文在 SCP 产业分析的框架内,对目前中国的烟草产业作了全面地考察。对中国烟草工业的市场结构、厂商行为和行业绩效作出了评价,提出了造成中国烟草产业绩效状况不良的主要原因。另外对中国烟草产业的开放状况和产业管制的前景作出了展望。面对进入 WTO 的挑战,中国政府正致力于推动烟草工业管理体制的改革,中国的烟草产业将会随着竞争的加剧出现新的格局。

关键词 烟草工业,市场结构,企业行为,产业管制

ABSTRACT This paper makes a comprehensive research on current tobacco industry in China within the framework of SCP industrial analysis. The market structure, enterprise behaviors and sector performance of tobacco industy in china are estimated,and the main reason for its slack situation is proposed. In addition, the prospect of the opening-up situation and the industrial supervision of tobacco industry in China is predicted. In face of the challenges caused by entering into WTO, Chinese government is devoted to impelling the reform of management system in tobacco industry. New pattern is expected to form in this industry as the competition is intensified.

Key Words tobacco industry, market structure, enterprise behavior, industrial supervision

中国烟草业的结构、行为和绩效分析

中国实行烟草专卖制度,根据《中华人民共和国烟草专卖法》第二条的规定:"烟草专卖品是指卷烟、雪茄烟、烟丝、复烤烟叶、烟叶、卷烟纸、滤嘴棒、烟用丝束、烟草专用机械。卷烟、雪茄烟、烟丝复烤烟叶统称烟草制品。"由此看来,中国烟草业广义上讲包括烟草制品、烟叶、卷烟纸、滤棒嘴、烟用丝束和烟草专用机械等相关生产、销售企业和管理部门,其中烟草制品生产又属烟草行业的核心,因而本文主要针对中国烟草行业中烟草制品加工业的现状进行分析。

(一) 市场结构

1. 市场集中度。市场集中度是表示在具体某个行业或市场中,卖者或买者

---

* 原载《生产力研究》2005 年第 6 期。

具有什么样的相对的规模结构的指标。它是描述行业市场结构性状和大企业市场控制力的一个概念。最基本的市场集中度指标是绝对集中度,通常用在规模上处于前几位企业的生产、销售、资产或职工累计数量(或数额)占整个市场的生产、销售、资产、职工总量的比重来表示。其计算公式为:

$$CR_n = \sum_{i=1}^{n} X_i \Big/ \sum_{i=1}^{N} X_i$$

其中,CR_n——X 行业中规模最大的前 n 位企业的市场集中度;

X_i——X 行业中第 i 位企业的生产额或销售额、资产额、职工人数;

N——X 行业的全部企业数;

$\sum_{i=1}^{n} X_i$——n 家企业的生产额、销售额、资产额职工人数之和。

当用 X_i 表示 X 行业中第 i 位企业的生产额,这样就可以得到生产集中度。前若干家企业数量的选择,一般可以是 4 家、8 家或 20 家等,这主要取决于"行业"的内涵范围,行业内的企业数量以及研究者的研究目的和获取资料的难易程度等。

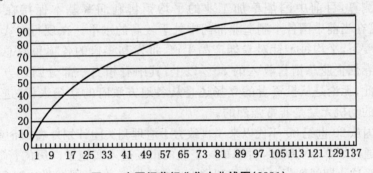

图 1　中国烟草行业集中曲线图(2001)

图 1 是用 2001 年中国烟草行业 140 家企业的统计数据,绘制出的中国烟草行业 2001 年的行业集中曲线图。同时给出前 30 家烟厂具体的行业集中度数据列表。

表 1　中国前 30 家烟厂行业 2001 年集中度数据

CR1	CR2	CR3	CR4	CR5	CR6	CR7	CR8	CR9	CR10
5.6	9.8	13.6	16.8	19.5	22.2	24.8	27.1	29.3	31.4
CR11	CR12	CR13	CR14	CR15	CR16	CR17	CR18	CR19	CR20
33.3	35.1	36.7	38.3	39.8	41.3	42.6	43.9	45.3	46.6
CR21	CR22	CR23	CR24	CR25	CR26	CR27	CR28	CR29	CR30
47.9	49.1	50.4	51.6	52.9	54.1	55.3	56.5	57.7	58.8

资料来源:根据《卷烟工业企业卷烟产量(2001 年 1—12 月)》资料计算。

　　不妨来做一个比较:日本全国只有一家烟草公司。我们再来看世界烟草行业的市场集中度情况:菲莫美国公司2002年卷烟销售量为1 916亿支,市场占有率为50.1%。英国五大烟草公司卷烟产量占本国产量90%。可见中国烟草与发达国家烟草企业在市场集中度方面存在着巨大的差异。

　　2. 进入壁垒和退出壁垒。烟草专卖制度是中国烟草加工业进入壁垒较高的首要因素。中国对烟草产业实行完全的专卖管理制度,并通过立法规定由国家对烟草的生产、收购、运输、储藏、销售、批发等各环节实行直接控制。国家设立烟草专卖局对烟草专卖进行全面的行政管理:授权中国烟草总公司及其所属各级烟草公司独家经营烟草及其制品的生产和销售业务,其他任何部门、单位和个人未经国家烟草专卖局批准,均不得自行生产和经营。除此之外,开办烟草企业手续之复杂,也给进入造成了障碍。开办烟草制品生产企业实行许可证制度,新企业的设立,除了要具备规定的条件外,还须由政府主管部门审核批准,工商行政管理部门核准登记,最后还须经国家烟草专卖局审查批准。国家对烟草制品企业实行严格宏观控制,对企业数量及其布局进行直接的调配。这就意味着新企业几乎没有可能突破烟草产业的进入壁垒。据测算,目前中国烟草加工业的平均销售利润率基本保持在16%—18%,这在当前中国各个制造业部门中处于较高的水平。在现行专卖制度和税收制度下,平均每年针对卷烟产品生产、批发和零售的各项税收总额相当于全国卷烟企业总销售收入的80%以上,其中有相当一部分归地方财政所有。因此,无论是从投资者的立场还是从各地方政府的立场来说,进入烟草加工业的动机无疑是非常强烈的。

　　中国从20世纪80年代以来一直致力于清理和关闭计划外卷烟企业,正因为国家通过烟草专卖制度,对烟草加工业的市场进入实施了严厉的管制措施,所以尽管这一期间烟草加工业的利税水平持续提高,但中国烟草加工企业的数量有了明显的下降,1991年中国烟草生产企业为354家,2002年则减少为123家,减少了231家。

　　烟草加工业存在着显著的规模经济性,就新企业的进入来说规模经济壁垒就很高。在中国,年产30万箱的生产规模是烟草加工业最小最优的适度经济规模(工厂规模经济),因此若要在市场竞争中形成基本的价格竞争力,就必须克服这一壁垒。而烟草加工业对规模经济的这种要求,也直接导致了较高的必要资本量壁垒。必要资本量是指新企业进入市场所必须投入的资本。必要资本量越大,新企业进入市场的难度也就越大。卷烟制造是一个大规模的自动化生产过程,成套专用设备需用量大,一次性投入资本较高。

　　国内烟草加工企业的经营业绩清晰地表明,不少企业的投资收益低于正常水平,连年利润为负,有些甚至已经资不抵债。但由于存在着退出障碍,这部分企业至今仍留在行业内,并仍在组织生产。构成烟草加工业退出障碍的基本因素主要有:(1)政府和社会障碍。其一,烟草业加工企业大多为国有企业,而国有企业本身就缺乏顺畅的退出机制。其二,烟草企业是政府部门极其重要的财税来源,从中央到地方,政府不会轻易放弃烟草企业的经营。(2)专门化资产。烟草企业的投资额通常较大,生产运行高度专业化,烟厂所使用的大量生产设备对其他行业来说毫无用处,也不允许任意买卖,只能交由国家烟草专卖局处理,从而形成了高昂的退出成本。(3)情感上的障碍。企业的创始人或为企业发展作出过贡献的人士,对企业有着浓厚的感情,他们不会希望看到自己曾经为之奋斗过的企业被关闭,他们会极力阻碍企业退出。

3. 资源配置效率。规范的微观经济学认为,市场机制的正常运行能保证资源的最佳配置,表现为社会福利最大化。在产业组织理论的研究中,常常会利用利润率作为衡量行业市场资源配置效率的指标。

$$销售利润率 = (税前利润 - 税收总额) / 自有资本$$

由于资料来源的原因,我们用产品销售收入取代自有资本并使用销售利润率这一个指标。

下面,我们就用产品销售利润率对中国烟草行业的资源配置效率进行分析,参见表2。

表2　1998—2001 年中国工业各行业销售利润率变动情况(%)

行　业	1998 年	1999 年	2000 年	2001 年
全国平均	2.27	3.28	5.22	5.05
食品加工	−0.90	0.34	1.98	2.53
饮料制造	4.64	5.54	5.92	5.97
烟草加工	8.93	9.28	9.97	10.06
化学纤维制造业	0.22	3.57	5.33	2.15
橡胶制品	2.09	1.13	1.41	3.26

资料来源:根据《中国统计年鉴》各卷资料整理。

从行业间比较来看,烟草行业的销售利润率不仅远远高于与它相近的食品加工和饮料制造业,也远远高于全国所有行业的平均水平。我们来分析一下其中的原因:微观经济学认为,在完全竞争的市场结构中,资源配置实现最优,市场上所有企业都只能获得正常利润,且不同行业的利润率趋向一致。也就是说,行业间是否形成了平均利润率是衡量社会资源配置是否达到最优的一个最基本的定量指标。因此,可以推断出,销售利润率越高,市场就越偏离完全竞争状态,也就是说垄断程度越高,因此利润率也被作为研究市场结构对市场绩效影响的一个指标。我们必须认识到导致行业、企业利润率偏高的原因除了垄断之外还有其他因素:(1)作为风险性投资报酬的风险利润;(2)有不可预期的需求和费用变化形成的预料外的利润;(3)因成功地开发和引入新技术而实现的创新利润。中国烟草行业并不存在上述的三种超常利润,因此超常利润只能来自于垄断,来自于行政割据型垄断。在微观经济学研究中,常用利润率作为衡量行业市场资源配置效率的指标,对于中国烟草行业而言,利润水平很高,这是因为国家专卖下降为地方专卖,各地烟草企业在当地烟草专卖的支持下划分领地进行垄断,市场资源和产品都不能进行自由流动。很高的利润率是用更高的消费者福利丧失换来的。这导致了整体社会福利的降低。那么,从这一点上可以说,中国烟草行业的资源配置效率是很低下的。2001 年,烟草行业的企业亏损面为 32%,超过了同期全国工业企业总亏损面的 23.4%,这也为这一结论提供了有力的证据。

　　这里用 2001 年中国烟草行业 138 家企业的统计数据(共 203 家企业,其中 65 家企业数据不全),绘制出中国烟草行业 2001 年的销售利润率曲线(见图 2)。

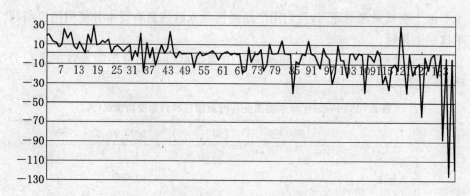

图 2　中国烟草行业销售利润曲线图(2001)

资料来源:根据烟草系统《2001 年 1—12 月信息反馈》各卷资料绘制。

　　横坐标是按产品销售由大到小排列的 138 家卷烟厂。从图中可以看出一个明显的趋势,随着销售收入的减少,产品销售利润率在降低,说明规模效益在烟草行业中体现得较为明显。

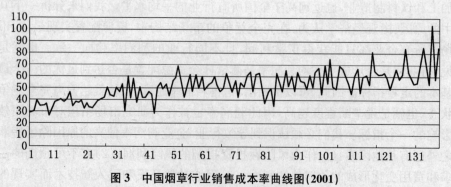

图 3　中国烟草行业销售成本率曲线图(2001)

资料来源:根据烟草系统《2001 年 1—12 月信息反馈》各卷资料绘制。

从图 3 可以看到,规模效益在烟草行业的流通方面也有所体现,销售成本率随着企业规模的扩大有所下降。

(二) 企业行为

1. 研究与开发。中国烟草行业基础性和系统性的科学技术研究相对薄弱,科技投入不足,科研力量分散,高层次专业技术人员匮乏,低水平重复研究现象突出。企业对研发的积极性普遍不足,研究和开发大多由国家烟草专卖局推动。最近几年来,中国烟草行业在研究与开发的主要成就有:

(1) 以降焦技术为核心的烟草科研得到逐步开展。从 1995 年开始,国家烟草专卖局就在行业内酝酿强制降焦。国家烟草专卖局制定的"十五"科技发展计划明确提出:2005 年全国名优卷烟焦油量平均要降低到 12 mg/支左右,高于 15 mg/支的卷烟不准进入市场销售。根据国家烟草局的统一要求,全行业全面启动了降焦减害技术的研究和应用,许多卷烟生产企业把质量控制重点转移到降焦和控焦上来,推动了企业整体技术水平的提高。

(2) 加强了技术创新体系和技术监督体系建设。目前,烟草行业已初步建立了以郑州烟草研究院、云南烟草科学研究院、5 家国家级企业技术中心、11 家行业级企业技术中心、5 个博士后流动站和 9 个试验站(育种中心、研究基地)、5个科技推广示范基地、10 个标准化示范县为主体的科技创新体系。已初步形成了包括中国烟草科技信息网、全国烟草病虫害预测预报网等机构组成的行业科技创新服务体系。在烟草质量技术监督体系建设方面,贯彻实施 ISO17025 国际标准、省级质检机构的提升、烟叶原料的质量监督、推进行业的标准化工作等已取得重要进展,尤其是加大了对卷烟焦油量的监控力度和对卷烟材料的监督检查。

2. 烟草产品定价。20 世纪 80 年代以前,中国在烟草价格管理上一直采取计划价格管理方式,卷烟价格的制定、调整实行严格的政府审批制度,1988 年首先放开了当时国内 13 种名优卷烟价格,由企业自主定价;随后又在广东、福建、浙江、海南等省进行卷烟价格改革试点。

1991 年出台的《烟草专卖法》及其以后的实施条例将烟草业置于国家的严格控制、管理之下。规定了烟叶收购合同中应当约定烟叶种植面积,烟叶收购价格由国务院物价主管部门与国务院烟草专卖主管部门一起按照分等定价的原则制定。还规定,烟叶由烟草公司或者其委托单位按照国家规定的收购标准、价格统一收购,其他单位和个人不得收购。1991 年 10 月在全国范围内放开了卷烟零售价格、批发价格。1992 年 12 月放开了卷烟调拨价格、出厂价格,由企业自主定价。这样在同一时期内,出现了两种都有法律、法规依据而运作方式不同的价格机制。

20 世纪 90 年代中期,卷烟市场已经发展成为买方市场,市场竞争在价格行为上表现的尤为激烈。由于企业有定价权,可以依据市场供求变化灵活调整,加上卷烟经营的高盈利性,在经营中出现了一个牌号几种价格,一天之内价格数变的怪异现象,同时引发了一些经济案件。

1998年国家烟草专卖局意识到了问题的严重性,制定了《卷烟价格宏观调控和管理暂行办法》和《卷烟定价规范》,1999年又发出《关于进一步加强卷烟价格管理工作的通知》,对不规范的价格行为加以制止。为了制止税源流失,国家税务部门出面干涉,又出现了由税务部门核定的计税出厂价。2001年国家对卷烟消费税政策作了重大调整,实行按调拨价计征消费税。卷烟的价格体系发生了变化,卷烟出厂价、调拨价已经失去了原来的并存意义。调拨价的制定、调整涉及到工业利益、商业利益、国家税收和消费者利益,不单纯是企业行为和行业行为。调拨价的制定比以前更加复杂、要求更高。

3. 烟草行业兼并与重组。中国全年烟草总销售收入和利润还比不上一个菲利普·莫里斯公司,这从一方面反映出中国烟草企业组织结构、产品结构不合理。至2002年底,全国仍有123家烟草企业(包括3家合资企业),其中产量在10万箱以下的有36家,10万—30万箱的有35家,而30万—60万箱和60万箱以上的合计52家。产量在10万箱以下的企业数量居然占到全行业企业总数的四分之一。在对106家烟厂进行统计后发现,其销售成本费用率平均接近50%,销售利润率低于5%的达67家,有36家的销售利润率为负数。

鉴于上述原因,国家烟草专卖局提出在今后一个时期,要搞好企业组织结构战略性调整,大力推进企业联合兼并和重组,培育具有国际竞争力的大型企业集团。从2002年开始,国家烟草专卖局就一直努力把中国烟草总公司建成一个巨大的国有制烟工业集团,统一管理整个烟草行业的国有资产。总公司下设几个不同职能的集团公司,负责卷烟生产、销售、烟叶、进出口等业务。2003年初,在国家烟草局出台的《10万箱以下卷烟工业企业组织结构调整规划》文件中就规定,到2003年底以前对21家企业进行组织结构调整,另外取消7个卷烟生产点;到2004年底之前基本完成10万箱以下小烟厂的结构调整任务,而这只是第一步。推进年产10万—30万箱的中型企业的兼并重组是第二步,对剩余的大企业进行再优化是第三步。在三步之后,最终的目标是培育一批具有国际竞争力的大企业。力争到2004年底把中国烟草企业从现在的近120家减少到50家。

烟草产业开放状况和产业管制前景分析

(一) 产业开放状况

1. 中国烟草业开放的承诺。依据中国对外贸易经济合作部在网上公布的中国加入世贸组织法律文件的英文本,中国加入世贸组织的关税减让承诺是:自加入世贸组织的当日起即应执行一个已减让的税率,以后在此基础上进一步减让。中国"入世"法律文件对烟草及与烟草业相关的产品每年税率的减让比例做出了详细的规定,许多税目的关税减让分别是3年期、5年期,个别税目是按8年期逐步实施减让的。除关税外,我国政府在加入世界贸易组织的法律文本中还就取消烟草的非关税措施(如许可证、配额),逐步取消政府补贴(烟草工业的补贴金额,1994年补贴金额为12亿人民币,1995年为8.62亿人民币,1996年为9.26亿人民币,1997年为10.25亿人民币,1998年为8.83亿人民币)、国营贸易和服务贸易等相关问题在文本的附件中也做了有关承诺。归纳起来主要有以下7项内容:

(1)在烟草制品进口方面。《中美市场准入协议》规定,把"雪茄类"的实施税率由1999年的65%降低到2004年的25%;对于卷烟,欧盟要求中国全面开放烟草批零市场(我国政府没有对此做出承诺,而这对在华已有合资企业的跨国公司形成了障碍),将我国在与美国谈判时已同意的卷烟2004年实施25%的关税税率,提前到2003年1月1日实施。

(2)在烟叶、钾肥进口关税及取消非关税措施方面。美国要求中国把"未去梗的烤烟"、"部分或全部去梗的烤烟"、"其他部分或全部去梗的烟草"、"均化或再造成烟草"、"烟草废料"等产品关税税率到2004年全部降低到10%(1999年为40%),并且要求自加入WTO的当年起取消全部配额。1999年,我国钾肥的进口配额为1830万吨,根据中美协议和WTO关于禁止使用配额数量限制的规则,我国在2002年之前取消进口钾肥配额数量限制。

(3)在烟草机械方面。1999年,我国进口卷烟机的关税税率为14%,根据中美协议的规定,从2000年开始到2008年为止,要分期降低到5%,并且从2002年开始取消招标限制。在卷烟包装机方面,1999年的关税税率为16%,2002年降低到10%。1999年,卷烟机零件的关税税率为12%,2000—2008年要逐步降低到10%。

(4)在卷烟滤嘴方面。1999年,我国进口的化学纤维制造的卷烟滤嘴的关税税率为32%,根据中美协议的规定,2000—2008年要逐步降低到12%。我国1999年对醋酸纤维线束的进口配额的数量限制为11.3万吨,今后每年要增长15%,直至全部取消进口数量限制。

(5)在卷烟纸方面。1999年,我国进口的"小本或管装卷烟纸"以及"其他卷烟纸"的关税税率为45%。根据中美协议的规定,2000—2005年要分期降低到7.5%。

(6)在烟草专卖管理方面。美国一再要求中国开放卷烟分销体系,允许美国和其他国家的烟草公司到中国设立自己的卷烟销售体系,但我国贸易谈判代表始终没有同意美国的这一要求。因此,在中美关于我国开放商品批发、建立分销体系的承诺中,都把烟草作为"例外"。

中国坚持烟草专卖制度,但承诺自2004年1月1日起,取消特种烟草专卖零售许可证,外资烟草商将获得"国民待遇"。过去,国内卷烟零售商必须持有

《烟草专卖零售许可证》，如果零售外烟，同时还要持有"特种烟草专卖零售许可证"。现在卷烟零售商只要持有普通许可证即可摆卖进口卷烟，全国将有 400多万个持有《烟草专卖零售许可证》的零售商户可以卖外烟。"特零证"的取消意味着卷烟零售市场的全面放开。

（7）在仓储、服务、检测、与贸易有关的投资措施等方面。加入 WTO 以后，我国在仓储、服务、检测、与贸易有关的投资措施等方面做出的承诺当然也适用于烟草行业，而且有些承诺对烟草行业和企业的影响还是很大的。比如，在仓储服务方面，我国政府承诺，自加入 WTO 时就允许设立中外合营公司，但外资比例不能超过 49％；2001 年 1 月 1 日以后，允许外资控股；2003 年 1 月 1 日以后，允许外商设立独资企业等等。

表 3　　中国烟草产品降低关税日程表 　　　　　　　　　　　（％）

产品名称	2001 年①	2002 年	2003 年	2004 年	2005 年
烟 叶	28.0	22.0	16.0	10.0	
卷 烟	49.0	35.0	25.0		
雪茄类	49.0	41.0	33.0	25.0	
吸食烟丝	65.0				
再造烟	65.0				
丝 束	9.0	7.0	5.0	3.0	
醋纤素	10.3	8.4	6.5		
滤 嘴	25.0	21.8	18.5	15.3	12.0
卷烟纸	32.5	26.3	20.0	13.8	7.5
香精、料	35.0	30.0	25.0	20.0	15.0
铜、白版纸	8.5	6.8	5.0		
卷烟机	10.4	8.6	6.8	5.0	
包装机	12.0	10.0			
检测仪器	6.0	3.0	0.0		

注：①指 2001 年 11 月 11 日正式加入世贸组织之日。

2. 中国烟草市场的预期变化。从以上分析中不难看出，我国履行入世承诺后，烟草业将大大开放尤其是烟叶和卷烟关税水平大幅下降，以及取消"特零证"将会引起中国烟草市场一系列变化。

一是随着关税的进一步减让和非关税壁垒的逐步取消，国外中高端卷烟销售量会有所增加，但进口卷烟对我国市场的冲击可能将是一个逐渐增大的过程，最初几年进口卷烟占国内市场份额比例上升速度不会太快。但由于国内居民收入水平和消费水平的提高，中高档卷烟市场份额逐渐扩大，消费者对卷烟安全性要求不断提高。关税降低后，进口卷烟在价格和成本上有可能会逐步取得比较优势。非关税措施的逐步减少，将进一步刺激国外烟草商加大对中国市场的开发与培育力度。因此，从长远来看，进口卷烟在中国市场将会呈现加速增长的趋势,中外烟草企业在中国烟草市场上的竞争将会逐步升级,并可能逐渐成为影响中国烟草市场竞争格局的主要因素。

二是随着中国烟草行业管理体制改革的深化,更多产量小、效益差的中小烟厂将会被关闭或兼并,卷烟市场上的品牌数量将逐渐减少,国产烟的品牌集中度将有所提高。将会出现更多具有一定竞争实力和市场影响力的大型烟草集团和全国性的卷烟品牌,在零售市场上与外烟展开激烈竞争。

三是在卷烟零售市场的竞争格局上,外烟进入中国不仅面临与国产烟的竞争,也面临着与其他外烟的竞争。由于中国卷烟市场潜力巨大,短期内很难出现一家或几家烟草企业独占中国市场的局面,中国卷烟市场将呈现出国产卷烟之间、国产卷烟与外烟之间、外烟与外烟之间多元化的竞争格局。

四是国外烟草公司有可能在中国实行代理制,而不必自己设立分支机构,进而降低成本。因为虽然我国已全面取消特种烟零售许可证,但这并不意味着中国将全面放开烟草市场,基本的烟草专卖政策并没有改变,进口烟仍然由中国烟草进出口总公司统一进口,也不允许外烟在内地设厂、生产、批发与建立大型流通企业。烟草专卖的存在,将使我国已经形成的销售网络成为最为主流的烟草连锁销售渠道。未来烟草业的强大的连锁经营网络将成为中国烟草由行政垄断向经济垄断转变的标志,而连锁销售体系对于外烟具有根本的制约作用,因为国际烟草巨头需要依赖中国本土的连锁销售渠道,所以国外烟草的销售还是受到控制。自2004年以来,英美烟草收缩在中国市场的零售终端,减少自身的旗舰品牌"555"、"健牌"等香烟在华的投放量,这不是要退出中国市场,而是为了减少其办事处、广告、活动、促销等营运的成本。如果在中国采取了代理制,取消英美烟草办事处,也一样能达到同样的销售额。

(二) 烟草产业管制前景分析

1. WTO与专卖管制。加入WTO的最大挑战是烟草专卖体制本身将受到威胁。从辩证的角度讲,实行专卖是为了取消专卖。专卖不是从来就有的,更不是恒久不变、万古长存的。它是市场经济虽有一定发展但尚不发达阶段的产物。在这一阶段,如果没有必要的专卖管理,那就会像一堆没有装袋的小土豆到处乱滚一样,根本形不成合力,更不能装到车上运送到消费者的手中。通过实行专卖管理,限制无数个小烟厂的随意盲目发展,有重点、有计划地对产业结构、市场结构、产品结构和企业组织结构进行调整和优化升级,避免稀缺的经济资源、市场资源和社会资源的巨大浪费,从而最大限度地满足消费者的需要。只有这样,才能形成更高层次的竞争格局和竞争水平,并最终达到取消烟草专卖的理想目标。

烟草专卖制度是我国烟草行业实行集中统一管理的最重要依据。在中欧、中美两个协议中,中国都坚持保留烟草专卖制度。美国和欧盟对中国的初始要求是冲破我国烟草专卖制度,特别是欧盟对中国的要价更高:如两年内进口卷烟零售享受国民待遇，凡销售国产卷烟的零售户均可以销售进口卷烟，特许证控制将取消。今后在各跨国公司的影响下，西方大国必然进一步向我国施加压力，最终可能会使我国取消烟草专卖制度。

但是，中国烟草行业在一定时期内决不能没有专卖制度。《烟草专卖法》是烟草行业的根本大法，专卖制度是烟草行业的根本制度，动摇了它，也就动摇了烟草行业的根基。WTO 规则是一个世界性的法律，对加入的每一个国家和地区都有约束作用。但是，WTO 也有很多特殊规定，我们应该结合本国烟草行业的实际情况，充分利用好这些特例走出一条具有中国特色的烟草专卖的路子。日本于 1972 年加入 WTO，但直到 1984 年才废除专卖制度，实行以上市股份有限公司为主要特点的民营化改革。日本实行烟草专卖制度已经长达 86 年了，即使这样，日本还在 1984 年通过和实施了《日本烟草株式会社法》和《日本烟草事业法》，这事实上是一种"没有专卖的专卖制度"，是一种比较典型的"准专卖制度"。有些发达国家可以在加入 WTO 以后继续实行烟草专卖制度，我们为什么不可以呢？

WTO 不管你有没有专卖，是否实行专卖是你自己的事儿，是"内政"问题，WTO 不会干预别国的制度选择。WTO 要求的是非歧视、取消数量限制、实现贸易自由化，反对的是对 WTO 不同成员给予不同的待遇。因此，只要我国烟草行业对 WTO 所有成员都一视同仁地采取专卖管理制度，那么，就符合了WTO 规则的基本要求。正是由于这个原因，WTO 的 37 个成员方在分别与我国谈判的时候，没有一个能自始至终地坚持要求中国取消烟草专卖制度，WTO也没有要求某一个国家必须以取消烟草专卖制度为前提才能投入到她的怀抱。

在中国已经加入 WTO，经济运行体制日益与国际接轨的环境背景下，中国政府迫切需要做的，就是如何改革现行的烟草专卖制度，真正建立起与市场经济相适应，与国际法规、通行惯例相一致，同时又反映中国实际情况，具有中国特色的新型烟草专卖制度。

总　　结

从以上的分析中可以看出，中国的烟草消费市场巨大，在以后的几年里仍将小幅扩大。中国的烟草工业完全掌握在中国政府手中，政府通过国家烟草专卖局对烟草的采购、生产、销售等各个环节实行严密的控制。中国烟草产业生产集中度很低、生产规模过小且经营效率低下。在研究中还发现，中国的烟草制造企业的规模和盈利水平存在非常明显的同向变动关系，说明在中国烟草工业中存在规模经济的现象。由于小型的烟草企业亏损严重，中国政府通过兼并和重组，不断减少烟草生产企业的数量，但目前为止中国仍有超过 100 家的烟草生产企业。

在目前的专卖体制下，烟草产业由于各省份之间的利益争夺而形成了零散、分割的市场局面。在这一市场上，市场集中度低、厂商的规模较小、生产效率低下，但由于政府政策扶植和政策倾斜，中国烟草生产企业的销售利润率很高，市场垄断程度很高。来自于行政割据型的垄断使各地烟草企业在当地烟草专卖的支持下划分领地进行垄断，市场资源和产品都不能自由流动。可以看出中国烟草工业的高利润率是用更高的消费者福利丧失换来的。由于加入 WTO 后的承诺，中国政府在很多许多方面都作出让步，烟草市场逐步放开，卷烟进口关税税率由入世前的 65％降低到 2003 年的 25％；意味着香烟零售终端市场的大幅放开的、针对外烟销售的"特种烟草专卖零售许可证"在 2003 年底被取消，国内持有烟草专卖零售许可证的个体工商户都可从事外烟的销售。这些让步势必对国内传统专卖体制形成极大冲击，外国烟草公司的渗透也将会打破这种现状，给中国烟草产业带来新一轮的变革。但这种变革并不会导致中国政府完全取消对烟草行业的专卖管制，而是在很大程度上促使中国对现行的专卖制度进行符合国际发展趋势的改革。

参 考 文 献

魏雅华，《中国烟草工业何去何从》，《经贸导刊》2003 年第 7 期。

陈立鹏，《中国烟草行业经营管理体制发展特征与趋势》，《学习与探索》2002 年第 5 期。

宋华，《中国烟草企业的发展战略》，《管理世界》2002 年第 7 期。

李保江，《战略管理、制度依赖与行业竞争力——中国烟草行业实证分析》，《经济理论与经济管理》2002 年第 2 期。

赵传良、黎志成，《加入 WTO 后中国烟草业的发展与对策建议》，《统计与决策》2002 年第 3 期。

杨永福，《信息化战略驱动下的传统产业改造分析——以中国烟草安徽省公司对传统产业的信息化改造为例》，《管理世界》2002 年第 8 期。

左相国、黎志成，《中国烟草企业规模经济的统计特征》，《统计与决策》2003 年第 9 期。

李建华，《重组：中国烟草业应对入世的战略》，《湖南经济》2003 年第 5 期。

姜成康，《与时俱进，提高中国烟草总体竞争实力》，《中国经贸导刊》2003 年第 5 期。

吴浩、薄湘平，《中国烟草行业结构浅析及其发展对策》，《湖南大学学报（社会科学版）》2001 年第 1 期。

安徽烟草专卖局，《安徽省烟草企业经济统计数据（1998—2002）》，《中国统计年鉴（1999—2002）》，中国统计出版社。

中国烟草专卖局经济研究所，《中国烟草发展报告 2003》。

中国烟草专卖局，《统计数据反馈》，内部资料，2002。

Carlton, D, W. and Perloff, J. M., *Modern Industrial Organization*, 1996, second edition, HarperCollins College Publishers.

零售商垄断势力、通道费与经济规制*

张　赞

摘　要　拥有买方垄断势力的零售商对供应商的纵向约束是近年来西方国家反垄断司法实践所关注的焦点之一，然而现有的文献对于零售商拥有买方垄断势力的情形很少涉及。现实中，随着零售业的变革，下游零售商很可能在产业链中成为主导企业，从而导致零售商要求生产商交纳"通道费"的现象十分普遍。本文基于 SCP 分析框架，对零售商垄断势力下的通道费及其福利效果进行分析，并对相应的政府规制提出建议。

关键词　买方垄断，通道费，经济规制

ABSTRACT　Vertical constraint imposed by retailers who have monopsony power on manufacturers is one of the main focuses in the antitrust law practices in western countries, but there is little attention on the situation of retailers who have monopsony power in existing literatures. With the reform of retailing industry, retailers are becoming the dominant firms in industry chain, as a result of the prevailing phenomena of slotting allowance. Based on S-C-P framework, this paper analyzes the slotting allowance and the welfare effects, and suggests the corresponding policies of regulation.

Key Words：monopsony；slotting allowance；economic regulation

问题的提出

自 20 世纪 90 年代以来，我国零售业出现了巨大变革，一批大型零售超市如家乐福、沃尔玛以及家电连锁超市如苏宁、国美等在我国迅速发展，从而导致生产商与零售商在产业链中主导地位的置换。过去，生产商相对于零售商具有更强的垄断势力和谈判能力，而今下游零售商逐渐成为产业链中的主导企业。与此同时，零售商要求生产商交纳"通道费"（Slotting Allowance）的现象应运而生。

通道费是拥有垄断势力的零售商与生产商之间的一种常见的纵向约束手段。①它是指生产商为使自己的产品进入连锁超市的销售区域并陈列在货架上，

---

*　原文发表于《财贸经济》2006 年第 3 期。

①　其他的基于零售商垄断势力的纵向约束手段有：与生产商签订排他性协议、零售商要求的转售价格控制（Resale Price Maintenance）、对关键设备、投入品的掠夺性购买等。

而事先一次性支付给连锁超市，或在今后的销售货款中由连锁超市扣除的费用。据报道，在一家炒货企业与家乐福签署的《促销服务协议》中，如果这家企业的产品想进入家乐福，需要交纳六大门类的通道费用，包括特色促销活动、店内旺销位置优先进入权、进入商店的特权、良好营销环境的优先进入权、节假日开发市场份额等。初步计算，家乐福向这家生产商收取的各项通道费，达到其在家乐福卖场所实现营业额的 36％左右。①而这一自家乐福开头的做法，在国内连锁超市纷纷效仿下逐渐成为业内的行规。华润万家首席执行官陈朗毫不讳言："华润万家也有新品上架费、促销费、店庆费、条码费、堆头费等 30 多种通道费"。②广州某大型超市的通道费收取率逐年加码，现在已达到生产商年营业额的 15％左右。再加上名目繁多的店庆费、节庆费，令生产商怨声载道，称自己"基本上赚不了钱，实际在为零售商打工"。③国内的生产商与零售超市为此一直争吵不断。2003 年 6 月，上海炒货行业与家乐福有关进场费问题的谈判宣告破裂，包括阿明、正林、台丰等在内的 11 家知名炒货企业暂停向家乐福超市供货。华润万家也和某些供应商产生过纠纷，问题主要来自于超市在结账时不讲理的单方面扣款。

实际上，通道费并非中国特色，早在 20 世纪 80 年代，通道费就已经在西方发达国家兴起，并成为西方国家反垄断的司法实践所关注的焦点之一。然而现有的文献较少论述零售商拥有更大垄断势力这一情况。那么，通道费的收取是否合理？这种策略的实施对于供销双方、消费者以及社会福利将产生怎样的影响？对于这些问题，理论界至今尚无定论。

我们知道，要评价企业的某种策略行为，基于产业组织理论的角度，关键是要进行"SCP"分析。然而，通道费作为一种产业链纵向约束手段，它涉及到生产商和零售商两个层面、上游和下游两个市场，且通道费的出现是建立在零售商具有更强的垄断势力的基础上。因此其福利评价方法要对传统的"SCP"分析进行扩展。"S"的分析不能仅仅考虑单一市场的市场结构，而应更全面地分析零售商垄断势力下的纵向市场结构④。基于零售商垄断势力的纵向市场结构大体有三种类型⑤：（1）双边垄断（结构Ⅰ）；（2）上游生产商完全竞争，下游零售商既有买方垄断势力又有卖方垄断势力⑥（结构Ⅱ）；（3）下游零售商具有买方垄断势

① 见《新闻周刊》2003 年 9 月 29 日。

② 见《新快报》2004 年 3 月 25 日。

③ 见《羊城晚报》2004 年 9 月 13 日。

④ 纵向市场结构是指，包括上游和下游两个市场各自所具有的不同市场结构整合而成的整条产业链的市场结构。

⑤ 这里没有考虑寡头垄断，是因为当寡头垄断者之间展开 Bertrand 竞争且产品同质时，其实际效应与竞争性市场是一致的。

⑥ 买方垄断势力和卖方垄断势力都是相对而言的。如果买方在与卖方谈判时，能够从卖方那里获得更优惠的条件，或者能得到低于正常的市场竞争状况下的结果，则买方相对于卖方具有买方垄断势力（Dobson et al，2000）；反之，则是卖方垄断势力。

力但没有卖方垄断势力①(结构Ⅲ)。现实中,零售业市场与其他一些市场不同,产品高度的同质化导致低价策略成为零售超市发展的必然选择。我们可以看到,许多大型零售超市都打出"天天低价"的标牌,并不断有各种各样的促销活动。这使得大型零售超市只能依靠向生产商实施纵向约束来获取利润,"通道费"是最常见的形式之一。因此,相对于结构Ⅰ和Ⅱ,纵向市场结构Ⅲ可能更接近现实。

此外,对于"S"的分析还要考虑基于通道费的市场环境变化,即通常所说的模型的一般假设,包括信息环境,需求、成本函数形式等等。作为企业策略行为之一的通道费,构成了"C"的分析主体,同时也是"P"的决定因素。即在不同的纵向市场结构和市场环境下,通道费的实施将导致上下游企业、消费者和社会福利的不同表现。因此,对于通道费的分析不能一概而论,关键是要明确分析的前提条件。

本文首先对国内外关于通道费的争论进行理论回顾,然后按照"SCP"的分析原则,分别就以上三种典型的纵向市场结构,对通道费及其福利效果进行分析,并对通道费的经济规制提出一些建议。

关于通道费争论的理论回顾

目前理论界对于通道费的争论十分激烈。从国外的文献来看,基于通道费的福利效应主要存在两种观点②:一是"效率改进效应",如 Kelly(1991),Chu(1992),Chu and Messinger(1993),Sullivan(1997)和 Lariviere and Padmanabhan(1997)等。他们认为通道费的收取可以提高产业链的运作效率。由于超市的货架空间是一种有限资源,生产商为了推出新产品而向超市交纳通道费,以获取有限的货架空间。而新产品的推出具有较大的风险,通道费的收取能够使生产商和零售商共同承担风险,从而有利于生产商提高产品的研发水平。另一方面,许多低质量产品的生产商往往不愿支付高额的通道费,因此通道费的收取也具有将低质量产品排出市场的作用。总之,这类观点认为通道费的收取是合理的,提高了社会福利。

二是"反竞争效应",以 Shaffer(1991),Cannon and bloom(1991)和 MacAvoy(1997)为代表。他们认为通道费是零售商发挥市场势力的结果,势必会造成零售商或生产商层面竞争的削弱,也会产生排他效应。如 Shaffer 曾分析过在一个上游完全竞争下游双寡头垄断的市场环境下通道费的作用。假设生产商生产同质产品,零售商各自选择从哪家生产商进货,并要求其交纳通道费,但同时提高批发价格,从而提高了零售商的利润。与边际成本批发定价相

---

① 当下游几家零售商联合起来与生产商谈判时具有买方垄断势力,但是他们在最终品市场上完全竞争,因此没有卖方垄断势力。

② 见汪浩,2005,《零售商市场力量与通道费》。

比,通道费的收取使得社会福利减少。不过,这一结果是基于零售商与生产商之间的交易价格能够被其他零售商观察到这一关键假设。MacAvoy(1997)分析了通道费的排他效应:实力较强的生产商会主动要求抬高通道费,目的是将一些实力较小的生产商排出市场。这样导致品牌之间的竞争减弱,零售价格提高,社会福利下降。

国内关于通道费的研究大多停留在市场策略的层面,较少从产业组织理论的角度考察通道费的福利效果。北大中国经济研究中心的汪浩(2005)运用一个双重寡头模型研究了连锁超市通道费对市场参与各方的影响,他指出,通道费加强了大型零售商的价格优势,使其获得更高的利润率和更大的市场份额。大零售商要求的一次性通道费全部由制造商承担,而线性通道费的负担可以转嫁出去,因此通道费抬高了其他市场力量较弱的零售商的进货价格,使其利润和市场份额降低。

其他关于通道费的争论大多从企业的微观层面出发,考虑通道费对于生产商和零售商的利弊。目前,国内有关各方对通道费的普遍观点是:收取一定的通道费是合理的,有助于零售企业选择一些有实力的企业入驻,并使那些交纳通道费的生产商的商品占据超市的有利位置,生产商对零售商支付的通道费是他们使用商业资源的代价,这也是符合国际惯例的。[①]可见,这一观点和"效率改进效应"的观点比较接近,但是需要注意的是,"效率改进效应"的观点有一个前提条件,即"超市的有限货架空间"是针对新产品的,而对于成熟产品不应收取通道费。但是现实中,成熟产品往往是通道费的重要来源。

通道费及其福利分析

以上关于通道费的争论,无论是"效率理论"还是"市场力量理论"都有其实现的前提条件。因此对于通道费的福利分析,关键是要遵循"SCP"的分析原则。如果我们仅重视争论的结论而忽视争论的前提假设,则会使建立在不同假设基础上的争论缺乏意义。

实际上,"通道费"是零售商对生产商进行的两部收费方式。[②]以下分别基于三种零售商垄断势力下的纵向市场结构,并假定生产商和零售商之间信息完全、对称,市场环境确定,分析通道费的福利效果。

(一)结构Ⅰ:双边垄断

当生产商和零售商都在各自的市场上拥有垄断势力时,就会导致"双重加

---

① 见"新华网"2003年1月9日。

② 汪浩(2005)指出,通道费既有一次性支付的部分,也有与销售量相关的部分。但是国外大多数文献都假设通道费是一次性支付的。为简化起见,我们只考虑一次性支付的通道费。

价"，造成效率损失。假设零售商具有完全的谈判势力，为了获得纵向一体化的垄断利润，他会向生产商收取"通道费"。[①]

假设上游有一家垄断性生产商，边际生产成本为 c，下游一家垄断性零售商，销售成本为零。需求函数为 $D(p)$，且 $D'(\cdot) < 0$，$D''(\cdot) < 0$。如果没有"通道费"，生产商和零售商就会按照各自的成本进行垄断定价，零售商面临的成本即为生产商所定的批发价格。此时价格、利润和剩余分别为：

$$
\begin{aligned}
&\text{批发价格：} w = p^M(c) \\
&\text{零售价格：} p = p^M(w) > p^M(c) \\
&\text{生产商利润：} \Pi_p = (w-c)D(p) \\
&\text{零售商利润：} \Pi_d = (p-w)D(p) \\
&\text{消费者剩余：} S = \int_{p^M(w)}^{\infty} D(p)\mathrm{d}p \\
&\text{社会福利：} W = S + \Pi_p + \Pi_d
\end{aligned}
\tag{1}
$$

这一结果导致零售价格高于纵向一体化的垄断价格，生产商和零售商的联合利润低于纵向一体化的利润。

为此，零售商凭借其完全的谈判势力，向生产商发出"要么接受要么拒绝"（take-it-or-leave-it）的两部收费要约（包含通道费，用 F 表示）。

生产商最大化：$(w-c)D(p) - F$，因而选择批发价格：$w^* = p^M(c)$；

他的利润等于：$\Pi^M(c) - F$，其中，$\Pi^M(c) = [P^M(c) - c]D(p)$

这样，零售商通过向生产商收取一个等于纵向一体化利润（$F = \Pi^M(c)$）的"通道费"获取生产商所有的利润。

此时，零售商的利润为：

$$
\Pi_d = \max_p \{[P - P^M(c)]D(p)\} + F = \max_p (p-c)D(p)，\text{对 } p \text{ 求一阶条件，可得：}
$$

$$
\begin{aligned}
&\text{零售价格：} p^* = p^M(c)；\text{从而利润和剩余如下：} \\
&\text{生产商利润：} \Pi_p^* = 0 \\
&\text{零售商利润：} \Pi_d^* = \Pi^M(c) \\
&\text{消费者剩余：} S^* = \int_{p^M(c)}^{\infty} D(p)\mathrm{d}p \\
&\text{社会福利：} W^* = S^* + \Pi^M(c)
\end{aligned}
\tag{2}
$$

---

① 这里需要区别"垄断势力（Monopoly Power）"和"谈判势力（Bargaining Power）"两个概念。"垄断势力"是企业能够主导市场的显著的市场势力，垄断势力使得主导企业或者可以操纵价格或产量获取显著的超额利润，或者可以发起合谋或进行排他性行为（Posner, 2001）。而"谈判势力"则体现了缔约双方相对的长期机会成本的差异。例如，如果零售商 A 不再买生产商 B 的产品，则会导致 A 的利润减少 0.1%，而 B 的利润减少 10%，此时零售商 A 相对于生产商 B 具有更强的谈判势力（OECD 秘书处）。在一般情况下，企业的"垄断势力"越强，则"谈判势力"也越强，但两个概念所强调的侧重点不同，有时候两者并不一致。

以上的分析类似于上游企业具有谈判势力时向下游企业收取的特许费。此时就相当于把"纵向结构"卖给上游垄断者（价格为 F），使其成为"剩余索取者"（边际利润无论多少，都归他所有）。因此生产商会"正确地"制定垄断价格。零售商再将自己的利润空间设定为零，并通过通道费获得产业链的全部利润。

与没有通道费相比，当生产商和零售商双边垄断时，通道费的收取使零售价格下降（$p^* < p$），生产商和零售商的联合利润达到最大化，消费者剩余和社会福利都增加（$S^* > S; W^* > W$）。

这里要注意的是，通道费的大小与零售商谈判势力的强弱密切相关。前面假设零售商具有完全的谈判势力，则生产商的利润为零，零售商通过"通道费"获取全部的联合利润。但是，这是一种极端的假设。一般情况下，当上下游企业都具有垄断势力时，他们的谈判势力也是相当的，因此他们会就"通道费"的大小进行讨价还价。现实中，一些具有市场垄断地位的生产商，如宝洁（P&G）公司基本上不向零售商交纳"通道费"。[①]因为如果消费者在零售超市里没有看到宝洁公司的产品，就会对超市的信任度大大降低。因此几乎没有一家大型零售超市不采购宝洁公司的产品。在这种情况下，即使零售商拥有垄断势力，相对于这类生产商，其谈判势力也较弱，自然无法向其收取"通道费"。更加极端地，如果生产商具有完全的谈判势力，则通道费为负，即零售商向生产商交纳特许费。

（二）纵向市场结构Ⅱ：上游完全竞争，下游完全垄断

考虑生产商完全竞争，零售商既有买方垄断势力又在下游市场具有卖方垄断势力时的情况。

假设上游有两家生产商生产同质产品，且进行 Bertrand 竞争，边际生产成本为 c，下游有一家零售商，销售成本为零。需求函数为 $D(p)$，且 $D'(\cdot) < 0$，$D''(\cdot) < 0$。由于生产商无差异，在 Bertrand 竞争条件下即为完全竞争，因此两家生产商设定的批发价格相等，都等于生产成本，即 $w = c$。进一步，由于生产商没有事后（ex post）利润，因此"通道费"一定等于零。而此时零售商凭借其垄断地位将零售价格定为垄断价格，即 $p^M(c)$。价格、剩余和福利分别为：

$$\text{通道费：} F = 0$$
$$\text{批发价格：} w = c$$
$$\text{零售价格：} p = p^M(c)$$
$$\text{生产商利润：} \Pi_p = 0 \tag{3}$$
$$\text{零售商利润：} \Pi_d = \Pi^M(c)$$
$$\text{消费者剩余：} S = \int_{p^M(c)}^{\infty} D(p)\,\mathrm{d}p$$
$$\text{社会福利：} W = S + \Pi^M(c)$$

---

① 见汪浩（2005）：《零售商市场力量与通道费》。

可以证明,即使当零售商要求生产商交纳通道费,生产商必须保证其利润非负,即 $(w-c)D(p)-F \geqslant 0$,从而 $w > c$。由于生产商完全竞争,均衡时此不等式一定是紧的,即 $(w-c)D(p)-F = 0$。零售商利润最大化的条件是:$\max(p-w)D(p)+F$。可以得出零售价格为 $p^M(c)$。

此时批发价格:$w > c$;通道费:$F = (w-c)D(p)$。零售商的利润:$\Pi_d = (p-w)D(p)+F = \Pi^M(c)$。也就是说收取通道费对于零售商和生产商的利润没有任何影响,因此在这种纵向市场结构下,生产商对通道费采取无所谓的态度,零售商也无需收取通道费就能获得纵向一体化的利润。

现实中,由于下游零售商并非完全垄断,上游生产商也很少是完全竞争,因此这种纵向市场结构下"通道费"的失效没有很大现实意义。

(三) 纵向市场结构Ⅲ:零售商有买方垄断势力但没有卖方垄断势力

假设上游有一家主导生产商(边际生产成本为 c),有一家替代的生产商(边际生产成本为 c_e),且 $c_e > c$,两家生产商的产品同质,进行 Bertrand 竞争;下游有两家同质的零售商,边际销售成本为零,零售商联合起来与生产商谈判,因此具有买方垄断势力,但他们在最终品市场上进行 Bertrand 竞争。考虑以下两种情况:

1. 不收取"通道费"。

当零售商联合起来与生产商谈判时,他们拥有更大的垄断势力,向生产商发出"要么接受要么拒绝"要约。当没有通道费时,零售商会利用其买方垄断势力尽量压低生产商的批发价格。要求其批发价格降低到较低的边际生产成本上,即 $w = c$。此时,由于替代的生产商的边际生产成本较高,他将被逐出市场,两家零售商都将与主导的生产商交易。

由于零售商在下游市场上进行 Bertrand 竞争,他们卖给消费者的零售价格相等,且 $p = c$。此时利润、剩余为:

$$生产商利润:\Pi_p = 0$$
$$零售商利润:\Pi_d = 0$$
$$消费者剩余:S = \int_c^\infty D(p)\mathrm{d}p \tag{4}$$
$$社会福利:W = S$$

2. 收取"通道费"。

当零售商利用其买方垄断势力向生产商发出包含通道费的两部收费要约时,每一家生产商必须保证其利润非负,对于在位生产商:$(w_1 - c)D_1(p) - F_1 \geqslant 0$,对于替代生产商:$(w_2 - c_e)D_2(p) - F_2 \geqslant 0$。由于零售商具有买方垄断势力,均衡时两个不等式一定是紧的,即 $(w_1 - c)D_1(p) - F_1 = 0$,$(w_2 - c_e)D_2(p) - F_2 = 0$。

但由于 $c_e > c$，生产商竞争的结果导致 $w_1 = w_2 = c_e$。从而得到：$F_1 = (c_e - c)D(p)$；$F_2 = 0$。在位生产商将获得利润以"通道费"的形式转移给零售商，替代生产商的利润为零，但仍存在于市场中。

下游两家零售商在最终品市场上是相互竞争的，因此零售价格为：$p = c_e$。此时利润、剩余分别为：

$$在位生产商利润：\varPi_p = (c_e - c)D(p) - F_1 = 0$$

$$替代生产商利润：\varPi_{p'} = 0$$

$$两家零售商总利润：\varPi_d = F_1 = (c_e - c)D(p) \qquad (5)$$

$$消费者剩余：S = \int_{c_e}^{\infty} D(p)\mathrm{d}p$$

$$社会福利：W = S + (c_e - c)D(p)$$

比较收取和不收取通道费的两种情况发现：当零售商向生产商收取通道费时，批发价格提高，从而导致零售价格上升，零售商的利润增加，消费者福利减少，社会福利的变化取决于需求函数的形状，线性需求下的社会福利不变。

以上我们讨论了三种典型的基于零售商垄断势力的纵向市场结构下，零售商收取通道费所带来的福利效果。研究发现：通道费的福利效应与纵向市场结构有直接关系。不同的纵向市场结构会对生产商利润、零售商利润、消费者剩余以及社会福利有不同的影响。如在双边垄断情况下，通道费的收取会导致生产商和零售商的联合利润增加，零售价格下降，从而使消费者剩余和社会福利增加；而在上游完全竞争、下游完全垄断的纵向市场结构下，通道费的收取对企业利润和福利没有影响，因此均衡时通道费为零；当零售商具有买方垄断势力而没有卖方垄断势力时，收取通道费会使批发价格和零售价格都上升，零售商的利润增加，消费者剩余减少，而这种纵向市场结构往往与现实最接近。

需要明确的是，对于通道费的福利分析必须建立在整条产业链的福利评价基础上，既要考虑生产商、零售商的联合利润，也要考虑消费者剩余的大小。也就是说要将生产商、零售商和消费者三个群体的总福利作为评价标准。在此基础上比较通道费收取和不收取时的福利大小。

诚然，现实中的纵向市场结构和市场环境相当复杂，某个环境条件的一个微小的变化，可能会对通道费这一企业行为和相应的福利效应产生很大的影响。但是，以上的分析从一个侧面反应出了运用"SCP"方法进行通道费分析的重要性，同时政府对于通道费的经济规制也提供了基本的取向和思路。

通道费的经济规制

通道费自产生以来就引起了各国政府的关注，也成为西方国家反垄断立法和司法实践的一个焦点问题。以下对西方国家关于通道费的经济规制进行简要介绍，并对我国政府的经济规制提出一些建议。

（一）国外对于通道费的经济规制

世界各国对于通道费的规制各有不同。如美国和法国对于通道费没有严格禁止，日本则明确规定了可以收取的通道费类型，而英国对某些特定商品禁止收取通道费。

自 20 世纪 80 年代，当美国工业开始依靠计算机时，通道费就出现了。但是当时通道费是用于支付计算机程序员的编程费用，大约 350 美元。随着通道费的增加，一些中小企业的抱怨也逐渐增多，引起了美国政府的关注。但是在 1996 年召开的联邦贸易委员会上，没有生产商提出证据表明通道费对于消费者产生了不利影响，因此到目前为止，美国的零售商仍然可以向生产商收取通道费。在法国，通道费也没有在法律文件里严格禁止，实践中往往是由生产商和零售商约定是否收取通道费。如法国的家乐福就是典型的通道费赢利模式。

日本的反垄断法对于通道费则有明确规定，零售商只能收取三种通道费：上架费、通道费、广告费，其他的通道费用不得收取。典型的判例是 1977 年发生的“三越事件”和 1997 年到 1999 年发生的“罗森事件”。日本的三越百货店作为老牌的百货店具有很高的信誉，三越的供货商都希望能与其建立长期供货关系。1977 年，三越凭借在交易中的优势地位，在其店面重新装修以及集中销售特定商品时，要求生产商负担全部或部分费用。另外在一些非销售活动中，如“樱花节”、焰火晚会等活动中也要求生产商负担全部或部分费用。生产商为了保持与三越百货店的供货关系，不得不同意了三越百货店的要求。类似地，作为日本方便店业内排行第二位的罗森便利店，在 1997 年到 1999 年期间利用市场力量向供货商提出各种无理要求。如在 1999 年的一个订货会上，罗森要求 70 家主要日用品供应商对所有“标准货架商品”无偿提供一定个数，并当场要供应商作出书面表态。同时，又以处理“标准货架商品”以外的库存商品为由，让供货商负担了 13 亿日元的费用。这两个事件被日本公正交易委员会裁定违反了反垄断法第 19 条的规定，命令两家零售商采取排除措施。[①]与日本关于通道费的规制相似，英国的反垄断法也规定了对某些特定的商品不得收取通道费，其他商品的通道费法律则不加干预。

（二）对我国通道费规制的思考

由于我国的反垄断法尚未出台，关于通道费的相关法律和规制政策目前尚处于空白状况。但是一些地方率先出台了相关的法规。如 2002 年上海市商委颁布了《关于规范超市收费的意见》，肯定了通道费的合理性并明确列举了可以

---

① 参见吴小丁：《大型零售店“进场费”与“优势地位滥用”规制》，《吉林大学社会科学学报》，2004年第 5 期。

收取的通道费的种类,如"进场费"、"新增商品进场费"、"新增门店进场费"、"堆台位置费"、"促销区域位置费"、"促销广告费"等。这种规定与日本较为相似。还有一些地方政府认为通道费纯属市场行为,法律不应干预。如南京市政府商贸局的态度是:"这是企业的市场行为,我们不去干预。"

这些地方政府的相关法规和态度表明了我国对于通道费的认识还相当不成熟、不全面。从国外对于通道费的立法实践来看,这也不得不让我们重新思考一个问题:经济规制的依据到底是什么? 我们知道,经济规制的目的是为保护和促进竞争,实现公平交易。基于此,我们首先要分析企业的某一行为是否妨碍了竞争,是否导致价格和产量扭曲,是否排挤掉了更有效的竞争者等等。一般来说,产业链的纵向约束手段都有"效率"和"反竞争"两种动机,基于这两种动机就会产生"效率提升"和"反竞争"两种福利效果(零售商垄断势力下的纵向约束手段也如此[①])。但是动机是事前的,而福利效果是事后的,有时两者并非一致。政府的经济规制应以实际的福利效果为依据。如果将经济规制放入SCP 的分析框架中,就成为"S-C-P-R"分析。

需要强调的是,通道费等产业链纵向约束手段所涉及的行为主体包括三个:上游企业、下游企业和消费者。因此对通道费的经济规制要以这三个行为主体的利益之和,即整体社会福利为标准,允许或禁止通道费的收取要比较前后社会福利的大小。政府进行经济规制是要在一定程度上实现社会福利的增加,实现帕累托改进。而现实中,一些政府规制者被某些利益集团俘获,成为其代言人,他们不是以社会福利最大化为规制政策制定的依据,而是以某一利益集团(生产商或零售商)的私人福利最大化为原则,导致规制政策的严重扭曲。

此外,基于前面我们对三种不同纵向市场结构下通道费的福利分析,可以看出:不同的纵向市场结构和市场环境决定了通道费的福利效果。因此,对于通道费的立法不能"一刀切"。实践中,不同的司法案例情况各有不同,政府对于通道费的立法和规制都需要以"案例法"为原则,即针对具体案例进行具体分析,判断其对社会福利的影响,并以此为依据进行经济规制,这一变革对于我国乃至国外的经济规制都将是"任重而道远"的。

参 考 文 献

Tirole, J.,《产业组织理论》,中国人民大学出版社 1997 年版。

汪浩,《零售商市场力量与通道费》,www. ncer. org. cn/lunwen/paper2/wp200505. doc。

吴小丁,《大型零售店"进场费"与"优势地位滥用"规制》,吉林大学社会科学学报 2004年第 5 期。

吴宏,《通道费问题的法律分析》,www. chinalawdu. com。

吴绪亮,《买方集中、纵向限制与抗衡势力——解析"加尔布雷斯假说"的反垄断涵义》,

---

① 见 Dobson et al. (2000)。

《财经问题研究》2005 年第 8 期。

于立、吴绪亮(2005),《纵向限制的经济逻辑与反垄断政策》,《中国工业经济》2005 年第 8 期。

《新闻周刊》,2003 年 9 月 29 日。

《新快报》,2004 年 3 月 25 日。

《羊城晚报》,2004 年 9 月 13 日。

Cannon, Joseph P. and Paul N. Bloom, "Are Slotting Allowances Legal Under the Antitrust Laws?", *Journal of Public Policy and Marketing*, 1991, 10(1):167-186.

Chu, Wujin, "Demand Signaling and Screening in Channels of Distribution", *Marketing Science*, 1992, 11(4):327-347.

Chu, Wujin and Paul Messinger, "Product Proliferation, Slotting Allowance, and Information: Sources of Retailer Clout", *Working Paper*, Washington University, 1993.

Comanor William S. and Patrick Rey, "Vertical Restraints and the Market Power of Large Distributors", *Review of Industrial Organization*, 2000, 17:135-153.

Dobson, Paul, Roger Clarke et al., "Buyer Power and Impact on Competition in the Food Retail Distribution Sector of the European Union", http://eurorpa. eu. int/comm/dg04/publications/studies, 2000.

Dobson, P., Michael Waterson et al., "Retailer Power: Recent Developments and Policy Implications", *Economic Policy*, 1999, 14(28): 133-164.

Kelly, Kenneth H., "The Antitrust Analysis of Grocery Slotting Allowances, The Procompetitive Case", *Journal of Public Policy and Marketing* 1991, 17(2):173-184.

MacAvoy, Christopher J., "Enforcement Policy Regarding Slotting Allowances. Federal Trade Commission Workshop On Slotting Allowances", May 31-June 1.

Martin A. Lariviere and V. Padmanbhan, "Slotting Allowances and New Product Introductions", *Marketing Science*, 1997, 16(2):112-128.

Posner, R., *Antitrust Law* (The Second Edition) University of Chicago Press, 2001.

Shaffer, Greg, "Slotting Allowances and Resale Price Maintenance: A Comparison of Facilitating Practices", *Journal of Economics*, 1991, 22(1):120-135.

Sullivan, Mary W., "Slotting Allowances and the Market for New Products", *Journal of law and Economics*, 1997, 40(2):461-493.

电信业的破坏性创新、动态竞争与规制[*]

王小芳

摘 要 是否推进 3G 标准的运用对于中国移动通信业的发展是一项具有战略意义的决策。本文对"胡阚之争"论辩双方的观点进行分析,认为其观点的不同根本上源于对市场效率和社会福利评价基准的不同。电信业是一个技术进步迅速、沉没成本巨大且具有网络外部性的行业,但目前的电信竞争理论均以静态或比较静态分析为主导,无法直接应用于新的 3G 技术标准应用的分析。3G 是电信技术破坏性创新的产物,标志着电信业动态竞争的开始。本文的主要观点是:在电信业静态竞争环境下,对企业进行分拆、重组的传统规制方式已无法适应电信业动态竞争的现状。面临技术进步的冲击和竞争强度的加剧,需要构建一个综合分析破坏性创新与社会福利的动态效率评判基准,建立起促进企业创新、协调产业发展的动态竞争规制的新思路。

关键词 3G 之争,破坏性创新,累积性创新,动态竞争

ABSTRACT Whether or not putting 3G into use is a strategic decision for the development of China's telecommunications industry. After analyzing the debates between Hu and Kan about 3G, this paper concludes that the differences between their arguments are derived from their distinct benchmarks for market efficiencies and social welfares. There is no equilibrium for the game of 3G regulation that all parties involved are benefited. Telecommunications industry is characterized by quick technological progress, huge sunk cost and network externalities. Traditionally, static and comparative static analysis has not been applied for analyzing continuous innovation in this industry. The coming of 3G implies the beginning of dynamic competition in telecommunications industry. Consequently, old regulation ideas of divesture and reconstruction of incumbents singley will not work well today. Facing technological innovation and fierce competition, it is needed that the idea of promoting horizontal competition through vertical alliances within the industry should be established, so that the industry will go along with the way of continuous innovation and harmonious development.

Key Words debates about 3G dynamic competition concurrent innovations

---

* 本文入选《工业促进会论文集》(2005 年)。

关于 3G 的"胡阚之争"

3G(第三代移动通信)自推出以来,一直受到全球电信界和媒体的关注与炒作,3G 的发展可谓"一波三折"。从 2003 年下半年开始,随着日韩需求的爆发式增长以及香港和黄公司商用业务在多国市场的成功推出,全球 3G 网络的建设出现升温势头。一般认为,2004 年下半年至 2005 年为全球 3G 发展的重要时期,至 2004 年 12 月全球共发放了 124 张核心频段 3G 许可证。[①]我国对 3G 的关注和跟踪研究起步很早,但是到目前为止,我国的 3G 却迟迟没有推出,而且 3G 究竟何时推出,是否推出,还仍处于争议和商讨之中。

为何一项行业技术标准的使用会引起社会各界如此的关注? 各方观点为何有如此大的分歧? 究竟是什么原因使决策者们犹豫不决? 这些疑问和困惑在一次次的辩论之中得以明晰和诠释。每次变革之前,往往都会伴随着理论的辩论和探讨,而这正是中国特色的改革模式。中国电信业的改革和发展过程更是如此。可以说,每次争论都会不同程度地促进我国电信市场的不断开放和更大发展。

如今 3G 已经成为电信业改革讨论的焦点。中国 3G 到底何时启动? 有人督促"尽快",有人主张"暂缓",也有人叫嚷"放弃"。大家莫衷一是,各有各的道理。目前 3G 的争论基本已形成了"向左走,向右走"的态势,其中以清华大学国情研究中心主任胡鞍钢教授和北京邮电大学的阚凯力教授的观点最具代表性,2004 年底至 2005 年初他们展开了一场著名的 3G 论战,即所谓的"胡阚之争"。双方观点针锋相对,辩论言辞激烈,将这次 3G 争论推上了一个新的高峰。

胡鞍钢教授一向以经济增长和推动就业为己任,他对 3G 的大规模投资一直持有积极乐观的态度。以其为首的清华大学国情研究中心推出的《3G 经济,谁的经济——中国 3G 世纪报告》(以下简称《3G 报告》)概括了其全部的核心观点。基于他们"精确"计算的结果,即 3G 业务开展后最初 5 年"将带来每年1 800亿元 GDP"和"每年 80—100 万个新增就业机会",得出了 3G 应该尽快上马的基本结论。胡鞍钢教授认为"对中国国情而言,信息产业首先是服务业,其次才是制造业。发展信息产业首先是要创造就业,其次才是创新技术,前者是目的,后者只是手段。"

阚凯力教授一向持谨慎观点,认为 3G 应该缓行,甚至不行。理由主要有以下三方面:(1)3G 的需求前景不明。要替代已经大规模普及的技术,新技术必须具有压倒性的优势。现在 3G 在话音业务上的性能和成本根本不可能对 2G 形成这种替代优势。考虑到我国已经投入近万亿的第 2 代移动通信网,以话音

---

①　实际发放许可证的数量已达到 129 张,其中因种种原因决定退还的有 5 张(挪威 2 张、葡萄牙 1 张、斯洛伐克 1 张及德国 1 张),从而实际有效许可证为 124 张。

业务为理由在我国推广 3G 需要仔细推敲。(2)目前 2G 的生产能力过剩。据美国近年的统计,90％以上的光缆容量处于闲置,而我国的闲置容量更是高于这个数字。在我国,10 年前建立的 8×2.5G 的传输速率都用不完,最新的几十个 T 的技术(每个 T 是 1 000 个 G)在近期更难以找到需求。(3)3G 是一种过渡技术,而向以 IP 技术为基础的 4G 演进才是不可避免的趋势。"如果说不上 3G 是阻碍了技术进步,那么几年内不考虑 4G 是不是也是阻碍了技术进步?"

他们争论的是两个层面的问题:一是,3G 牌照该不该发。二是,企业该不该上 3G。这两个问题看似相同,其实涉及到不同的效率评判基准。3G 牌照发放与否,政府部门需要从社会福利的角度进行判断,考虑该项技术进步对社会福利影响的利弊。上不上 3G 则是企业层面的问题,企业需要衡量 3G 推出的成本与收益孰轻孰重。而这种决策不仅受成本与收益的影响,还受到竞争格局和方式的影响。因此需要两套福利评价标准。

清华《3G 报告》一经推出就引起了更大的争议,且不说其观点难以令电信领域的专家信服,甚至其中基本的经济学原理也存在明显错误,主要有三个方面:(1)其出发点是强调技术进步对宏观经济的拉动作用,落脚点却是部门和集团利益。(2)《3G 报告》通篇的计算和推理都夸大了 3G 带来的收益,而忽略或漠视了相应的成本。其暗含的假设就是社会资源的机会成本很小甚至为零;这显然是不符合现实的。在国家经济高速发展时期,资源在任何部门的投入都能带来一定数量的产出。也就是说,"把几十亿的资金投入到任何部门都能创造巨大的 GDP 和就业"。因此,在不考虑机会成本的前提下,盲目把大量资源投入到电信行业,社会资源并没有实现最优配置,还可能导致巨大的浪费。(3)究竟谁为 3G 的拉动效应买单?《3G 报告》的另一个隐含前提就是"供给能自动创造需求"。尽管多数专家都对国内 3G 需求的前景担忧,但在《3G 报告》中,几乎所有的投入都被转化成了现实需求。说到底,这种经济发展的观点还是靠大量投资推动 GDP 的增长,是典型的"GDP 崇拜"思想在作祟。比较而言,阚凯力教授的言辞更为谨慎,很难让人评价他的说法是错误的,但是其观点过于强调 3G 建设的成本,淡化了 3G 的收益,因而并没能触及 3G 争论的实质。

3G 规制的困境

从逻辑的角度来看,对一个问题之所以会产生不同的甚至相反的观点,根本原因在于争论方的前提假设和评判标准不同。"是否上 3G,以及何时上 3G",这是个规范(normative)问题,而要回答这个问题,首先要回答"3G 推出对社会福利究竟有何影响"这个实证(positive)问题。即对规范问题的解答,其背后必须有实证理论的支撑。3G 问题之所以引起社会如此大的争议,根本原因就在于缺乏一个统一的社会福利的判断基准。仅从部门利益或者产业利益出发片面地强调收益或成本,其结论难免是偏颇的,无法令人信服。简单地说,任何决策的制定只需权衡增量收益与成本即可，然而3G的成本和收益恰恰是很难衡量的。支持迅速推出3G的一方，强调3G带来的收益，因为无论如何，技术进步总是一件好事，消费者能从服务的多样化选择中获得收益；建议3G缓行的一方，强调的是3G带来的成本，因为大规模的固定资本投资、部分的重复建设以及需求的不确定性都会产生巨额的社会成本。由于这些成本和收益都是难以衡量的，因此二者的比较也就出现了分歧，从而使得政策制定者和规制部门陷入以下"三重困境"：成本与收益难以权衡；静态效率与动态效率难以权衡；生产效率和分配效率难以权衡。

（一）困惑之一：需求的不确定性

清华的《3G报告》中假设"考虑3G业务开展后，由于网络供货和建设等条件限制，以及3G市场启动将是逐步推进的过程，因而慎重估计2G用户的60%从2G转到3G；初期3G网络规模也是2G网络规模的60%。"这种假设似乎过于乐观。联通的CDMA在我国移动通讯市场快速增长时期推出，迄今为止，经过2年半时间的发展，用户规模才达到整个移动通信市场的8.5%左右。而现在，我国的移动电话普及率已达到27%，在经济发达地区（如北京、上海、深圳等城市）普及率更是高达90%以上，移动通信市场增长逐渐变缓，而其中低端（预付费）用户约占半数以上。在这种市场相对成熟与饱和的情况下，新用户增长缓慢，老用户需求更新缓慢，而此时3G作为一种高端技术的出现，难以想象会出现60%的用户转网的情况。

对此，阚凯力教授表示，应用前景不明是3G软肋中的软肋，绝大多数业务都可以由2G或2.5G来提供，但这些业务的需求和使用至今仍然十分有限，由此推断我国的3G市场需求空间狭小。

当然，这种说法也不尽然。因为仅从目前的现象和数据并不能判断：究竟是人们对高端数据业务没有需求，还是在目前的资费水平下的需求量太低。3G在欧美国家使用并不理想，但在日韩却取得了较大成功，可见，国际运营商的经验也无法为3G决策提供一个完美的参照系。对3G业务需求的判断，关键还在于对我国电信市场国情的深入把握。目前数据业务市场的低迷，并不能由此得出国人对高端业务没有需求的结论。谁能想到一个地方电视台主办的"超级女声"会搞得举国欢动、妇孺皆知，没准儿3G也能推出新的数据业务，为国人的精神文化需要找到释放的出口。对需求的挖掘和开发需要建立在对社会、经济、文化等综合条件的探索之下，这相应地增加了需求预测的难度，同时，这种不确定性也使政府部门对3G技术的应用难以定夺。

（二）困惑之二：技术变革与沉没成本

3G技术的应用要求网络运营商对原有设备进行更新，即需要在事前（ex ante）进行网络建设大规模固定资本投资，而且这些投资多数都是沉没的。而新技术取代旧技术并不能一蹴而就,原有的用户基础(installed base)将阻碍新旧技术的交替,原有用户规模越大,转换的过程可能越漫长,这使得固定投资的回收期更长,即产生所谓的"搁置成本"(stranded costs)。尤其在技术进步迅速、需求前景不明的情况下,可能直至下次技术创新到来之后,固定资本投资仍无法收回,因此,做出如此大规模的投资将面临更大的风险。

有关固定成本在技术变革与市场竞争中的作用,已经受到许多经济学家的关注(参见 Stiglitz,1987;Hausman,1999;Astebro,2003)。Stiglitz(1987)分析了沉没成本与竞争之间的关系。他认为,只要有沉没成本存在,利润的存在可能并不吸引进入;进入也并不必然导致竞争——在位企业将千方百计遏制进入,进入企业将挖空心思促进共谋;甚至当竞争能成功的将利润减少至零时,效率也不能被保证,因为大量的收益并没能传递给生产和消费部门,反而是作为"无谓成本"(deadweight costs)在斗争过程中耗散了。因为技术变革所具有的内在特征就是报酬递增和沉没成本,因此,可竞争原理特别不适用于这种技术变革非常重要的行业;潜在竞争既不能保证经济效率也不能保证零利润。Stiglitz 的结论具有明显的政策涵义:竞争,不管是现实的还是潜在的,都不足以保证创新剧烈的自然垄断行业的效率。此时需要政府规制,尤其是诸如特许权之类的进入限制。为满足社会福利最大化的要求,网络投资必然要求规制机构的积极参与。

早在 1998 年在关于我国电信业发展的另一次争论中也曾经探讨了固定成本与技术进步之间的关系。[①]这场争论是在"三网融合"的背景下进行的,周其仁教授提出"垄断成本与重复建设成本:两害相权取其轻",明晰产权,开放基础网络竞争,建设数网并存架构为基础的电信改革的观点(周其仁,1998)。尽管这次讨论是电信、有线电视、计算机网络竞争的问题,但却为网络的重复建设正名,提出了一种新的分析思路和方法。即为推动技术进步,就要在一定程度上承受重复建设的成本。

然而,回顾过去的文献,均使用的是静态或比较静态的分析方法,即沉没成本作为外生变量通常只是一次性投入,而没有考虑固定投资频繁、反复进行的动态过程。此外,所谓"重复建设",是指厂商以同质技术进入,与在位企业进行同质竞争。这种分析并没有考虑技术快速更替导致企业异质竞争的情况。比较而言,3G 的情况更加复杂。电信业内专家一致认为,3G 是一种过渡技术,是对 2G 和 2.5G"量"的改进,而真正不可避免的是以 IP 技术为基础的 4G 的"质"的突破。3G 尚在孕育之中,4G 和 5G 的实验已经开始启动。移动运营商们花

---

① 1998 年 3 月和 6 月,王小强和方宏一在《产业论坛》上分别发表文章,对中国 IT 产业发展战略进行争论。他们争论的问题是:在给定"三网合一"的技术经济前景已经明朗,给定中国与发达国家发展三网的巨大差距,给定跨国公司决不会放过中国巨大的信息技术市场之后,中国究竟应该遵循哪一种路线和策略来达到建设中国的"三网复合"并发展信息技术产业?(详情参见周其仁,1998。)此次争论与 3G 的胡阚之争具有异曲同工之效,都引发了社会对信息技术产业发展的关注,推动了有关理论和实践的发展。

费巨资辛苦建立起的 3G 网络在 WiMAX 和 HSDPA 技术的冲击下，其前景更为黯淡。在这种技术进步迅速、沉没成本巨大的情况下，如何衡量动态竞争与沉没成本之间的关系，这成为规制部门面临的另一个难题。

（三）困惑之三：产业链创新与利益分配

电信业是一个产业链条较长、构成复杂的产业，其中的利益关联也是千头万绪。电信网络是产业链条中的瓶颈部门①，它不仅是静态意义上业务运营的瓶颈，也是动态意义上技术创新的瓶颈。网络运营商凭借其市场势力，没有动机投入大量固定成本来更新网络，只是希望能尽可能的利用现有网络的规模经济性，不断降低成本以牟取利润，因此网络运营商更偏好于产业链的静态竞争；②而设备制造商必须从网络、设备的不断更新中获得订单，因此他们更热衷于产业链的动态竞争，③事实上他们往往也是电信产业技术变革的推动者。

电信、网通等潜在进入者一直对移动通信市场虎视眈眈，3G 牌照的发放将给他们进入这个市场的机会，因此他们是 3G 的积极倡导者；而对于移动、联通在位的网络运营商来说，3G 将导致移动通信市场的竞争加剧，而且在目前网络的生产能力过剩的情况下，3G 网络的建设要求大笔的固定成本投资，他们的理性反应必然是极力推迟或反对 3G；对于电信设备制造商来说，他们是挑起这次3G 战争的"军火商"，尤其是国外大型的设备制造商，他们希望能从 3G 建设中大发横财。出于不同的利益动机，各部门对 3G 的态度也迥然不同，因此在争论中才会发出各种不同的声音。难怪会有这样的疑问：3G 经济，究竟是谁的经济？

技术变革将增加产业链上某些部门的利益，但同时也能增加其他部门的成本。因此创新速度并不是越快越好，只有产业链各环节步调一致，协调发展，才能取得最大收益。政府部门的职责不仅在于促进行业的技术创新，更要协调产业链各部门的创新动机与利益分配之间的矛盾。适时调控技术变革和网络更新的速度，是规制机构应采取的合适态度。因此胡鞍钢教授提出的"3G 迟迟没有上马，是因为政府部门被俘获"的观点并不正确，相反，阚凯力教授的说法，即"中国政府不急着发牌照恰恰说明没有被利益集团所俘获"显得更有说服力。

电信产业链的破坏性创新与动态竞争

（一）理解竞争与效率

什么是竞争？这个既简单又复杂的词汇在经济理论发展的过程中曾经历

---

① 这里的"瓶颈"是指必需的（essential），且无法被轻易复制（duplicated）或被绕道（bypassed）的。
② 具体内容参见下一节中的"累积性创新"（cumulative innovation）的涵义。
③ 具体内容参见下一节中的"破坏性创新"（destructive innovation）的涵义。

了被人忽视、误解、滥用的过程,然而其中也夹杂了有洞见的经济学家们(如古诺、熊彼特、哈耶克等)对这种错误的反驳、辨析和纠正。在最近的一篇文章中,Blaug(2001)梳理了经济文献中对竞争的相关定义,重申了对"竞争"涵义的理解:竞争不是一种终极状态(end-state),而是一种过程(process),可能会,也可能不会终止于一种状态。因此,以往建立在竞争的终极状态概念基础之上的静态和比较静态的分析方法,并没能体现竞争作为一种行为和过程的本质。然而我们依然信仰竞争,这种信仰是基于一种动态效率的概念、竞争过程的结果,而不是 Walras、Pareto 和福利经济学第一、第二定理的静态效率。

通常经济学家衡量效率的方法是分别考察以下三种类型的效率:分配效率、生产效率和动态效率。①分配效率是指稀缺资源在竞争性用途之间的分配。生产效率是由公司内生产过程所决定的——特别是,他们能否最小化生产成本。分配和生产效率都是静态的概念,因为他们与资源的配置和使用有关。动态效率是指随时间变化的决策制定效率。特别是,一个动态有效的经济是对投资(在新资产和新技术上)的激励,通过提供新服务和新技术的最优引入以及经济中总体利益的增长,来最大化长期社会福利。

然而,静态效率和动态效率往往是不可兼得的。动态有效的经济特征通常是静态无效率的。这种静态无效率源自以下原因:(1)过去的动态无效率。可能源自一种法定的垄断或规制,他们要求或刺激了无效的投资决策。(2)过去的动态有效,但由于新情况的出现,使以前有效的投资决策在现在的环境下变得无效。(3)短期市场势力的产生。这种短期市场势力是开发新技术或新产品的动态竞争过程的结果,凭借新技术或新产品能获得整个市场,直到被后续的创新所取代。

如果经济的确是动态有效的,那么第一种来源的静态无效率能逐渐被消除。但第二和第三种类型的静态无效率是普遍存在的,因为它来自不确定性以及人类对完全预测未来的无能为力。

(二) 产业链的累积性创新与破坏性创新

在现实情况下,电信竞争是在时间和空间维度上多方位、立体竞争的过程。因此仅从时间维度来区分静态和动态竞争及效率是不够的,因为竞争还涉及空间维度,即一项竞争活动需要产业链上纵向关联企业间的协调,在多个市场上同时配合完成。从单个市场的角度看,静态效率可以用市场上竞争者的数量来简单地衡量,动态效率可以由市场上的研发投入和创新速度来衡量;而从整个产业链的角度来看,静态竞争是指网络运营商希望能在不触及垄断网络的情况下,促进产业链其他环节(如互补品或投入品市场)的竞争,然后凭借其相对的垄断地位,攫取其他市场的竞争收益。动态竞争则是指整条产业链的变革与更

---

① 参见 Quigley,2004。

新过程。

与产业链的静态效率和动态效率相对应，创新可分成累积性创新（cumulative innovation）和破坏性创新（destructive innovation）两种。前者是对现有技术的改进和完善，体现在对技术的规模经济性的挖掘和利用；而后者是用一种新技术取代原有技术，具有推倒一切重来的气势。两种类型的创新在技术进步过程中交替出现，螺旋推进。电信业是一个技术创新频繁且快速的行业，以前对电信业的分析都是在累积性创新的前提下进行的，尽可能地充分利用原有网络的规模经济性，电信业的改革也是在尽量不破坏网络的前提下，通过增加运营商的数量来促进市场的静态竞争。然而，3G的到来预示着电信业破坏性创新的开始。移动通信技术从 2G—2G$^+$（2.5G、2.75G）—3G—3G$^+$—4G—5G……的逐步演进，就是累积性创新和破坏性创新交替前进的过程。以往建立在产业链静态竞争的前提下对电信行业的分析显然不适用于电信网络面临动态更新的现状。

3G决策困境的实质也就在于电信业破坏性创新的成本与收益难以权衡。电信业是一个技术进步迅速且沉没成本巨大的行业，尽管随着无线通讯和光纤技术的发展，固定资本投资已有所下降，但大量的固定资本投资仍是网络经济的内在的特征。需求的网络效应也使得从一种旧技术过渡到一种新技术的转换成本巨大。[①]由于大量投资是沉没的，且技术的选择具有路径依赖的特征，因此，在电信行业无法轻易使用"试错法"或"边学边干"的方式对各种技术进行尝试。破坏性创新的巨大力量，能使企业实现跳跃式发展，也能使其陷入毁灭的深渊。面临3G，我们需要的不仅是尝试的勇气，更需要严谨的态度和科学的决策体系。

（三）为市场竞争和市场内竞争

从每一代移动通信发展的历史来看，一代移动通信从启动、成熟到演进发展的过渡通常要延续15—20年左右。而随着全球通信市场的开放和国际竞争的加剧，技术更替的周期大有缩减之势。今后的电信竞争将更多地呈现出产业链动态竞争的形式，创新之争与标准之争将是未来电信竞争的常态。中国政府迟迟没有推出3G，其中一个重要的考虑也是在等待本国标准 TD-SCDMA 的成熟，希望扶持与保护自主知识产权。因为如果只是被动地接受外来技术的冲击，在技术发展的路径依赖效应和需求的网络效应的影响下，将加剧棘轮效应，积重难返，我国企业自主研发的路途将更为艰难。未来电信业的竞争应该是企业在自主研发的基础上，为争夺国际、国内市场地位和份额的竞争，而不是在谋求规制的庇佑下，彼此瓜分用户和削弱实力的"内战"。也就是说，在产业动态

① 这种转换成本不只是用户更换终端和网络的成本，最主要的还是在两种技术过渡期间维持"数网互博"的成本，即搁置成本（stranded costs）。

竞争的背景下,企业需要的是"为市场竞争"(for the market)的战略选择,而不单单是"市场内竞争"(in the market)的策略与技巧。①

由此可见,促进产业的创新与发展应该成为规制机构未来的首要目标。在诸如电信这样的行业,技术变革非常迅速,为市场而竞争可能比在市场上竞争提供给消费者更多的利益。而基于不恰当的竞争定义的规制政策只可能损害,而不会增加消费者的福利。3G 所引发的争论,也暴露了我们在思想上对电信行业的动态竞争到来的准备不足。鉴于此,目前规制机构面临的两个主要任务就是:构建对行业破坏性创新的评价体系,确立统一的福利判断基准;转换对静态竞争的传统规制思路,将电信业的动态竞争纳入决策框架中来。

对电信业动态竞争的规制

3G 争论的提出预示着对电信行业动态竞争规制的开始。②同为自然垄断产业,电信业明显不同于电力、铁路、自来水和天然气等传统行业,因为这些行业的网络并不需要如此频繁的更换,他们的技术进步多是累积性的,而非破坏性的;此外,同为高科技行业,电信业也不同于互联网、应用软件等网络型产业,因为后者的网络是虚拟的,尽管技术进步更加迅速,但沉没成本投资多集中于R&D,相对的网络转换成本较低。电信行业的独特技术、需求特征,注定了电信业规制的复杂性和独特性。3G 决策的困境只是未来电信规制面临问题的开端,"所幸的是,人们在发现问题上所能取得的一致程度远远高于在解决问题上所能取得的一致性程度"③,只有先对问题有了正确的认识才能更好地解决问题。综上所述,从 3G 的争论中,我们能得出以下对电信业规制改革的启示:

(一) 规制重点应该由静态竞争转向动态竞争

在 3G 争论期间,市场上"六合三"、"四合二"、联通分拆等流言曾一度甚嚣尘上,试图以此作为 3G 上马的前奏。尽管尚未付诸实践,但从中可以看出,这种分析问题的思路基本沿袭了电信改革就是进行企业分拆、重组的传统,但是这种改革方式只适用于电信行业静态竞争的情况,即在网络保持不变的前提下,通过改变市场上运营企业的数量来促进电信业的竞争。然而,目前技术变革的速度和力度意味着竞争不能简单地由计算市场上竞争者的数量来衡量。规制机构需要关注的是对企业投资于新技术的动机的激励和保护,促进企业"为

---

① 有关"for the market"和"in the market"的具体内容和规制方式,参见 Evans 和 Schmalensee,2001。

② 这里提到的对动态竞争的规制不同于 Laffont 和 Tirole(1993)所讲的规制的动态性。前者关注的重点是利用规制促进产业的动态竞争和技术进步;而后者指的是受规制企业与规制机构之间的互动博弈。

③ 参见陈代云,2003。夏大慰所做之序。

市场而竞争"，而不是拘泥于"在市场上竞争"。对静态竞争规制的方法并不足以解决 3G 带来的决策难题，更谈不上迎接 4G 甚至 5G 等未来动态竞争的到来了。

（二）协调产业链各环节的创新激励

在电信产业链中，新技术的研发和实施行为分属于不同企业和部门，如 3G 的创新发轫于设备制造商，而网络更新的成本需要网络运营商承担，同时，新业务、服务的推出还需要大量 SP、CP 等企业的密切配合。因此，成功的技术创新需要产业链上各个环节的通力协作，由单独部门推动的技术进步是很难顺利变为现实的。只有通过适当的规制手段，协调产业链各环节的创新激励（尤其是在破坏性创新情况下），将创新与固定成本投资纳入企业的私人决策范围之内，才能趋利避害，更好地解决技术的破坏性创新与沉没成本之间的矛盾，增加创新的社会福利。

（三）推动政企分离，鼓励企业独立投资

政企分离，一向是中国经济体制改革的第一要务。尽管作为特殊的行业，电信业的发展需要政府部门的扶持与规制。但对 3G 的决策，政府不该如此大包大揽。建设网络以及技术标准的采用应该由业务提供者选择，而不是政府的责任。面临技术进步的冲击，企业自己会做出理性的反应，政府部门只是应该给予帮助、协调、指导，而不是替企业决策。企业要对自己的技术选用、投资决策和经营效益负责，而政府监管部门要对国家产业政策和频率资源的合理配置负责。那种把什么时间投资建网、采用什么技术标准的责任统统推到政府监管部门头上的说法，从根本上混淆了政府与企业完全不同的定位与角色。

当然，电信业的规制改革只有思路的转换是远远不够的。只有在共同的福利判断基准上，3G 的讨论才能更有秩序。而这还有很长的路要走。

参 考 文 献

陈代云，《电信网络的经济学分析与规制》，上海财经大学出版社 2003 年版。

李琦，《这个人为什么一直反对中国上 3G?》，《IT 时代周刊》，2005 年第 7 期。

周其仁，《三网复合，数网竞争——兼论发展中国电信产业的政策环境》，《电子展望与决策》1998 年第 6 期。

Astebro, T., "Sunk Costs and the Depth and Probability of Technology Adoption", Working Paper, 2003.

Blaug, M., "Is Competition Such a Good Thing? Static Efficiency versus Dynamic Efficiency", *Review of Industrial Organization*, 2001.

Evans, E. S. and R. Schmalensee, "Some Economic Aspect of Antitrust Analysis in Dynamically Competitive Industries", NBER Working Paper, 2001.

Hausman, J., "The Effect of Sunk Costs in Telecommunications Regulatio", Brookings Papers on Economic Activity: Microeconomics, 1997.

Laffont, J. and J. Tirole, "A Theory of Incentives in Procurement and Regulation", MIT Press, 1993.

Quigley, N., "Dynamic Competition in Telecommunications: Implications for Regulatory Policy", www. cdhowe. org. 2004.

Stiglitz, J. E., "Technological Change, Sunk Costs, and Competition", Brookings Papers on Economic Activity: Microeconomics, 1987.

《复旦产业评论》欢迎投稿

《复旦产业评论》(以下简称《评论》)(*Review of Fudan Industrial Economics*)是复旦大学管理学院主办,由上海人民出版社出版的前沿性产业组织学论文集,暂定每年1辑,第1辑计划于2006年第3季度出版。它以提升中国产业组织学的学术和应用研究水平、介绍该领域国外研究的最新进展和加强国内外学者和研究机构之间的交流为宗旨。

《评论》发表原创性的产业组织、产业发展、政府规制、产业政策以及相关领域的理论、实证和综述性的研究论文,特别欢迎以中国国情为背景的实证和案例研究。《评论》采用国际通行的匿名审稿制,倡导独立、客观的研究和严谨、规范的研究方法,提倡和促进学术观点的交流与探讨。

《评论》以中文印行,投稿以中文为主,海外学者可用英文投稿,但必须是未发表的稿件。稿件一般不超过20 000字。稿件如果录用,由编辑部负责翻译成中文,由作者审查定稿。文章在本论文集发表后,作者可以继续在中国以外以英文发表。

《评论》采用国际通行的注释体例,编辑部将在收到投稿后,当即向作者回函确认,并在三个月内答复作者是录用、修改后再投或不予录用,初审通过将请作者惠发电子版。因工作量大,所收稿件恕不退还,请作者自留底稿。

诚邀海内外产业组织学界的专家学者踊跃投稿!

附:投稿体例

1. 除海外学者外,稿件一般使用中文。作者投稿时请将打印稿寄至:
复旦大学管理学院《复旦产业评论》编辑部
(上海市邯郸路220号 管理学院906室,邮编:200433)
Email:fudaniebjb @ sohu.com

2. 文章的首页应包括:
(1)中文文章标题;
(2)200字左右的中文摘要;
(3)3—5个中文关键词;
(4)200字左右的英文摘要;
(5)3—5个英文关键词。

3. 文章的正文标题、表格、图形、公式以及脚注须分别连续编号。大标题居中,小标题左齐。

4. 文章的末页希望作者提供:参考资料目录,并按作者姓名的汉语拼音(或英文名字)顺序排列。

    5. 参考文献的正确格式为：作者，标题，刊名，年，卷(期)。举例如下：

Pryor，Frederic L.，"Quantitative Notes on the Extent of Governmental Regulations in Various OECD Nations"，*International Journal of Industrial Organization*，May 2002，Vol. 20，No. 5，pp. 693-714.

    张维迎、盛洪："从电信业看中国的反垄断问题"，《改革》1998年第2期。

    张维迎：《博弈论与信息经济学》，上海人民出版社、上海三联书店 1996年版。

图书在版编目（CIP）数据

复旦产业评论.第1辑/芮明杰主编.
—上海：上海人民出版社,2006
（复旦产业评论）
ISBN 7 – 208 – 06305 – 2

Ⅰ.复... Ⅱ.芮... Ⅲ.产业经济学–文集
Ⅳ. F062.9 – 53

中国版本图书馆 CIP 数据核字（2006）第 058495 号

责任编辑　田　青　安萧如
封面设计　陈　楠

复旦产业评论（第1辑）
芮明杰 主编

出　　版　世纪出版集团　上海人民出版社
　　　　　（200001　上海福建中路 193 号　www.ewen.cc）

出　　品　上海世纪出版股份有限公司高等教育图书公司
　　　　　www.hibooks.cn
　　　　　（上海福建中路 193 号 24 层　021 – 63914988）

发　　行　世纪出版集团发行中心
印　　刷　上海商务联西印刷有限公司
开　　本　787 × 1092 毫米　1/16
印　　张　16
插　　页　2
字　　数　304,000
版　　次　2006 年 9 月第 1 版
印　　次　2006 年 9 月第 1 次印刷
ISBN 7 – 208 – 06305 – 2/F·1427
定　　价　28.00 元